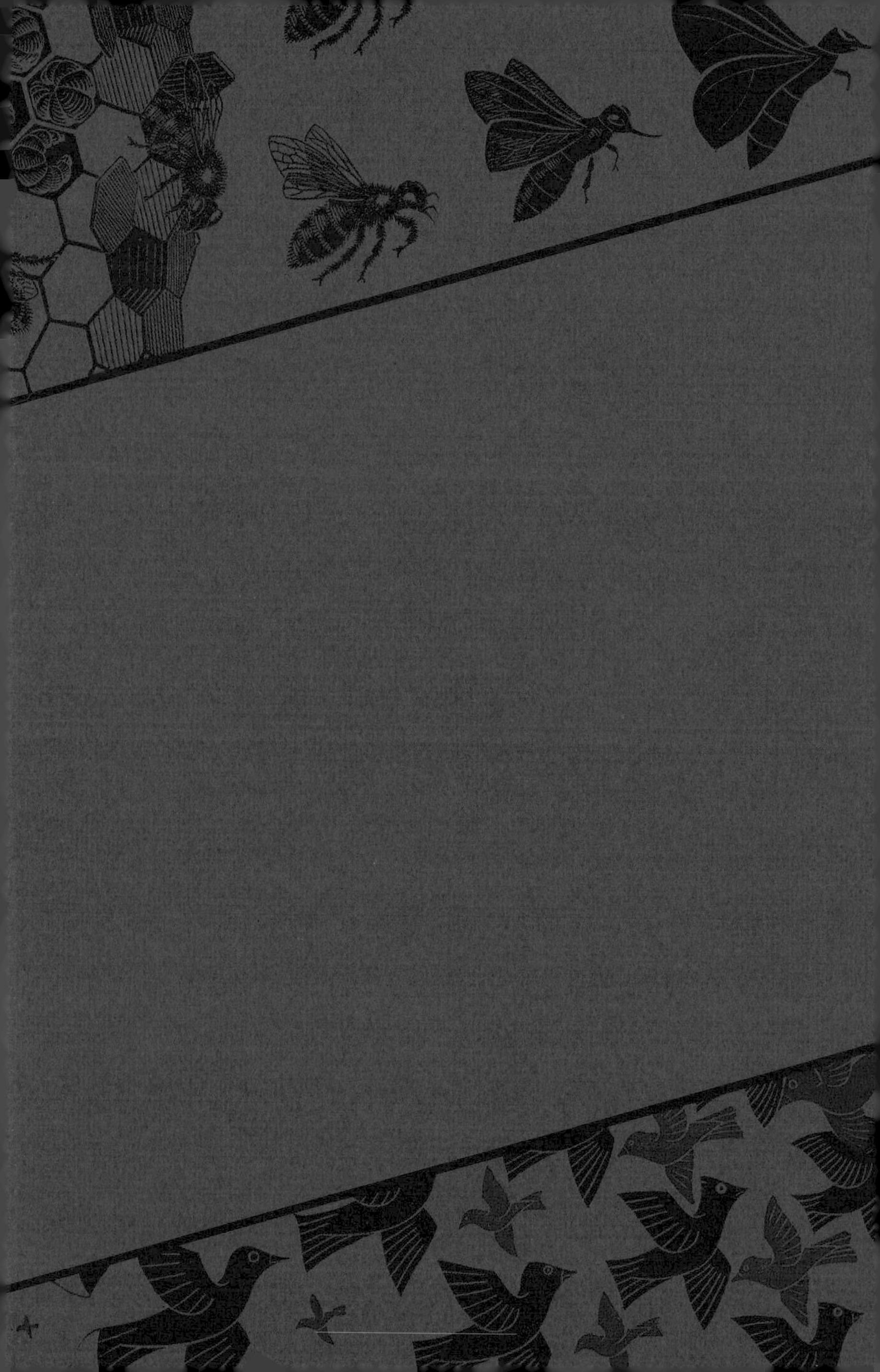

モーフィー時計の午前零時

チェス小説アンソロジー

ジーン・ウルフ、フリッツ・ライバー 他［著］

Midnight by the Morphy Watch and other stories

若島正編

国書刊行会

チェスという名の芸術

小川洋子

最初に、告白しておかなければならないことがある。こうしてチェス小説のアンソロジーに前文を書かせていただいているにもかかわらず、私はチェスが指せないのである。

一応、チェス盤と駒は持っている（プラスティック製の安物だけれど）。駒の動かし方と棋譜の書き方も知っている。しかし、誰かと対戦したことは一度もない。プロブレムを解いたこともない。

そんな私がここに登場していいのか。あまりにも図々しくはないだろうか。原稿の依頼を受けた時、正直尻込みをした。もしかしたら、チェスを愛する人々から抗議を受けるのでは、と心配になったりもした。

ただ、チェスは指せないが、チェスを指す人を小説に書いた、という事実だけは間違いがない。ルールもよく知らない人間がチェスをテーマに小説を書こうとしたのだから、それ自体無謀な試みだが、とにかく、盤の目が八×八の六十四個あるのを数えるところから始まって、大阪のチェス喫茶へ取材に行ったり学校のチェスクラブへお邪魔したりしながら、小説に必要な知識を一つ一つ勉強していった。その過程で最もお世話になったのが、本書の編者であり訳者でもある若島正先生だった。

　知らない世界を知るのは楽しかった。チェスが将棋とは逆に、激しくスタートして静かに終るゲームであること、必ずしも最強の手が最善の手とは限らないこと、昔〝トルコ人〟と呼ばれる自動チェス人形が存在し、火事で燃えたこと、有限であるはずの盤と駒が永遠を隠し持っていること、棋譜が美を表現できるものであること等など、全部若島先生に教わった。

　チェス盤が美を映し出すのであれば必ず小説になる、と私は確信した。ルールを覚えるより早く、どんどん小説のイメージは膨らんでいった。そして〝盤上の詩人〟と呼ばれたグランドマスター、アレクサンドル・アリョーヒンをヒントに、主人公の人間像を作り上げてゆき、彼をリトル・アリョーヒンと名づけ、とうとう『猫を抱いて象と泳ぐ』という小説を書いてしまったのだ。仕事机の傍らには、若島先生から送っていただいた、アレクサンドル・アリョーヒンの写真をずっと飾っていた。右手で猫を抱き、左手で駒を動かしている写真だった。

　この経験から言えるのは、チェスが指せなくてもチェスの小説は書ける、ということだ。アリョーヒンを髣髴とさせるほどの腕前を持つ主人公を描くからと言って、作家も同じくらい強くある必要はない。ルールを覚えるために勉強をするのと、小説を書くために取材をするのは、同じチェスに触れるにしても全く異なる体験だ。私は自ら駒を動かす喜びとは最後まで無縁だったが、登場人物たちが盤上に刻んだ詩を描写する喜びは、存分に味わうことができたのである。

　そんなあれこれの思いを抱きつつ本書を手に取った訳だが、私の心配事はすぐさま吹き飛んでしまった。前文の執筆を頼まれている事実さえ忘れ、作品の中へ引きずり込まれていた。

　チェスを知らないからというだけの理由で、どうか本書の前を素通りしないでいただきたい。それではあまりにももったいなさすぎる。この私が断言するのだから大丈夫。チェス文学の前で、ルールなどはささいな問題でしかない。

チェスの秘密が文学を通して語られる時、そこには予想もしない世界が現れ出る。人間が考え、人間がこしらえたゲームであるはずのチェスに、人間を超えた宇宙が出現することを、本書の小説たちは指し示してくれる。チェスとはそういうゲームなのだ。

と、ついさっきまで弱気だった私が、力強く言い切っている。これはもうチェスの魅力に取り付かれた証拠だろう。

チェスを題材にした小説を読む時、いつも私が心を揺さぶられるのは、主人公が生まれて初めてチェスと出会い、駒を動かす場面である。その主人公が少年であれば尚いっそう好ましい。チェスと少年、これは黄金の組合せだ。高すぎるテーブルに向かって、背伸びするように手を伸ばす姿、ポーンよりもか細い指、床に届かずぶらぶらする足、一点を見つめる澄んだ瞳。こうした少年の持つ未熟さと、チェス盤の永遠が呼応する時、私はたまらない気持になる。

一人ではまだ町の外へ出掛けたこともない少年が、チェス盤の海にそろそろと足を浸そうとしている。その海がどんなに深く果てしないか、彼はまだ知らない。彼の小さな背中に、思わず私は声を掛けたくなるが、いざとなると、何と言っていいのか分からない。結局は言葉にならないため息を漏らし、ただ黙って彼を見送るばかりだ。

例えばナボコフの『ディフェンス』（若島正訳）で一番印象深いのは、やはり主人公の少年ルージンが伯母さんに初めてチェスを習う場面だろう。

「女王がいちばんよく動けるんだね」と彼は満足そうに言って、その駒が桝目の中央からずれているのを指で直した。

さり気ない一行に、彼の理解力の鋭さと、チェスに注ぐ愛情の深さがにじみ出ている。天才誕生の一瞬の火花を、読者として自分は目にしたのだという満足感が味わえる。と同時に、数行先、翻る伯母さんのスカートで駒が数個倒れる場面には、誤魔化しようのない不吉な影が差している。火花と影、この二つに引き裂かれるような思いで、駒を直すルージンの指を私は見つめるのだ。

もちろん本書の作品の中にも、忘れがたい出会いの場面がいくつか出てくる。「去年の冬、マイアミで」。一見チェスとは不似合いな、メロドラマ風のタイトルを持つこの小説は、実はチェスの恐ろしい一面をあぶり出す作品で、タイトルには天才になり損ねた青年の悲哀と、彼を置き去りにして平然と動いてゆく世界の残酷さが込められている。主人公の青年は友達に初めてチェスを教えてもらった時の記憶について、次のように語っている。

あの小さな駒の鋭い感触を私は今でもはっきりと憶えている。それに、愚かで致命的な悪手を指してしまったと突然気づいたときのあの気分、手品みたいな不思議な手にしてやられて、いくらくやしがっても負けは負けだったときのことも。

すぐさま彼はチェスの虜となり、ルールを教えてくれた友達のレベルなどあっという間に飛び越えてしまう。同じ光沢紙を使った雑誌でありながら、『プレイボーイ』誌よりもチェス雑誌の方により刺激を感じるようになる。

このあたりの、チェスと共に成長してゆく少年の姿がいとおしくてならない。同世代の子たちが、スポーツに興じたり女の子とデートをしたりしている間、チェス少年はただひたすら八×八の海を探索している。そこに隠された、他の誰もまだ目にしたことのない美を発見しようとしてもがいている。そんな少年を目の前にして、どうして無関心でいられるだろうか。

しかし、少年時代は否応なく過ぎ去ってゆく。喜びの中で初めて駒に触れた指は、いつしかチェスの海がたたえる暗闇の冷たさに震えるようになる。真の天才となれるのはほんの一握りにすぎず、その天才たちもまた、自らの才能ゆえに苦悩を味わう。表題作「モーフィー時計の午前零時」では、一つの時計に宿った天才たちの苦悩が、次々受け継がれてゆく様が、凝った構成で描かれている。ここでは時計という物体が、偉大なるチェスの頭脳と共振し、一つの魂にまで昇華している。

チェスの最も恐ろしい側面は、盤に人間のすべて、宇宙のすべてが映し出される、という点にあると思われる。私は取材の折々で、盤上では何も隠しきれない、という意味合いの言葉を耳にした。「必殺の新戦法」によれば、駒の織りなすパターンには、〝人間が考えうる範囲内のものと範囲外のもの〟があるらしい。更にこの〝範囲外〟が打ち破られた時、〝宇宙の秩序についておよそ言語を絶するような事実〟が浮かび上がってくるというのだ。

科学技術を駆使して作られたスペースシャトルでも明かせない宇宙の秘密が、格子模様の小さな盤の上に描かれる。しかもそれは、もしかしたら、人間が知らなくてもいい秘密であるかもしれない……。

やはり、チェスは凄いゲームだ。チェスという名の芸術だ。

感嘆、興奮、歓喜、畏れ、絶望、等などさまざまな感情を呼び起こすチェスだが、もちろんそこには涙もある。「マスター・ヤコブソン」に登場する十二歳の少年（またしても少年だ）、プペイン・デヨン。学校の卒業生である国際マスターのヤコブソンが、チェス大会のために来校した時、プペインは全校生徒の中でただ一人、チェス盤の準備を手伝った。この心優しい少年は、チェスに対する情熱と共に、何とも微笑ましい愛らしさを備えている。少年がヤコブソンに送る通信チェスの一通一通が、私は大好きだ。指し手の意味まではつかめなくても、そこに込められた彼の純真さは十分に伝わってくる。

物語のラスト近く、少年とヤコブソンの通信チェスを分析する場面は、本書の中でも最高のクライマックスだろう。

「美しいなあ！」

この一言が、少年の姿をすべて物語っている。もしチェスの本質をつかみ取るとしたら、この一言以外にはあり得ないだろうということを、私に教えてくれる。

モーフィー時計の午前零時■目次

グ・サイドにあるビショップの筋、以下同様),KN,KRと考える。ランクは、手番の側から見て、1,2,3…8と考える。手番の側から見るというところが大切で、白の側から見ていちばん手前のランクは1になるが、それは黒の側から見ると8であり、変わることに注意。

先ほど例に出した手順は、記述式では1.P-K4 N-KB3と表記される。

どちらのサイドか誤解が生じない場合は、KまたはQを省略して、たとえばP-R4のようにも書かれる。

かつては記述式が用いられていたが、現在ではその簡略さから代数式がほとんど一般的である。本書に収録した作品ではかなり記述式が残っているが、あとがきに引用した棋譜はすべて代数式で表記した。

その他にも、棋譜では次のような記号を用いる。

x：駒取り。たとえばNxe5なら、ナイトがe5にいた駒を取った。

＋：チェック。 ＃：チェックメイト。

＝：ポーンが成る手を表す。

0-0：キング・サイドへのキャスリング。

0-0-0：クイーン・サイドへのキャスリング。

1-0：白勝ち。 0-1：黒勝ち。

½-½：ドロー。

!：好手。 !!：絶妙手。

用語解説

本書ではしばしばチェスの専門用語が出てくるので、簡単に説明しておく。

チェック　キングに取りをかける、いわゆる王手。

チェックメイト　単にメイトとも言う。チェックをかけられて、そのチェックをかわす合法的な手がない状態を指す。チェスの最終目的は、相手のキングをチェックメイトにすることである。

ドロー　引き分けのこと。たとえば、駒が少なくなって、お互いに相手のキングをチェックメイトにすることが不可能な場合にはドローになる。ドローは、一方が提案し、他方がそれを受け入れたときに成立する。

ステイルメイト　チェックがかかっていないのに、指せる合法的な手がない状態を指す。ステイルメイトはドローになる。

キャスリング　キングとルークを同時に1手で動かす手。入城とも呼ばれる。

アンパサン　2マス進んだポーンを相手のポーンがその通過したマス目で取れるという特殊な着手。

ディフェンス　一般には「受け」の意味で用いられるが、定跡名に使われる場合は黒番が選択する作戦を指す。

ヴァリエーション　一般にはあらゆる局面における「変化手順」の意味で用いられるが、定跡名に使われる場合はある定跡内の一変化手順を指す。

ギャンビット　序盤で白が主にポーンを捨てて、駒の展開を速める定跡の総称。

コンビネーション　指しやすい局面に導くための、計画的な一連の手順のこと。

サクリファイス　意図的に駒を損するような手（捨て駒）あるいは手順のこと。

FIDE　Fédération International des Échecs（国際チェス連盟）の略称。

レーティング　プレーヤーの実力を表す点数で、公式戦の勝敗によって変動する。

グランドマスター　FIDEがプレーヤーに与える最高の称号。GMと略記する。

インターナショナル・マスター　グランドマスターに次ぐ称号。IMと略記する。

FIDEマスター　インターナショナル・マスターに次ぐ称号。FMと略記する。

●チェスの表記法と用語解説

盤と駒

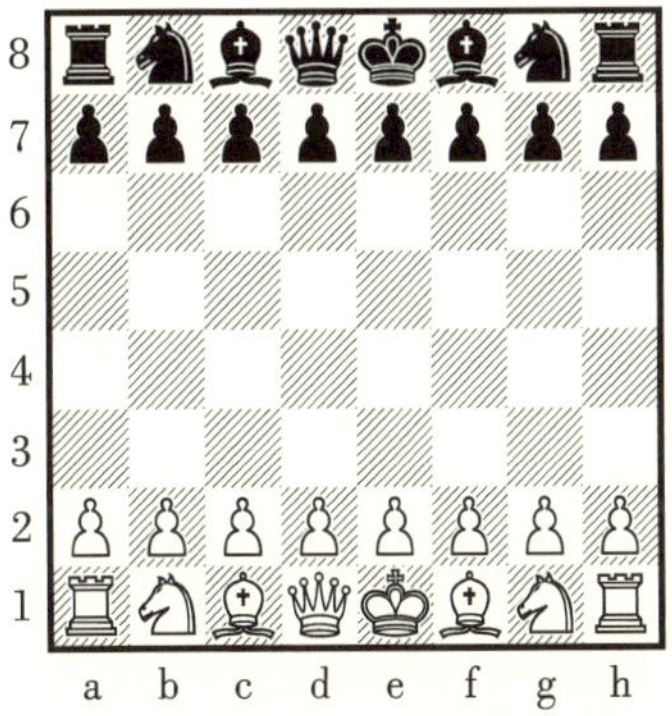

チェスの並べ始めの盤面は上の図のようになっている。先手が白、後手が黒である。

それぞれの縦の列（ファイルと呼ぶ）には、左からa,b,c…hの文字が、またそれぞれの横の列（ランクと呼ぶ）には、下から1,2,3…8の数字が割り当てられている。それぞれのマス目には、そのファイルとランクの組み合わせによって、a1からh8までの記号が割り当てられている。

並べ始めの盤面で、e1にいるのが白のキング、d1がクイーン、c1とf1がビショップ、b1とg1がナイト、a1とh1がルーク、そしてa2からh2まで横に並んでいるのがポーンと呼ばれる駒である。キング、クイーン、ルーク、ビショップ、ナイト、ポーンはそれぞれK,Q,R,B,N,Pという文字で表される。駒の動かし方については、チェスの入門書を参照してほしい。

棋譜の表記法

チェスの棋譜における着手は、動かした駒と、動かした先のマス目の組み合わせによって、たとえばQe2,Nf7というふうに表記される。これを代数式と呼ぶ。

例で説明しよう。白が初手にキングの前にあるポーンを2マス進め、それに対して黒がキングに近い側のナイトをビショップと同じ列のポーンの前に跳ね出して、次のような局面になったとする。

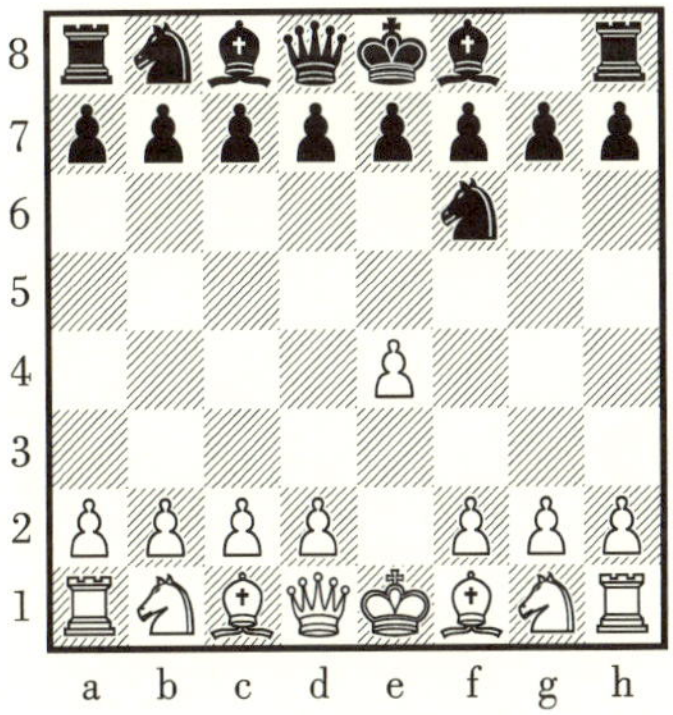

この手順は、上記の代数式では、1.e4 Nf6と書かれる。1.とは1手目を表す（チェスでは、白と黒の着手を合わせて1手と考える）。また、ポーンを表すPは省略する。黒の着手のみを表すには1...Nf6と書く。

代数式とは別に、次に説明する記述式と呼ばれる表記法もある。

まず盤を左右に二分して、まんなかから右をキング・サイド、左をクイーン・サイドと考える。そしてファイルをその筋にある駒で代表し、左から右へ、QR（クイーン・サイドにあるルークの筋、以下同様）,QN,QB,Q,K,KB（キン

装幀　中島かほる
装画　M・C・エッシャー
「メタモルフォーゼII」（1939-40）
All M.C.Escher works © Escher Company
B.V. -Baarn- the Netherlands. / Huis Ten Bosch-Japan

モーフィー時計の午前零時

モーフィー時計の午前零時

フリッツ・ライバー
若島　正訳

MIDNIGHT BY THE MORPHY WATCH

by Fritz Leiber

チェスの世界選手権者という地位は（たとえ無冠であれ）合衆国大統領の地位よりも、死や狂気に至るような精神的重圧を人間に与えるものである。ちょうど今我々はそうした王者の典型例を目にしている。現チャンピオンはこの十年以上明らかに世界最強の棋士であったが、その間、偏屈で一見自滅的とも思える行動をとってきた――重要な大会への参加を拒否したり、首位を独走しながら難癖をつけて途中で棄権したり、頂点を極めるのを全世界が邪魔しようとたくらんでいるという、いわゆる偏執狂的妄想を抱いたりしたのである。その結果、チャンピオン候補者から彼を除外する有識の専門家も多かった。熱心な支持者ですら、本当にチャンピオンになれるのかどうかという疑念に心を悩ませた。しかしついには、彼は宿敵たちを沈黙させ、幻想的な北極の島国で行なわれた最後の大勝負に決定的な勝利を収めて、友人たちをすっかり満足させたのである。

二流のチェス選手ですら、世界選手権というタイトルにとりつかれ、あるいはそれを夢見ると、多少なりとも恐ろしい精神的重圧を経験するものだが、それはしばしばきわめて奇怪で不気味な様相を呈することがある……。

スティルフ・リッター＝レビルは愛するサンフランシスコの繁華街を気のおもむくままに歩いていた。これが彼の数多い創造的趣味のひとつであった。道はところどころ眩暈（めまい）のするような坂になったり、うっかりすると見逃してしまう狭い袋小路や路地があったりする。道標となる昔からの店に混じって、商店や食堂がさながら万華鏡を覗いたように絶えず変化している。視線を人々の顔に移すと、白色に混じって、興味深いことにアーモンド色や黒色がある。押し寄せる危険な車の波は盛りあがった歩道へ今にも浸入してきそうだ。

　空はだらしないシルバーグレイ、まるで妖艶な下着か裸身の上にミンクコートをまとった高級娼婦のようだ。サンフランシスコ名物の霧もかすかに出ている。ここに集うは、銀行家にヒッピー、詐欺師に企業人、ありとあらゆる変人奇人、乞食に道楽者、殺人者に聖者たちだ（少なくともリッターのとりとめもない空想の中ではそうだった）。驚くばかりにさまざまな包装を施した蠱惑的な女たちもたしかに豊富だった——美女というものは、味な連中のごった煮にはなくてはならぬ香辛料なのである。ここには火星人や時間旅行者（タイム・トラベラー）がいても不思議ではなかった。

　この日のリッターの散歩は、いつにもまして夢のように気まぐれで、何が起こるか予想もつかなかった——すぐそこの角を曲がれば、謎が、驚きが、エロティックな体験やダイヤモンドをちりばめた冒険が待っているような気がしてならなかったのだ。

　彼はよく自分のことをリッターというミドルネームで考えていた。というのは、熱中してはまたさめるチェス愛好家だったからであり、今はちょうどその熱中期にあった。ドイツ語で「リッター」とは「騎士」のことだが、ドイツ人はナイトを騎士（リッター）と呼ばずに（その奇妙な跳び方をする動きから）はね駒（シュプリンガー）と呼ぶ。これは哲学的にも歴史学的にも社会人類学的にも汲めど尽きせぬ考察に値する問題である。リッターはまたチェス史の熱心な研究家でもあり、堅苦しい話から逸話に至るまで通暁していた。

背は高く、白髪で、痩せているが、美貌の名残りをとどめて老齢には見えず、（夢想に耽っていないときには）眼に世俗的で年相応の冷淡さはあるものの、いまだに青年のような好奇心が宿り、立ち振舞には嫌味にならない程度ではあるが歴然と芝居がかったところのある男であった。

つかのまに眼前を通り過ぎていくありとあらゆる奇怪なもの、美しいもの、グロテスクなものをはっきりと網膜に焼きつけてはいたが、この日の彼はふだんにまして夢想的な状態だった。あとになって思い出してみると、ポーツマス広場のすぐ近く、カリフォルニア通りとモンゴメリー通りの交差点からさほど離れてはいない辺りだったに違いない。ともかくも、いま彼は古道具屋の店先を食い入るように覗きこんでいたが、その店はどうも見憶えがないのだった。この界隈は知りつくしているつもりだからきっと新しい店なのだろうが、それにしてはいかにも古くからある店のように埃っぽくみすぼらしい――おそらく店主は引っ越してきたときに改装せず掃除すらしなかったのだろう。店先には、本物の骨董品から当世風の模造品まで、よりどりみどりの品々がずらりと陳列されている。ひととおり見渡してみると、じわじわと嬉しさがこみあげてきた。南北戦争の軍刀、宇宙船エンタープライズ号の宣伝用標準模型、新品のタロットカード、まるで巨人の鼻糞のように黒くて丸い首狩り族による本物の萎びた頭、凝ったマリファナ・ホルダー、銀色の食卓用クリーム入れ、ソニー製テープレコーダー、ケーブルカーの形をした昨年度のウイスキー瓶、ジーン・マッカーシーやニクソンの選挙戦バッジ、シルバーゴースト・ロールスロイスの「道の王者」ルーカス製真鍮ヘッドライトが一個、電動歯ブラシ、二〇年代物のラジオ、《フェニックス》誌の先月号、そして安物のプラスチック製チェスセットが三組。

そのとき突然、そうしたすべてが心から消え去った。遠くの霧笛も、のろのろした車の騒音も、チャイナタウンの単調なざわめきをモザイクのように嵌めこんだ背後の話し声の断片も、板硝子に映る祖母のお下がりを着た花売り娘も、霧の中から落ちはじめた雨粒にひらかれた傘も、すべて無視された。なぜなら、スティルフ・リッター＝レビルの全意識は、一つのプラスチック製チェス盤に適当に配置された駒の中で人目を忍ぶある小さな姿に、燃えるように集中していたからだ。それは野蛮な戦士を形どった、ずんぐりとして汚れた銀色のポーンであった。リッターはそれがチェスのポーンであることを知っていた――そのうえ、そのポーンが伝説的な逸品のチェスセットに属していた駒だということも知っていた。というのは、ポルトガル人のチェス友達にもらった警察による貴重な現場写真で、このポーンの仲間を見たことがあったからだ。彼は思いがけなくも一生に一度の体験に遭遇したのだ。

胸を高鳴らせながらも何食わぬ顔で、彼はぶらりと店の中へ入っていった。こういう場合に何にもまして肝腎なのは、何に興味があるのか、いやそもそも興味があるのかどうかすらも、売り手に悟られぬようにすることだ。

薄暗い店内はショーウィンドウに見合っていた。ここにも同じように埃にまみれた記念品が所狭しと置かれ、おそらくは掘り出し物が並べられているガラスケースがいくつかあり、そのうちの一つの奥に、痩せてはいるが丈夫そうな体つきをした年配の男が立っていた。リッターはこの男が主人だろうと直感したが、気づきもしないふりをした。

だが、是が非でも手に入れねばとその汚れた銀のポーンにひたすら神経を集中していた彼にとって、自動的に移動させていった視線がふと止まり、主人の前にあるガラスケースの中にこれまた出くわすのは一生に一度いやそれ以上とも言える珍品を発見したのは、肝をつぶさんばかりの驚きだった。それは時代遅れの見すぼらしい金の懐中時計であった。文字盤は、由緒ある時計なら当然そうあってしかるべきローマ数字ではなく、くすんだ金色と銀色で、チェスの図面に使用される駒模様になっている。そして短い紐で、柄は長く先が六角形になった金の螺子(ねじ)が付いていた。

リッターの心は興奮で凍てつきそうになった。これこそは身を潜めている蛮人のポーンの兄貴分なのだ。店主が真の値打をまずおそらくは知っていないこれこそ、チェスにまつわる記念品の世界における極めつきの逸品の一つなのだ。これこそは他ならぬポール・モーフィーの金時計、あのアメリカチェス界の王者として彗星のごとく短期間君臨したモーフィーが、ロンドンとパリへの旅で勝利を収め史上最高の天才ぶりを世間に知らしめた後に凱旋帰国して、ニューヨーク市で一八五九年五月二十五日に熱狂的大衆から贈られた金時計なのだ。

リッターは気のないそぶりでケースの方へと向きを変えながら、チェス時計とは反対の端にある鈍い銀色のアンク十字に視線をかたくなに集中した。

適当な頃合いを見はからってから、夢遊病者のように店主の前に立ちどまり——心臓の鼓動が聞こえぬようにと祈りながら——彼はそのアンク十字についてとりとめもなく訊ねてみた。主人は適当に受け答えしながらも、その品物を取り出してみせた。

愛の象徴である銀の十字をしばし眺めてから、リッターは首を横にふり、次から次へと別の品についで訊ねていきながら、目指すモーフィー時計へと巧みに近づいていった。

主人は低く退屈そうな声で質問に答えながらも、そのたびに商売人らしく品物を取り出してリッターに見せた。相当の年配で、頭はすっかり禿げあがり、バルト系のいかつい顔立ちをした男だった。リッターにはこの男がぼんやりと誰かに似ているような気がした。

とうとうリッターは、まだ真正面から見つめずにいるモーフィー時計の隣りにある、古い銀の鉄道時計について訊ねた。

それから、心臓を高鳴らせずにはおかないモーフィー時計を飛ばして、その次にある古い時計に移った。その時計の表側は複雑な図柄で、月と月相を示す小窓があった。

このギャンビット作戦は成功した、主人はとうとうモーフィー時計を引きずり出し、こうささやいたのだ。

「これは古いが変わった品でして、お気に召すかもしれません。外はちゃんとした金でできております。どうです、興味をそそられませんかな?」

リッターはようやく食い入るように眺めることにした。最初の直感は当たっていた。一点の疑いもなく、これこそはこれまでの人生の三分の二の期間というもの脳裏から離れることはなかった、正真正銘の遺宝であった。

彼はこう言ってみた。「なるほど、たしかに変わってるな。時間の代わりについている、この奇妙な小さい印は何なんだ?」

「チェスの駒ですよ」と相手は説明した。「ほら、六時がキング、五時がポーン、四時がビショップ、三時がナイト、二時がルーク、一時がクイーン、午前零時が別のキング、それから十一時から七時までまた同じように繰り返すわけでして」

「どうして正午じゃなくて午前零時なんだ?」と無知をよそおってリッターは訊ねた。その理由は知っていたのだが。

主人は皺だらけの爪で、中心のちょうど真上にある小窓を指さした。そこにはPMの文字が現われていた。「ここがまた珍しい特徴でしてね」と主人は説明した。「わたしが扱った時計のなかで、昼と夜の区別ができるものはごくわずかしかありません」

「なるほど。それから、チェスの駒が描いてあって、文字盤のまわりを二周半しているこのマス目は、言ってみればチェッカー盤になっているわけだね?」

「チェス盤ですよ」と相手は訂正した。「ついでに申しておきますと、マス目の数はちょうど六十四、ぴったりです」

リッターはうなずいた。「きっと値段は大金なんだろうね」と彼は他人事のように言った。

相手は肩をすくめた。「ただの千ドルですよ」

リッターの心臓は一瞬止まった。銀行の口座にはその十倍以上はある。これが手に入ると思えば端金(はしたがね)だ。

しかしそこは手の内を見せずに値切ってみることにした。交渉の途中で彼はこう指摘した。「でも、この時計は動かないんだろう?」

「いや、まだ針はついておりますしね」と、見憶えがあってどうも気になる顔をしたバルト系の老人は反論した。「それに、この重さからして内部の仕掛けも空じゃありません。たぶん修理はできるでしょう。フランス製ですな。ほら、六角形の螺子もちゃんと付いております」

最終的には七百ドルという値段で手が打たれた。彼はいつも財布に入れてある五十ドルを支払い、残りは小切手にした。銀行に確認の電話を入れてから、その小切手は受領された。

時計はふわふわした綿を敷いた小箱に詰められた。リッターはそれを上着のポケットに入れ、折返しのボタンをとめた。

眩暈がしそうな気分だった。あのモーフィー時計、チェスに対する嫌悪を次第に募らせていたにもかかわらずポール・モーフィーがその短い生涯の間ずっと肌身離さなかった時計、熱狂的ファンでありかつ名高い宿敵でもあったフランス人のジュール・アルヌス・ド・リヴィエールに遺贈した時計、その後不思議にも姿を消した時計、時計のなかの時計――それが自分のものになったのだ！

まるで無重力状態になったようにふらふらと表に出ると、通りはかすかにぼやけて見えた。

その場を去ろうとして、彼は店先に忘れていたものがあったことに気づいた――蛮人を形どった銀のポーンに五十ドルの小切手を書いて、今度は値切らなかった。

通りに出ると、晴々とした気持ちでも、ひどく疲労感を覚えた。人々の顔も傘も同じようにかすんで見えた。顔に降りかかる雨も気にはならなかったが、不安が一瞬襲った。

その場に立ちどまり、注意深く左手で重い小箱と紙にくるんだポーンをズボンのポケットに移し、そのまま左手で握りしめた。これでもう安心だ。

彼はタクシーを呼びとめて自宅の住所を告げた。

通り過ぎる町並の風景もようやく霞が消えだした。リミニのイタリア料理店が見える。寄る年波を感じて五年間大会には参加しなかった後、彼のチェスは今そのレストランでささやかな復活を遂げつつあった。そこの若い調理師がチェス狂で、主人に大目に見てもらい、大会を催したのだ。参加選手は大半が若かった。みごとな腕前を見せる、長身で不機嫌そうな顔の女性と、それに劣らぬ腕前だが口はさらに達者という、愛想がよくておしゃべりの若いユダヤ人弁護士、この二人が傑出しており、リッターはひそかにそれぞれ「皇后」と「ラスプーチン」という仇名をつけていた。衝動的にリッターは参加を申し込んだのだが、それは取るに足りない大会だから、もう遊びでしかチェスは指すまいという決意に反することにはならないだろうと思ってのことだった。そして、昔とった杵柄があざやかによみがえり、好成績をあげて現在三位をしっかりと確保し、ラスプーチンと皇后を激しく追いあげていた。

しかし、今モーフィー時計が手に入ったからには……。

馬鹿、モーフィー時計が手に入ったからといってどうして腕が上達すると思うんだ？　と彼は厳しく自問した。聖者の遺骨に不思議な力があると信じるようなもので、愚かな話だ。

左ポケットに突っこんだ手の中で、時計を入れた箱が激しく震えた。まるでその中に大きな生きた虫、金色の蜂か甲虫が入っているみたいだった。だがもちろんそれは妄想であった。

スティルフ・リッター＝レビル（これはチェス選手にふさわしい名前だといつも思っていた。エイベからズノスコ＝ボロフスキー、あるいはノーテボームからドゥス＝ホティミルスキーに至るまで、チェス選手にはとりわけ奇怪な名前が多いのである）はユニオン広場から五筋西にある風呂付き一間のアパートに住んでいた。部屋は資料や書物でいっぱいで、狭い壁面のいたるところに亡き妻や亡き両親それに息子の肖像画が掲げられている。老境に入った今、これまでの人生で縁ありし者たちを眺めながら暮らしたかったのである。窓の外には甍（いらか）の波のむこうに太平洋と金門橋（ゴールデンゲートブリッジ）のすばらしい景色が見え、西へ行くにつれて霧が濃い。整然と散らかったテーブルの上には、二面の立派なチェス盤があり、駒が並べられていた。

リッターはその横の場所を片付け、そこの中央に小箱と紙包を置いた。そしてしばし黙考してから——まるで神の怒りをなだめるために祈るように——慎重にモーフィー時計を取り出し、紙包を解いた銀のポーンと一緒に、念入りに調べるため真ん中に置いた。

それから、眼鏡を拭いたり掛け直したりしながらときどき大きな拡大鏡を使って、この二つの宝物を隅から隅まで調べてみた。

文字盤のいちばん外側は二十四マスの環というか輪で囲まれており、白十二マスと黒十二マスが交互になっている。白マスには時を表わすチェスの駒印が描かれ、その順番はバルト系の老人が言ったとおり。零時から五時までは黒の駒で、拡大鏡で見ると小さな翠玉（エメラルド）か翡翠輝石（ジェード）をちりばめた銀製だった。六時から十一時までは白の駒で、紅玉（ルビー）か紫水晶（アメジスト）をちりばめた金製。この時計に関する文献には駒模様に「白黒の区別がある」といつも書かれていたことを彼は思い出した。

その内側には、白黒二十四マスの二番目の環があった。

そしてさらにその内側には、文字盤の中央部の下に、十六マスから成る三分の二の円周があった。

その反対側、中央部の上には、小窓にＰＭと表示されている。

文字盤の針は十一時五十七分で止まっていた——午前零時まであと三分。

ペーパーナイフで蝶番式の裏蓋を注意深くこじあけようとすると、そこには装飾文字でＰＭと刻まれていた——これがポール・モーフィーの頭文字でもあることに彼は突然気がついた。

内部装置を保護している金色の内蓋には「フランスＨ＆Ｈ」と彫ってあった——またしてもあのバルト系の老人の言ったとおりだ。もう一度拡大鏡を使ってみると、六組の数字がきわめて小さく彫られていて、その中の７という数字の大半にはフランス風に斜線が入っていた。質屋の印だ。アルヌス・ド・リヴィエールがこの逸品を質草にしたのだろうか？　それとも後に手に入れた欧州人がそうしたのだろうか？　考えてみれば、チェス選手は貧乏人ばかりだ。それから六角形の螺子を挿し込む穴も見つかった。ゆっくり螺子を巻いてみたが当然ながら何も起こらなかった。

裏蓋を閉めてから文字盤を眺めた。六十四のマス目——24＋24＋16——は幻想的な円形チェス盤を構成している。チェスの変種が多くあるなかで彼が一、二度指したことがあるのは円筒チェスであった。

「奇怪なチェス（レ・エシェック・ファンタスク）」と彼は名句を引用した。「それこそは皮肉屋の狂人が考案した世界の寓話である。キングは中風病み、クイーンは吸血鬼、ナイトは悪漢、ビショップは偽善者、ルークは猪突猛進で、能なしのポーンは女に化けて中風病みと寝床を共にすることをひたすら夢見ている」

残念そうなためいきをつき、彼は時計からむりやり眼を離してそのうしろにあるポーンを取り上げた。汚れた銀色の駒を眼鏡に近づけながら、怖い顔をした戦士だなと彼は思った。胸面には剝き出しの長剣を鋒を下にしてたずさえ、鉄の戦闘帽を目深にかぶり、表情は死神のように冷酷無比だ。金で造られた軍団のほうはいったいどんなものなのだろうか？

古道具屋の店先で蛮人のポーンを目にして以来心の中にあったことを実行に移そうとしたとき、彼の表情もけわしくなった。腕を伸ばして資料用引出しを開け、ラベルを少しめくった後「アリョーヒンの死」と印のついた資料綴じを取り出した。暗くなってきたので見にくい。彼は夜に備えて大型の卓上灯をつけた。

しばらくすると、彼は異様なまでにほとんど何も写っていない写真を調べていた。誰も座っていない古い肘掛け椅子で、片方の平らな木製肘掛けの上に挿し込み式の携帯用チェスセットが開けて置いてある。そのチェスセットのうしろに小さな駒が立っている。再度拡大鏡を使ってみると、やはり思っていたとおりだった。それは今日買った蛮人のポーンのまさしく相棒に他ならなかったのである。

資料綴じから別の資料を取り出して目を通した――それは薄い半透明の紙に書かれた古い手紙で、英語の文章ではなくCの半数には下にセディラ符号がつけられ、Aの半数には上にティルデ符号がついていた。

手紙はポルトガル人の友達からのもので、その写真がリスボン警察の調書に収められている写真の複写であることを説明していた。

その写真の椅子に座って、アレクサンドル・アリョーヒンが一九四六年リスボンの安宿の最上階で心臓発作を起こして死亡しているのが発見されたのである。

アリョーヒンは一九二七年にカパブランカからチェス世界選手権のタイトルを奪った。目隠し多面指しで三十二人を相手にしたという世界記録も持っている。第二次大戦では枢軸側の一員としてチェスを指していたが、一九四六年にはソ連選手権者のボトヴィニクと公式のタイトルマッチを指す準備を進めていたところであった。ときには精神病になりかけたものの、アリョーヒンは深い読みと華麗な攻めで知られる、史上最強の棋士だと考えられている。

アリョーヒンもまた、モーフィーの金銀製チェスセットとモーフィー時計を手に入れた棋士の一人だったのだろうか、とリッターは自問した。

彼は「シュタイニッツの死」というラベルを付けた別の資料綴じに手を伸ばした。今度は変色した銀板写真で、狭くて古い型の病院のベッドが写っており、そばの小さなテーブルにチェスの盤と駒が置かれている。リッターの拡大鏡は、駒の中に見紛(みまが)うことなき蛮人のポーンをまた一個発見した。

近代チェスの父と呼ばれるヴィルヘルム・シュタイニッツは、一八九四年エマヌエル・ラスカーに敗れるまで二十八年間にわたって世界選手権を保持した。二度の精神病発作で晩年は病院暮らしだったが、二度目の発作が起こったときシュタイニッツは電気でチェスの駒が動かせると信じ、ポーン落ち黒番で神に対して勝負を挑んだという。この銀板写真が撮られたのは二度目の発作の後で、年老いたエマヌエル・ラスカーからリッターが何年も前に譲り受けたものだった。

リッターは疲れてテーブルから身を起こし、椅子にもたれ、眼鏡を外して眼をこぶしでこすった。思ったよりも時間がたっていた。

彼はポール・モーフィーのことを思い浮かべた。モーフィーは世界中の強豪をことごとく負かし、どんな人間に対してもポーン落ち黒番で勝ってみせると挑戦状を叩きつけたが、誰からも相手にされず、二十一歳の若さでチェス界を引退した。一八五九年にこうして世間を嘲る行動をとった後、二十五年間はニューオーリンズの実家で隠遁者として大半を過ごし、外出するのはただ午後の散歩と定期的なオペラ観劇だけで、そういう場合は服装に気を配りマントをまとっていたという。偏執狂(パラノイア)となり、親類が自分の財産や（よりにもよって）衣服を盗もうと狙っているという妄想にとりつかれていた。そしてめったにチェスについて語らず、友達のモーリアンとときどきナイト落ち黒番で指す機会を除いてはチェスを指すこともなかった。

慰みにチェスを指すこともなく二十五年間孤独にふけっていた、その同じ部屋には、世界制覇の記念品である金銀のチェスセットとモーフィー時計があったのだ。

そうした状況は――モーフィーの念頭にはたえずチェスがあったに違いない――思考と感情が震動となって、魂を持たない物体（この場合には金のチェスセットと時計）に伝達されるのに理想的ではなかったのだろうか。

二十五年間ひそかに偉大なるチェスの頭脳と共振してきた物体が、証拠写真が暗示するように、奇妙な偶然によって（ただの偶然だろうか？）もう二人の精神病患者でもあった世界チャンピオンたちの手に落ちたのだろうか。

馬鹿げた空想だ、とリッターは独りごちた。しかしその空想を追いかけるために、彼は自分の人生を少なからず犠牲にしてきたのだ。

そして今、豊かに振動している物体は彼の手中にある。いったいそれが彼のチェスにどんな影響を及ぼすだろうか？

だがそういう方向に瞑想をひろげるのはいっそう馬鹿げたことだ。

疲労の波が襲った。もう真夜中近くになっていた。

彼はささやかな夕食を温めなおして食べ、重いカーテンをきっちり閉め、服を脱いだ。

テーブルの隣りにある寝椅子のカバーをめくり、電気を消して、ベッドにもぐりこんだ。

頭の中で序盤定跡を並べてみるのがリッターの就眠儀式であった。才能のある選手なら誰でもするように、彼はたやすく目隠しチェスを指すことができた。ただ、盤全体をはっきりと思い浮かべられず、特にビショップは一マスずつ動きをたどらねばならないこともしばしばだった。彼は昔からの得意戦法であるブレイヤーズ・ギャンビット定跡を選んだ。

互いに六手進めたところで、突然、脳裏の盤は電気がついたように明々と輝きだした。驚いて辺りを見廻したが、部屋は相変らず漆黒の闇に包まれていた。明るく輝いているのは頭の中の盤だけだ。

驚きはどうしようもない喜びにかき消された。頭の中の駒は速く動くのに、どの局面でも深くまで変化を読めるのだ。

どこか遠くで、フランクリン通りに面した教会の時計が真夜中十二時を告げるのが聞こえた。しばらくして白番はあと五手で詰みを宣告した。黒番はおよそ一分間ほど盤面を眺め、そして投了した。

仰向けになって彼は数回深呼吸をした。これほどみごとな目隠しチェスはこれまで指したことがなかった——いや、目隠しでなくても。独りチェスだということは関係がないように思えた——彼の人格はちょうど二人の選手に分裂していたのである。

彼は投了図をもう一度眺め、頭の中で駒を最初の位置に戻し、もう一局始める前にしばらく休んだ。

ちょうどそのとき、時計の動く音が聞こえた。遠くで鳴る教会時計の音よりも五倍の速さで、気になる音だ。腕時計を耳もとに近づけてみた。なるほど、たしかに速く動いている音がするが、今聞こえているのはもっと大きな音なのだ。

彼はそっとベッドに起きあがり、テーブルにかがみこんで、電気をつけた。

モーフィー時計。腕時計よりも大きな音はそこから発していた。針は十二時十分を指し、小窓にはAMと出ている。

長い間彼はじっとしていた——黙り、動かず、驚き、考え、恐れ、疑い、人間がかつて夢想しえなかったような夢を見ていたのである。

考えてもみよ、エドガー・アラン・ポオが死んだときモーフィーは十二歳で、当時ニューオーリンズのチェス界の王者であった叔父のアーネスト・モーフィーを負かしたのだ。

百年以上もたった古時計が動きだすのは不可能ではないか。それもほぼ正確な時刻に――腕時計とモーフィー時計は一分も違っていなかった――動きだすというのはそれ以上に不可能ではないか。

しかし、彼やバルト系の老人が想像したよりも、内部装置はいい状態だったのかもしれない。時計は気まぐれに動きだしたり止まったりするものだ。偶然はあくまでも偶然にすぎない。

しかし彼は底知れぬ不安を感じた。そこで身体をつねったり、子供じみた他のテストを行なってみた。

声に出してこう言ってもみた。「わたしはスティルフ・リッター＝レビル、サンフランシスコに住む老人で、趣味はチェス、昨日奇妙な掘り出し物を発見。でも実際のところ、すべてはまったく正常……」

にもかかわらず、突然彼は「人喰いライオンが徘徊している」という感覚にとらわれた。ごく稀に、恐怖がこういう子供じみた形をとることが今でもあったのだ。時計の音は聞こえるものの、一分間ほど辺りは気味が悪いぐらい静まりかえっているように思えた。窓際の重いカーテンがかすかに揺れるのに彼は震え、壁は薄くて外敵の侵入に対して無力だった。

次第に人喰いライオンが外を徘徊しているという感覚は消え去り、神経も落ちついてきた。

灯りを消すとふたたび脳裏に光り輝く盤面がよみがえり、時計の音は逆に安心感を与えるものとなった。彼はまた独りチェスを始めた。ルイ・ロペス戦法に対して黒番は古典定跡を選んだが、これも得意戦法の一つだった。

第一局同様、今度も盤面はくっきりと浮かびあがり、みごとな指手の応酬が続いた。脳裏の闇に浮かんだ輝く盤面のそばには、ほっそりとした、人間の形をした光の姿が立っているように見えた。しばらくするとその形が崩れて光は弱まり、そして三つに分裂した。だが彼はこれに煩わされることはなく、ついに黒に対して三手で詰みを宣言したときには、すっかり満足感を味わうと同時に、底知れぬ疲労感を覚えた。

翌日はめったにないほど晴々とした気分だった。朝の光が夜の恐怖を一掃し、彼はいつもどおりの仕事や書きものの雑用を片づけていった。ときおり、まだ頭の中ではチェス盤がはっきりと思い浮かべられるぞと自分に言いきかせ、チェス史に残る謎を今自分が解きつつあるのだと考えた。モーフィー時計の音には興奮したような熱を帯びた調子があった。午後も終わりに近づくと、彼はリミニの店に行って新たに発見したこの実力を人に見せたくてうずうずしていることに気づいた。

古い金時計用の鎖と時計隠しを取り出し、モーフィー時計にとりつけ、もう一度丹念に螺子を巻き、チョッキのポケットにしまいこんでから、彼はリミニの店へと向かった。申し分のない天気だった——涼しくて、陽は明るいし少し風もある。足どりも軽かった。怪事件はすべて忘れ、念頭にあるのはただチェスだけだった。昔からよく言われていることだが、妻を亡くした男がその日の夜にチェスを指していて、悲しみをすっかり忘れてしまうこともあるという。

リミニの店は暗く、ニンニクのにおいがする一流レストランだった。別館では酒が飲めるし腹のふくれるパスタの前菜が無料で食べられ、また大会期間中はチェスが指せた。細長いL字形の部屋にぶらりと入っていくと、チェスの盤駒がずらりと並んでいて、そこにかがみこんでいる真剣な

（大半は若者たちの）顔つきを目にしてリッターは嬉しくなった。

そのときラスプーチンが彼を見つけて、何か腹づもりがあるらしくニヤリとほほえみ、陽気にしゃべりかけた。彼らは大会で対戦することになっていたのだ。二人は盤駒を借り出し、まもなく対局を開始した。横では皇后も重要な一戦を争っていた。まるで首が折れたようにその陰気な顔を傾け、曲げた手首を顎のそばにあて、読みにふけって長い指でせわしなく自分の駒を指している姿は、まるで呪いをかける魔女のようだった。

リッターは彼女を意識していたが、それは意識の隅でのことにすぎなかった。昨晩の脳裏の輝く盤面がよみがえり、今それが眼前にある本物の盤と二重映しになっていたからだ。複雑な変化もたやすく心に浮かんだ。彼はラスプーチンを赤子同然に負かした。皇后はその勝利を横目で見てかすかに嬉しそうな声をあげた。彼女も勝勢で、リッターがラスプーチンを破った結果首位にのしあがったのだ。ラスプーチンも珍しく黙りこんでしまった。

黒い口髭をはやした若い男がリッターの勝局の感想戦に加わってきた。彼はカリフォルニア州チャンピオンのマルチネスという男で、最近リミニの店で多面指しを行ない、十五勝〇敗で皇后と引き分けただけという戦績を残していた。マルチネスが軽く一局指しませんかと提案すると、リッターはぼんやりそれにうなずいた。

二人は一手一手が難しい試合を二局指した――一局はマルチネスのシシリアン戦法で、リッターは入城したキングの前面にあるポーンをみな進めて無謀とも思える攻撃を仕掛け、もう一局はマルチネスのルイ・ロペス戦法で、リッターはそれに古典定跡で対抗し、強力なキング側のビショップを交換しないように辛抱強く指し続けた。脳裏の盤は相変らず二重映しになったままで、次に動かすべき駒あるいは取るべき駒の上にはかすかに小さな光輪が輝いているかのようにも見えた。少し驚いたことに、リッターは二局とも勝ってしまった。

盤のまわりには観戦者の小さな群れができていた。マルチネスは「これほど強いチェスを指すなんて、あなたはいったいどこの人ですか？　聞いた憶えがありませんが」とでも言いたげに彼を不思議そうに見つめていた。

リッターはこの上もなく満足だったが、ただ一つ気になったのは、観戦者の群れの後方に痩せた若い男がいて、リッターがその姿をチラリと見るといつもその男の顔は影に隠れていたことだった。違う場所で見かけた三度とも、一瞬のことにすぎず、いつも男はじっとしていた。なぜかその男は余分な観戦者のように思えた。どうもこのことが気になって、ようやくリミニの店を離れてかすかに霧雨降る夕暮れの街に出たとき、リッターはぼんやりと思案に暮れた表情をしていた。一丁ほど歩いてからふり返ってみても、どうやら尾行されている様子はない。サム・スペードが登場するダシール・ハメット作『マルタの鷹』に描かれたあちこちの建物を通り過ぎながら、今回はアパートまで歩いて帰った。

霧雨の祝福を受けて、次第に気分は昂揚状態へと変化した。さきほど指したのは会心のチェスで、かねてからつきとめたいと念願していたチェス史の驚くべき謎が今解明されんとしているところだったし、ともかくもモーフィー時計は彼の味方として効果を発揮しつつあった――道を歩いていても、腰から耳へと伝わってそのくぐもった音が実際に聞こえていたのだ。

今夜、アパートの部屋は最上の隠れ家となった。まさしく自分の場所であり、頭脳の延長のように思えたのである。食事をとってから、シャーロック・ホームズのような笑みを浮かべて、知らず知らずのうちに「モーフィー時計の怪事件」と呼んでいた今度の一件を回想してみた。彼の説明を聞いてくれるワトスン博士役がいないのが残念ではあったが。まず、モーフィーが一八五九年にペルシャ号でニューヨークに帰還してからのその時計の出現だ。偏執狂になった幾年もの間、モーフィーは霊的エネルギーと莫大なチェスの知識を時計に与え続けた。あるいは——ここを注意してくれたまえよ——その後の時計の持主たちがそういう具合に思いこむような条件をモーフィーが整えたと言ったほうがいいだろう。なにしろ超自然現象という解釈は我々が採るべき道ではないからね、ワトスン君。次に（ド・リヴィエールの後）偉大なるシュタイニッツが時計を手に入れ、神に勝負を挑んで狂気のうちに死んだ。そして、しばらく間を置いてから、偏執狂のアリョーヒンが所有者となり、悪魔の発明とも思えるような絢爛たる超モーフィー的猛攻戦術を編み出し、数限りない背信行為の後にリスボンのみすぼらしい一室で孤独のうちに死んだのだが、その屍のそばには挿し込み式携帯用チェスセットと真相を物語る蛮人のポーンがあった。そして最後には、約三十年ものあいだ行方不明になった後（そのあいだモーフィー時計とチェスセットはどこにあったのだろうか？誰が保管していたのだろうか？　あのバルト系の老人はいったい誰か？）時計とポーンは彼の手中に収まったのだ。まったく稀な事件だよ、ワトスン君。こんな事件は一八六三年のプラハにも見当たらないね。

夜の暗い霧が窓ガラスに忍び寄り、ふたたび小雨の降る音がした。サンフランシスコはロンドンに似て、お抱えの名探偵がいる。スペードがチェスを指したという記録は残っていないが、ダシール・ハメットの趣味の一つはチェスであったという。

片づけたテーブルの上に置かれ、きらめきながらカチカチ動いているモーフィー時計を、リッターはときおりつぶさに眺めた。またしてもPMになっている。時刻はと言えば、紅玉(ルビー)きらめく白のクイーンに、顕微鏡で見ればようやくわかるほどの翠玉(エメラルド)がちりばめられた黒のキング――つまり午前零時五分過ぎだよ。迷信深い人間なら丑三つ時と呼ぶやつだね。

だがもう寝よう、ワトスン君。明日は仕事がたくさんあるからな――それに、奇妙に聞こえるかもしれないが、今晩も。

時計の表面から黄金の輝きが消えてリッターは本心から喜んだが、耳ざわりな音は鳴り続けた。彼はソファベッドにもぐりこむと思索にふける準備をした。脳裏にまた盤が輝き、チェスが始まった。最初はこれまで指した中で会心の一局を――数は多くはないものの――並べ直し、夢想だにしなかった変化を発見した。次はチェス史に残る名局の中で特にお気に入りのものをすべて並べてみることにして、マクドネル対ラ・ブルドネ戦からフィッシャー対スパスキー戦まで、もちろんシュタイニッツ対ツケルトート戦およびアリョーヒン対ボゴリュボフ戦を忘れることはなかった。こうした名局の数々は以前にもまして内容豊富な傑作となった――脳裏の盤では奥深くまで読めたのである。最後に彼はまた頭脳を二つに分裂させて目隠し八面指しに挑戦してみた。全局彼が黒番。まったく予想に反して、黒は三勝二敗三ドローの勝利を収めた。

しかし夜は想像力と推理力の喜びばかりではなかった。二度、不気味な沈黙が訪れ、暗闇に鳴りわたる時計の音はその沈黙をいやますばかりで、二度にわたる人喰いライオンの徘徊は彼を総毛立たせた。またしても脳裏の盤のそばに、かすかな人間の形をした細い光が現われ、消え去ろうとはしなかった。さらには、そこへもう二つの人間の形をした光が加わった。一つは背が低くがっしりとして跛をひき、もう一つはかなり背が高くがっしりとしてせわしなく動きまわっていた。頭の中か？

に邪魔者が侵入してきて、リッターの困惑は募った。いったい連中は誰なんだろう？そのうえ、かすかに四人目の人影も現われだしたのではないか？ 彼はマルチネスとの試合を観戦していた、顔が影に隠れて見えない正体不明の痩せた若い男を思い出した。あれと何か関係があるのだろうか？

気になる話だ——そして最も気になったのは、頭脳が速射砲のような思考の酷使に耐えかねてバラバラになりはしないか、血管にチェスが流れこんだために頭脳の及ぶ範囲はチェスを指す一つの惑星から別の惑星へ、そして宇宙の果てへとすでに拡がってしまったのではないかという懸念であった。

独りチェスが終わりに近づくにつれて頭脳の働きは鈍く遅くなり、彼は心底ほっとした。モーフィー時計の円形盤上で指すチェスを発明しようと試みたのが最後の記憶となった。うまくいきそうだと思ったとき、彼はついに螺旋を描きながら無意識の深みへと落下していった。

翌朝目覚めると、落ちつきがなく、体がチクチクして、意欲に燃えていた——そして、三人か四人のぼんやりした人影がベッドのまわりに一晩中群がって、モーフィー時計のリズムに合わせてストロボのように点滅を繰り返していたかのような感覚がつきまとっていた。

コーヒーを飲むと神経はいっそう過敏になった。すばやく着替え、モーフィー時計を急いで鎖と時計隠しにとりつけ、銀のポーンをポケットに入れてから、彼はこの二つの品物を購入した店をつきとめに出かけた。

モンゴメリー通り、カーニー通り、グラント通り、ストックトン通り、クレイ通り、サクラメント通り、カリフォルニア通り、パイン通り、ブッシュ通りなどありとあらゆる所を虱潰しに探しても、ある意味でその店はけっして見つからなかった。

探しまわった末にやっと見つけたものはと言えば、グロテスクな埃模様のついたある店のショーウィンドウだった。その埃模様は、一昨日蛮人のポーンを初めて見かけたあの店先のものと同じであった。

ただ今日の場合、窓ガラスのむこうには何も陳列されていず、店の中も空で、奇抜なアフロの髪形をした背の高い痩せた黒人が一人掃除をしているだけだった。

リッターは仕事中のその男に話しかけ、少しずつ話を聞き出しながら、男がこれから開ける店の三人の共同経営者の一人で、その店はアフリカ輸入品の専門店であることを知った。

バケツ一杯に入れた熱湯の石鹸水と柄の長いローラー式モップを持ち出し、例の埃模様を延々と消しにかかってから、やっと黒人は打ち明け話をしてくれた。

「ああ、昨日まではたしかにここで変な爺さんが骨董屋をやってたよ、よくこんなものを掘り出してきたなと思うような奇妙な品物ばかり並べてね、ガラクタもあれば、本物の珍品もあったけど。それが今日、二台の大型トラックに荷物をまとめて大急ぎで出ていったんだ、いやなに、昨日引っ越すはずだったんで、おれがしつこくガミガミ言ってやったのさ。

いや、それにしてもあいつは奇妙な奴だったな」埃の地図模様に残された最後の半島や群島をジャブジャブと拭い去りながら、黒人は思い出し笑いをして続けた。「ある時、あいつが『失礼、ちょっと休みますから』と言ってね、それで——信じられないだろうけど——隅の方に行って逆立ちしやがったのさ。これは本当の話だぜ、あんた。よっぽど腹を一発殴ってやろうかと思ったぜ。おれはあいつが発作でも起こしたのかと思ったんだ——顔もちょっと紫色になってたしね——でもちょうど三分たってから——おれは時間で計ってたんだ——なんともみごとにクルッと立ち上がって、以前の倍の速さで仕事にとりかかり、運送業者が目をまわすほどあれこれ指図してたっけ。いやはや、大した見ものだったよ」

リッターは何も言わずに去った。あのバルト系の老人が誰か、そして脳裏のチェス盤につきまといはじめた四番目の影に隠れたあの人影はいったい何者か、追い求めていた決定的な手掛かりをいま手に入れたのだ。

何気なく逆立ちして「興味をそそられませんかな」という男——その男こそ、チェス棋士の中でもとびきり奇矯な、ハイパーモダン・チェスの生みの親、アリョーヒンの最大の難敵であったがつねに挑戦を拒否された、アーロン・ニムゾヴィッチに違いない。そういえば、あのバルト系の老人はまさしく歳をとったニムゾヴィッチそっくりに見えた——だからどこかで見た顔だという気がしてならなかったのだ。もちろん、ニムゾヴィッチは一九三〇年代に故郷ソヴィエトのリガ市で死亡したということになっているが、リッターがいま巻きこまれている魔物たちにとって、生命だとか呼吸なぞどれほどの意味があるだろうか?

チャイナタウンの雑踏にまぎれこんでいても、四人のぼんやりした人影は、ライオンのように執拗に後をつけてきているように思えた。そして喧噪の中でも、腰に下げたモーフィー時計の音は聞きとれたし感じとれた。

セント・フランシス・ホテル内のデンマーク料理店に飛びこむと、彼はうまいコーヒーを立て続けに何杯も飲みながらエッグズベネディクトを二人前たいらげた。脳裏のチェス盤はストロボのように明滅しつづけ、頭脳をかきみだし、現実感覚を破壊するこの魔力から逃れるためには、モーフィー時計をサンフランシスコ湾に放り投げるべきではないかと彼は考えた。

しかし夕方が近づくにつれ、チェスへの衝動が抗いがたい力で襲い、彼はふたたびリミニの店へと向かった。

ラスプーチンと皇后、それにマルチネスもいたが、マルチネスは気品のある銀髪の男と一緒だった。マルチネスはその男を、南米人でインターナショナル・マスターの称号を持つポンテベロだと紹介し、早指しで一局指してみてはどうかと勧めた。

盤は脳裏の盤と二重映しになって輝き、またしても光輪が現われ、リッターは相手を初心者同様に負かした。

これで彼はすっかりチェス熱に取り憑かれ、すぐさま目隠し四面指しを提案した。相手はマスター二人と皇后それにラスプーチンで、ポンテベロが審判を兼ねてはどうかと。

これにはみな一様に驚いた顔つきになったが、とにかくリッターはマルチネスに二局、それに今ポンテベロに一局勝った実績があるので、ただちに手筈が整えられ、リッターは実際にちゃんと目隠しをしてくれと要求した。他の選手たちは観戦するためまわりに集った。

四面指しが始まった。リッターの脳裏には四面の輝く盤があった。その盤のそばにはそれぞれ一人ずつぼんやりした人影が立っていたが、今となっては気にならなかった。リッターの指しまわしは名人芸で、一連の手筋が次々に湧き出し、てきぱきと告げられる指手は正確そのものだった。皇后とラスプーチンは簡単に片付けた。ポンテベロを負かすにはそれより少し時間がかかり、マルチネスとはチェックの千日手で引き分けた。

目隠しを取って、驚いた顔の人々とそのうしろにいる四人の人影を見渡したとき、沈黙が流れた。

彼はチェスの奥義を会得した喜びを感じた。聞こえるのは、轟音のように鳴り響くモーフィー時計の音だけだった。

ポンテベロが最初に口を開いた。リッターに向かって「今ちょうどあなたが何を成し遂げられたか、おわかりですか？」マルチネスに向かって「四局全部の棋譜をとったかい？」そしてもう一度リッターに向かって「失礼ですが、あなたはまるで幽霊に出逢ったみたいに青白い顔をなさっていますよ」。「四人の幽霊たちだ」とリッターは静かに訂正した。「モーフィー、シュタイニッツ、アリョーヒン、それにニムゾヴィッチの」

「この状況からすれば、まさしくうってつけですな」とポンテベロが言った。一方リッターはうしろにいるはずの四人の人影を探した。四人はまだその場にいたが、位置を変えて少し引き下がり、リミニの店の闇のあちこちに紛れていた。

目隠し公開対局を開催してはどうかという話や、今夜の多面指しの結果を全米チェス連盟に報告し、その書面に大勢が証人として署名しようという話——リッターのチェス歴に関するポンテベロのうるさい質問は言うに及ばず——が出る中で、彼はやっとの思いで抜け出して暗い通りを帰っていったが、四人の人影は間違いなく尾行していた。アパートに戻って、頭の中でチェスを指したいという欲求には抗いようがなかった。

リッターにとってその夜はどの一瞬も忘れられない夜となった。というのは、一睡もできなかったからだ。脳裏に輝く盤は不滅の灯火となり、彼を捕えて離さぬ曼陀羅となった。彼は歴史に残る重大な勝負をすべて並べ直し、新手を発見した。独りチェスを二局指してから、モーフィー、シュタイニッツ、アリョーヒン、そしてニムゾヴィッチとそれぞれ一局ずつ指し、最初の二局に勝ち、三局目を引き分け、最後に負けて半点差で二位になった。ニムゾヴィッチだけが口を開き、こう言った。「御存知のはずだが、私は死んでもいるし生きてもいるんだよ。お願いだから煙草を吸うのはやめてくれないか」

彼は盤を八面積み重ねて立体チェスを二局指した。どちらも黒が勝った。宇宙の果てへと旅立ち、どこへ行ってもチェスに出逢い、立体チェスよりもはるかに複雑なルールで長い一局を戦った。その勝負には宇宙の運命が賭けられていた。彼はその一局を引き分けた。

そして長い夜のあいだじゅう、四人の人影が部屋の中にいて、黒白市松模様の覆面をつけ銀のたてがみをした人喰いライオンが窓から覗きこんでいた。そのあいだモーフィー時計は死の行進曲を奏でるドラムのような音をたてていた。暁が忍びよると幻影はすべて消え去ったが、脳裏の盤だけは相変らず真昼の陽光のように明々と輝き続け、いっこうに消え去る様子を見せなかった。リッターは途方もない疲労を感じ、頭脳は粉々に砕かれ、死の間際にあった。

しかし成すべきことはわかっていた。彼は小箱を取り出し、その中に綿に包んで銀の蛮人のポーンと古い写真と銀板写真、そして一片の紙を詰めこんだ。その紙にはこう走り書きした。

モーフィー　一八五九—一八八四
ド・リヴィエール　一八八四—？
シュタイニッツ　？—一九〇〇
アリョーヒン　？—一九四六
ニムゾヴィッチ　一九四六—現在

それから彼はモーフィー時計も小箱に詰めた。時計はカチカチ鳴るのをやめ、針もようやく止まり、脳裏の盤もフッと消えた。

彼は最後にもう一度、グロテスクなきらめく文字盤を喰い入るように眺めた。それから箱の蓋をしめ、包装して封をして紐をかけ、黒インクで「現チェス世界チャンピオン殿」と大書して、しかるべき住所を書き加えた。

彼はその箱をヴァン・ネス通りの郵便局へ持っていき、書留で送った。それから帰宅して、死人のように眠りこけた。


返事はこなかった。しかし箱が送り返されることもなかった。その後チャンピオンの身にふりかかった奇妙な出来事はこの贈物に関係があったのだろうかと思うこともときどきあった。

そして、ごくたまにではあるが、もしあのまま死を賭して頭脳を粉々になるまで酷使したとしたら、もしそうなったとしたらいったい何が起こっただろうかと思うこともあった。

しかしおおよそのところ彼は満ち足りた気分だった。マルチネスたちがあれこれ訊ねても、わざとあいまいな返答をしてはぐらかした。

彼は今でもリミニの店でチェスを指している。一度だけマルチネスに勝ったが、それはマルチネスが二十三面指しをしてみせたときのことだった。

みんなで抗議を！

ジャック・リッチー
谷崎由依訳

TO THE BARRICADES!
by Jack Ritchie

その新聞記事を、わたしはもう一度読んだ。作業員のマイク・ヒギンズという男が、建設中の南北高速道路の巨大な支柱から転落し、首の骨を折って死んだとある。事故の瞬間を目撃した者はおらず、どうやらその日ヒギンズは、ほかの作業員が帰ったあともひとり残っていたようだ。
わたしはゴム手袋をはめると、タイプライターに用紙を一枚セットした。

スウェンソン市長殿
高速道路の建設と、うろんな進歩とやらの名のもとに、代々の住民とその家族をこの地から追い立て移住させるというあなたのやり方は、これ以上許すことのできないものだ。市井の人々による平和的な異議申し立て、官僚諸氏との話し合いがなされたが、そうしたことは結局なんの役にも立たないことが判明した。直接行動に訴えるときがきたようだ。
したがって、ここからはわたしの流儀でやらせていただく。すなわち、この忌まわしき建設工事に、いかなるかたちであれ関わるすべての人間へ、宣戦を布告する。

手始めに、昨日、南北高速道路の建設現場でうっかり足場から転落した、あのマイク・ヒギンズという男性の骸（むくろ）に注意を促したい。
彼はうっかり落ちたのではない。
わたしが突き落としたのだ。彼が第一の犠牲者だ。この先も犠牲者が出るだろう。

事態を憂慮し、古くからの住民を擁護する一市民

わたしは封筒に宛て名を書き、切手を貼って投函しに行った。

もちろん、ヒギンズを足場から突き落としたりなどするものか。

けれども「殺人」を犯したかのように見せること、そしてこの先もきっと殺人が続くかのように見せることが重要なのである。

高速道路の建設には、文字通り何千という人間が関わっている。南北高速道路の建設にかかる数年間で、そのうちの誰かは、仕事中にせよそうでないにせよ、自然にあるいは事故で死ぬだろう。その死に方に少しでも曖昧なところがあれば、そこにつけこみ、自分の犯した殺人だと主張するつもりだ。

わたしの住んでいる近所は、一世帯住宅や二世帯住宅、あるいはやや古めかしい三階建てのアパートなどのあいだに、小さな店やレストランが点在しているようなところだ。この歴史ある町のいかなる一画も、スーパーマーケットの駐車場や――それこそ高速道路の下などには、いまだかつて埋もれたことがない。このあたりの家族は何世代にもわたり、同じ場所に、それもしばしば同じ家に住み続けてきた。要するに、ここは大都市のなかの小さく心地よい町なのだ。

次の日の夜七時、ウォルド・マッカーシーがやってきて、部屋のドアをノックした。チェスの一式を抱えている。

ウォルドはわたしの従弟だ。彼はこの町の警察署で、刑事課の警部補をしている。そしてこのアパートの、わたしと同じ階に住んでいた。

チェス盤のわきにプレッツェルの皿を置くと、わたしは自分の席に就いた。「署のほうはどんな様子だね？」

ウォルドは肩をすくめた。「相変わらずさ、アルバート」

「殺人？　強姦？　爆弾強迫？　それとも匿名の手紙でも来てるかな？」

ウォルドはポーンをK４へ動かし、ゲームを開始した。「手紙といえば、市長が、今朝受け取ったという二通の脅迫状を寄越してきた」

「二通？」

「家の前の舗道をただちに補修しなければ市長の顔にパイを投げつけると、ある女が脅してきたんだ。おれたちは女のところへ行き、話し合いをした。もうパイを準備してあったんだが、説得してやめさせたよ。パイは美味かった」

わたしは黒のポーンをK４へ移動し、待った。「二通、と言ったね？」

「ああ、そうさ。どこかの馬鹿が、南北高速道路の建設を中止させるために殺人を犯したと書いてきた。この件についても調査してるよ、もちろん。仕事だからな」

〝馬鹿〟という言葉にかすかな苛立ちを覚えた。「だがその手紙に署名はなかったんだろう？」

「なかったよ。だがこういう間抜けな人間は、驚くほどしばしばその手を使ってくる」

間抜けだと？　わたしは棒状のプレッツェルを力いっぱい噛み砕いた。「指紋は調べたんだろうね？」

「ああ。指紋は出なかった」

「悪魔のように賢いやつじゃないか」

「かもな。しかし実際、犯人について幾つかのことはわかったんだ」

「いったいどうやって？」

「第一に、おれは犯人が南北高速道路の建設を憂えているとは思わない。その近隣を守るには、すでに手遅れだからな。道路建設に必要な土地は買い上げられ、建物も取り壊されている。だからおれは、犯人がほんとうに心配しているのは東西高速道路のほうじゃないかとにらんでるんだ。こっちはまだ検討段階だが、しかし間違いなく、犯人の住む近所を突っ切って計画されているはずだ。やつはそれが気に入らないんだよ。だから高速道路というもの全般への恐怖を煽り、人々を遠ざけようとしている。それも東西高速道路計画が本格的に実現する前にね。そしてもちろん、書いたやつは男だ」

「どうしてそうなるんだ」

「こんなご時勢とはいえ、高速道路の支柱に女がひとりでよじ登り、誰かを突き落とすとは考えにくい」

ウォルドがナイトをＫＢ３へ動かすのを、わたしは注意深く見ていた。「じゃあ犯人は、東西高速道路の予定地に代々住んでいる男、ということになるわけか。だがそれじゃあまず特定はできんな」

「加えて犯人は、五十歳すぎの、いささか仰々しい人間だ」

「仰々しいだって？」

「手紙の調子からそう結論した。たとえばやつは、『骸』なんていう言葉を使ってる。『市井の人々』とか『官僚諸氏』なんていう言いまわしもだ」

わたしはナイトをQB3へ動かした。「結構。じゃあ警察は、五十すぎの、もしかしたらほんの少々大仰な、東西高速道路予定地に代々住んでいる年寄りの男、を探しているということだな。東西高速道路の予定経路には、たくさんの年寄りが代々住んでいるぞ」

「きみが思うよりは少ない。じつを言えば、やつはこのあたりのどこかに住んでいる公算が大きい」

わたしは台所へ行き、水を一杯飲んだ。プレッツェルを食べすぎたようだ。

翌日の〈イブニング・スタンダード〉紙には、故ヒギンズ氏について、さらなるニュースが出ていた。

警察は、市長のところへ来た匿名の手紙にもとづいて調査を進め、ヒギンズと一緒に働いていた労働者たちを詰問していたが、やがてヴァン・ダイン建設に雇われているフレデリック・マクニール（五十二歳）を逮捕した。マクニールは、借金にまつわる口論の果てに支柱の上からヒギンズを突き落としたと供述した。マクニールはわたしのアパートから三ブロックほどのところに住んでいた。

この一件については、少しほっとした。だが高速道路の問題はまだ解決していないし、その建設はなんとしても止めなければならないと感じていた。それは言わば、わたしの使命である。

一週間が経った。そのあいだわたしは毎日、〈イブニング・スタンダード〉紙をくまなく読んでは、別の使えそうな事件がないか探していた。エドワード・ミネリ（三十四歳）は、ナガウィッキ湖へひとりで釣りに出かけた。その日の終わりに、彼の乗っていたボートが転覆しているのがみつかり、遺体は十四フィートの水底から収容された。ミネリはトラック運転手で、ヘネシー・アスファルト社に雇われていた。

ヘネシー・アスファルト社だと？　ヘネシー・アスファルト社は高速道路建設の下請け業者ではなかったか。そう、もちろんそうだ。やつらのトラックは、南北道路の建設現場で何度も目にしている。

わたしはゴム手袋をはめ、タイプライターに用紙をセットした。

スウェンソン市長殿

おれたち労働者は、市役所の連中に追いまわされてばかりで、ほとほとうんざりしている。近所を破壊してまわり、まだ充分住める家をたくさんぶち壊し、行くあてもないおれたちを立ち退かせるなんてな。

あんたはそのインテリのハゲ頭で、人々の人生をめちゃくちゃにし、高速道路を作ってやろうと考えてるみたいだが、おれたちは高速道路なんか使わないし、それにかかる莫大な費用については言うまでもないだろう。法と秩序が崩壊すれば、愛郷心を持ち行動を起す市民が出てくるのは自然なことだ。そしてそれがこのおれなのだ。

高速道路建設に関わるヘネシー・アスファルト社のエド・ミネリを、おれはボートから突き落とした。やつは溺れ死んだ。ミネリの死亡記事は、新聞の、〈リック谷での大冒険〉という漫画と同じページに出ているはずだ。おれはこの漫画のファンだ。

そしてこの先同じことが、高速道路建設に関わるすべての人間に降りかかるだろう。

敬具
建設作業員（ハード・ハット）

この手紙の出来には、いささか誇らしげな気持ちになった。

金曜日になると、またもやウォルドがチェスの一式を抱えてやってきた。

一局めの第三手のあと、「あれから匿名の脅迫状は来たかね」と聞いてみた。

ウォルドはうなずいた。「市長のところに、建設作業員と署名された謎の手紙が来た。手紙のぬしは殺人を犯すことで、高速道路建設を阻止しようとしているらしい」

「ふむ」とわたし。「で、その手紙から手がかりは導き出せたのか？」

「そうだな、第一に、犯人は〈イブニング・スタンダード〉紙を読んでいるか購読している」

「どうしてそう言える？」

「エド・ミネリの記事が〈リック谷での冒険〉と同じページに出ていると書いてきた」

「ふん」わたしは言った。「だがこの町の夕刊は二紙とも〈リック谷での冒険〉を連載しているぞ。たまたま知っているんだが」

「そうさ。だけどミネリの死亡記事をそれと同じページに載せているのは、〈イブニング・スタンダード〉のほうだけだ。それから、犯人は建設作業員じゃあない」

「なぜだ?」わたしはいささか語気を荒げた。

「つじつまが合わないからさ。建設作業員たちはつねに建設作業の側に味方してきた。それが何の建設で、どんなものになろうとね。それに建設作業員が、これほどの長さの手紙を、ひとつのタイプ・ミスもなしに打てるだろうか」ウォルドは首を振った。「いや、無理だろう。建設作業員と署名されたこの手紙を書いたのは、ヒギンズのときに手紙を書いてきたのと同じ人物だ」

「いったいどうしたらそんな馬鹿げた結論にたどり着くんだ。そのふたつの手紙は、きっと、まるきり違う文体で書かれているだろうに」

「そうさ。だが二通とも同じタイプライターを使って書かれている」

「なんと」

ウォルドはビショップをR4へ動かした。「そんなわけで手紙のぬしは、東西高速道路の建設予定地に代々住んでいる、五十歳以上の、タイピングの上手な、〈イブニング・スタンダード〉を読んでいる男で仰々しいやつ、ということになる」

この男はなぜそんなに仰々しさにこだわるのだ? そこはむしろきちんとしたと言うべきではないか。あるいは礼儀正しいとかなんとか。

日曜日の〈ポスト・ディスパッチ〉紙——わたしはこちらの新聞に乗り換えた——には、州警察が市長からの通告を受け、エド・ミネリの死についてさらなる調査を行なっているとの記事があった。その結果、死んだ日の午後早い時間、ひとりの男とボートに乗っていたのが、ミネリの目撃された最後だということがわかった。

スキューバ・ダイビングで湖の底が探索されたが、そのもうひとりの死体は出てこなかった。そのかわり、それぞれに名札のついた釣り道具入れがふたつみつかった。ひとつはミネリのもの。もうひとつにはフレッド・ネトルマン、リーズヴィル在住、とあった。リーズヴィルはナガウィッキ湖に隣接する町だ。

警察はフレッド・ネトルマンが自宅でぴんぴんしているところを捕まえた。尋問したところネトルマンは、事件のあった午後、湖のほとりの居酒屋でミネリに出会ったということだった。半ダースものビールを飲んだあとで、ふたりは一緒に釣りに出ることにした。湖の上で二時間すごしたが、魚は一匹も釣れず、ふたりはさらに一ケースのビールを飲み干した。そしてネトルマンにはもう思い出せない、何か些細なことで喧嘩になり、取っ組み合いをしているうちにボートが転覆してしまった。

ネトルマンは岸まで泳ぎ、車を運転して家に帰り着くと、すぐに眠ってしまった。目が覚めて、ミネリが泳げないこと、溺れてしまったに違いないことに気づいて恐ろしくなり、この件に関してはいっさい口をつぐんでいようと決めたのだった。

翌朝、仕事に出かけようとすると、廊下でミセス・ペンダーに会った。ミセス・ペンダーは八十歳、夫に先立たれ、わたしの隣の部屋に住んでいる。

「ウィルソンさんの事件、恐ろしいことだったわね」彼女は言った。

「ウィルソンさん？」

「そうですよ。最上階の奥の部屋に住んでる、あの人。昨夜、ひき逃げにあってお亡くなりになったというじゃないの」

ウィルソン？　ウィルソンだって？　ああ、そうだ。ぼんやりと覚えているぞ。小男で、独身だったな。無口な男で、通りすがりの会釈くらいしかやりとりしたこともなかった。簿記係か事務員をしていたはずだ。

「確か簿記係をしていましたな」わたしは言った。「違いましたか?」

「ええ、そうですよ。バーレイ砂礫会社で」

バーレイ砂礫会社だと? そんな名前の会社ならかならず、高速道路建設と何かしら関係しているはずだ。あの高速道路建設狂どものひとりを、このアパートにかくまっていたことになるのか。

わたしは自分の部屋にとって返すと、ゴム手袋をポケットに突っ込んだ。

その日の昼休みには、ひとり会社に残り、内側からオフィスの鍵をかけた。

そしてゴム手袋をはめ、タイプライターに用紙をセットして、手紙を書きはじめた。

拝啓　市長様

ぼくの高校では、今年、〈環境保護〉がクラス企画のテーマになりました。ぼくたちはそれぞれ自分なりに、環境を守る努力をしています。

ぼくの選んだやり方は高速道路に反対することで、というのもそれが環境を破壊すると考えているからです。すべては、父たちの罪深い行ない、景観を覆い隠し、〈自然界のバランス〉と〈生命の連鎖〉を崩そうとする彼らの行ないを、若いぼくたち、いまの世代が恐れないということにかかっています。

現在ぼくは、全生活とあらんかぎりの努力でもって、高速道路建設を阻止しようとしています。高速道路建設こそは、ぼくたちをコンピュタのパンチカードのように顔のないものへ変えようとする、非人間的で顔のないテクノロジーの典型です。

そなわけで、今朝、ぼくは父親の車を使って、ジェイムズ・ウィルソンをひき殺しました。彼はバーレイ砂礫会社の一員で、この会社は狡猾にも、高速道路建設において既得権益を持っているのです。

ぼくは殺すことを誓います——殺人には吐き気を催しますが——どんなかたちであれ、〈環境保護〉に害をなす人間は殺すことを。〈沈黙の春〉は、二度と訪れてはならないのです。

敬具
一粒の善き種子

わたしはこの手紙を読み返し、いくつか意図的にタイプ・ミスをしていることを確かめてから、封筒に入れて投函した。

夕方、家に帰ってくると、〈ポスト・ディスパッチ〉紙を開き、ウィルソンひき逃げ事件の記事を読んだ。

その同じページに、ミス・ベルタ・トンプソン（四十六歳）が、自宅のガレージで車に乗ったまま死んでいたという記事が載っていた。車の鍵は差し込まれたまま、エンジンはかかったままで、ガソリン・タンクは空だった。友人宅で開かれたパーティーで最後に目撃されたときには、元気そうに見えたという。

いささか飲みすぎたんだろう、とわたしは思った。ガレージに無事車を入れ、自動ドアを背後で閉めたところで目を閉じてしまい、エンジンを吹かしたまま眠りこんだのに違いない。

わたしはさらに記事を読んだ。検死が行なわれる予定だとある。そしてミス・トンプソンは、レイクサイド金属会社社長の個人秘書をしていたと。

レイクサイド金属会社だと？　あのリンカーン通りにある、まるまる一ブロックを占めた、四階建ての巨大なあのレイクサイド金属か？　もちろん、――そう、中西部最大級の金属製造業者だ。ということは間違いなく、南北高速道路建設にも、なんらかのかたちで金属を提供しているはずだ。

わたしはあごをさすって考えた。ここでいっぱつ怪文書を書き送るべきだろうか？　さっき送ったばかりなのに？

たぶんいささか早急にすぎるだろう。けれど一方で、現場を目撃した者のいない、こんな理想的な死亡事件には、しばらくお目にかかれないかもしれない。

わたしはゴム手袋をはめ、タイプライターに用紙をセットした。このタイプライターで打った手紙は、もちろんもう投函しないつもりだが、おおまかな下書きくらいは書いておくことができる。明日になったら、会社のタイプライターのどれかで清書しなおすつもりだ。

わたしはしばらく考えた。高校生からもう一通、とするべきか？　いや、駄目だ。十代の子どもに一日二件の殺人は多すぎる。

無差別攻撃的とするべきだろうか。いろいろな種類の人間から、たくさんの手紙が届くという？　そこには何か、人の心に火をつけるものがあるはずじゃないか？

ドアをノックする音がしたときも、まだタイプライターに向かっていた。わたしはちらりと時計を見た。ああ、そうだ。ウォルドに違いない。

タイプライターにカバーをかけ、ゴム手袋を外して引き出しに仕舞い、ドアを開けた。

二局めが始まってから、手紙の話題を持ち出してみた。「あの匿名脅迫状の件はどうなった?」

「上々だよ」とウォルド。「また別の手紙が届いた——今日、遅い時間にね。今度は自分は高校生だと書いてきた」

「ほんとうに?」

ウォルドはうなずいた。「彼が殺したと言っているのは、まさにこの建物の住人だ」

「なんということだ」

「手紙のぬしは、車でジェイムズ・ウィルソンをひき殺したと言っている」

わたしは眉をひそめた。「ウィルソン? ウィルソンだって?」そして肩をすくめた。「物静かな男だったな。いつもひとりで閉じこもっていて。バーレイ砂礫会社で働いていた。そうか、だから手紙のぬしはウィルソンを殺したんだな?」

「違う」

「違うとは、どういうことだ」

「ウィルソンをひいた犯人は、もうすでに逮捕している。七十代後半の爺さんで、そもそも車など運転すべきじゃなかったんだろう。日曜日の夜、運転していて何かにぶつかったことは気づいたらしいが、人をひいてしまったとは、今朝の新聞でウィルソンの記事を読むまで思いもよらなかったそうだ。そこでふたつの事柄から判断して、自分だとわかり、自首してきた。車の泥除けに塗ってあったペンキは、ウィルソンの服に付着していたものと一致したよ」

わたしはすっかり敗北を感じた。「その高校生が死因となった車を、持ちぬしの知らないあいだに拝借して、また戻しておいた可能性は？　持ちぬしは七十代で、もう記憶も曖昧だから、自分が事故を起こしたと思いこんだんじゃないか？」

「その可能性は低いだろうな。それに、第三の手紙を書いたのは、最初の二通を書いたのと同じ人間だ」

わたしはほとんど怒りさえ覚えた。「いったいどうしたら、そんな無茶な結論に行き着くんだ？」

だがなんとか自分を抑え、やっと笑みを作った。「その手紙も、最初の二通と同じタイプライターで書かれていたのか？」

「いや、まったく違うタイプライターだ」

「じゃあどうしてそんなに自信を持って、手紙のぬしが最初の二通と同じだと言える？」

「封筒に貼った切手さ」

「切手？　切手に指紋でもあったのか？」

「そうじゃない」とウォルド。「指紋はどこにもなかった」

ふいに突飛な考えが浮かんだ。「まさか切手の裏に舌紋があったとは言わんだろうな？　その舌紋が三通とも一致した、などとは」

この思いつきに、ウォルドは目をぱちくりさせた。「舌紋？」彼は考え深げにうなずいた。「いや、ないことはないな。二階に住んでいる男を、窓枠についた肘紋を照合して確定したこともあるくらいだ」そして肩をすくめた。「違うよ。舌紋を調べたわけじゃない。切手そのものだ」

「だが切手なぞどれも同じじゃないか」

「まあ、そうだ。だが切手のふちは、一枚一枚少しずつ違う。ミシン目にそって切り離される部分さ。そこを顕微鏡で見て、三枚の切手がもともとは繋がっていたことを発見した。同じ切手帳かシートにあったものだ」

ウォルドはチェス盤を眺めていたが、やがてこう続けた。「その三通の手紙を書いた人間は、この建物に住んでいる」

わたしは唾を飲んだ。「どうしてそう思うんだ」

ウォルドはナイトをB3へ動かした。「ジェイムズ・ウィルソンはどこで働いていると言った？」

「バーレイ砂礫会社」

ウォルドは首を振った。「違う。彼はスランキー玩具会社の用務員だった」

わたしは眉をひそめた。「だがミセス・ペンダーは――」

「彼女は間違えていたんだよ、アルバート。ミセス・ペンダーは八十歳を越えているし、人や時間をしばしば間違える。ウィルソンの前に彼の部屋に住んでいた人間がバーレイ砂礫会社で働いていたんだ」ウォルドは顔を上げた。「そしてこのことから、われわれは興味深い点に気づいた。ウィルソンがバーレイ砂礫会社で働いていたと思っているのは、手紙のぬし、ミセス・ペンダー、そしてアルバート、きみだけなんだよ」

身体が熱くなるのがわかった。「ミセス・ペンダーはその間違った情報を、わたしのほかにもたくさんの人に伝えたかもしれないじゃないか」

ウォルドはにっこりと笑った。「その可能性もなくはないがね、アルバート」そしてカバーをかけたタイプライターを見た。「きみが何かをタイプしている音が聞こえたように思うんだが」

「個人的な手紙だ」わたしはすばやく言った。「きわめて私的な手紙だよ」

ウォルドは立ち上がり、タイプライターに近づいた。

「ウォルド」わたしは抗議した。「わたしのプライベートに関わる――」

その言葉を無視して、ウォルドはタイプライターのカバーを外した。そしてそこに挟まれたままになっている手紙を読んだ。

市長殿　そして市議会議長殿

さてあなたがた**男性**は、この伝統ある素晴らしい住宅地と歴史的建築群を、高速道路と呼ばれる巨大で**醜い**建造物を作ることによって破壊しようとしていますね。

しばらくのあいだ、わたしは、これらの景色と美観に対してあなたがた為政者の行なってきた、数々の暴力を黙って見てまいりました。けれどももう我慢できません。わたしは独立した**精神**を持つ人間であり、男性優位主義のブタどもの慰みものではありません。といっても、交際を申し込まれたことがないという意味ではありませんが！

ともかく、あのぞっとするような高速道路に話を戻します！　高速道路で思い出すのは、蒸気ローラーやその他の機械、あなたたちの持つ機械を、女性が運転しているところは見たことがないということです。あなたがた男性は、競争が**怖い**というだけの理由で、女性が自分を**表現し**、彼女たちの生まれた、性的従属を強いられる文化から立ち上がる機会を与えずにきたのです！

書き終えていたところまでを読んでしまうと、ウォルドはうなずいた。「確定だな」

わたしは溜息をついた。「逮捕するんだろう？」

ウォルドは眉をひそめた。「アルバート、おれだってきみと同様、あのいまいましい高速道路が住宅地を突っ切るのには我慢がならないんだよ。きみがこの手紙を書き終えたら、おれが投函してきてあげよう」

そしてふたたびチェス盤の向こうに座った。「さあ、きみの番だよ、アルバート」

毒を盛られたポーン

ヘンリイ・スレッサー
秋津知子訳

THE POISONED PAWN
by Henry Slesar

もし彼自身の健康上の問題がなければ（彼の胃は緑色のガラス壜のかけらが一杯詰まっているような感じだった）、ミセリコルディア病院の六人部屋にいるマイロー・ブルームは、同室者の恰好を見てクスクス笑い出していたろう。その男は両腕にギプスをはめられ、二本の腕はまるで丸々とした白いソーセージのように見えた。左腕は、どういうわけか左脚まで組み込んだ複雑な牽引装置の滑車で宙に吊られていた。のちにマイローは、この病室仲間（名前はディーッといった）が荷積み用プラットホームから転落したのだと知った。マイローの入院記録にはそれよりはるかにドラマチックな話が記されていた。彼は毒を盛られたのだ。

「ま、聞いてくれよ」マイローは悲しげに首を振り、例のガラスのかけらをガチャガチャいわせながら言った。「今度のことでは教訓を得たよ。おれは自分の家の食卓の下に転がってたんだ。そしたらおれの全人生が一瞬のうちにパッと目の前に浮かんだんだが、それが何のように見えたと思う？　チェスの長い一試合さ。自分が盤上のＱＢ４のマスに生まれるのが見えたよ、ベビー毛布に包まれた白のポーンとしてね。そして、今度は死にかけて転がってた、ツークツワンクに追い込まれて、今にもチェックメイトされそうになって……」

むろん、マイローはまだ麻酔から覚めきっておらず、支離滅裂なことを言ったとしても無理はなかった。しかし、一時間後、彼は自分の考えをもっとはっきり言い表わせるようになった。

「二度とふたたび」と彼はおごそかに言った。「もう絶対に、二度とおれはチェスをやらない。二度とチェスの駒には手を触れないし、新聞のチェス欄も読まない。誰かが〝ボビー・フィッシャー〟という名前を言ったら、おれは両手で耳をふさぐよ。三十年間、おれはあの悲惨なチェス盤の虜だったんだが、でも、もう卒業だ。あんたはあれがゲームだと思うかい？　あれは強迫観念さ！　チェスに熱中したあげくがどんなことになったか、見てもらいたいもんだ。ほら、見てくれよ！」

もちろん、これは本当は〝聞いてくれ〟という意味で、その日ほかには何の予定もないディーッとしては、これにまったく異存はなかった。


おれの親父はチェスにはほとんど興味がなかった。グリーンポイント・チェスクラブの会員にこのおれを誇らしげに見せびらかして、クラブのチャンピオン、クパーマンとの試合を馬鹿にしたように持ちかけたのも、チェスが好きだったからじゃない。ひとえにクパーマンが憎らしかったからだ。おれは十一歳で、クパーマンは四十五歳。おれの小さな手がクパーマンのキングの息の根を止めることを考えただけで、親父は有頂天になった。

おれはクパーマンの巨体と向き合って坐り、他の対戦者を震え上がらせたその二重顎をした顔に浮かぶ嘲笑を無視した。おれは自分が天才児で、クパーマンはきっとおれの力をあなどるに違いないと確信していたんだ。やがて、ビュン！　バシッ！　ガン！　駒が次々と盤の中央に来た。バーン！　クパーマンのクイーンが突進して、型破りに早い攻撃をしかけて来た。シュッ！　黒の二つのナイトが二重の猛襲をかけてきておれにべそをかかせた。そして、ドッカン！　おれの守備はずたずたになり、キングは命からがら逃げ出したものの、結局ルーク・ポーンの足元でみじめな死を遂げた。信じられなかった。十七手で、そのほとんどは教科書を真っ向から無視した手だったが、クパーマンはおれを粉砕したんだ。その晩はアイスクリームを買ってもらえなかったよ。

むろん、おれはクパーマンに負けたことに屈辱を感じた。同年輩のグループの対戦者は片端から負かしていて、もう充分おとなを相手に天才児型の対戦ができるとばかり思っていたんだ。その時のおれには、クパーマンがどれほど強いかわからなかったんだ。ブルックリンの小さなチェスクラブのナンバー・ワンだという事実は、彼の才能やその変則的な、ペトロシアン的な棋風の真価をはかる目安にはならなかった。

それがどれほどの才能かということを、その後の二十年で、おれはイヤというほど思い知らされた。というのも、ブルーム対クパーマン戦はそれが最後ではなかったからだ。それどころか、数多くの対戦のほんの初回にすぎなかった。

クパーマンがおれとの再戦にやっと応じたのは、その四年後、おれがすっかり大人びた十五歳になっただけでなく、ブルックリンのジュニアの部のチャンピオンになり実力のほどを証明してからだった。その二度目の対戦の時、おれは自信満々だった。しかし、四十九歳のクパーマンとテーブルをはさんで対坐し、またもやあの奇妙な、ビュンビュン切り込んで来る戦法や、やたらに跳ねまわるナイト、ずいぶん遅くなってからやるキャスリング、充分に展開した駒の不可解な退却、驚くべきツヴィッシェンツーク——はっきりしない目的の挿入手順——そして、中でも一番悩まされる小刻みに攻めたてるポーンの動き、盤の両側からポッポッ食い込んで、堅固なはずの中央部を少しずつかじり取るこうした戦法をふたたび目のあたりにした時、おれはパニックに襲われて頭がぼおっとかすんでしまった。自分の荒い息づかいで眼鏡がくもったのは言わずもがなだけどね。そう、おれはその試合にも負けた。だが、おれがクパーマンに負けたのはそれが最後じゃなかった。もっとも彼はとつぜんグリーンポイント・チェスクラブを辞めることにしただけでなく、東海岸そのものを去ることにしたんだがね。

おれにはクパーマンがなぜよそへ行く気になったのか、確かな理由はついにわからずじまいだった。親父が立てた説は、クパーマンは喘息持ちで、医者にアリゾナか、どこか他の西部の州で乾いた日光を浴びるように奨められたのだ、というものだった。実際には、おれが最初に見たクパーマンの手紙の消印は、イリノイ州のケントンという町だった。彼はグリーンポイント・チェスクラブに手紙をよこし、クラブの現在のチャンピオンと郵便で試合をしたいと申し入れて来たんだ。たぶん、ブルックリンが恋しくて、ホームシックにかかったんだろうな。で、当時のチャンピオンは誰だったと思う？　このマイロー・ブルームさ。

当時のおれは二十二歳で、天才児といわれる歳はとうに過ぎていたが、近所のチェス好きの間では一番強かったからすっかりいい気になっていた。そしてクパーマンのあの型破りな戦法と対決することに大乗り気だった。あんなにたくさん定跡を破っていていつまでも勝ち続けられるわけがないと確信していたんだ。おれはただちに、もちろん速達でクパーマンに返事を出し、礼義正しくへり下ってクラブ内での地位が上ったこと、そして喜んで郵便でお手合わせ願いたい旨を伝えた。

一週間後、返事が来た。仏頂面をそのまま文字にしたような文面で、それと最初の一手——ナイ明らかだった。

トをKB3へ——が書かれていた。七年ぶりのクパーマンが、その間あまり変わっていないことは

ま、さっさと認めてしまった方がよさそうだ、この試合でもクパーマンに負けた。そして、その敗北は、どちらかといえば、面と向かってやった過去の対戦をしのぐ惨敗だった。信じがたいことに、クパーマンはほとんどの駒を後列に配したままにした。それから、ナイトの捨て駒がきて、クイーンを釘づけにされ、そしていともあざやかに王手(チェック)された。

待ちうける虐殺を予見して、おれは現にポーン一駒分だけ優勢だったにもかかわらず、投了した。この早い段階での試合放棄に、クパーマンは明らかに不満だった（おれの手紙の封を切り、返事を見て失望の唸り声を上げ、肉づきのいい顔をしかめて不精ひげの生えた頰を震わせているクパーマンの顔が目に浮かぶようだった）。ほとんどその翌日ぐらいに、おれはなぜ次の試合の白番第一手を送って来なかったのか、という手紙を受け取った。

おれは結局、第一手を書き送った。ポーンをQ4へ。彼はナイトをKB3へと応じた。こちらもナイトを動かした。彼はポーンをクイーンの3に移して応戦した。おれはナイトをビショップの3に動かし、彼はただちにそれを自分のビショップで釘づけにした。常識ではまったく考えられない手だ。それから彼はおれに両方のビショップを残し、おれのクイーンを繰り出させた。この時点で、おれはやがて待ちうける破滅を悟るべきだった。彼はおれのビショップを両方とも身動きできないようにして、大胆にもキャスリングしてから、ポーンで小刻みに攻め立ててついにはおれを絶望的な形勢に追い込んだのだった。

それからひと月後、クパーマンは次の試合の第一手を送って来て（今度は、手紙の消印はカンザ

ス州のタイラーになっていた)、われわれはその後えんえんと続くことになる屈辱的な対戦の第三戦目に突入した。

そう、その通り。おれはクパーマンにただの一度も勝てなかった。だが、おれは口惜しい思いばかり味わい続けたにもかかわらず、それに、クパーマンの方はさぞ退屈したろうとみんなは思うだろうが、にもかかわらず、われわれの郵便チェスは十九年も続いたんだ。その間の唯一の実質的な変化はクパーマンの消印だけだった。彼は毎月のように住いを変えるようだった。それ以外の点では、パターンはいつも同じだった。クパーマンの型破りな、ペトロシアン的な戦法は、常におれの堅固で、独善的で、教科書通りのやり方を打ち負かした。想像がつくだろうけど、その頃には、クパーマンを負かすことがおれの人生の最大の目標になっていた。

そして、彼から〈あの手紙〉が来た。

クパーマンがチェスの記号以外のことを書いてきたのは、それがはじめてだった。消印はニューメキシコで、手紙の文字はまるでネジまわしに車軸用グリースをつけて書きなぐったようだった。

〝親愛なるグランドマスター殿。(手紙は皮肉たっぷりにそう始まっていた)現在までの対戦成績は九十七対〇であることを御承知下さい。わたしの百回目の勝利をもって、対戦は終りとする旨、御承知おき下さい。敬具。A・クパーマン〟。

この手紙がおれにどんな効果を及ぼしたか、どう言い表わしていいやらわからない。かかりつけの医者に命取りの病いだと診断を下されても、これほど大きなショックは受けなかったろう。そうなんだ。対戦成績が九十七対〇だということは、おれだっていやという程よく知っていた。もっともクパーマンがこれほどきちんと記録をとっているとは気づかなかったが。しかし、前途に待ち受ける屈辱、百回目の敗北、最後の敗北はあまりにも耐えがたかった。ふいにおれには、もしこの最終期限までに少なくとも一度はクパーマンに勝たなければ、おれの人生は恥辱と完全な欲求不満の人生に終るのだとわかった。

今さら教科書をさらっても無駄だった。それまでにすでに何千局譜を（ペトロシアンの棋譜は全部、すべての手をそらで覚えるまで）研究していたが、クパーマンの風変りな戦法を打ち破る秘訣はついに発見できなかった。クパーマンのナイトとポーンの使い方は、むしろペトロシアンよりもっと奔放で、もっと独特だった。クパーマンがとつぜんやり損なうことを期待しても無駄だった。あと三試合しか残っていなくては。実際、どんな奇蹟を信じることも無駄だった。

おれはクパーマンに九十八試合目の最初の手を送るべきかどうか決めかねて、呆然として歩きまわった。おれの雇い主は（バーナード・アンド・ヤーキーズという会計事務所だが）、おれの仕事にひんぱんに見つかるミスに厳しく苦情を言い始めた。おれが二年近く付き合っていた若い娘は、おれの態度を彼女個人に対する侮辱と取っておれとの関係を断った。

そして、ある日、問題のうまい解決法がほとんど魔法のように目の前に立ち現われた。奇妙なことに、おれは《チェス評論》誌に載っていたその同じ広告を十二年近くも見ていたのだが、その晩までその広告が持つ重要性に一度も気づかなかった。

その広告にはこうあった。〝グランドマスターが低料金にて、郵便で試合の相手をします。責任ある資格認定書所有者。引き分け、あるいは負けた際は料金返金致します。ヤンコビッチ、私書箱八七号〟。

おれは今まで一度もクパーマン以外の者と郵便で闘いたいと思ったことはなかった。そういう対戦で金を失いたくなかったのは確かだ。

その広告の細かい活字を見つめていると、急に頭の中が明るくなったような気がした。おごそかな低い声がこう語りかけているようだった、なぜほかの誰かにクパーマンを負かしてもらわないんだ？

この思いつきの見事なまでの単純さにおれはわくわくして、倫理的疑念は跡形もなく消えてしまった。そもそも、チェスは倫理的なゲームだなどと言ったのはどこの誰だ？　チェス愛好者の殺人本能は悪名高いというのに。この競技の半ばは相手をかく乱することにある。ボリス・スパスキーと対戦したフィッシャーのプレーぶりが反則すれすれだったことを誰が否定できよう？　しかし、そうなんだ、それとこれとは話が違う。これは真っ赤な偽りだ。もしおれが勝利を収めても、それは偽りの勝利だ。しかし、もしクパーマンに勝てるものなら、それがたとえ幻の勝利でもよかった。

その晩、おれはグランドマスターの私書箱宛に手紙を書き、二日目に返事をもらった。ヤンコビッチの料金はただの二十五ドルだった。前払いだといってきたが、引き分けあるいは敗北の場合は返金すると約束していた。彼はおれの健闘を祈り、おれが申し込むと仮定して第一手、ポーンをQ4へと書いてよこした。

高まる興奮を覚えながら、おれはその日、二通の手紙を出した。一通は私書箱八七号のヤンコビッチへ、もう一通はニューメキシコのA・クパーマンへ。ヤンコビッチへの手紙には二十五ドルを同封し、折り返しこちらの差し手を送る旨を記した。クパーマンへの手紙はもっと簡単だった。それにはただ〝ポーンをQ4へ〟とだけ書いた。

二日のうちに、クパーマンから返事が来た。〝ナイトをKB3へ〟と。

おれは時を移さずヤンコビッチに手紙を書いた。〝ナイトをKB3へ〟。

ヤンコビッチの返信も負けず劣らず早かった。〝ナイトをKB3へ〟と書いて来た。

おれはクパーマンに書いた。〝ナイトをKB3へ〟と。

クパーマンは答えた。〝ポーンをB4へ〟。

おれはヤンコビッチに書いた。〝ポーンをB4へ〟。

第六手までに、ヤンコビッチ＝ブルーム側のビショップはクパーマンのナイトを捕え、クパーマンのキング・ポーンはわれわれのビショップを取った。（おれは白軍をわれわれの軍と考え始めていた。）クパーマンは棋風通りに中央部へ駒を取りに進出しなかった。これはヤンコビッチをしばし考え込ませたようだ。というのも彼の次の手紙はいつもより二日遅れて着いたからだ。彼は、クパーマンの手に習って、ポーンを動かすことで応じ、それを見てクパーマンはポーンを断念した。

おれは一瞬、勝利感を味わったが、十二手の後、クパーマンがまたもや自分の駒を後列に配するという例の策略に及んだことに気づくと、その勝利感もしぼんだ。おれはグランドマスター・ヤンコビッチがおれのようにこの戦術にかく乱されないようにと切に祈った。

不運にも、ヤンコビッチはかく乱された。彼を屈伏させるのにクパーマンは四十手かかったが、ヤンコビッチ＝ブルーム軍のキング側を続けて激しく攻め立てた後、だしぬけにクイーン側に攻撃を転じ、そして……われわれは降参しなければならなかった。

じっさい、ヤンコビッチからおれの勝利を祝し、二十五ドルを返す手紙をもらっても、ぜんぜん嬉しくなかった。

また、クパーマンの次の手紙に例のネジまわし的書体で記された、いやいや書いたようなメモを読んでも、あまり嬉しくなかった。それにはこうあった。〝いい試合だった。ポーンをK4へ〟。

しかし、おれはこの実験は続ける価値があると判断した。たぶん、ヤンコビッチはクパーマンのような、あんな型破りな棋風は初めてでとまどっただけなのだろう。きっと次回はもっと用心深くなるだろう。そこで、おれは私書箱八七号に二十五ドルを返し、ヤンコビッチにおれの第一手を送った。〝ポーンをK4へ〟。

ヤンコビッチが一日余計に日をかけて送ってよこした返事は、〝ポーンをK3へ〟だった。

それ以後の試合運びはどう言い表わしたらいいのかわからない。チェスの試合の中にはどんな表現もよせつけないものがある。そのとうとうたる力の流れ、その壮大さはただシンフォニー、あるいは叙事詩的小説とだけ較べることができる。そう、おれのクパーマンとの九十九回目の対戦は、そんなふうに言い表わす方が適している。（十四手までに、おれはそれをヤンコビッチ＝ブルーム対クパーマンの試合と呼ぶのはやめて、単に〝おれの試合〟と考えていた。）

試合は策略に対する策略で満ち満ちていて、まるで一九二二年にヘイスティングズで行なわれたかの有名なボゴリューボフ対アリョーヒン戦を思わせた。どちらの側も明らかな優勢を誇れぬまま四十手を過ぎた時、この最後の一つ前のクパーマンとの対戦は、たとえ勝利ではないにしても、引き分け以下で終ることはないだろうとおれは実感しはじめた。

ついに、五十一手目で、明らかに感心している模様のヤンコビッチは、クパーマン＝ブルームに対して〈引き分け〉を申し出た。順ぐりに、おれはクパーマンにその旨を申し出、彼が拒否するか、それとも応じるかとはらはらしながら待った。

クパーマンはこう書いてよこした。〝引き分けに応じる〟。そして、グリースで書いたような追伸で、こう書き添えていた。〝第一手は新住所に送られたい――イリノイ州、シカゴ、郵便本局、私書箱九九一号〟。

おれは心臓をドキドキさせながらヤンコビッチに次の手紙を書き、二十五ドルをそのままそちらで持っているように、そして、これが最後となるはずの試合――ヤンコビッチとも、クパーマンとも、他の誰とも――の彼の白の第一手を送ってくれるように頼んだ。

ヤンコビッチは〝ポーンをK４へ〟で答えた。

おれはクパーマンに手紙を書いた。そして、便せんの頭にこう書きつけた。〝第百回戦――ポーンをK４へ〟。

クパーマンも同様の手で応じ、こうして〈最後の闘い〉が始まった。

やがて奇妙な事が起こった。おれは相変らず仲介者であるにもかかわらず、影の対戦者、ヤンコビッチはおれの心の中で次第に影が薄れていった。いかにも、私書箱八七号からの手紙は届き続け、白の手を書き記すのは相変らずヤンコビッチの手だった。しかし、今や一つ一つの差し手はおれ自身の頭から出てきたような気がしたし、ヤンコビッチは〝思考〟そのもののように実体のないものに思えた。おれの心の中の〝チェス日誌〟には、この百回目の試合は、勝とうが負けようが、はたまた引き分けになろうが、永久にブルーム対クパーマン戦として記録されるだろう。

もし前回の試合が傑作だったとすれば、今度の試合は記念碑的だった。

これが史上最高の名局だと主張する気はない。だが、そのまさに奔放きわまる創意の豊かさ、その信じがたいほどの紆余曲折という点に於いて、おれの経験した範囲でも読んだ範囲でも、この試合に匹敵するものはなかった。

クパーマンは大胆で謎めいた、ペトロシアン以上にペトロシアン的な指し手を続けてきた。おれが特に感嘆していたペトロシアン対スパスキー戦のように、決め手となる手順が現われることなく三十手が過ぎ、そして、突如として、まるで二つの栄光に満ちあふれた軍隊が山のてっぺんで相対峙しているかのようになった。郵便受けに手紙を見つけるたびにおれの心臓はますます早鐘を打つようになり、しまいにはもうこれ以上のサスペンスには耐えられないのではと心配しはじめたほどだった。そのサスペンスは試合の敵味方両方の激闘する二人のチャンピオン——その一人をおれは完全に自分と同一視していたのだが——その二人から手紙をもらうことで倍増されていた。おれはじりじりしながら、自分がクパーマンの今後のキャスリングにどんなふうに対処するのか、自分が彼のらくらくと跳ぶナイトをどう防ぐのか、自分が彼のポーンの嫌がらせにどう耐えるのかがわかるのを待った。

やがて、それは起こった。

電光石火の早業で突如、四つの大駒が捕獲され、残るは双方のポーンとルークとキングだけになった。それから、おれのキングがクパーマンのルークとポーンに両取りをかけ、クパーマンは来たるべき運命を悟った。

彼は投了した。

そう、察しがつくだろう、おれがどんなに喜び、勝利感とついにやったという満足感でいっぱいだったか。有頂天のあまり、おれはヤンコビッチにおれ自身の投了を知らせるのを忘れてしまった。もっとも、彼が正式な通知を要求したわけでもないが。それにしてもヤンコビッチは、おれの敗北が実際は勝利なのだとは露知らず、敗れた敵に寛大だった。彼はおれに手紙をよこし、おれのすばらしい試合ぶりを祝し、二人の取り決めで二十五ドルの料金を返すわけにはいかないが、非常に有意義な経験をさせてもらったお礼に上等のワインを送ることはできると書いてきた。

そのワインはすばらしかった。五九年もののシャトー・ラツールだった。おれはこのすばらしい瞬間に他人をまじえたくなかったので、自分のアパートで一人きりの豪華な夕食をとりながら、このワインを全部飲みほした。テーブルの向こうに坐った姿なきチェス・プレーヤーに乾杯したことを覚えている。だが、思い出せるのはそれが最後だ。次におれが見たものは、胃洗滌のポンプだった。

いや、おれはヤンコビッチの居所を突き止めようとする警察を助けようにも助けられなかった。おれ自身がそうだったように、彼も幻のような存在だった。あの名前は偽名で、私書箱もおれにワインを送った後に使用権を放棄しており、《チェス評論》誌もその私書箱使用者について何の手がかりも提供できなかった。彼が毒を盛った動機は、おれが入院した記事を読んだクパーマン自身が、おれに簡単な説明の手紙をくれた時、初めて明らかになった。

クパーマンによれば、ヤンコビッチの本名はシュレーゲルというのだった。四十年前、シュレーゲルとクパーマン（彼の名前も変名だった）はシベリアの刑務所の同房者だった。二人で二千回以上もチェスをしたおかげで五年の年月も早く過ぎた。クパーマンの出所で二人の連戦が終った時、対戦成績はシュレーゲルの方が優位に立っていた。

ところが今度はクパーマンが別のことで優位に立った。シュレーゲルは彼に、残してきた若く美しい妻を探し出すよう頼んでおいた。クパーマンは彼女を探し当て、シュレーゲルの思いのたけを彼女に伝えた。彼はまた、自分の思いのたけも伝えた。六ヵ月後、彼女とクパーマンはアメリカに向かった。

非常に多くのロマンスの例に洩れず、彼らのロマンスも最後は悲喜劇に終った。彼女は太ったガミガミ女になり果て、ついには太り過ぎで死んだ。しかし、そんなことは問題ではなかった。シュレーゲルはなおも復讐を望み、それをやり遂げるために出所後アメリカに来た。もちろん、クパーマンは名前を変えているだろうが、チェスの棋風は変えないだろうと、彼にはわかっていた。

その結果、毎年毎年、ヤンコビッチことシュレーゲルはチェス雑誌に広告を出し、彼が一瞬のうちに見分けることのできる棋風のチェス・プレーヤーを見つけ出そうとしていたのだ……

「ま、そういうことだったのさ」マイロー・ブルームはミセリコルディア病院の同室者に言った。「まったくの話、あのお節介な下宿のおばさんがいなかったら、今頃おれは死んでいたよ。運よくまだ間に合ううちに、おばさんが救急車を呼んでくれたからよかったけど。

ほんと、こんな目にはあうもんじゃないね。でも、少なくともおれは教訓を得たよ。人生はあの市松模様の盤上をおかしな恰好をした駒をあちこち動かして過ごすためにあるんじゃないんだ。しかし、たぶん、あんたはチェスをやったことなどないのかもしれないが……」

牽引装置を取りつけられている男は何やらもごもご言った。

「何だって?」マイローが訊いた。

「やるよ」ディーッは言った。「おれもチェスをやるんだ。携帯用のセットを持って来ているぐらいで」

マイローは、ただどんなセットか見てみたい気になって、そろそろとベッドから起き出すと、ベッド横のテーブルからそれを取り上げてみた。革と象牙だけでできた、なかなか感じのいい代物だった。

「暇つぶしには悪くないぜ」ディーツは慎重に言った。「なに、あんたがもうやらないと言ったのは知ってるけどさ、でも——もしほんの一回ぐらいやってもいいと思うんだったら……」

マイローは相手のギプスを眺め、それから言った。「たとえおれがやりたいと思っても……あんたは一体どうやってやるんだ?」

ディーツははにかんだように微笑し、やってみせた。彼は歯で駒を取り上げた。この自分に劣らぬ熱中ぶりを見せつけられて、マイローにどうして断ることができよう? 彼はポーンをK4に動かした。

シャム猫

フレドリック・ブラウン

谷崎由依訳

THE CAT FROM SIAM
by Fredric Brown
1949

鍵のかかったドア

ことが起こったとき、ぼくたちはチェスの三局めの中盤戦を争っていた。

夜遅く——正確には、十一時三十五分だった。ジャック・セバスチャンとぼくは、二部屋しかない我が独身者用アパートの居間にいた。トランプ用の小テーブルには、チェス盤をセットしてあった。そばの暖炉ではガスの火床が勢いよく燃えていた。

その火と同じく、ジャックにもまた勢いがあった。ぷんぷん匂うパイプから吐き出す煙に包まれて、ぼくのポーンをひとつ奪うとジャックの優勢になった。最初の二局はぼくが取っていたが、今回は彼が勝ちそうだ。ナイトを動かし「チェック」とジャックが言ったとき、それはまったく確実なものになった。ぼくのルークはキングと一緒に両当たりをかけられていた。ナイトのためにルークを諦めるほか、指す手はなさそうだった。

ぼくは顔を上げて、見晴らしのきくマントルピースの上からゲームを眺めているシャム猫を見た。

「向こうの勝ちみたいだね、ビューティフル」ぼくは言った。「警官なんかとチェスをするべきじゃない」

「そんな真似はやめてもらいたいね、ったく」とジャックが言った。「いらいらするんだ」

「恋愛とチェスにやっちゃいけないことなんてないさ」とぼくは答えた。「猫と話すのがきみを苛立たせるとしても、それはそれでかまわない。それにビューティフルは入れ知恵なんかしないよ。もし彼女が何か合図しているように見えたら、負けを認めてもいい」

「さっさと続きを指せ」ジャックは苛立っていた。「このチェックからきみが抜け出すための手はひとつしかない。だからそれを指すんだ。そしたらおれはきみのルークを取って、それから――」

そのとき物音がした。一瞬、何の音かわからなかった。というのもそれは、ビシッ、ピーン、そしてドン、という三つの音から成り立っていたからだ。音のひとつが聞こえたほうを見てはじめて、それが何だったかわかった。窓ガラスに丸く小さな穴が開いていた。

ビシッというのは発砲する音、ピーンは弾丸がガラスを突き抜ける音――そしてドンは、ぼくの真後ろの壁に弾がめり込む音だった！

だがそうした状況を理解するまでに、チェスの駒はすっかりぼくの膝の上に散らばっていた。

「伏せろ、早く！」ジャック・セバスチャンが叫んだ。

自分で伏せたのか、それともジャックが押したのか、ともかくぼくは床に倒れた。ようやく頭が働くようになっていた。

ぼくは電灯のコードをぐいと引き、壁からコンセントを抜いた。暖炉で燃える赤みがかった黄色の炎を残して、部屋は真っ暗になった。暖炉はジャックの側からしか消せない。ジャックが膝をついて手を延ばし、火を消すのが見えた。

完全に真っ暗になった。窓のあるあたりを見たが、月のない夜で、窓はかすかな輪郭さえ見えなかった。ぼくはソファにぶつかるまで横方向に移動した。暗闇のなかからジャックの声がした。

「銃は持ってるか、ブライアン?」

ぼくは首を振ったが、ジャックには見えないことに気づいて、「持ってない」と声に出して言った。「ぼくが銃なんて持っててどうするんだ」

その声は、ぼく自身にさえ、かすれてぎこちなく響いた。ジャックが身動きする音がした。

「問題は」と彼は言った。「外にいるやつが銃でもってどうしようとしてるかだ。きみ、誰かに命を狙われる覚えは?」

「ないよ」ぼくは答えた。「ない、少なくとも――」

カチャリという音がして、ジャックが電話を探り当てたことがわかった。彼は交換手に番号を告げ、こう付け加えた。「急いでくれ、姉ちゃん。こっちは警察なんだ」それから声の調子を変えてぼくに言った。「ブライアン、いったい何が起きてるんだ。心当たりはないのか? いったい誰がどうして――」

言い終わる前に電話がつながり、ジャックはふたたび調子を変えた。

「ジャック・セバスチャンです、課長」彼は言った。「ユニバーシティ・レーン、四十五番地。ユニバーシティ・レーン四十五番地です。何者かが窓から銃を撃ってきました。巡回中のパトカーをできるだけたくさんこっちへ寄越してください。とくに大学構内に注意して――犯人が徒歩だとしたら、構内へ隠れるのが妥当でしょう。お願いします。電話はこのまま切らずにおきます」

そしてまたぼくに聞いた。「ブライアン、ほかに言っておけることはないか? 急げ」

「背の高い、痩せた青年に気をつけるよう伝えてくれ」とぼくは言った。「二十一歳、頬のこけた金髪の男だ」

「なんてこった」とジャック。「ア、、、リスター・、、、コールなのか?」

「たぶんね」ぼくは答えた。「思い当たるのはあいつくらいだ。間違ってるかもしれないけれど――」

「ちょっと待ってろ」電話の相手が誰かはわからないが、その相手が受話器の向こうに戻ってきたようだ。ジャックはぼくの伝えたことを、名前は伏せつつ述べた。「この情報を無線に流してきてください」

そしてまたこちらに向かって、「ほかには?」

ぼくは言った。「そのパトカーをロス博士の家へ集めるように言ってくれ。ユニバーシティ・レーン、二一〇番地だ。ここに来いってのは取り消しだ。そっちへや、、ってくれ。急いで!」

「なぜだ。犯人がアリスター・コールなら、ロス博士のところへも行くはずだっていうのか?」

「説明している暇はない。とにかく伝えるんだ。早く!」

ぼくは立ち上がり、漆黒の闇のなか部屋を横切って電話口のジャックのほうへ歩いた。途中でチェスの駒を踏み、滑って転びそうになった。悪態をついて、ポケットからライターを取り出し、着火装置をカチリと鳴らした。

ちっぽけな灯りが部屋の片隅をぼんやりと照らし出した。揺らめくかすかなひかりの作る細長い影がおどった。マントルピースの上ではシャム猫が立ち上がり、弓なりに背中を反らせ、尻尾を太く立てていた。ひかりを捕らえた彼女の目は、まるで青い宝石のようだった。

「馬鹿、そんなものは消せ!」ジャックがぴしゃりと言った。

「窓の外にやつはいない」むっとしてぼくは答えた。「さっき灯りを落とした時点で、もう立ち去っているだろうよ。とにかくロス博士のところへ行くように言うんだ。急いで！」

「もしもし、課長。いいですか、パトカーはここじゃなくてユニバーシティ・レーン二一〇番地にやってください。二、一、〇です。急いでください。いいえ、わたしにもわかりません。とにかくそうしてください。理由はあとです。ここで銃を撃った男がそこへ行ったかもしれないんです。わたしにわかるのはそれだけです。では」

ジャックは受話器をフックに戻し、会話を打ち切った。ぼくはその隣にたどり着き、受話器を持ち上げた。

「すまない、ジャック」と言って、ぼくは彼を電話口から押しのけた。交換手にロス博士の番号を伝えてから、こう付け加えた。「出るまでベルを鳴らし続けてくれ」

受話器を耳にぎゅっと押し当て、ぼくは待った。ライターの松明がついたままだったと気づいて、パチンと消した。部屋はたちまち暗闇に戻った。

「きみはここに残れ」とジャック。「おれは外を見てくる」

「馬鹿を言うな。やつは銃を持ってるんだぞ」

誰かが鋭くドアをノックした。ぼくたちはふたりとも身を硬くした。相手はもう一度、さらに大きな音をたててノックした。そしてウィントン博士のかん高い、神経質な声がした。

「ブライアン、さっき銃声がしたようだが？　大丈夫か？」

ジャックは小声で何か呟いていたが、やがてドアノブを手で探った。ぼくの耳に押しつけた受話器からは、ロス博士宅の電話の鳴る音がずっと聞こえていた。博士はまだ出ない。ぼくは送話器を片手で覆い、「大丈夫です、ウィントン博士」と大声で言った。

そのころにはジャックもノブを探り当て、ドアを開けていた。外の廊下からひかりが流れ込み、彼はすばやく外に出てドアを閉めた。

「誰かが窓越しに撃ってきたんですよ、博士」ジャックが言うのが聞こえた。「でももう警戒態勢が敷かれました。警察を呼びましたが、彼らが到着するまでは部屋に戻っていたほうがいいでしょう」

ウィントン博士が興奮した声で何か答えたが、ぼくには聞こえなかった。というのもジャネット・ロスのかすれた、美しい、けれどたぶんに眠たげな声が、ぼくの耳へ「もしもし」と呼びかけたからだ。ジャックもウィントンも忘れて、電話に注意を集中させた。

ぼくは早口で話した。「ブライアン・カーターだよ、ジャネット。よく聞いて。命に関わる大事なことなんだ。黙って言うとおりにしてほしい。まず、家じゅうの灯りを全部消して、ドアと窓に鍵がかかっているか確かめて――かんぬきがあれば、かんぬきも。そして相手が警察か――あるいはぼくだとわかるまでは、けっしてドアを開けないこと。ぼくもそっちに向かうけど、警察のほうが先に着くと思う」

「ブライアン、いったい何が――?」

「いまは聞かないで、ダーリン」ぼくは言った。「とにかく言ったことをただちにやってほしい。灯りを消す。すべてに鍵をかける。そしてぜったいにドアを開けないこと。ぼくか警察でない限り!」

そして電話を切った。受話器のこちらにぼくがいないほうが、彼女がすばやく行動できることはわかっていた。

ぼくは闇のなかを手探りで歩き、明るい廊下へ出た。ウィントン博士はぼくの真向かいの部屋に住んでいたが、その扉は閉まっていて、廊下には誰もいなかった。ぼくは正面玄関まで走ると、ポーチへ出た。

建物の前の歩道では、ジャック・セバスチャンが方々へ目を配りつつ、あたりを見張っていた。手に何か持っているようだ。ジャックが振り返ると、それは曲がり角の街灯に照らし出され、銃身の長いピストルだとわかった。ぼくは彼のところまで走った。

「ウィントンから借りた。二二口径のターゲット・ピストルだが、石を投げるよりはマシだろう。いいか、きみは戻ってろ。戸外じゃきみなんかの出る幕はない」

ぼくはジャックに、ロス博士の家に行くのだと伝えて、早足で歩道を歩きはじめた。

「いったい何を根拠に?」背後でジャックの声がした。「コールの野郎が犯人だとして、なぜそんなにロス博士を気にするんだ」

息を切らせたくなかったので、その問いには答えなかった。答える時間なら、あとでたっぷり取ることができる。後ろからジャックが追いかけてくるのがわかった。ロス博士の家に着くと、ぼくたちはばたばたとポーチの階段を駆け上がった。

「ブライアン・カーターと――警察です!」呼び鈴を鳴らしながらそう叫んだ。

ジャック・セバスチャンは、厳密には警察ではないかもしれない。だが彼は刑事だ。警察署最若手の、一人前の刑事なのだ。いずれにせよ、細かい区別を云々している場合ではない。呼び鈴を押しまくるのをやめて、今度はドアを激しく叩いた。そしてまた声を張り上げた。

鍵穴に鍵が差し込まれたので、一歩下がった。ドアは開いたがチェーンがかかったままで、隙間からジャネットの白い顔が現れた。彼女は用心深かった。ぼくたちだとわかると、やっとチェーンを外し、ドアを開けてくれた。

「ブライアン、いったい――」ジャネットが口を開いた。

「ジャネット、きみのお父さんは？ お父さんは大丈夫？」

「わたし――わたし父の部屋をノックしたのよ、ブライアン、あなたが電話をくれたあとで。でも返事がないの！ ドアには鍵がかかってる。ブライアン、いったいどうしたっていうの？」


百万ドルのための殺人！


車が家の前で縁石に向かってハンドルを切り、キーッとブレーキを鳴らして停まると、体格のいい男がふたり出てきた。ふたりは遊歩道をぼくたちのところまで走ってきた。ジャックは彼らに顔が見えるように、街灯のひかりが当たるポーチの端へ移動した。ジャックの手の先で揺れる銃も、ひかりに浮かび上がった。

ジャネットがよりかかってきたので、ぼくはその肩に腕をまわした。彼女は震えていた。

「大丈夫だよ、ジャネット」ぼくは言った。「お父さんはきっとぐっすり眠ってるんだ。それにいま警察の人がきた。だからきみは安全だ」

ジャックはパトカーで到着したふたりの刑事と話していたが、やがて刑事のひとりが懐中電灯で家の周囲を調べはじめた。もうひとりの刑事とジャックは、戸口のぼくたちのほうへやってきた。

「行こう」とジャックが言った。「ミス・ロス、お父さんの部屋はどこですか?」

「ちょっと待ってくれ、ジャック」ぼくは言って、廊下の電灯のスイッチを入れて書斎に行き、そこでも灯りをつけ、誰もいないか確かめた。

「きみはここで待ってて、ジャネット」とぼくは言った。「上へ行って、もう一度お父さんの部屋を見てくるよ。それでも返事がなければ、強行突破しか——」

ばたばたとまたポーチを横切る足音がして、家の周囲を探っていた刑事が戸口へやってきた。

「家のわきにはしごが立てかけてあって二階の窓へ届いている——北西の角の部屋だ」刑事は言った。「犯人が二階にいるんでなければ、このあたりにはいないということになる。はしごを登って見てこようか、セバスチャン?」

ジャックはぼくを見た。ふたりとも、同じことを考えているとわかった。殺人鬼はまずここへ来たのだ。だからもう急いでも仕方がない。

「はしごにはわたしが登ります」ジャックが言った。「ドアを突き破る必要はないでしょう。あなたたちは屋根裏から地下まで捜索し、灯りを全部つけておいてください。それからブライアン、お前はここでロスさんと一緒にいるんだ。ウィーラー、懐中電灯を貸してくれませんか」

ジャックが暗黙の了解のもとに、この事件の責任者となり、年上の刑事たちを指揮していることに気づいた。最初から現場にいて、ほかの人間より状況を把握しているためだろう。

ふたりのうちひとりがジャックに懐中電灯を渡し、外へ出た。ぼくはジャネットを連れて書斎に入った。

「ブライアン」彼女は言った。「父はやっぱり——ねえ、父に何が起きたんだと思う?」

「もう少ししたらわかるはずだ、ダーリン。いまあれこれ考えても仕方ない」

「でも——電話をかけてきたからには、何かが起きたんでしょう?」

「ジャックとぼくは、うちでチェスをしていた」ぼくは言った。「そしたら誰かが窓越しに撃ってきたんだ。ジャックでなく、ぼくを狙ってだ。弾はぼくの真後ろの壁に、頭の上を飛んでめり込んだ。ひらめいたんだ、そこで——ぼくを狙ったのが誰なのか。そしてぼくの予想が当たっているなら、犯人はきみのお父さんをも狙うはずだと。やつはたぶん、言いにくいけど——狂ってる」

「アリスター・コールなの?」

「コールに何かおかしなところはなかった?」

「そうね。彼のことはずっと怖かった、彼の立ち居振る舞いとか。ブライアン、ちょうど昨夜のことだわ、父が言ったの——」

ジャネットは急に話をやめて、立ったまま身を硬くした。階段を足音が降りてきたのだ。きっとジャックだろう。そのゆっくりした足取りが、どんな知らせを運んできたかを物語っていた。

それでも彼が戸口にたどり着くと、ジャネットはすぐに聞いた。「死んでいたの?」ジャックはうなずいた。

ジャネットは背後のソファに腰を下ろし、両手に顔を埋めた。だが泣きはしなかった。

「捜査本部に電話しましょう」とジャックが言った。「だがその前にひとつ——ミス・ロス、あなたとお父さんは、今夜この家にふたりきりだったのですね?」

ジャネットは顔を上げた。その目はやはり乾いていた。「そうです」彼女は言った。「母は今夜、伯母のところに行っています——彼女は母の姉で、街に住んでいます。父のことを知ったら、母は動揺するでしょう。わたしはここにいなければなりませんか？　その――母に知らせるには、わたしが行くのがいちばんだと思うんです。着替えをして、三十分もあれば着くでしょう。一時間半以内に戻ってきます。そうしてもいいですか？」

ジャックがぼくのほうを見た。「きみはどう思う、ブライアン？　きみはコールという人間を知っているし、状況をよくわかってもいる。ここを離れたら、彼女にはどんな危険がある？」

「それはきみにだって想像できるはずだ、ジャック」ぼくは答えた。「コールはここにいたんだ、ロス博士を殺したあと、この家で彼女とふたりきりだった。そして時間はたっぷりあった。その時点では誰も警戒してなかったからな。だけどまあ、念のためにぼくを彼女と一緒に行かせてくれ」

ジャックは鼻を鳴らした。「念のため――だと？　やつはきみを狙ってるんだよ、なあ。おれたちがコールを捕まえて、鍵をかけて閉じ込めて――そしてその鍵を捨ててしまうまでは、きみはおれの監視下から出ることを許さん」

「わかったよ」ぼくは言った。「つまりぼくは、ここにいなくてはならない存在ってわけだ。でも全員がいなくちゃならないわけじゃないし、あと数分でこの家は警官だらけになるだろう。ぼくの耳が確かなら、ちょうどまた一台パトカーが来たみたいだね。誰かひとりに、ミス・ロスを伯母さんの家まで車で送らせてもらえないか？」

ジャックはうなずいた。「よろしい、ミス・ロス。わたしの首を危険にさらすことにしよう――本部のほうから首を切られちまうかもしれませんが。ウィーラーとブラックが二階の捜査を終えたので、部屋で着替えをしても大丈夫ですよ」

そしてジャックは玄関へ行き、新たに到着した者たちをなかに入れた。

「ほんとうに残念なことだったね、ジャネット」ぼくは言った。「そんなふうに言っても仕方ないことはわかってるけど——いまはそんな言葉しか思いつかないんだ」

彼女は弱々しい笑みをどうにか浮かべた。「あなたはいい人だわ、ブライアン。またあとで会いましょう」

ジャネットが手を差し出したので、その手を握った。彼女は階段を昇っていき、ジャックが戸口に現れた。

「いま来た連中には敷地内を捜査するように言った。何も出てこないとは思うが、彼らにも仕事を与えておかなければならない。おれは捜査本部へ電話するよ。きみはここにいてくれ」

「ちょっと待ってくれ、ジャック」ぼくは言った。「ロス博士はどうやって殺された?」

「ナイフさ。めった刺しだ。精神異常者(サイコ)のやり口だよ、まったく」

「めった刺しだって? ジャネットが博士の部屋に入って、それを見たら——?」

ジャックは首を振った。「ウィーラーが戸口で見張ってる。彼女を部屋に入れはしないさ。さあ、おれは電話を——」

「待て、ジャック。もうひとつだけ教えて欲しい。博士は殺されてから、だいたいでいい、どのくらいの時間が経っていた? つまり、ぼくを狙って撃ったあとで、コールがここへ来た可能性はあるだろうか? あと一、二分でも早く、この家に電話するか駆けつけるかするべきだったんじゃないか。ぼくの反応の鈍さ、愚かさのせいだったらと思うと——」

ジャックは首を振り、「おれは検死官じゃない」と言った。「だが、発見した時点で死後数分以上は経過していた。少なくとも三十分以上、もしかしたら一時間以上だ」

そしてジャックは電話口で捜査本部の番号を告げた。彼の単調な声が殺人の詳細を伝え、未遂に終わったもうひとつの殺人について述べるのが聞こえた。

座ってそのやり取りを聞きながら、目を閉じて、ジャックのひと言ひと言を噛みしめた。高揚した気分が顔に出ないよう、努めて気を配りながら。

ぼくは完璧にやりとげた。すべてはまったくうまくいったのだ。

連中がアリスター・コールを逮捕しようがしまいが——きっと逮捕するだろうが——もうこっちに不利になることはない。ぼくは完璧にやったのだ。

疑いがかけられることはないだろうし、ぼくは百万ドルと——そしてジャネットを手にすることになる……。

彼女がゆっくりと階段を降りてきた。気の進まない任務に着こうとするかのように、ゆっくりと。ぼくは昇り口で、ジャネットの美しい顔を見つめながら待っていた。その顔には動揺が現れていたが、しかし——予想通り、そして喜ばしいことに——悲しみはあまり見て取れなかった。ロスは厳しく、冷徹な人間だった。深い悲しみ、長い嘆きに値するような男ではない。

下から二段目で立ち止まったとき、彼女とぼくの目は同じ高さにあり、数インチと離れていなかった。彼女にキスをしたい。だがいまはまだそのときじゃない、もう少ししてからだ。

いまでも見つめることはできるし、夢見ることもできる。柔らかなブロンドの髪をなでるところも夢想できる。あの柔らかな、霞がかった青い瞳を閉ざし、そのまぶたにキスをすることも、白く柔らかなのどや差し出された唇にキスすることだって想像できる。そして——

螺旋階段の支柱の上にあったぼくの手に、彼女は自分の手を重ねた。その手は燃えるようだった。

「一緒に行きたかったよ、ダーリン」ぼくは言った。「何かできればいいのにと思う」

「わたしも、あなたが一緒に来られたらと思うわ、ブライアン。でも――お友達が正しいわね。それにそんな恐ろしい危険を冒して、よくここまで――外には、あなたを殺そうとする気の狂った殺人鬼がいるのに」

「ジャックが一緒だった」とぼくは言った。

書斎からジャックの呼ぶ声がした。「いま行く」と答えて、ジャネットにこう伝えた。「外は冷えるよ、ダーリン。その薄いワンピースにはコートを羽織ったほうがいい」

放心したように彼女はうなずいた。「あなたも来られたらよかったのに、ブライアン。母はあなたのことが好きだし――」

ジャネットが何を言いたいか、何を思っているのか、わかった。ふたりのあいだで、すべてはうまくいきつつあるのだ。ジャネットの母親はぼくを好いていた。邪魔なのは、あの頭の堅い、鼻持ちならない父親のほうだった。ふたたびジャックが苛立たしげにぼくを呼んだ。

「気をつけてね、ブライアン」ジャネットがすばやくささやいた。「危険なことはしないで、お願い」

彼女はぼくの手をぎゅっと握ると、かたわらをすり抜けてクローゼットへ走っていった。刑事がひとり、戸口でジャネットを待っているのが見えた。ぼくが書斎に入っていくと、ジャックはまだ電話用テーブルに座っていて、ノートに何か書きつけていた。きわめて集中し、てきぱきと仕事をしていた。

「マードック警部がこっちに向かってる。殺人課の課長だ」ジャックが言った。「彼がこの事件の担当者になるだろう。だからあの子をさっさと出て行かせたかったんだ。警部が来たら彼女を引き止めるだろうからな」

「きみはどうするんだ？」ぼくはジャックに聞いた。「この事件の捜査は続けるのか？」

ジャックは少し笑った。「おれにも司令が下ったよ。コールが捕まるまできみの護衛をしろという司令だ。きみの身に何かあったら、おれのバッジを取り上げて、頭を丸刈りにすると署長に言われた。いまこの瞬間から、おれたちは一心同体、シャム双生児ってわけさ」

「じゃあチェスの続きをやるってのはどうだ」ぼくは言った。「駒の配置なら復元できると思うけど」

ジャックは首を振った。「そう簡単にはいかないさ。少なくとももうしばらくはな。マードック警部が着くまではここに足止めだし、そのあとはきみを署長室へ連れていかなくちゃならない。そうだ、夜のこの時間には、署長はもう仕事部屋に来てるんだ」

ジャックに連れられて、ランダル署長の部屋に行ったときには午前一時をまわっていた。ランダルは体格のいい、動作の緩慢な男で、あくびをしながら机越しに握手をした。

「座ってください、カーターさん」と言って、またあくびをした。

ぼくはランダルの真正面の椅子に腰かけた。ジャックは机のはしの椅子に座り、鎖の先につけた小さな金のナイフをいじりはじめた。

「あのロスという男は大物でしてね」ランダル署長は言った。「さっさと事件を解決せんと新聞どもがわれわれへの批難を大袈裟に書き立てるでしょう」

「しかしいまや、署長」とジャックが言った。「アリスター・コールはさらに大物ですよ。逃亡中の殺人鬼で偏執狂なんですからね」

署長は顔をしかめた。「われわれはやつを捕まえる。捕まえねばならん。無線にも情報を流した。どの鉄道駅にも、空港にも、バス・ターミナルにも、やつの人相書きが貼ってある。写真入りのビラも作るつもりだ——写真が手に入り次第な。州の巡査員たちが目をひからせている。逮捕は時間の問題だ。われわれは手を尽くしているんだ」

「それは素晴らしい」ぼくは言った。「ですが、街の外へ逃亡中ということはありえないと思います。やつはこの街から出ないでしょう、ぼくを仕留めるまで——あるいは、あなたがたがやつを捕まえるまで」

「ブライアン、きみが保護されていることくらい、コールにだってわかるだろう」とジャックが言った。「そうなるとまた話は別じゃないか？　さっさと街を出て、どこかに二、三ヵ月隠れていてから出直すほうが賢明なことは、やつにだってわかるんじゃないか？」

ぼくはしばらく考えて、ためらいがちに、「その可能性もなくはない」と言った。「だけど、そうするとは思えない。知ってのとおり、コールの思考回路はまともじゃない。偏執的な強迫観念に囚われているんだ。危険があるからといって安全なやり方を選んだりはしないだろう。やつはロス博士を殺し、そしてぼくを殺すことしか頭にないんだ。異常心理はぼくの専門ではないけど、こう思う。もし第一の殺人に失敗していたら、コールはきみの言ったように行動するかもしれない——街を去って、騒ぎが収まるころまた帰ってくる、というように。だが彼は第一の殺人を犯したんだ。一線を踏み越えてしまったんだよ。いまごろ恐ろしく強い強迫観念に取りつかれているだろう——どんな危険を賭してもただちに仕事を片づける、という強迫観念にね！」

二重の護衛

ジャックが言った。「ひとつわからないことがある。コールはおそらく窓のすぐ外に立っていた。弾が飛んできたとき、おれたちは迅速に対応したが、瞬時にってわけじゃない。灯りを消すまでのあいだに、もう一発撃つ余裕があったはずだ。なぜやつはそうしなかったんだろう?」

「考えられる理由はあります」ぼくは署長とジャックに言った。「一週間ほど前、ぼくはアリスター・コールの部屋にいた。何度も行ったことがあるんですよ。コールは引き出しを開けて、チェスの一式を取り出そうとしました。そのとき偶然、引き出しにピストルが入っているのが見えたんです。ぼくが覗いているのに気づくと、彼はすばやく引き出しを閉めました。でもぼくはピストルのことを尋ねたんです。

それは兄のものだ、とコールは言いました。兄は三年前に死んで、自分が譲り受けたのだと。単発式の二二口径ターゲット・ピストルだそうです。射撃の選手が試合で使うような、実用には向かない代物です。射撃をやるのかと尋ねると、彼はやらないと答えました。一度も撃ったことはないと」

「コールの言ったことは事実でしょう」ランダル署長が言った。「あなたの頭を優に十五センチは外したと言いますからな――狙撃位置からはどれくらい離れていた、ジャック?」

「約三メートル半です。窓のすぐ外に立っていたとしての話ですが。それより後ろに下がっていたなら、もちろん、もっと遠いです」ジャックはぼくに向き直った。「ブライアン、そのピストルをどれくらいはっきり見た？　それはほんとうに、コールの説明したような単発式だったか？」

「そう思うよ」とぼくは答えた。「リボルバー式でも自動拳銃でもなかった。大きくて風変わりな胡桃材の握りで、銀の装飾があり、銃身は細く長かった。そう、単発式の、射撃選手用の銃と考えて間違いないね。だからこそ、ぼくたちが灯りを落とし、暖炉の火を消してしまう前に二発めを撃てなかったんだ。ぼくがフロア・ランプのコンセントを引き抜いてからでも、あのガスの炎を頼りにして撃ってくることはできたはずだからね」

「十秒ほどだったかな。十五秒はなかったはずだ」ジャックが言った。「ランプと暖炉を消した時間差は。その種の銃に馴れたピストルの名人なら、そのあいだに弾を込めて撃つこともできただろう。だが素人には無理だ。やつは予備の弾薬すら持っていなかったのかもしれない。確信はないが」

「ちょっといいかな」ランダルが言って、机の上の電話器を取り上げた。「検査室を」そして間をおいてから言った。「ウィーラーがそっちへまわしたあの弾丸、カーターさんの部屋の壁から出てきたやつ。調べはついたか？」彼はしばらく相手の話を聞いていたが、やがて「よし、わかった」と言い受話器を置いた。

署長は言った。「確かに二二口径の、ロング・ライフル用です。潰れていてライフリング・マークは採れませんでしたが。ところでジャック、その種のターゲット・ピストルでロング・ライフル用の弾薬は使うだろうか？」

「単発式ならどんな長さのでもいけます――ショートでも、標準型でも、ロング・ライフル用でも。だがブライアン、やつはなぜ――そんな使い物にならない銃を持って来たんだろうな？　この犯行は咄嗟に思いついたもので、もっと大きな弾をたくさん用意する時間がなかったんだろうか？」

「咄嗟の思いつきだとは思わない」とぼくは答えた。「計画は前から練っていたはずだ。だけどターゲット・ピストルをポケットに入れたのは咄嗟の思いつきかもしれない。ぼくはこう考える。やつの武器はナイフだった。ぼくたちふたりをナイフで殺すつもりだった。だが予備の武器として銃も持っていた。ロス博士を殺してぼくのところへ来て、そこにジャック、きみがいるのに気づいた。ぼく自身もベッドで眠ってはいない。窓から忍び込んでロス博士にしたのと同じように殺すという、もともとの計画が台無しになった。きみが帰るのを待つ気にはならなかったんだろう。何しろすでに最初の殺人は犯してしまったあとだからね。それに博士の家にはしごを立てかけたままだと思い出したのかもしれない。だからいつ何どき追っ手がくるかわからないと」

ランダルはうなずいた。「ごもっともです、カーターさん。ロスを殺してしまったからには、やつはあなたも急いで片づける必要があった」

ジャックはペンナイフをもてあそぶのをやめて、ベストのポケットにしまった。「検死官からは何か言ってきましたか？」

ランダルがうなずいた。「頸動脈を掻き切ったのが最初の、そして決定的な一撃だったと思われる。そのあとに——その——切り刻んだのは、付け足しみたいなものにすぎん。ところであのはしごは、翌日家にペンキを塗る予定で塗装業者が用意していたもののようだ。業者はまずガレージを塗った——それは今日のうちに仕上がっていた。はしごはガレージのわきに横にして、庭の木に立てかけて置いてあった。コールが使用した位置からそう離れてはいない。もしコールが昼間か夕方の早い時間、あたりがまだ明るいうちに通りかかったとすれば、はしごがそこにあるのが歩道から見えたはずだ」

「検死官は死亡時刻については何か言っていましたか?」ぼくは聞いた。

「発見される三十分から一時間前くらいらしい」ランダルが答えて溜息をついた。「カーターさん、あなたはほんとうに、コールについて思い出せることをすべて話してくださいましたか?」

「はい、すべて」

「あなたを保護監視下に置いて、ここに寝泊りするよう説得したいところですよ。今後数日間のご予定は?」

「たいした予定はありません」とぼくは答えた。「いまは金曜の夜で――いえ、もう土曜の朝ですね。月曜の午後二時には授業で教えねばなりません。でもそれまでは何もないですよ、自宅でできる幾つかの仕事以外には。ロス博士との共同研究は当分のあいだ休止してるんです。大学評議委員会の意見を待たねばならないので」

「では月曜日のことは月曜日に心配するとしましょう」とランダルは言った。「もしあなたの言うように、コールがこの街をうろついているのだとすれば、何か起こる前にわれわれはやつを捕まえねばなりません。セバスチャンをあなたの警護につけてもいいですかな?」

「ええ、もちろんです」

「それに警官をふたり、アパートの外に配備します――少なくとも四十八時間のあいだ。何も起こらなければ、それ以上はお邪魔しません。いまや街じゅうの警官がコールの行方を追っていますし、州のすべての警官がやつの人相を把握しています。明日と日曜日の新聞には写真も出るでしょう。そうすれば市全体が、コールに気をつけるようになります。きみは自分の銃を持ってるね、セバスチャン？」

ジャックは首を振った。「ウィントンから借りた二二口径しか持っていません」

「じゃあすぐに家に帰って、銃を取ってくるがいい。数日滞在するのに必要な服と日用品もだ」

「ぼくも一緒に行きます」ぼくは言った。

「きみはここで待て」とジャック。「家まではほんの数ブロックなんだ。すぐに戻るよ」そして彼は出て行った。

「彼が席を外しているうちにだね、カーターさん」とランダルが言った。「幾つか質問したいんです、セバスチャンがすでに知っていて、わたしがまだ知らないようなことを。つまり、大学での組織について、あなたとロス博士の関係、ロス博士とアリスター・コールの関係について、そしてあなたたちがどんな研究をされているか――そういったことです」

「ロス博士は心理学部の部長でした」ぼくは言った。「ここハドソン大学の。あまり大きな学部ではなく、博士の下にはふたりの教授しかいませんでした。そのうちひとりがウィントン博士で、ぼくと同じアパートに住んでいます。ウィントン博士の専門は社会心理学です。

それから講師がふたりいて、そのひとりがぼくです。講師というのは、学生と教授の中間みたいなものですね。講師はさらなる学位を取るために、大学院のコースで勉強します。そうすればゆくゆくは教授として認められるのです。ぼく自身について言えば、あと数週間で修士号を取得することになっています。そのあとは博士号のための研究を始めます。そして近いうち授業を持ったり、実験室で補佐をしたり、論文を採点したり、試験監督をしたりして生活していくことになるでしょう――まあ、だいたいご想像がつくと思いますが。

アリスター・コールは――もう解雇されたと見なしていいでしょうが――実験補佐でした。この職にはなんら将来的な見通しはありません。たんなる肉体労働です。おそらくコールは、高校すら卒業していません」

「具体的にはどんな仕事を？」

「実験室で必要な肉体労働なら、何でもです。動物に餌をやったり――ぼくたちは動物で実験するんです。ネズミやハツカネズミがほとんどですが、アカゲサルやモルモットも使います――それから檻を掃除したり、床を拭いたり――」

「大学では正規の清掃婦は雇っていないんですか？」

「雇っています。でも実験室には入れません。実験をしているときには、装置を知らない人間に立ち入られては困るんです。動かしてはいけないものを動かす可能性がありますから。実験補佐は、触っていいものと悪いものの区別を把握しています」

「つまり、ロス博士はある意味、あなたたちをふたりとも使っていた？」

「ある意味という以上です。厳密には、博士はぼくたちを雇っていたわけではありません――すべての雇用は大学評議委員会が行っています――でもぼくたちはふたりとも、彼の下で働いていました。もちろん立場は違いますが」

「わかりますよ」ランダルが言った。「ということは、ロス博士の仕事はわたしの仕事のようなものだと言えますね。つまり部局長だ。博士に対するあなたの立場は、あなたの友人、セバスチャンがわたしに対する立場とよく似ている。そしてアリスター・コールは――そうだな――刑務所の給仕係や看守みたいなものかな」

「なかなか的を射た比較です」ぼくは認めた。「もっとも、ロス博士に直属で働いていた講師はぼくだけなので、ジャックがあなたに対するよりも、ずっとロス博士に対して近い位置にいたと言えますね。あなたの下にはたくさんの刑事がいるでしょう?」

ランダルは溜息をついた。「重大事が起きたときに充分なほどではないですよ」

ドアをノックする音がして、ランダルが返事をした。「何だ?」

ウィーラーと呼ばれていた刑事がドア越しに頭を差し入れた。「ミス・ロスが来ています」と彼は告げた。「先ほど署長が話したいとおっしゃいましたので。ここへ連れてきましょうか?」

ランダル署長がうなずき、ぼくは立ち上がった。「いてくださっていいのですよ、カーターさん」署長が言った。

ジャネットが部屋に入ってきた。ぼくは座っていた椅子を彼女に差し出し、ジャックがいなくなって空いた席に移った。ウィーラーは部屋には入らなかったので、ぼくがジャネットをランダルに紹介した。

「お引き止めするつもりはないんです、ミス・ロス」とランダルが言った。「さっそく幾つか質問させていただきます。最後にアリスター・コールに会ったのはいつですか?」

「今日の午後、三時ごろです」

「ご自宅で?」

「ええ、そうです。家にやってきて、父はいるかと尋ねました。わたしは、父はダウンタウンに行っていて、すぐに帰ってくると思うと答えました。そしてなかに入って待つようにと」

「ふたりで話をしましたか?」

「あまり。わたしはちょうどコーヒーを飲んでいて、コールさんにも一杯すすめました。けれど話したのは数分だけ——十分たらずです——そして父が帰ってきました」

「コールがどういう用件で来たか、ご存知ですか?」

「いいえ。父は彼を書斎に連れて行き、わたしは台所へ出ました。コールさんがいたのはほんの数分で、やがて外へ出て行く音が聞こえました」

「お父さんとコールが口論する声はしましたか? ふたりの声は聞こえた?」

「いいえ、何も。それにコールさんが帰ったあとも、彼が何のために来たのか父は話しませんでした。父はただ、あの子は——ええと、何と言ったかしら——そう、大丈夫だろうかと言いました。精神分裂症の兆候がありそうだ、しばらく目を離さないようにしようと言っていました」

「お父さんが帰ってくる前コールと話したとき、彼の行動やしぐさにおかしなところは見受けられませんでしたか?」

「何か、少し興奮しているみたいでした——ええ、興奮を隠そうとしていたみたい。コールさんにはずっと気になっていたところがあります——いつも無口で、自分について秘密にしていました。すすんで自分の話を——自分自身に関わる話をしたことは一度もありません。ほかのことなら、ふつうに会話できるみたいなんですが」

「あなたのお母さんが今夜留守にすることを、コールは知っていたんでしょうか?」

「そうは思えません——いえ、待って。そうです、知っていました。どんな会話の流れだったかは忘れましたが、コールさんと話していたとき、伯母が寝込んでいることを言ったんです——コールさんは伯母に会ったことがあります。そして母がしばらく伯母の家に泊まることも」

「庭のはしごのことは話題になりました?」

「家のペンキを塗るのかと聞かれましたから、はしごがあるのを見たんだと思います。はしごそのものについては触れませんでしたが」

「そして今夜——お父さんに最後に会ったのは、いつでしたか?」

「十時ごろ、父がおやすみを言って、二階へ寝に行きました。わたしは本を読み終えてから、その一時間くらいあとで二階に行きました。そしてすぐに寝ついたと思います。電話が鳴って目が覚めたとき、もうずいぶん長く眠った気がしたので」

「物音はしませんでしたか——つまり、十時にお父さんが寝室へ行ってから、あなたが電話の音に目覚めるまで——十時四十五分だったと思いますが——そのあいだに何か聞こえませんでしたか?」

「いいえ、何も」

「お父さんはふだんからドアに鍵をかけるんですか?」

「いいえ。寝室のドアにはかんぬきがありますが、わたしの知る限り使っているのを見たことはありません」

ランダル署長はうなずいて、「ではコールが、はしごを降りる前にかんぬきをかけたに違いない」と言った。「ほかに付け加えることはありますか、ミス・ロス?」

ジャネットは少しためらってから、「いいえ」と答えた。「何も思いつきません」そしてぼくのほうを向くと、かすかに微笑んだ。「ブライアンを守って欲しいということだけです」

「しっかり守りますよ」ランダルが答えた。そして声を張り上げた。「ウィーラー!」体格のいい刑事がドアを開けると、ランダルは言った。「ミス・ロスを家までお送りしろ。そのあとでユニバーシティ・レーン四十五番地の仕事にかかれ――そこがカーターさんのお住まいだ。お前は外を見張れ。ジャック・セバスチャンはカーターさんとなかにいる。ふたりがついててカーターさんに何かあったら――わかってるな！」

窓が開く

ぼくのアパートから半ブロック離れたところに車を停めると、ジャックは言った。「あそこにあるのはウィーラーの車みたいだな。だが念のため確かめてくる。ここで待ってろ」

ジャックは車を降りて、目の前に停まっている車へきびきびと歩いていった。彼が歩きながらコートの右ポケットに手を入れていることに、ぼくは気づいた。ジャックはその車によりかかり、なかの人間としばらく話していたが、また戻ってきた。

「ウィーラーだったよ」ジャックは言った。「いい配置についてる。あそこからなら、きみの部屋の窓が両方とも見えるし、アパートの正面玄関もよく見える」

「裏口のほうは？」

「裏口にはかんぬきがかかってる。そこから入ろうとするなら、コールはずいぶん骨を折るだろう。それにおれたちはふたりともきみのところにいるし、きみの部屋には鍵がかけられる。やつが運よく建物に入れたとしても、まだふたつ障害物がある――つまりドアと、そしておれさ」

「ぼくのことを忘れてもらっちゃ困る」

「きみはコールが手に入れようとしているハードルだ。ついて来い。おれはきみをウィーラーに預けてから、なかを下調べしてくる。きみを部屋に入れる前にな」

ぼくたちはウィーラーの車まで歩いた。そしてぼくは車に乗り、ウィーラーの隣へ座った。

「部屋の周辺を調べるついでに」ぼくはジャックに言った。「地下室も見てきてくれないかな。ぼくたちの留守中にやつが入り込んで隠れているとすれば、きっと地下室だろうから。たぶん地下一階の手前のほうだ」

「ああ、見てくるよ。だがなぜそこだと思うんだ?」

「コールはその場所を知っているからさ。家主のチャンドラーさんが地下室の手前部分をぼくに貸してくれてるんだ。ロス博士とぼくが仕事を離れてやっていた実験のためにね。ぼくたちはそこでネズミを使った実験をしていた。大学の実験室での延長ではあるものの、別物にしておきたかったんだ。そんなわけで、アリスター・コールも地下室で一緒だったんだよ」

「だからやつがきみを待ち伏せするなら、そこに隠れるはずだと?」

「その可能性はあるってことさ。遠からずぼくがそこに降りていくと、やつは考えるはずだ」

「いいだろう。だがきみをアパートの部屋に入れるのが先だ。そのあとで地下を見てこよう」

ジャックがなかに入っていき、部屋の灯りがつくのが見えた。五分ほどすると彼は出てきて車のところへやってきた。「誰もいなかった」とジャックは言った。「車から荷物を出してくるから、待ってろ。それから一緒に建物へ入るぞ」

彼は半ブロック戻って自分の車まで歩き、スーツケースを抱えて戻ってきた。ぼくたちは建物のぼくの部屋に入った。

「これできみは安全だ」とジャック。「おれが部屋を出たら鍵をかけろ。そして声を聞いておれだとわかるまではドアを開けるな」

「ノックの回数を決めるっていうのはどう？　短く三回のあと長く一回、とか」

ぼくが笑っているのを見て、ジャックは指を振った。「いいか、よく聞け」と彼は言った。「これは恐ろしく深刻な事態なんだ。ひとりの狂人がきみを殺そうと躍起になってる。そしてやつはきみが思うよりずっと賢いかもしれない。そいつを逮捕するまでは一瞬も油断しちゃ駄目だ」

「いい子にしとくよ」

「おれはきみよりも微妙な立場にいるんだぞ」ジャックは続けた。「やつがきみを殺せば、きみは死ぬだけだ。だが、このおれは失業しちまう。いいか、おれが廊下に出てから、きみがちゃんとドアに鍵をかけるか聞いているからな」

ジャックが出て行くと、ぼくは鍵をかけ、床に落ちているチェスの駒を拾いはじめた。マントルピースの上の特等席で、シャム猫が驚いたようにこっちを見ていた。ぼくは彼女のあごをなでてやった。

「やあ、ビューティフル」ぼくは言った。「わくわくするね？」

あごをなでられた猫がみなそうするように、彼女もまた目を閉じていた。そして問いには答えなかった。

ぼくは身を乗り出し、ささやいた。「もう少しの辛抱さ、ビューティフル。あともう一歩で金が手に入る。きみにはシルクのクッションを買って、最上級の子牛のレバーを毎日食べさせてあげるよ」

チェスの駒を集め終えて窓際に近づいた。斜め前方に、ウィーラーの乗った車が停まっているのが見える。ぼくが手を振ると、向こうも手を振り返してきた。

コッコッとドアを叩く音がしたとき、ぼくは二部屋とものブラインドを下げて、外から見られないようにしているところだった。戸口に行って、ジャックの声を確認すると、彼をなかに入れた。

「地下にはモルモットの檻と、何か迷路みたいなものがあるだけだったよ。檻はすべて空だった」

「それはネズミの檻だよ」とぼくは言った。「そして迷路に見えたものは、まあおかしな話だと思うかもしれないが、じっさい迷路だ。しかしきみの持ってきたスーツケースは大きいな。ぼくのところに引っ越してくるつもりかい?」

ジャックは部屋じゅうでいちばん座り心地のよい椅子に座った。「これしかスーツケースがなかったんだ。中身はそんなに入ってない。スーツを一着持ってきたが、おれのじゃない。アリスター・コールに着せるんだ」

「なんだって? スーツをかい?」

「拘束服ってやつさ。捜査本部に寄って取ってきたんだ。念のためにな。なあ、偏執狂を取り押さえるってのがどういうことか、きみにわかるか? できる限り生け捕りにするが、それでもヘトヘトになるまでぶちのめして、気絶させなくちゃならん。そして意識を取り戻したあとで縛りつけておく道具が要るんだ」ジャックは身震いした。「一度使ったことがある。いや、使うのを手伝ったというべきだな。四人がかりだったよ。ほかの三人は、おれよりずっと力持ちだった。それでもちっとも楽じゃなかったね」

「楽しくなってきたな」ぼくは言った。「ひょっとして、ぼくのための銃も持ってきてくれた?」

「きみは撃てるのか？　銃を使ったことは？」

　ぼくは答えた。「引き金を引けばいいんだろ？」

「つまりそういうことだ。だからきみの分の銃は持ってこなかった。いいか、例の狂人を捕まえることができず、やつがまんまと逃げおおせたらどうするつもりか、教えてやる。おれはきみに銃の許可証を取ってやり、銃を選ぶのを手伝ってやるよ。そして警察の射撃場に連れていって、使い方を教える。おれは永遠にきみと一緒にいるわけにはいかないからな」

「それで構わない」ぼくは答えた。「もっとも、いま一丁もらえるほうが、嬉しいことは嬉しいけど」

「ブライアン、使い方を知らない素人は、銃なんて持ってないほうがいいんだ。そのほうが安全なんだよ。あのときアリスター・コールが銃を持っていなければ、賭けてもいいが、やつはきみを仕留めていただろう」

「どうしてそう思う？」

「簡単なことさ。やつは窓からこの部屋を覗き、おれがきみと一緒にチェスをしてるのに気がついた。もしやつがナイフしか持っていなければ、おれが帰るまでどこかに隠れていて、きみが眠りにつくのを待っただろう。そして窓から忍び込んで——お陀仏さ。だが銃なんか持ってたおかげで、それを使っちまったんだ。狙いのつけ方も知らずに引き金を引いて、的を外した。そしてきみを殺すチャンスはなくなった」

　ぼくはゆっくりとうなずいて、「一理あるな」と認めた。「いいだろう。きみたちがアリスターを捕まえられなかったら、そのときゆっくり使い方を覚えるよ。チェスの続きをやるかい？」ぼくはちらりとビューティフルを見た。彼女はぐっすり眠っていたが、やはりゲームをよく見通せる場所にいた。「ビューティフルはいま入れ知恵なんてできない。保証するよ」

「もう遅い」とジャックは答えた。「午前三時を過ぎてる。ブライアン、その猫を飼ってどれくらいになる?」

「きみも知ってるはずだよ。彼女を買ったとき一緒にいたんだから。四年前じゃなかったかな? ペットが飼い主にとって大切なものになっていくのは、ほんとうに不思議なことだね。この世の何と引き換えにしても、ぼくはビューティフルを売りはしない」

ジャックは鼻に皺を寄せた。「犬なら、まあわかるな。犬は人間の仲間だ」

ぼくは笑って、反論のしぐさをした。「そう思うのは、この知的で美しい生き物をきみがよく知らないからさ。猫はこの地球上で、女性を除いてもっとも美しい生物だ。そしてぼくたちが女性に重きを置くのは、たんなる先入観のせいにすぎない。それに女は口答えするけど、猫はしない。この数ヵ月、ビューティフルに話を聞いてもらわなかったら、ぼくはきっと狂っていた。日に十二時間から十四時間も働いてたんだ——いま思い出したけどね。そろそろ眠ったほうがよさそうだ。きみはどうする?」

「まだ眠くない。だが引き止めはしないよ。おれは隣の部屋に行って本でも読もう。アリスター・コールの秘密がわかるようなのを。異常心理について、いい本はないか?」

「あまりたくさんはないね。専門外なんだ。精神異常者はコースでは扱わない。だいたいが健常者なんだよ。ああ、一般書なら何冊かあったな。本棚のいちばん上の『異常心理学概説』を読んでごらん。青い装丁の本だ。入門書にすぎないけど、いずれにせよ数時間で飲み込めるのはその程度だよ」

ぼくが着替えをするあいだ、ジャックは本の目次を眺めていた。「よさそうだな」と彼は言った。「章立ては、早発性痴呆症、偏執症、それに覚醒催眠か——これは聞いたことがないな。一般的なものなのか?」

「もちろん」ぼくは答えた。「ぼくたちも試したことがある。正確には異常心理の一種じゃなくて、精神疾患の治療法だ。かつてクラスの学生全員に——もちろん、合意のもとでだが——覚醒催眠状態で自動記述をさせたことがある。そのデータをぼくの卒業論文に使ったんだ。アリスター・コールの抱える問題を知りたいなら、偏執症と偏執状態についての章を読むといい。それから、精神分裂症——早発性痴呆症のことだが——の章もいいかもな。ぼくはコールは純粋な偏執症だと思ってるけど、分裂症の可能性もある」

ぼくは脱いだ服を椅子の背にかけて、パジャマを着はじめた。

「ジャネットの言うには」とジャック。「ロス博士はコールに精神分裂症の兆候があると考えていたそうじゃないか。でもきみは偏執症だと言う。その違いは何なんだ?」

ぼくは溜息をついた。「いいだろう、説明するよ。ふたつの症状のうち、偏執症のほうがめずらしいし、特定が困難だ。患者が混乱状態にあって自分のことを話さない場合はとくにね。偏執症をきたしている患者は、ある一連の間違った考えについて、完璧な、一分の隙もない論理体系を持っている。患者はその妄想にこだわり、それが間違っていることを彼に説得することはできない。だがその奇妙な妄想がおもてに出ない限り、健常者と同じように見える。偏執症と特定することはできないんだ。

一方で精神分裂症者も、偏執的な考えを抱いていることはある。でもその考えはまったく無秩序だし、多くの場合患者は、ほかにも不安定な症状を示す。他人がつねに自分の陰口を叩いているとか、自分を攻撃しようとしているとか考えたり、支離滅裂でとりとめのない行動、ずさんさ、無気力——といった、さまざまな症状を示す。コールにはそれがなかった」

「つまり偏執症患者は、自分の病気をまんまと隠してしまうわけか」ジャックが言った。「その患者の抱く妄想が特定されない限り?」

「隠し通す患者もいる。だがもしぼくらが異常心理の専門家だったら、もっと早くコールの病気に気づいただろう。だけどジャック、きみも少し眠ったほうがいいんじゃないか?」

「遠慮せず先に寝てくれ。おれは疲れたら居眠りするさ。この部屋の灯りは消しておこう」

彼は灯りを消して、隣の部屋に行った。あいだのドアは少し開いたままだったが、寝返りを打って壁を向けば、その程度のひかりは邪魔にならない。

猫のビューティフルがマントルピースから降りて、いつもするように、ぼくの足許へ来て眠った。ぼくは手をのばし、柔らかくて温かい彼女の毛並みをしばらくなでた。そしてまた枕に頭を戻すと、思考を停止した。ぼくは眠りに落ちた。

物音がして目が覚めた——それは窓がゆっくりと開く音だった。

ネズミの死

たいていの人と同じように、ぼくも目覚めてから数秒できれいに夢を忘れてしまう。だけどこのとき見た夢は覚えていた。というのもそれが、ぼくの目をさました物音と結びついていたからだ。

窓をゆっくり持ち上げるキーキーという音は、夢のなかでは地下のコンクリートを爪で引っ掻く音になっていた。ロス博士がネズミの檻のかんぬきに手を置いて立っていた。そしてシャムの模様をした怪物のような猫が、床に爪を立ててキーキー引っ掻き、脚を身体の下で揃えて飛びかかろうと身構えていた。それはぼくの猫、ビューティフルであると同時に、そうではなかった。彼女はライオンのように大きく、両目は車のヘッドライトのようにひかっていた。

ロス博士はネズミの檻の並びへ後ずさりし、攻撃をかわそうとして片手を顔の前に上げていた。ぼくは戸口からその様子を見ていて、ビューティフルが飛びかかるのを叫んで止めようとしている。けれども身体は麻痺していて、筋肉ひとすじ動かすことも、音をたてることもできない。

ぼくの見ている前で、猫の尻尾はどんどん膨らみ、その目は青い火花を散らしていた。そして彼女は飛びかかった。

ロス博士の構えていた腕は、まるで爪楊枝か何かのようにあっさり払いのけられてしまった。ビューティフルの爪は博士の肩に深く食い込み、白く鋭い歯が博士ののどを探りあてた。博士は叫んだが、その一度きりの叫びはただのゴボゴボという音に変わり、やがてコンクリートの床の上、自分の血溜まりのなかに倒れて死んだ。そして猫は死体から離れ、縮んで本来の大きさに戻った。もといた場所に帰りつつ、彼女の爪はやはりコンクリートを引っ掻いていた……。

それからぼくは、夢の恐怖にまだ凍りつきながらも、これは夢だということ、聞こえていたのは窓の開く音だったということに気づきはじめた。

ぼくはさっとベッドに起き直った。そして口を開いてジャックを呼ぼうとした。誰かがそこに立っている、窓のすぐ内側に！

　だが大声を出す前に、立っているのがほかならぬジャックであることに気づいた。隣の部屋から充分なひかりが漏れていたから間違いなかった。ジャックはブラインドを上げていた。身をかがめていて、目線はちょうど下の窓ガラスのなかほどの高さにあり、外の闇をじっと見つめている。スプリングが軋むのが聞こえたのだろう。ジャックは振り返って、「しぃっ」と言った。「心配ない——たぶんな」

　彼は窓ガラスを下げて閉めると、ぶっきらぼうに鍵をかけた。そしてブラインドを下ろし、ぼくのベッドへ歩いてくると、傍らの椅子に腰かけた。

「起こして悪かった」ジャックは静かに言った。「もう一度眠れそうか？　それとも少し話すか？」

「いま何時だ」

「三時四十分さ。きみはまだ三十分しか寝てない。すまなかった。ただ——」

「ただ何だ。いったい何が起きたんだ。外から何か聞こえたのか？」

「窓の外からじゃないが、数分前、誰かが廊下側のドアノブをまわすのが聞こえたんだ。だがおれがドアまで行き、耳をすませたときにはもう何も聞こえなかった」

「アリスター・コールかもしれない」ぼくは言った。「裏口から入ったのかも。ウィーラーは裏手は見張ってなかったからな」

「おれもそう思ったんだ。裏手からは何も聞こえなかったがな。だから窓のところへ行った。ウィーラーに合図を送って、正面玄関にまわらせようとしたんだ。そのあとで廊下側のドアを開けるつもりで——もちろん、銃を用意してな。コールがそこにいれば、ウィーラーとふたりで挟み撃ちにできるはずだった」

「ウィーラーはきみの合図に気づいたか？」

ジャックはゆっくりと首を振った。「彼の車はさっきの場所になかった。窓から見える位置にはいなかったよ。おそらく、より目立たないところか、よりよく見張りのできる場所へ移動したんだろうな」

「たぶんそうなんだろう。じゃあ、きみはこれからどうする」

「何もしない。じっと様子を見ることにしよう。もしおれが廊下へ首を出したり、窓から外へ出たりしたら、コールを優勢に立たせることになる。ここにいてやつをおびき寄せられれば、形勢は逆転する。今夜は本を読んで徹夜しよう。ちょうどこのベッドのわきに座っているつもりだ。きみは眠れそうなら寝てくれ。おれはもう黙るから」

「もちろん眠れるさ」とぼくは言った。「ぼくはほんとうにぐっすり眠るんだ。ちょうどジャングルのなかで、猟師が虎をおびき寄せようと杭につないだ子羊みたいにね。そんなふうに眠るのさ」

ジャックはくすくす笑った。「子羊は自分が何のために連れてこられたかなんて知らない」

「子羊は、虎の匂いを嗅ぎつけるまで眠っている。ぼくには虎の匂いがわかる」そしてさっきの夢を思い出し、ジャックにその話をした。

「きみは心理学者だろ」彼は言った。「その夢は何を意味する？」

「たぶん、意識下で博士を憎んでいるということだろう」とぼくは答えた。「まあ、ぼく自身わかってたことだ。わざわざ夢を分析するまでもない」

「ロス博士に何の恨みがあるんだ、ブライアン？　きみが博士のことを話す口調から薄々気づいてはいたが」

「第一に、博士は文句の多い人物だった」ぼくは答えた。「ジャック、きみにはよくわかってると思うが、ぼくはそんなに悪い人間じゃない。けれど博士から見れば、とうていジャネットには釣り合わなかった。まあ――そうなのかもしれない。けどそれを言うなら、彼女に恋をする男は誰ひとり釣り合わないことになる」

「ジャネットはきみを愛しているのか?」

「たぶん」そのことについて、考えてみた。「ああ、間違いないよ。今夜彼女が言った言葉からそれはわかる」

「ほかには? つまり、ロス博士のことだが。きみが博士を恨んでいた理由はそれだけか?」

ぼくはしばらく黙っていた。考えていたのだ。ここで話してしまってもいいんじゃないか? 遅かれ早かれジャックも知るだろう。世界じゅうが知ることになるのだ。弁明の余地があるうちに、包み隠さず話してしまうのがいいんじゃないか?

何かに押しとどめられて、ぼくは耳をそばだてた。外からも廊下からも、何も物音はしなかった。「ジャック」とぼくは言った。「きみに言っておきたいことがある。今夜きみがいてくれて、ほんとうに嬉しく思う」

「それはありがたいね」ジャックは少し笑った。

「ぼくが言うのは、そういう意味じゃないんだ、ジャック。もちろん、きみはぼくの命をアリスター・コールから救った。だがそれ以上に、きみはアリバイを作ってくれたんだ」

「アリバイだと? ロス博士殺しのか? そりゃ、博士が殺されたとき、おれはきみと一緒だったが」

「そうなんだ。いいかい、ジャック。ぼくには博士を殺すに足る充分な理由がある。そしてその理由は、いずれ公になるだろう。だからいまここで話してしまおうかと思うんだ」

ジャックはこちらに向き直ると、じっとぼくを見た。部屋のなかには、彼の表情を見るのに充分なひかりがあったが、彼からぼくの顔を見るには暗すぎた。ジャックがなぜわざわざこちらを向いたのかわからない。

「アリバイが必要だったんなら」と彼は言った。「きみは間違いなくそれを手に入れたことになる。おれたちは八時ごろチェスを始めた。それからずっと、きみはおれの目に入るところにいたんだ。きみがランダル署長の部屋にいた時間を除いてね」

「そのことに気づいていたんだよ」ぼくは言った。「そしてとても喜んでいる。いいかい、ジャック。ロス博士が死んだいま、ぼくは百万ドルを手に入れることになったんだ。博士が生きていても可能性はあったが、法的に争う必要があっただろう。正しいのはぼくだ。でも負けるときは負ける」

「つまり、きみの博士への言い分について、訴訟が起きたかもしれないと?」

「そのとおり。博士は学部長だ——いや、だった。ぼくはただの下働きで、アリスター・コールよりわずかにましなだけの立場だ。そして、あれは大きいだろう、ジャック。ほんとうに大きなやつだ」

「何がだ」

「きみが地下で見たネズミ用の檻はどんなものだった?」

「どんな檻かだって？　どうしてそんなことを聞くんだ。おれにはネズミ用の檻の種類なぞわからん」

「種類のことは気にしなくていい」ぼくは答えた。「きみが見たのはどれも同じだった。どれも同じように空っぽの檻だ。ネズミたちは死んだ。そして処分された」

ジャックはまたぼくを見た。「続けて」

話しはじめてしまったからには、もう眠りに戻ることはできなかった。眠るには気が高ぶっていた。ぼくは枕をベッドの背に立てかけた。

「考えてみよう、ジャック」ぼくは言った。「アメリカ合衆国全体で、一年間にネズミが食べる餌を金に換算するといくらになると思う？」

「わからない。百万ドルくらいか？」

「一億ドルさ」ぼくは言った。「控えめに見積もってね。そしてネズミたちとの闘いには、たぶん百万ドル以上費やされている。世界全体では年間十億ドルだ。累計じゃないぜ――たった一年でだ！　ネズミどもを――クマネズミもドブネズミも両方とも――この世から完全に駆逐するには、いったいいくらかかると思う？　完璧に根絶やしにするには？　毛むくじゃらのマンモスやロック鳥、恐竜たちの仲間入りをさせるには？」

「もしその計算が正しいなら」とジャック。「最初の十年で百億ドルってことになるよな？」

「そう、百億ドルだ、数値の上では。もしひとりの人間にその仕事を片づけることができるなら、彼は一万ドルくらいはもらっていいはずじゃないか？　あるいは百万ドルでも？」

「妥当だろうな。その人間はノーベル賞をもらうべきだろう。だがそんなことができるのか？」

「ぼくにはできる」ぼくは言った。「ちょうどあの地下室で、偶然発見したんだよ、ジャック。ほかの実験をしている最中にね。でもそれでうまくいった。うまくいったんだ！　ネズミは死んだ！」

「殺鼠剤でも死ぬし、ストリキニーネでも死ぬ。きみのやり方はそういうのとどこか違うのか？」

「伝達性だよ。それを一匹のネズミに与えれば――集団全体が死ぬんだ！　三十四ものネズミが――正確には三十一匹だ――ただ一匹のネズミに注射をしただけで死んだ。もちろん、一匹は生け捕りにしなくちゃならないが――そんなのはたやすいことだ。そしてそいつに注射をして放せばいい。そうすれば付近一帯のネズミはすべて死ぬ」

「病原菌なのか？」

「そうじゃない。いいかい、正直なところ、それがどんなふうに機能するのか正確にはぼくにもわからないんだ。でも病原菌じゃない。予想だけど、それはネズミが体内に持っている、ある種の病原菌に対する免疫を破壊するんじゃないかと思う――ぼくらの周りにも数百万の病原菌がいるわけだけど、それを食い止める抗体をぼくもきみも持っている。けれどその注射をすることによって、たぶんある抗体が破壊され、病原菌が――食い止められなくなる。病原菌のほうでも、ほかのネズミの抗体に打ち勝つくらい強力になり、そして空気感染したに違いない。直接の接触もなしに、檻から檻へ広まったんだからね。最初の一匹に注射してから二十四時間以内に三十四のネズミが死んだよ――二メートル離れた檻のネズミすらね」

ジャック・セバスチャンはヒュウッと口笛を吹いた。「たぶん何かすごいことなんだろうな」彼は静かに続けた。「で、その話のどこにロス博士が出て来る？　取り分の半分でも要求されたか？」

「半分くらいならなんとも思わないさ」ぼくは言った。「博士は、この業績がすべて、大学のものだと主張した。なぜならぼくが大学の実験に取り組んでいたからだと――ぼくはぼく自身の空き時間を使って、自分の場所でやっていたにもかかわらずだ。そしてぼくの発見は、完全に分野外のことだった。まるで納得できなかったよ。だがさいわいなことに、博士は決着を保留にした。この発見を公表する前に、さらに実験を重ねるべきだと言ったんだ」

「きみもそれに賛成したのか?」

「もちろん。ぼくだって、ろくに準備もせずに発表する気はなかった。公にする前に、念には念を入れて裏づけを取るつもりでいた。でもそれは、ぼくの名前で特許を取ったあとでなければならない。ぼくは百万ドルを手に入れるんだよ、ジャック!」

「そうなるといいな」彼は言った。「それに自然なことだろう。このきみ自身の場所で、きみの時間を使ってその発見をしたんならな。このことを知ってるやつは、ほかにいるか?」

「いいや」

「アリスター・コールは?」

「いや、知らない。ジャック、これはきみが思うよりずっと大きなことなんだよ。何人の命が救えるかわかるか? この国には腺ペストはないし――ネズミやノミに起因するその他の病気もない。だが世界全体を見てみろ」

「言いたいことはわかるさ。うん、きみはよくやった、すごいよ。まあ万事首尾よく運んだら、おれもおこぼれに与かりたいね」

「冗談だと思ってるのか?」

「そんなことはない。それにアリバイができてよかったと言った意味もわかる。ああ、おれの証言が有効なら、このアリバイは堅固だ。ロス博士を殺すには――きみの動機がどれだけのものであろうと――一ブロック半もの長さの棒の先に、ナイフを括りつけて殺すなんて真似をしない限り無理だからな。それに――」

「なんだ?」

「いや、なんでもない。なあ、おれはウィーラーのことが気になってるんだ。車を別の場所に移したんだろうが、できればちゃんと確かめておきたい」

「車はパトカーなんだろ?」

「そうさ」

「無線機はついてる?」

「ついてる。だがおれが無線機を持っていない」

「電話があるじゃないか。ウィーラーが心配なら――そしてぼくからも目が離せないっていうなら――捜査本部に電話して、ウィーラーに連絡を取ってまた折り返し電話をくれるよう頼めばいいじゃないか」

「きみが賢いか、おれが抜けてるかのどっちかだな」ジャックは言った。「どっちなのかは言わないでくれ」

ジャックは椅子から立ち上がった。その手にはやはり銃が握られていた。彼はまずドアに近づき、聞き耳を立て、次に窓のほうへ行った。そしてそこでも聞き耳を立てていたが、やがてブラインドを少し開けると外を見た。

「きみのせいで気が立ってしまったよ。もう起きたほうがよさそうだ」とぼくは言った。「なんとなく、殺されるときはちゃんと服を着ていたい気がするしね——まあ殺されるとしての話だけど」

そして猫のほうを見て、「ちょっとごめんよ、ビューティフル」と声をかけながら、ぼくの脚に乗ったシャム猫の下からそっと脚を引き抜いた。

そしてパジャマを脱ぎ、シャツとズボンを身に着けた。

「やっぱりウィーラーの車は見えないな」ジャックが言った。

彼は電話のところに行き、フックから受話器を外した。ぼくはローファーをはきながら、その様子を見ていた。ジャックは受話器を持ったまま黙っていたが、やがてゆっくりとそれを戻した。

「誰かが電話線を切った」彼は言った。「つながらない」

猫

ぼくは言った。「信じられない。ラジオのホラー番組みたいだな。悪ふざけがすぎる」

ジャックは鼻を鳴らすと、窓からドアまでを見渡しながら振り返った。「懐中電灯はあるか?」

「ああ。そこの引き出しのなかだ」

「じゃあ持ってろ」ジャックが言った。「窓からもドアからも見えない、その角のところに引っ込んでるんだ。窓かドアが開いたら、おれと一緒に懐中電灯で同時に照らせ。おれは左手で照らすことになるし、ひかりはひとつよりふたつがいい。そこで狙いを定めておれが撃つ」

ぼくが懐中電灯を取りに行くあいだに、ジャックは隣の部屋とのドアを閉めた。懐中電灯のひかり以外は真っ暗の闇に、ぼくたちは閉じ込められた。ぼくは自分の懐中電灯で、ジャックの指示した椅子までの道を照らした。

「隣の部屋にも窓があるんだ」ぼくは言った。「そっちにも鍵はかけた?」

「かけた」ジャックが答えた。「隣の部屋には窓ガラスを破らないと入れないだろう。よし、じゃあ懐中電灯を消して、じっと待つんだ」

ジャックが部屋を横切って、ぼくとは別の片隅へ移動するのが聞こえた。彼の懐中電灯のひかりが、廊下側のドアを照らしてからさっと窓を横切り、消えた。

「つけておいたほうがいいんじゃないか?」

「いや。いいか、もしやつが窓から入ってきたら、椅子のひじかけ越しに手をのばして照らせ。懐中電灯のひかりをまともに受けたら、やつはきみを撃つことはできない。おれたちふたり分の灯りがやつの目をくらますだろう。こっちからはやつが見えるが、やつにはおれたちが見えないってわけだ」

「なるほど」

どれくらいの時間が経過したかはわからない。窓をコッコッと軽く叩く音がした。ぼくは椅子の上で身を硬くして、スイッチは入れずに窓のほうへ懐中電灯を向けた。

また音がした。変則的な叩き方だ——コツン、コツン、コツコッ。

「ウィーラーだ」ジャックがささやいた。「示し合わせていた合図だよ。コールがこの叩き方を知るはずはない。きみはじっとしてろ」

暗闇のなか、ジャックが部屋を横切って動く音がした。彼がブラインドの片側を注意深く持ち上げると、ひとすじの青いひかりがブラインドと窓の隙間から見えた。ジャックはできるだけすばやくブラインドを上げると、鍵を外して窓を開けた。

外はかすかに白みはじめていた。四分の一ブロックほど離れたところから、街頭のひかりがわずかに届いていた。そしてウィーラーの大きな身体が窓越しに入ってくるのが見えた。ウィーラーだ、アリスター・コールじゃない。

ぼくは深呼吸をした。そして椅子から立ち上がり、ふたりの近くへ行った。ウィーラーは小声で話していた。

「……だから窓は閉めるな」彼はそう言っていた。「おれはもう一度そこから入る」

「ブライアン次第だな」ジャックも小声で答えた。「ブライアンがそんな危険を冒したがれば、だ。ちょっとその窓を見張っててくれ」

ジャックは開いた窓から離れ、ぼくを部屋の隅に連れていった。「いいか」と彼は言った。「ウィーラーがアパートの裏手で人影を見た。裏庭を見張れる場所に車を動かしていたから、窓が閉まる瞬間を目撃できたんだ。アリスター・コールは建物のなかにいる。ウィーラーに考えがあるんだが、それは危険を伴う。その作戦に出るかどうかはきみ次第だ。もしきみがそうしたくなければ、ウィーラーはもう一度出て助けを呼びに行く。そしておれたちは援護が到着するまでじっと待つ」

「どんな作戦だ」とぼくは聞いた。ものすごく危険というわけでないなら、ウィーラーが助けを呼んで帰ってくるまで、また寝ずの番をするよりいいだろうと思った。

「ウィーラーは」とジャックは切り出した。「ドアを出て廊下を右手に歩き、表玄関から外へ出る。そうすればコールが足音を聞きつけ、おれがきみひとり残して出て行ったと思うだろう。ウィーラーは建物をまわりこみ、窓からもう一度部屋に入る。コールはきみがひとりだと思っているから、廊下側のドアから入ってくるはずだ——するとそこにはウィーラーとおれの両方がいて、やつを捕まえるってわけだ。おれたちふたりともがやられない限り、きみに危険は及ばない。二対一だし、準備もあるから、それはまずないだろう」

ぼくは小声で、その計画はよさそうだと答えた。ジャックはぼくの腕を握った。

「じゃあ椅子に戻ってな。そこがどこよりも安全だ」

手探りで椅子まで戻る途中、ジャックとウィーラーがドアへと歩きつつ小声で話すのが聞こえた。ふたりは窓を開けたままで、束の間無防備だったので、ぼくは窓からしっかりと目を離さず、人影でも現れたらすぐに叫べるよう身構えていた。だが何も現れなかった。

廊下側のドアが開いて、またすぐに閉じられた。一瞬、部屋にひかりの筋が射した。ジャックがドアから離れる音、つづいてウィーラーが廊下を歩いていく音。そして正面玄関の開く音がして、ウィーラーの足音がポーチを横切っていった。

少ししてから、上の窓ガラスをコツン、コツン、コツコツと、そっと叩く音がした。そしてウィーラーの大きな身体が窓を通って入ってきた。

静かに、とても静かに、ウィーラーは窓を閉め、鍵をかけた。ブラインドも下ろした。そして忍び足で歩く音がして、ウィーラーがドアの右側の配置についた。

それからどれくらい待ったかわからない。五分か十分くらいだろうが——一時間にも感じられた。聞き取れるかどうかぎりぎりの、かすかな音がした。ドアの外の廊下に敷いた絨毯を靴が擦る音だったかもしれない。次に聞こえたのは紛れもなく、ゆっくりとドアノブをまわす音だった。ノブはまわされ、そして止まった。ドアがほんの少し、やがて数インチにまで開いた。ゆっくりと広がっていくその隙間から、ひかりが差し込んできた。

そのとき、ジャックが想定しなかったことが起きた。ドアとドア枠のあいだから手がのびて、電灯のスイッチを入れたのだ。天井の電球がまぶしくひかりを放ち、目がくらんだ。一瞬の隙に、ドアが大きくうしろへ開かれ、アリスター・コールがナイフを片手に、もう一方の手に単発式ターゲット・ピストルを持って戸口に立っていた。コールの目はさっと部屋を見渡し、こちらは三人ともいるのに気がついたようだった。だが次にその目はぼくに据えられ、ターゲット・ピストルが持ち上げられた。

横からジャックが踏み込んだ。上げた手は警棒を握っていて、さっと振り下ろすとメロンを叩き割るような音がした。ジャックとウィーラーはアリスター・コールを両側から受け止めて、そっとカーペットに倒した。

ウィーラーがコールの上にかがみ、まず銃とナイフを取り上げてから、片手をその心臓に載せた。

「大丈夫、命に別状はない」とウィーラーが言った。

彼はポケットから手錠を出し、コールをうつぶせにして背後で手錠をかけた。そしてコールと組み合ったときに落とした銃をカーペットから拾い、立ち上がった。

ぼくも立ち上がっていたが、膝がまだ少し震えていた。額には冷や汗が玉のように吹き出ていた。右手は懐中電灯をきつく握ったままで、指が少し痛かった。

ビューティフルの姿が目に入った。彼女はやはりマントルピースの上にいて、立ち上がり、尻尾をもじゃもじゃに強張らせてぴんと立て、耳の後ろと背中の毛を逆立てていた。「大丈夫だよ、ビューティフル」ぼくは彼女をなだめた。「怖いことはもう終わったんだ。そしてもう何もかも――」ぼくはマントルピースに歩み寄ろうとした。彼女をなでようと手を差し出して。そのとき、ウィーラーの緊張した声がぼくを止めた。

「気をつけろ」彼は叫んだ。「その猫は飛びかかろうとして――」

そしてぼくは、ウィーラーの銃が持ち上げられ、シャム猫に狙いを定めるのを見た。

右手に持った懐中電灯を振りかざし、ぼくはウィーラーに飛びかかった。ウィーラーが身をかわすと同時に、視界の片隅でジャックが踏み込んでくるのが見えた……。

目を開けたときは、天井の灯りがまぶしかった。ぼくはベッドに仰向けに寝ていて、最初に見えたのはビューティフル、ぼくの胸の上に丸まってこっちを見ている彼女だった。ビューティフルは無事だ。つやつやとした毛並みで、丸めた尻尾もいつもどおりだった。ほかにどんなことが起こったのであれ、彼女は無事だったのだ。

頭を動かそうとすると痛みを感じた。だがジャックがベッドのかたわらに座っているのは見えた。ドアは閉められ、ウィーラーもコールもいなくなっていた。

「何が起きたんだ?」ぼくは聞いた。

「きみはウィーラーを殺そうとしたのさ」ジャックの声には奇妙な響きがあったが、目はまっすぐぼくを見据えていた。

「馬鹿なことを言うな」ぼくは言った。「ぼくはただ、ウィーラーが撃つ前にその腕を払おうとしただけだ。彼は狂ってる。猫恐怖症に違いない」

ジャックは首を振った。「きみは彼を殺そうとした。ウィーラーが撃とうが撃つまいが、きみは殺すつもりだったんだ」

「馬鹿な」両手を動かそうとしたが、それは後ろ手にしっかり縛られていた。ぼくは怒りを込めてジャックを見た。「きみはおかしくなっちまったのか?」

「おれじゃない。おかしいのはきみだ、ブライアン」彼は言った。「きみのほうさ。いまとなってははっきりしている——今夜ロス博士を殺したのは、ほんとうはきみだったんだ。ああ、アリバイがあることはわかってる。だけど同じことだ。きみはアリスター・コールを道具として使った。覚醒催眠術を用いたというのがおれの推測だ」

「そしてコールにぼく自身をも殺させるよう仕組んだ、っていうんだな!」

「きみはコールにきみの頭上を狙って撃て、そして逃げろと言った。その強迫観念はとても強く、今夜コールはそれをもう一度実行しようとした。ぼくとウィーラーが身構えていて、撃とうとすれば直ちに取り押さえられるとわかっていたにもかかわらずだ。おまけに今回も、コールの狙った位置は高すぎた。いつから彼に催眠術を施していた?」

「いったい何の話をしているのかわからないね」

「わかるはずだ、ブライアン。すべてを知っているわけじゃなくても、このことはきみも知っている。きみはコールに精神分裂症の傾向があることに気づいた。おそらく彼とチェスをしているときに、コールを覚醒催眠術にかけることができると思いついたんだ。そして催眠術を施した。いったい彼にどんな妄想を仕込んだ? その心にどんな陰謀を信じ込ませた? ロス博士がコールに対してどんな陰謀を働いていると?」

「きみは狂ってる」

「いいや、きみが狂ってるんだよ、ブライアン。狂ってる、だが利口だ。いま言ったことが正しいことはわかってるはずだ。そしておれがそれを証明できないこともな。これは認めよう。だがきみの知らないもうひとつのことがある。それは証明するまでもない」

ぼくははじめて、少し怖くなった。「いったいなんのことだ」

「きみはコールに妄想を植えつけた。だが自分自身の妄想のことはわかっていなかったんだ。きみは知らない——おそらく、過労か研究のしすぎによるストレスから——きみの心は壊れてしまっていることを。あの百万ドルのネズミ退治薬がきみの妄想だということを知らないんだ。きみは信じないだろうが、だからこそそれは妄想なんだよ。きみはぜったいに信じない。偏執症患者はその狂った妄想を支えるために、一分の隙もない理由づけと合理化の体系を作り上げるものだからな。おれの言うことなど信じるわけがない」

ベッドの上に起き直ろうとしたが、できなかった。そして腕を縛られているのではないことに気づいた。ジャックはぼくに、あの拘束服を着せたのだ。「じゃあ、きみも仲間なんだな」ぼくは言った。「きみもぼくを陥れようとするあの策略の一部なんだ」

「ああ、そうだよ。いいかい、ブライアン。こうしたすべてがどんなふうに始まったか、おれには想像がつく。というより、きっかけが何だったか。たぶんほんの数日前、ロス博士がきみの猫を殺したのがきっかけだ。あの夢、きみが今夜話してくれた——猫が博士を殺すという夢。きみの心は事実を受け止めきれていない。きみの潜在意識でさえ、夢で事実を逆さまにしてしまうくらいだからな。じっさいに何が起きたのかは知らない。たぶん大事な実験台のネズミを、きみの猫が殺してしまって、そして怒りに駆られたロス博士が——」

「きみは狂ってる」ぼくは叫んだ。「狂ってる！」

「ブライアン、それ以来きみは、いもしない猫に話しかけていたんだよ。最初は冗談だと思ったさ。真相に気づいたとき、おれはウィーラーにその思いつきを話した。猫がいると信じている場所、つまりマントルピースの上をきみが示したとき、ウィーラーは銃を持ち上げて撃つふりを――」

「ジャック！」馬鹿げきった話をジャックがやめてくれるよう、ぼくは頼み込んだ。「きみがその陰謀の仲間で、無実の罪でぼくを投獄する片棒を担いでいるんだとしても――お願いだ、ビューティフルをぼくと一緒に行かせてほしい。彼女までぼくから奪わないでくれ。お願いだ！」

外にパトカーが集まりつつあった。胸の上で眠っている猫の心地よい重みと暖かさを感じることができた。

「心配いらないよ、ブライアン」ジャックが静かに言った。「その猫はきみがどこへ行こうとついていくさ。誰にもきみから奪うことはできない。誰にも」

素晴らしき真鍮自動チェス機械

ジーン・ウルフ
柳下毅一郎訳

THE MARVELOUS BRASS CHESSPLAYING AUTOMATON
by Gene Wolfe

足萎えハンスは毎日膝を鉄格子に押しつけ、機械相手にチェスを指している。わたしはチェスを見るのははじめてではないが、指し方はどうしても覚えられなかった。それでも、いつも掃除しながら横目でハンスのチェスを眺めていた。チェスは美しいゲームで、その起源は今は過ぎ去った偉大な時代にさかのぼるのだ、と足萎えハンスは教えてくれた。そのため、わたしはいつも、鉛筆とスパナを持ち平服を着た小さな歩兵(ポーン)たちに共感を覚えていた。何世代にもわたる彼らの刻苦が古代戦争で天空を切り裂いた偉大な僧正(ビショップ)たちを生み出したのだから。

わたしは足萎えハンスにも哀れみを覚えた。食事を持って行ってやったとき、それに牢獄を掃除するときにも、わたしはハンスと話をした。彼の話をさせていただこう。警官たちが哀れなグレートヒェンを引っ張り出して土埃たつ路傍に寝かせてから、わたしが長い時間をかけて知ったとおりのことを。足萎えハンスは決して自分からは話さないだろう——あんなにも大きく突き出した頭を持っていても、自分自身のことを話す段になると舌はのろくさく滞りがちだからだ。

興行師の馬車が村にやってきたのは夏の終わりの休戦中のことだった。ひと月のあいだ、雨は一粒も落ちてこなかった。毎日正午にカール神父が教会の鐘をならし、女たちは夫の畑で収穫があるように雨乞いをした。日が暮れると、その女たちはかつては偉大な建物だった山、シュロスベルクの斜面に列と輪を作って並んだ。列と輪は、まばたきするあいだに星月夜を駆ける天候監視人たちに影響を与えるのだという。わたし自身は、そんなものは信じていない。人がこれまでに、夜に山の端にいる老婆の姿をとらえるような機械を作れたことがあるだろうか？

香具師(やし)のヘイツマン氏の馬車がきたのはその刻限だった。日は落ちていたが、通りはまだひどく暑く、犬も暑さに負けて吠えなかった。車輪がまわると塵が波となってわきあがり、狐が麦畑を走るようだった。

馬車は農家の馬車よりも短かったが、背はとても高く、普通の家のような屋根が乗っていた。両側には絵が描かれている。自分では指したことはなく、ただ金貸しのアルブリヒトがカール神父と、あるいはエッカルト博士がラントスタイナー市長と勝負しているのを見ているだけのわたしでも、それが方形の戦場で軍隊を率いて戦闘におもむく勇ましき女王(クィーン)コンピュータ、命令を下し、もしもとらわれたなら全軍に敗戦をもたらす傲慢なる王(キング)将軍の姿であることはわかった。

猫背の小柄な男が御者の座についていた。男は巨人にふさわしい大きな頭の持ち主だった――これが足萎えハンスだったが、わたしは彼にはほとんど注意を払っていなかった。あとになってここ、自分が働いている刑務所で言葉を交わす仲になろうとは思ってもいなかったからである。その隣には香具師のヘイツマン氏が座り、みなの目を集めていたが、まさしくそれがヘイツマン氏の狙いだった。彼は背が高く痩身で、尖ったあごと大きな鼻と輝く黒い目の持ち主だった。ビロードのズボンをはき、上物の帽子に巻いたリボンには汗の染みが浮く。その下に垂れさがっている黒髪の長い房は妙な角度で固まっており、ベンチの下に寝転がっている酔いどれがやるように、寝起きに手で髪をとかしていたようだ。小男が馬車を旅籠（はたご）の中庭へ入れたとき、わたしはちょうど監獄前の階段から立ち上がり、旅籠の酒房へ向かうところだった。それは幸運だった。おかげでわたしはかの名高いバウマイスター教授と真鍮機械の勝負を見ることができたのである。

バウマイスター教授のことは話していなかったろうか？　みなさん知ってのとおり、我が村のようなところではつねに一ダースばかり有名人がいる。かならず強力（ごうりき）自慢がおり（この村の場合、鍛冶屋の見習いのヴィリ・シャハトだった）、大食いの者がおり、医師のエッカルト博士のような博識の人がおり、女たらしがおりという具合だ。だがそうした人々が正しく認識されるためには、その存在を際だたせる優れた訪問者がいなければならず、ここオーデル・シュプレー村においてその役回りを務めたのがバウマイスター教授だった。というのもわが村は大学とフルステンヴァルトの中間に位置し、そしてそのあいだを旅行するとき、彼はかならずこの村で宿を取るからで、そのことを旅籠の主人シェールは大いに誇りとしていた。事実はつまり、バウマイスター教授自身が、村にしょっちゅう泊まるおかげで有名人の一人になっていたのである。幅が広く茶色い髭、上物のコート、丈の高い帽子、革の乗馬ズボンという姿のバウマイスター教授がいると旅籠の酒房は紳士の集うサロンにも見えた。

大いなるドラマは、しばしば、ささいな日常生活の風景のようにはじまるのだそうだ。この晩もそうだった。旅籠では非番の兵隊たちがビールを飲んでおり、暑さから窓は開け放っていたものの、蠟燭が一ダースほどついていた。バウマイスター教授はエッカルト博士と話しこんでいた。何か戦争についてのことだ。香具師のヘイツマン氏は——といってもそのときには名前を知らなかったのだが——わたしが入っていったときにはバーにべったりで、すでに半リットルも空けていた。

やがて、バウマイスター教授が何かを強調しようとして間をおいた隙に、ヘイツマン氏が割り込み、しごく何気ない調子で質問を投げかけた。不思議なことに、彼が口を開くと部屋中が静まりかえり、囁き声のように低い声だったにもかかわらず、声はみなに届いた。ヘイツマン氏はこう言った。「紳士諸兄のお知恵を拝借したい儀がございましてな——と申しますのもお二方はたいへん学識深い方とお見受けしましたからで——はたして、お二方の知るところで、かの過ぎ去りし日の発明品の中でももっとも驚くべきものである——この点は御同意いただけるでしょうな？——偉大なる計算機械がひとつでも、今なお生き残っているようなことはあるでしょうか？」

バウマイスター教授は一言で切り捨てた。「いや。ひとつも残っておらん」

「まちがいないと？」

「いいかね、ああした機械を稼働するにはきわめて繊細な微細電子部品からなる交換部品が供給されなくてはならんのだ。そうしたものは百年以上前から製造されてはいない——それよりはるか昔からとうに手に入らなくなっているものもある」

「ほお」とヘイツマン氏は言った（それは独り言のようだったが、その声は厨房にまで届いた）。

「ならばわしのものが世界に唯一ということになるな」

バウマイスター教授はこの驚くべき言明を、自分に向けられた言葉ではないからと無視しようとした。だが好奇心あふれるエッカルト博士は大胆にも聞き返した。「あなたはそのような機械をお持ちなのですか？……ええと……」

「ヘイツマンと申します。ベルリンの出ですが、本日はチューリッヒより参りたるところ。さて、それでお二方は?」

エッカルト博士は自己紹介し、バウマイスター教授もそれに習い、ヘイツマン氏は二人と握手した。それから博士は教授に言った。「わが友よ、もうコンピュータが残っていないというのは確かなのかね?」

教授は答えた。「わたしが言っているのは稼働するコンピュータのこと――動かせる状態にある機械の話だ。もちろん、残骸なら博物館にいくらでもある」

ヘイツマン氏はため息をつき、椅子を引っ張ってきて二人のテーブルに座り、ビールを置いた。「悲しいとは思いませんか? 世界をも支配した機械が人類の手から永遠に失われたとしたら?」

バウマイスター教授はあっさり言ったものだ。「コンピュータは数字に基づいて未来を予測した。それがうまくいっていたのは、金こそが、それは数字によって測られるものだが、人類史の主たる動因であったからだ。だが時代が進むにつれ、人間の行動は反射的になり、計測不能なベクトルの総和となっていった。コンピュータの予測ははずれ、その力でかたちづくられた文明は崩壊し、機械の役割は奪われ、そもそも求められさえしなくなったのだ」

「なんと素晴らしい!」ヘイツマン氏は叫んだ。「まことと、そのような説明はこれまで聞いたことがありません。貴兄ははじめて、わし自身の機械が生き残った理由まで含めて説明してくださった」

エッカルト博士は言った。「ということは、あなたは稼働するコンピュータを持っているのか?」

「いかにも。わしが持っておるのは特殊な機械なのです。ここにおいでの博識な教授がたった今ご説明くださったような人間の行動を予言するよう設計されたコンピュータではなく、チェスを指すだけのためのものなのですよ」

「それで、その素晴らしい機械をどこに置いてあるのかね?」このころには部屋はすっかり静まりかえっていた。亭主のシェールもグラスを磨く音をたてないようにしていた。そして普段は兵隊相手に軽口を飛ばし、音をたてて皿をたたきつける太った金髪娘グレートヒェンさえも、パイプの煙をくぐり抜け、テーブルのあいだを、曇り空をゆく月のように静かに歩きまわった。

「表にあります」とヘイツマン氏は答えた。「車に積んでおりますよ。ドレスデンへ向かうところで」

「それでチェスを指すと」

「いまだ負けたことがございません」

「わかっとるのかね」バウマイスター教授は馬鹿にするような調子で詰問した。「コンピュータにチェスをプログラムするというのは――きちんと指すプログラムを作るのは――きわめて難しいことなのだぞ。完全に解析することは不可能だと述べた者も多いし、もっともそれに近づいた機械でさえも、持ち運び可能なほど小さくできたことはないのだ」

「にもかかわらず」とヘイツマン氏は宣言した。「わが輩はそのような機械を所持しているのです」

「わが友よ、わたしには信じられんね」

「どうやら先生もチェスを嗜まれるご様子。先生のような博識な方なら当然のことでしょう。よろしい。先ほど申しましたように、わが機械は表に置いてございます」ヘイツマンの手はテーブルの上、バウマイスター教授のグラスと自分のグラスのあいだに伸び、それがどいたときには五枚のキロマルク金貨がきれいに積み上げてあった。「今宵、わが機械と勝負していただけるのであれば、これを賭けさせていただきましょう」

「よろしい」とバウマイスター教授は答えた。

「お金はお持ちですか?」

「フルステンヴァルトのシュトライヒャー銀行から手形を払い出そう」


そのように決まった。エッカルト博士が賭金を預かり、六人の男が寄って、ヘイツマン氏の指示にしたがい機械を宿屋の中に運びこんだ。

六人でも多すぎはしなかった。機械は想像するほど大きなものではなかったが――高さは一メートルと二十センチほどで、当然ながら、幅一メートルほどの台座に載っていた。側面と上部は真鍮でおおわれ、たくさんのダイヤルをはじめ用途のわからない機器がついていた。

ようやく据え付けられると、バウマイスター教授は前後左右あらゆる方向から調べ、微笑んだ。

「これはコンピュータではない」

「わが友よ」とヘイツマン氏は言った。「貴兄は間違っておられる」

「これは数台のコンピュータの寄せ集めだ。キーボードが二つあり、一部分だけだが三つ目もある。銘板も二つついているし、このダイヤルはラジオについていたものだ」

ヘイツマン氏はうなずいた。「これはあの時代が終わるころに組み立てられたものなのです。たったひとつの目的――チェスを指すために」

「まだこの機械がチェスを指せると言い張るつもりか?」

「それ以上のことを。この機械は勝負に勝てるのだと」

「よろしい。ではチェス盤を持ってきたまえ」

「その必要はございません」そう言って、ヘイツマン氏が機械の正面にあるノブを引っ張ると、台所の野菜貯蔵庫の扉が開くように、そのまま手前に倒れてきた。だが貯蔵庫には野菜を入れる空間はなく、開いた扉はチェス盤になった。真鍮の白い四角と、曇りガラスの黒い四角、そして盤上に村の者は見たことがないような立派なチェス駒が二組整列し、今にも戦いをはじめる構えだった。丈の高い金属像は教会の使徒たちとも見まごうほどに堂々たる風貌だった。一方の軍隊は真鍮で、もう一方は何かわからない黒い金属で作られていた。「白をもってくださってもかまいませぬ」とヘイツマン氏は言った。「たいてい、そちらの方が有利だと考えられておりますから」

バウマイスター教授はうなずき、白のキングのポーンを二マス動かすと、チェス盤の前に椅子を引いた。教授が腰をおろしたときには、すでに機械は手を返していた。駒の動きはとても素早く、どんな仕組みで動いたものか、誰にもわからなかった。

次の手番にはバウマイスター教授はもっとゆっくり動かし、全員が機械の応手を注視した。教授が駒を新たなマスに動かした瞬間だった——黒のクイーンが音もなく前に滑りでた。どこからも力を受けずに。

十手指したところでバウマイスター教授は言った。「中に人が入ってる」

ヘイツマン氏は笑った。「なぜそうおっしゃるのかわかりますぞ。芳しからぬ形勢ですからな」

「機械を開けて、中を調べさせてもらいたい」

「当然、もし中に人がいたならば、賭けは無効だとおっしゃられるのでしょうな」ヘイツマン氏はビールのお代わりを注文し、カウンターにもたれかかってゲームを見つめた。

「もちろんだ。機械がわたしを負かせるかどうかの賭けをしたのだ。わたしを負かせる人間は当然いるだろう」

「ですが、もし機械の中に誰もいなければ、賭けは成立しますかな?」

「当然だ」

「たいへんけっこう」ヘイツマン氏は機械に歩みより、側面についていた四つの留め金をはずし、見物人たちの手を借りてパネルをはずしてみせた。それは機械の他の部分と同じく真鍮製だったが、金属板自体が薄かったので、見た目ほど重くはなかった。

中は思っていたよりも広かったが、同時に機械の量も相当だった。書き物に似た模様に覆われた小さなテーブル板くらいの大きさのこけら板が何枚も(後から足萎えハンスが回路基板というものだと教えてくれた)。それにギアやらモーターやら。

バウマイスター教授が一分の半分ほどのあいだ機械部品をつつきまわしていると、ヘイツマン氏は訊ねた。「ご満足なさいましたか?」

「うむ」バウマイスター教授は答え、背を伸ばした。「ここには誰もおらん」

「だがわが輩はまだ満足しておりませぬ」とヘイツマン氏は言い、おおまたで機械の反対側まで歩いた。まわりに人が集まる中で、ヘイツマン氏が自分の前の留め金をはずし、パネルをはずし、それを壁に立てかけた。「さて、これでわが機械が完全に素通しになりました——よろしいか? さあ、エッカルト博士が見えますか? わが輩が見えますか? こっちに手を振ってください」

「充分満足した」とバウマイスター教授は言った。「さあゲームを続けよう」

「機械はもう指しましたぞ。わたしはみなさまのお手を借りてパネルをもどしますので、そのあいだに指し手をお考えになってください」

バウマイスター教授は二十二手で敗北した。金貸しのアルブリヒトは賭けないで勝負させてもらえないかと頼んだが、ヘイツマン氏に断られ、一キロマルク積んで十四手で負けた。ヘイツマン氏はさらに挑戦者を求め、誰も応じなかったので、機械を宿屋に持ちこむのに手を貸した人たちに、もう一度表に運び出すのを手伝ってくれるよう頼んだ。

「待ってくれ」とバウマイスター教授が言った。

ヘイツマン氏はにやりと笑った。「もう一勝負いたしますかな?」

「いや。その機械を買いたい。大学の名代として」

ヘイツマン氏は椅子に座り、真剣な顔になった。「先生にお売りできるとは思いませんな。ここより、ドレスデンで売る方がいい金になりそうですから」

「五百キロマルク」

ヘイツマン氏は首をふった。「申し分ないお申し出をいただき、心より感謝いたします。ですが、お受けできません」

「七百五十。これ以上は出せん」

「金貨で?」

「フルステンヴァルトにある大学の銀行口座の手形だ——朝一番で銀行に持って行って、金に換えればよい」

「おわかりと思いますが、この機械はきちんと調整をしてやりませんと、正しく機能しなくなるかもしれません」

「現状で買おう」とバウマイスター教授は言った。「今、目の前にある状態で」

「では、決まりで」ヘイツマン氏は手を差し出した。

チェス盤が元通りにはめこまれると、屈強な男が六人がかりで、安全のため機械を教授の部屋へ運びこんだ。教授はそのまま一時間ばかり部屋に閉じこもっていた。ようよう宿屋の酒場に降りてくると、エッカルト博士がまたチェスをしていたのかと訊ねた。

バウマイスター教授はうなずいた。「三ゲーム」

「勝ったかい?」

「いや、全部負けた。さっきの男は?」

「いません」と近くに座っていたカール神父が言った。「あなたが機械を部屋に運ぶと、すぐに消えましたよ」

エッカルト博士が言った。「今夜は泊まっていくものかと思ったが」

「わたしもそう思っていました。正直に言いますが、わたしはあの男がそばにいないと機械は動かないんじゃないかと思っていました。教授がお一人でチェスを指していたと聞いて驚きましたよ」

ちょうどそのとき、大きな頭のてっぺんに黒い髪を乗せ、背をまるめた小柄な男が足をひきずりながら宿屋に入ってきた。足萎えハンスだった。ただそのときにはまだ誰もその名を知らなかったが。男は亭主のシェールに泊まれるかと訊ねた。

シェールは笑みを浮かべた。「二階の特別室は百マルクだ」足萎えハンスのぼろ着を見て、その額は払えないとわかっていたのだ。

「もう少し安いところは?」

「普通の部屋なら三十マルク。屋根裏なら十マルクでもいいが？」

ハンスは屋根裏部屋を選び、ビールと臓物煮込み、塩漬けキャベツの食事を注文した。その夜、そのあと足萎えハンスのことを見たのはグレートヒェンただひとりだけだった。

さて、ここで自分自身の証言を中断し、ここから先は足萎えハンスの言葉だけ、彼が独房でポテト・スープを食べながら語ってくれたことだけを頼りにして話を続けなければならない。だがわたしは足萎えハンスは正直者だと思う。それにもう生きる望みは捨てたと言っているのだから、いまさら嘘を言う必要もないだろう。

ひとつだけ確かなことがある。足萎えハンスと給仕娘のグレートヒェンはその晩恋に落ちた。どうしてそんなことになったのかはわたしにはわからない――足萎えハンス自身わかっていたかどうか疑わしいものだ。グレートヒェンは屋根裏部屋の寝台を整えにやらされた。一日中食堂でビールを運びつづけたグレートヒェンはくたくただったろうから、しばらく座っておしゃべりできるのはありがたかったろう。ひょっとしたらグレートヒェンは微笑んだかもしれない――あの娘は笑顔が絶えない娘だった――そしてハンスの皮肉混じりの冗談に笑ったかもしれない。そして足萎えハンスの方はと言えば、これまでいったい何度、青い目の娘に微笑みかけられたことがあるだろう？大きすぎる頭とねじれた足を持つハンスが？

朝になると機械はチェスを指さなかった。

バウマイスター教授は長いあいだ機械の前に座りこんでいた。駒を並べ、先手をとって動かし、あるいはその逆にしてみて、さらに機械装置をいじくりまわした。だが、何も起こらなかった。

そしてそれから、午前も半分がた過ぎたころ、足萎えハンスが部屋に入ってきた。「この機械に大金を払ったそうですね」と言い、いちばんいい椅子に座った。

「きみは昨日の晩、酒場にいたのかね？　たしかに大枚はたいたとも。七百五十キロマルクだ」

「ええ、いましたよ」と足萎えハンスは言った。「あんな大金を払えるなんて、さだめし大金持ちでいらっしゃる」

「あれは大学の金だ」とバウマイスター教授は説明した。

「ああ」と足萎えハンスは言った。「じゃあ、もし機械が動かなかったら面倒なことになりますね」

「機械は動いたよ」と教授は言った。「昨日、買ったあとにも三ゲームやった」

「先生はナイトの使い方をもっと工夫しなければなりません」と足萎えハンスは告げた。「それに、盤面の両サイドから同時に攻めるようにしなければ。二戦目ではクイーン側のルークを取られるまではよく指しまわされてました。そのあとはがたがたでしたが」

教授は椅子に座り込み、しばらく黙っていた。そしてそれから、「きみが機械のオペレータだったのか。やっぱり思ったとおりだ。わかってなければいけなかった」

足萎えハンスは窓の外を見やった。

「どうやって駒を動かしたんだ――無線か？　ラジオ無線の機械はまだどこかに生き残っているはずだ」

「ぼくは中にいたんです。今度やりかたをお見せしましょう。いずれたいしたことじゃない。大学にはなんと言うんです？」

「騙された、と言うしかなかろう。わたし自身、いくらか金は持っている。払えるだけの額を弁済しようと思う――それにフルステンヴァルトの二軒の家も売れる」

「タバコはお吸いになりますか?」と足萎えハンスは訊ね、短いパイプと葉の詰まった袋を取り出した。

「夕食後だけだ。それにいつもではない」

「ぼくはタバコを吸うと落ち着きます」と足萎えハンスは言った。「だから先生にもお勧めしてるんです。パイプは一本しかありませんが、葉はさしあげます。上物ですよ。亭主から陶パイプを買ってもいいいんじゃないですか」

「やめておこう。これから長いこと、そんなささやかな楽しみも我慢しなくてはならなくなりそうだしな」

「そんなことはありません。さあ、パイプを買ってらっしゃい。これは上物のトルコタバコです――タバコに関してはいっぱしのものだと言っても信じてもらえませんかね? タバコはわたしの唯一の贅沢だったんです」

「きみが本当に昨日のわたしの対戦相手だったのなら、なんについて詳しいと言われても信じるとも。悪魔そのもののような見事な指しまわしだった」

「タバコ以外にもいろいろ知っていることがありますよ。先生はお金を取り戻したくはありませんか?」

というわけで、まさにその日の午後そのとき(これがたしかならば)郵便馬車が大きな黒活字で印刷されたチラシを配りちらしたのである。そこにはこうあった。

オーデル・シュプレー村
〈黄金の林檎〉亭の前にて
土曜日
午前九時より
素晴らしき真鍮自動チェス機械が
展示されます
観覧無料
誰でも挑戦できます
五分の勝負
賭け金二、〇〇〇、〇〇〇DMまで

さて、ここまでの話を聞いて、足萎えハンスを高慢ちきな自惚れ野郎だと思った人もいるかもしれない。だがそれは勘違いだ。ハンスは単に、自分より背の高い人の中にいるときは、背丈のない人がよくするように、自信ありげにふるまっていただけなのだ。実際には、表には出さなかったが、ヘイツマン氏と（前もって決めていたとおりに）フルステンヴァルトのシュヴァルツトー近くのさる場末の酒場で会ったとき、ハンスは死ぬほどおびえていたのである。

「ご苦労だったな、わが友よ」とヘイツマン氏は言った。「どうだったかね？」

「ひどいもんだった」足萎えハンスは平然とした顔で答えた。「真鍮のタバコ入れに閉じこめられて、馬鹿な学者先生に二十ゲームもつきあわされた。ようやく外に出られたら、今度は乗せてくれる車がなくて、ここまで長い道を悪い足を引きずり引きずり歩いてこなくちゃならない。馬車の旅はさだめし楽だったろうな？　馬はおとなしくしてたかい？」

「たいへん辛い思いをさせたが、まずは休むといい。あとは奴さんが修理不能の故障だと思いこむまでやることはない」

足萎えハンスは驚いたような顔でヘイッマン氏を見上げた。「ポスターを見てないか？　いたるところに貼られてる」

「なんのポスターだって？」

「あの学者が挑戦してるんだ。機械を打ち負かせたら二千キロマルクって」

ヘイッマン氏は肩をすくめた。「勝負の前に動かないとわかって、取りやめにするだろう」

「賭けが成立してしまえば中止はできない」と足萎えハンスは言った。「どちらかが試合できなくなったら、賭け金は没収と条件をつけておけば。当然、謹厳実直な第三者に賭け金を預けておいて」

「奴にそんな度胸があるとはな」ヘイッマン氏は目の前のグラスからシュナップスを一口あおった。「とはいえ、わし相手では賭けにのってくるまい——機械になんらかの影響を及ぼせると考えているだろうからな。だが、おまえのことは知らないわけだ」

「ぼくもそこを考えてたんだ。歩きながらね」

「そいつはおまえさんの得意分野ではないぞ」

「あんたが賭け金を出してくれたら、その十分の一をもらえるなら、喜んで得意分野からはみ出すさ。だいたい、やることって言えば、賭けをして、誰かに賭け金を預けて、土曜の朝から一勝負するだけだろ。なんなら学者さんと勝負してやってもいい――賭け金を下げて――無くした金を取り戻すチャンスをやるんだ。まあ、あいつにまだ金が残ってたらだけど。その方が公平に見えるだろうし」

「奴に勝てるか、まちがいなく?」

「ぼくは誰にも負けない――わかってるだろ。だいたい、昨日だって何十回もやっつけたんだ。あんたが見たのは最初の一回だけだよ」

ヘイツマン氏は頭を下げて、仕事熱心すぎるウェイターがふりまわす危険なお盆のへりをよけた。

「だとしても、あれが動かないとわかったら……」

「もう一度機械の中に入ってやってもいい。簡単だ。機械は一階の部屋にあるし、窓に鍵はかからない」

こうして足萎えハンスはもう一度わが村へと向かったのだ。今度は目も覚めるような立派な格好で、ポケットには二千キロマルク入っていた。ヘイツマン氏はシリコンの仮面で外見を変え、一時間の間をおいて、同じく、二千キロマルクから目を離さぬよう、後を追った。

「だが」と教授は足萎えハンスに向かって言った。二人はふたたび居室でくつろいでいた。口にはパイプをくわえ、手にはグラスを持ち、テーブルにはソーセージの皿があった。「じゃあ誰が機械を操作するんだ? きみがそのまま姿を隠してしまうほうが簡単なんじゃないか? そしたら、賭け金は没収になる」

「そしてぼくはヘイツマンに殺される」

「荒事をしそうには見えなかったが」

「人を雇ってやらせるんですよ」ハンスは確信を持っていた。「金が出来たら。飲み代程度のはした金でそういうことを請け負う脱走兵がいる。それを言えば、脱走してない兵隊だってやる——単独行動任務についてるような奴が。冬じゅうずっとロシア人を殺していたら、もう一人か二人殺すぐらいはなんとも思わなくなる」ハンスは煙の輪を吹き、それから陶パイプの長い柄を、まるで銃剣を突き刺すように、さっと突き出した。「でも、ぼくが機械と指して負けたなら、ヘイツマンはあなたが仕組みを解明して、誰かを中に入れたんだろうと考えるでしょう。ぼくは思ったほど優秀じゃなかったんだってことになる。そうなればあきらめて手出しはしない」

「よかろう、では」

「この村でタバコ屋は繁盛すると思いませんか？　二軒先の小さな店がいい。駅馬車が止まったら、ちょうどお客から看板が見えるし。みんなタバコ入れをいっぱいにしたいと思うんじゃないかな？」

「グレートヒェンはこの店のほうが好きなんじゃないかな」

足萎えハンスはうなずいた。「どっちでもいい。ぼくはあらゆるところに行きました。あらゆるところに行ってしまえば、どこに行くのも同じなんです」

他の村人たち、そして近在五十キロに住んでいる者同様、わたしも教授のポスターを見ており、金曜の夜は期待に胸をふくらませて床についた。足萎えハンスも宿屋の食堂で教授と上物のプラム・ブランデーを数杯飲んだあと、同じような心持ちで床についたのだそうだ。ハンスと教授とは翌日人前に出る以上、見知らぬ同士、敵同士でなければならなかった。だからと言って酒と食事を楽しみながら翌日の試合の詳細を詰めてはならないという法はない。村の通りで――ラントスタイナー市長の許可を得て――行なわれる試合では、対戦者のまわりは非常線で立ち入り禁止とされ、観客は桟敷席から見下ろすことになる。

ハンスはまだ暗いうちに雷鳴を聞いたような気がして目を覚ました（とわたしに語った）。それからまた音がして、それが大砲だとわかった。コスチンで、包囲されたロシア軍に向けて大きな攻城砲を撃っていたのだ。軍は大砲を動かすために木炭蒸気牽引車を作ったが――ハンスはリーゼンで見たことがあった――兵隊たちによれば牽引車に装甲をかぶせ、そこに大砲を乗せる計画があるという。チェス盤上のナイトが、いまひとたび現実になるのだ。

砲声はなおも続いて、乾いた平野に鳴り響いた。ハンスは窓際に立ったが、砲火は見えなかった。薄いシャツと綿のパンツを身につけ（まだ陽はのぼっていなかったが、まるでブランデンブルクがまるごとかまどにつっこまれでもしたかのような猛烈な暑さだった）表に出て、タバコ屋にと目をつけていた空き店舗を眺めた。騎兵大隊が早駆けで村を抜けていった。包囲に加わるのだ。足萎えハンスは大声で呼ばわった。「何をするつもりだ？　馬で壁を駆け上るのか？」だが騎兵たちは彼を無視した。休戦が破れたからには、コブレンツ公の軍隊がオーデル渓谷に侵攻するのも遠い話ではなかろう。ロシア人たちは動力付き風船を防御に投入しているという噂で、この暑い夏、そよとも風の吹かぬ天気が続くうちは、それは大いに有用だろう。ハンスは考えた。もし自分が人民委員（コミッサール）だったなら、コブレンツ公をグログフまで誘いこむだろう。そしてそこで……

だが彼は人民委員ではなかった。ハンスは宿に戻って、シェールの奥さんが朝食を持ってきてくれるまでパイプをふかしていた。それから機械が置いてある教授の部屋に行った。グレートヒェンはもう部屋で待っていた。

「じゃあ、手はずは二人で打ちあわせてあるんだね?」バウマイスター教授の言葉にグレートヒェンが真剣な顔でうなずくと、丸々とした顎が柔らかい枕のように喉に押しつけられた。

「単純なんですよ」と足萎えハンスが説明した。「グレートヒェンは駒の動かし方を知らないけれど、ぼくが全部考えて、紙に書いておきました。練習も二人でたっぷりしました。ここで、グレートヒェンを中に入れて一回やってみれば充分でしょう」

「早い勝負なんだろう? この娘が混乱するといけないからな」

「十四手でグレートヒェンが勝ちます」足萎えハンスは約束した。「でも、これは普通じゃない手だと思います。たぶん、これまで誰も指したことのない手でしょう。すぐにお見せしますよ」

バウマイスター教授がグレートヒェンに訊ねた。「混乱しないでやれるかい? すべてがきみにかかってる」

娘は首をふり、金色のお下げ髪を踊らせた。「大丈夫です、教授様」懐中から折りたたんだ紙を取り出した。「ここに全部書いてあります。それに、あたしのハンスが言ったように、彼の部屋で練習してきました。誰にも見られてません」

「怖くないのかい?」

「これからハンスと結婚して、すてきなお店をもてるのに? いいえ、先生——そのためならもっと辛いことだってしてします。ストーヴの中に隠れてゲームをするくらい、どうってことない」

「では、用意できたな」と教授は言った。「ハンス、きみはまだこの中に、どうやって人が隠れるのか説明してくれていないぞ。両側を開いて機械を見通すことができるのに。正直言って、いまだにどういう仕掛けなのか見当もつかん。駒が動く仕組みもだ」

「こうです」と足萎えハンスは言い、宿屋の食堂でヘイツマン氏がやったようにチェス盤を引き出した。「じゃあ、左側をはずすんで、手を貸してくれますか？　教授、あなたもはずし方を覚えておいたほうがいいですよ——いずれ一人でやらなきゃならないかもしれませんし」（本当を言えば、ハンスには大きな真鍮板を扱う腕力がなかったのだ。だが、グレートヒェンの前でみっともないところを見せたくなかった）

「改めて見ると、中は空間だらけだな」板がはずれたところで、バウマイスター教授は言った。「いまさらながらありえなく思える」

「単純なんですよ。優れたトリックはみんなそうですが」と足萎えハンスは教えた。「そして難しく見えることを簡単にやるのがいいトリックの証明なんです。チェス盤は、折りたたまれているときにはここにはまっています。表に開くと、その下のパネルがせりだして支える格好になり、両脇にもパネルがあるから三角形の空間ができます」

教授はうなずいて言った。「きみと指したとき、まるでじゃが芋箱にチェス盤を載せたみたいだと思ったんだ」

「そのとおりです」と足萎えハンスは続けた。「機械を開けたときには空間には気づきません。目の前に回路板がありますからね。でも、ここを見てください」ハンスは回路板の上についている小さな取っ手をまわして、その裏のスペースを見せた。「運び込まれたときにはぼくは機械の中にいました。ヘイツマンがチェス盤を倒したとき、ぼくはこれを動かしてその下にもぐりこみます。そうすれば、機械の両脇を開けて見せるときにも、ぼくの姿は見えません。ぼくは黒いマスのガラスから外を見ていますが、駒が高いからどこにあるかも全部わかるんです。外は明るく、ぼくのいるところは薄暗いので、外から見られる心配はありません」

「なるほど。だが暗いとグレートヒェンが指示を読めないのでは?」

「だから表で勝負をやることにしたんです。太陽の光を浴びていれば、指示を読むのも難しくないでしょう」

グレートヒェンは四つんばいになって回路板の裏の空間をのぞきこんだ。「なんだか狭いわね」

「広さは十分だ」と足萎えハンスは言った。「磁石は持ったね?」それから教授に向かって、「駒は下から磁石で動かします。白い駒は真鍮製、黒い駒は鉄製です。滑らかな動きがさらに効果的なんです」

「なるほど」教授は駒が動くたびにどうも落ち着かない気分になったことを思い出した。「グレートヒェン、中に入ってごらん」

哀れな娘は全力を尽くしたが、チェス盤の下の狭いスペースに体を押しこむ段で大変な困難に直面した。宿屋の厨房で働いていると、ペストリーを一口ほおばったり、じゃがいものダンプリングをつまみぐいしたり、黒ビールをジョッキ半分あおったりする機会には事欠かず、グレートヒェンはその機会を大いに活用した——結果彼女は豊かにして官能的な肢体の持ち主となり、それは足萎えハンスのような、生まれる前に旧戦争の残した同位元素によって生気を奪われ、生まれつき痩せて小柄な者の目にはたいそう魅力的に映ったのである。熟れたメロンのように豊かな胸、丸々として心地よい腹、たっぷりした腰回りは、窓辺から月光が差し込む寝台で眺めるにはいいが、チェス盤の下の狭い三角形のスペースに入りこむのに適したものではなかった。結局、哀れなグレートヒェンはガウンを脱ぎ、スリップも脱がねばならず、その格好で喘ぎ、唸りながら、ようよう体を押しこんだ。

一時間後、鍛冶屋の徒弟ヴィリ・シャハトら六人の男たちが機械を表まで運び出し、見物人を遠ざけたチェス試合の会場にしつらえたが、余計な重さに気づいた様子はなかった。そして試合を見に来た善良なる人々は機械を眺め、さかんに扇で顔をあおぎ、こんな日に軍隊勤めをせずにすんで何よりだと喜びあった――あのでっかい大砲の世話をさせられた日には！　普通の日でも五回も発射すれば、卵を茹でられるくらいに熱くなる代物だというのに。そして汗をぬぐい、扇であおぐ合間に、お客は機械の話をし、謎めいたツィンマー氏（それが足萎えハンスの偽名だった）のことを話した。金貨で二千キロマルクを賭けて勝負に挑もうという男のことを。

カール神父の教会の尖塔にある古時計が九回鳴ったが、ツィンマー氏はあらわれなかった。

またしても賭け金を預けられたエッカルト博士が歩み出て、しばらくバウマイスター教授と話した。教授は（聞いたところでは）結局足萎えハンスは没収試合がいちばん簡単だと考えたのだろう、と信じはじめていた――だが実際には、見る者の目には、まさにその瞬間にも足萎えハンスが宿屋のバーでプラムのブランデーを美味しくすすり、よき興行師らしくサスペンスが盛り上がっていくのを楽しんでいる姿が映っていただろう。

ついにエッカルト博士が椅子の上に登って宣言した。「もう十時近くになる。両者の話し合いによって、どちらかがあらわれなかったとき――あるいは、あらわれても勝負をおこなえなかったとき――には対戦相手を勝者とするという取り決めがなされている。もしも立派な紳士たるツィンマー氏が十時を十分過ぎるまでにあらわれなかったなら、わたしは預けられた金を尊敬すべき友人であるバウマイスター教授にお渡しすることにする」

この言葉に興奮のざわめきがわき起こった。今にも時計が打とうという瞬間、宿屋の玄関から足萎えハンスが呼ばわった。「待った！」そして帽子が宙を舞い、女たちは爪先だってのぞきこみ、父親は子供を肩車して見つめる中、足萎えツィンマー氏は宿屋の階段を降りてきて、チェス盤の前に置かれた椅子に座った。

「準備はよろしいか？」とエッカルト博士は訊ねた。

「無論だ」と足萎えハンスは答え、最初の一手を指した。

五手目まではリハーサルしたとおりに進んだ。だが六手目、グレートヒェンがクイーンを盤面半分がところ動かすはずのところで、駒はひとつ手前のマスで止まってしまった。

普通のチェス指しなら狼狽を見せたかもしれないが、足萎えハンスは違った。顎を手で撫でながら（ブランデーを飲まなければよかったと思いながらも）クイーンの場所が違っていても、十四手以内に自分が負けるような駒の動きの流れを考えた。ハンスが考えた手を指すと、黒はまたクイーンを動かしたが、それはハンスがグレートヒェンに渡した紙に書かれていたものとはまったく異なる方向への移動だった。**あの娘は嘘をついていたんだ、チェスは知らないと言っていたのにとハン**スは考えた。**そして今度は紙の指示が読めないのか、それともぼくをびっくりさせようとしたのか。そりゃあグレートヒェンもチェスの基本くらいは知ってるはずだ。毎晩宿屋で指してるところを見てたんだから**（だが、ハンスはグレートヒェンは決して自分に嘘をついたりしないとわかっていた）。それから、ハンスは黒のクイーンは実は妙手であり、普通に指して負けるのはたやすいと気づいた。

そしてそのとき、コスチン包囲の砲声が、今朝早くからずっと沈黙していたのに、再び轟きはじめた。三度、足萎えハンスはキングに手を伸ばして、黒のクイーンから逃れられない方向に動かそうとし、三度その手を引っ込めた。「一手に使う時間は五分までだ」とエッカルト博士は告げた。「残り三十秒になったら教える。最後の五秒は秒読みする」

この機械はチェスを指すために造られた、と足萎えハンスは考えた。**はるかな昔、そのころは魔術師たちがいた。それともグレートヒエンが暴れたせいでどこかのスイッチが……？**

空の動きをとらえ、ハンスは視線をあげた。チェス盤の上、機械のずっと上だ。軍の観察気球（灰黒色、つまりドイツ軍のものだ）が青空にくっきりと浮かんでいた。ハンスは薄暗いタバコ屋に一日座りこんでいる自分の姿を想像した。チェスの相手はどこにもいない——赤子の手をひねるようにたやすく詰められる相手しか。

ハンスはポーンを動かした。黒のビショップがキングの列から滑りだし、罠の口を狭めた。

もし自分が勝てば、向こうは金を払わなければならない。ヘイツマン氏はすべて予定通りにいったと思うだろうし、バウマイスター教授は決して殺し屋を雇ったりはしないだろう。ハンスは反撃をしかけた。盤面の左側から本物の攻撃を、中央からは牽制の攻めを。バウマイスター教授がハンスのそばに立ち、エッカルト博士は対戦者の邪魔をしないようにと警告した。十四手のあとにさらに七手続き——罠の裏にさらに罠がしかけてあった。

ハンスは黒のクイーン側のナイトを取り、ポーンを失った。暑くて汗をかき、一手さすごとに袖でまゆをぬぐった。

黒のルークが、鉄の土嚢の上にうずくまったまま三マス進んだ。観客の歓声が聞こえた。「チェックメイトです、ツィンマーさん」とエッカルト博士が宣言した。バウマイスター教授の顔に安堵の色が浮かんでいるのに気づき、自分自身がなんの表情も浮かべていなかったことに気づいた。そこで、歓声の中で誰かが叫ぶ声がした。「インチキだ！　インチキだ！」灰黒色の縁なし警帽が観客の帽子やパラソルをかき分けて前に出てきた。

「中に人が入ってる！　その中には誰かいるぞ！」よく通りすぎ、大きすぎる声だった——興行師の声だ。背の高い見知らぬ男が桟敷の最上段でヘイツマンの汗染みができたビロード帽をふりまわしていた。

警察官が訊ねた。「この機械は開けられるだろう、教授？　早く開けないと、暴動になるぞ」

バウマイスター教授は答えた。「開け方がわからない」

「簡単そうだぞ」もう一人の警官が言い、留め金をはずしはじめた。熱くなった真鍮板で火傷しないように手をハンカチで覆っていた。「待て！」とバウマイスター教授は命じたが、二人とも教授の言うことなど聞かなかった。最初の警官が二人目に手を貸し、二人して機械の側面をとりはずして柵にたてかけた。可動式の回路板は固定されたままで、グレートヒェンの肉付きの良い素足がチェス盤の下の空間から突き出していた。一人目の警官が足首を摑んで引っ張り出すと、うつろに開いた目が明るい空を見つめた。エッカルト博士がグレートヒェンの上にかがみこみ、左腕を肘のところから伸ばした。「もう死後硬直がはじまってる。まちがいない、熱射病で死んだんだ」

足萎えハンスはグレートヒェンの死体にとりすがり、泣きじゃくった。

　これが足萎えハンスの物語である。警察署長が親切心で許してくれたので、わたしは機械をハンスの牢の前、鉄格子越しにチェス盤に手が届く場所まで動かしてやり、ハンスは一日中チェスを指しつづけた。最初に自分の白の駒を動かし、それから機械の黒の駒を動かし、そして毎回負けた。ときどき、黒のクイーンを動かすのが遅れると、駒は揺れて勝手に滑りだし、操作盤のダイヤルや電球が苛立ったように点滅した。そしてそれからハンスは手を伸ばし、クイーンを新たな位置に置きなおすのだ。足萎えハンスは哀しい男であるまいか？　旧戦争でねじ曲げられた人の中には、自分では意識しないままに念動力を発揮する者がいる、と聞いたことがある。そしてバウマイスター教授は、今はハンスの隣の独房に入れられているが、いずれはその力に基づく技術が生まれるだろうと語っている。

ユニコーン・ヴァリエーション

ロジャー・ゼラズニイ

若島 正訳

UNICORN VARIATION
by Roger Zelazny

妖（あやかし）の炎、揺籃の光となり、すばやく、優雅とも言える身のこなしで動き、嵐に打たれた夕暮れの景色のように、見えたかと思うとまた見えなくなった。いや、炎と炎のあいだの闇が、おそらくその妖の本性により近いのだろう——読まれざる本の頁か歌のはざまに生じる静寂のように、虚ろではありながら充たされている建物の、背後にある峡谷（アロヨ）を砂漠の風が吹き、その低い響きに合わせて、跳ねるようなリズムで黒い灰が渦を巻いて集まった。

また消える。また戻る。何度も。

力は、だって？ そう。己の時間の前もしくは後（あるいは、その双方）に出現しようと思うと、かなりの力が必要になる。

消えてはまた現れるうちにも、妖は前進し、あたたかい午後のなかを動き、その跡を風が消し去っていた。つまり、跡を残したときには。

理由。つねに理由がなくてはならない。理由は複数あることもある。

妖はなぜそこに来たかを知っていた——ただ、なぜ特にこの場所に来たかは知らなかった。

理由がまもなくわかるのを予期しながら、妖は荒れはてた古い街路に近づいていった。とはいえ、理由は前にあるいは後にわかることがあるのも知っていた。そうはいっても、そこには強い力で惹きつけられるものがあり、それはとりもなおさず、何かに接近しているということに違いない。

建物はすっかりさびれ、倒壊しているものもあり、どこも隙間風が吹き抜けているし、埃だらけだし、誰もいなかった。床板には雑草が生えている。垂木には小鳥が巣を作っている。野生の獣の糞がいたるところに落ちている。そういう獣にもし直面することがあっても、相手が妖を知っているように、妖のほうも相手をみな知っていた。

妖は立ちすくんだ。予想もしなかった、ほんのかすかな音が、どこか前方の左手から聞こえてきたのだ。その瞬間、妖はふたたび存在状態になる途中で、その輪郭を現したかと思うと、地獄の虹のようにたちどころに消えていったが、むきだしの存在感だけは消えずに残っていた。

目には見えなくても存在している強力な妖は、ふたたび動いた。手がかり。手引き。前方。左手。頭上にある、風雨にさらされた看板に書かれた、「酒場」という消えかけている文字のむこう。スイングドアをくぐったところ（ドアの片方がはずれて、斜めにぶら下がっている）。

立ち止まって、見てみよう。

右手に埃だらけのカウンター。そのうしろにひび割れた鏡。空のボトル。割れたボトル。真鍮製の手すり、黒くて、錆だらけ。左手と奥にテーブル。修理の程度はいろいろ。

そのなかでいちばんいいテーブルに、男が座っている。背中を戸口に向けて。リーヴァイスのジーンズ。ハイキング・ブーツ。色あせた青のシャツ。左手の壁にたてかけた緑のリュックサック。テーブルの表面には、チェス盤が描かれている。線は消えかけ、しみや傷だらけで、ほとんどチェス盤には見えないくらいだ。

引き出しはまだ半分開いたままになっている。そこに駒が入っているのを、男が見つけたのだった。

チェスの盤駒があれば、男はプロブレムを解いてみたり、自分がこれまでに指した好局を並べ直してみたりせずにはいられない。それは呼吸や、血液の循環や、比較的安定した体温の調節なしには生きていけないのと同じことだ。

妖はさらに近寄った。通った後には、埃にできたての足跡がついていたかもしれないが、誰も目にする者はいなかった。

妖にも、チェスの心得があるのだ。

妖が見守るなか、男はこれまでに指したうち最高の名局と思えるものを繰り返し並べていた。七年前、世界選手権の予選で指したものだ。その先、彼は自滅してしまった。プレッシャーがかかると手がのびない性質なので、そこまで行けたことに自分でも驚いていたのだ。しかし、その一局だけはずっと誇りに思い、感受性豊かな人間なら誰しも人生の転換期となったことを思い返すように、その瞬間を何度も生き直していた。およそ二十分のあいだだけ、誰にも彼に太刀打ちできない。彼は輝き、純粋で、強靱で、明晰だった。最強の棋士になったような気がしていた。

妖は盤をはさんだ向かい側に陣取り、じっと見つめた。男は盤面を眺めながら考えて、にっこりした。そしてもう一度駒を最初の状態に並べ直し、立ち上がって自分のリュックから缶ビールを取り出した。そしてふたをあけた。

盤に戻ってみると、白のキング・ポーンがK4に進んでいた。彼は眉をひそめた。ふりむいて、誰かいるのかとバーを探してみても、そこにあるのは曇った鏡に映っている自分の不思議そうな表情だけだった。テーブルの下も探してみた。それからビールを一飲みして、席についた。

彼は腕を伸ばして、ポーンをK４に進めた。しばらくすると、白のキング側のナイトがゆっくりと宙に浮かび上がり、ふわりと前に進んでKB３に落ちついた。テーブルのむこう側にある何もない空間を長いこと見つめてから、彼は自分のナイトをKB３に進めた。

白のナイトが動いて彼のポーンを取った。見たこともないような光景を気にせずに、彼はポーンをQ３へ動かした。実体を持った相手がいないのをほとんど忘れそうになっているうちに、白のナイトがKB３に戻った。そこで一息入れようとビールを一口飲み、その缶をテーブルに置くなり、缶はまた宙に浮かび、盤のむこうへと移動してから傾いた。グビグビいう音が続いた。それから缶は床に落ち、虚ろな音をたてながらころがった。

「すまん」と彼は言って立ち上がり、パックに戻った。「こういうのが好きな相手だとわかってたら、一本すすめたんだが」

彼は缶を二本あけ、それを手にして盤に戻り、一本をテーブルのむこうの端に、そしてもう一本は自分の手元に置いた。

「ありがとう」と、おだやかではっきりした声が、その先の地点から聞こえてきた。

缶が持ち上げられ、少し傾いてから、またテーブルに戻された。

「ぼくはマーティン」と男が言った。

「トリンゲルと呼んでくれ」と相手が言った。「きみの種族は絶滅したんじゃないかと思ってたんだ。とにかくきみが生き残って、ゲームの相手をしてくれるのは嬉しいね」

「はあ?」とマーティン。「この前見たときには、まだみんな大丈夫だったがなあ――二日前の話だけど」

「まあいい。それはまた後でなんとでもなる」とトリンゲルは答えた。「ここの場所の見かけに騙されたな」

「なにしろゴースト・タウンだからね。ぼくはリュックを背負ってよく旅行してるんだ」

「それはたいして重要じゃない。きみたちは種としていま転換点の近くにいる。それくらいはわたしにも感じ取れる」

「どうも話についていけないな」

「本当に話についていきたいと思っているのか、疑問だね。ところで、そのポーンを取るつもりじゃないのかい?」

「たぶんね。そう、本気でそう思ってる。きみは何の話をしてるんだ?」

缶が宙に浮いた。見えない何かがまたもうひと飲みした。

「つまりだな」とトリンゲル。「簡単に言えば、きみたちの、何と言うか、後継者が、心配しはじめたんだ。きみたちは計画のなかで重要な位置を占めているものだから、充分に力のあるわたしが調べにやってきたわけさ」

「後継者って? どういうことなんだ」

「最近グリフィンを見かけたことがあるかい?」

マーティンはくすくす笑った。

「話は聞いたことがある。ロッキー山脈で撮影されたとかいう写真も見た。もちろんインチキさ」

「もちろんそう見えるだろう。神話上の生き物とはそういうものだからな」

「あれは本物だって言うのか?」

「そうとも。きみたちの世界はひどいことになっている。最近、最後の灰色熊が死んだことで、グリフィンの入る余地ができた——最後のエピオルニスが死んで雪男が入り、ドードーの後釜にはネス湖の怪獣、リョコウバトにはサスクワッチ、青鯨にはクラーケン、白頭鷲にはコカトリスと——」

「そんなこと証明できないだろ」

「まあもう一杯飲め」

マーティンは缶に手を伸ばしかけ、思わずその手をとめて目をまるくした。

背丈は約五センチ、顔は人間で胴体はライオン、それに翼のついた生き物が、缶ビールのそばにうずくまっていたのだ。

「そいつはミニスフィンクスだよ」と声が続けた。「きみたちが最後の天然痘ウイルスを殲滅したときにやってきた」

「つまり、自然界の種が一つ絶滅すると、神話の生き物が一つ後釜に座るってことか?」

「一言で言えば、そうだ。今はな。いつでもそうだったわけじゃないが、きみたちが進化のメカニズムをめちゃめちゃにしてしまったんだ。そのバランスは、朝の国から来たわれわれの仲間が調節を担当している——われわれは、これまで本当に絶滅の危機に瀕したことがないんだよ。われわれは必ず戻ってくる、生きているかぎり」

「そしてきみは、何だか知らないが、トリンゲル、人類が今絶滅の危機に瀕しているって言うのか?」

「まさしくそのとおり。ただ、きみにはどうすることもできないだろ。ゲームを続けようぜ」

スフィンクスが飛び立った。マーティンはビールを一口飲んで、ポーンを取った。

それから彼はたずねた。「それで、誰が人類の後継者になる?」

「口はばったい言い方だがな」とトリンゲルが答えた。「きみたちほどの立派な種族の場合には、当然ながら、われわれのうちでもいちばん魅力的で、知的で、重要なものが後継者にならざるをえない」

「それで、きみは何なんだ? ちょっとくらい姿を見せてくれてもいいじゃないか」

「よし、わかった。少しその気になれば」

缶ビールが宙に浮かび、飲み干されて、床に落ちた。それから、テーブルから離れる、がたごというあわただしい音がした。マーティンのむかい側の広い場所では空気が明滅をはじめ、輝く炎の中に黒い影がかたちを取りだした。その輪郭が明るさを増し、内部がますます漆黒になっていった。かたちが動き、酒場のあちこちを跳ねまわり、無数の小さな蹄の跡が音をたてながら床板についていった。最後に、目もくらむような閃光を発して、妖がすっかり姿を現し、それを見たマーティンは思わず息を呑んだ。

黒いユニコーンが、あざけるような黄色い目をして、彼の前にいたのだ。そいつは一瞬後ろ足で立って、紋章に描かれているようなポーズを取った。そのまわりで炎がしばらく燃え上がり、そして消えた。

マーティンは後ずさりして、身を守るように片手を上げていた。

「わたしを見るがいい！」とトリンゲルが勝ち誇って言った。「知恵と勇気と美を表す、古の象徴。それがおまえの前に立っているのだぞ！」

「普通、ユニコーンは白いものじゃなかったのか」とマーティンはようやく口にした。

「わたしは原型なのだ」とトリンゲルは答えて、前足を下ろした。「それに、普通にはない美徳も備えている」

「たとえば？」

「ゲームを続けよう」

「人類の運命はどうなる？　きみはたしか――」

「……無駄話は後にしてくれないか」

「人類の滅亡が無駄話だとは、とても思えないがね」

「ビールがまだあったら……」

ユニコーンが淡い陽光のような目を光らせて前進してくるので、マーティンはリュックのところに後退しながら「わかったよ」と言った。「まだビールはある」


対局はどこか気乗りのしないものになっていた。かがみこんでいるトリンゲルの漆黒の角を前にして、これから針でとめられるのを待つ虫みたいな気分になりながら、マーティンは実力が出せていないのを悟った。ユニコーンを見た瞬間にプレッシャーを感じたし、運命の日が迫っているうんぬんと聞かされたらなおさらだ。そんじょそこらのペシミストが口にしたのなら気にもならないが、こんな奇妙なやつの口から聞かされると……。

さっきの高揚感もどこかに消えていた。もう彼は絶好調ではなかった。それにトリンゲルは強かった。相当に強い。なんとかステイルメイトで逃れる手はないか、とマーティンは考えていた。しばらくして、それも無理だとわかると、彼は投了した。

ユニコーンは彼を見てにっこりした。

「そんなに下手でもないじゃないか――人間にしては」とユニコーンが言った。

「もっと強いときもあったんだ」

「わたしに負けるのはそんなに恥じゃない。神話の生き物でも、ユニコーン相手にそこそこ指せるのはそんなにいないからな」

「退屈させたわけでもなくてよかったよ」とマーティン。「じゃあ、人類の絶滅について、話の続きを聞かせてくれないか」

「ああ、あのことか」とトリンゲルが答えた。「わたしのような生き物が棲んでいる朝の国では、きみたちが死に絶えるという可能性はまるでそよ風のように鼻孔で感じ取れてな、これはどうやらわたしたちの出番かと――」

「その絶滅はどうやって起こる?」

トリンゲルは肩をすくめ、頭のひとふりで角が宙に字を描いた。

「本当のところ、わたしにもわからない。予感はめったにはっきりした形を取らないものだから。実を言うと、それを見つけにここへ来たんだよ。もう取りかかっているはずだったんだが、ビールとゲームでつい気をそらされてね」

「きみの間違いだったってことはないのか?」

「さあどうかな。ここに来たのには、他の理由もある」

「説明してくれ」

「まだビールは残ってるか？」

「たぶん二つある」

「くれよ」

マーティンは立ち上がって缶ビールを持ってきた。

「ちぇっ！　このタブ取れてやがる」

「テーブルに置いて、しっかり持っててくれ」

「わかった」

トリンゲルの角がすばやく前に突き出され、缶に穴を開けた。

「……いろんなことに役に立つ」と言いながら、トリンゲルは角を引き抜いた。

「ここに来た他の理由というのは……」とマーティンは催促した。

「わたしが特別だということさ。他のものにはできないことが、わたしにはできる」

「たとえば？」

「きみたちの弱点を見つけて、そこにつけこむよう出来事に影響を与える——つまり手順を早めるためだ。可能性を蓋然性に変え、それから——」

「きみがぼくたちを滅ぼすっていうのか？　ひとりだけで？」

「それは間違った物の見方だな。チェスみたいなものだと考えてくれ。チェスは実力を発揮するだけでなく、相手の弱みにつけこむゲームでもあるのさ。きみたちがすでに土台を作ってくれていなかったら、われわれは無力だ。すでに存在するものにしか影響は与えられない」

「だったら何が起こる？　第三次世界大戦か？　生態系の破壊か？　新種の疫病か？」

「本当に知らないんだから、あんまりそんなふうに問い詰めないでほしいな。もう一度言っておくが、わたしは今のところ観察しているだけなんだ。わたしはただの手先で――」

「そうは聞こえないけどな」

トリンゲルが黙った。マーティンは駒をかき集めはじめた。

「もう一局やるのか？」

「絶滅をたくらむ奴にもっと愉快な思いをさせるなんて、ごめんだね」

「そんな物の見方は――」

「それに、ビールもこれでおしまいだ」

「そうか」トリンゲルは消えていく駒たちを残念そうに見つめ、そしてこう言った。「べつに飲み物がなくても、喜んでもう一局指すけど……」

「結構だよ」

「怒ってるな」

「もし立場が逆だったら、きみも怒るんじゃないか？」

「それは擬人化だろ」

「それでどうなんだ？」

「たしかに、怒るだろうな」

「ぼくたちに手加減してくれてもいいじゃないか――自滅するのはほうっておいてくれよ」

「きみたちこそ手加減してやらなかったじゃないか、わたしの仲間が後を継いだ、生き物たちに対して」

マーティンは顔を赤らめた。

「わかった。一本取られたよ。でもいい気はしないな」

「きみはなかなか強い。それは認めよう……」

「トリンゲル、もしぼくが実力を発揮できたら、きみを負かせると思うんだが」

ユニコーンは小さな煙を二筋吹き出した。

「そこまでは強くないな」とトリンゲル。

「きみにはわかるものか」

「挑戦状のつもりか?」

「かもな。きみだったら、もう一局やることにどれだけ賭けられる?」

トリンゲルはくすくすと笑い声をたてた。

「当ててみようか。もしきみがわたしを負かしたら、人類の生存上でいちばんの弱点を見つけてそれを破壊しようとするのはやめる、と約束してほしいんだろう」

「もちろん」

「で、わたしが勝ったら何をくれる?」

「ゲームの楽しささ。それがほしいんじゃなかったのかい?」

「なんだか片懸賞だな」

「どっちにしてもきみが勝つんだからいいじゃないか。勝つ勝つって言い続けているくせに」

「よし。駒を並べてくれ」

「ぼくについて知っておいてもらいたいことが、もうひとつある」

「何だ?」

「プレッシャーがかかると弱いんだ。この一局はひどく緊張をしいられそうだしな。ぼくに実力を発揮してもらいたいんだろ?」

「そのとおりだが、残念ながらきみの対局心理まで調節することはわたしにはできないから」

「一手一手に充分考慮時間があれば、それはなんとかできると思う」

「わかった」

「それも相当な時間が」

「きみの案は?」

「盤から離れて、リラックスして、また盤面に戻ったときにはただのプロブレムでも考えるみたいな、それだけの時間がほしい」

「指し手のたびにここを離れるっていうのか?」

「そう」

「わかった。時間はどれくらい?」

「さあね。数週間かな」

「一カ月かけろよ。専門家にたずねて、コンピュータも動員する。そしたらゲームも少しはおもしろくなるというものだ」

「そこまでは考えつかなかったな」

「だとしたら、時間稼ぎをしてるだけじゃないのか」

「それは否定できないな。でも、どうしても時間が必要だ」

「それなら、こっちも条件を出そう。この店をきれいにして、修理して、もっと楽しい店にしてくれ。これじゃひどいありさまだから。それにビールも用意しておいてほしい」

「いいとも。手配しておこう」

「それじゃこれで決まりだ。先手を決めよう」

マーティンはテーブルの下で両手に握った黒と白のポーンを移し替えた。それから両手を上にあげて差し出した。トリンゲルは身を乗り出してこつんと叩いた。黒い角の先がマーティンの左手に触れた。

「これはわたしのなめらかでつやつやした毛にぴったりの色だな」とユニコーンが言った。

マーティンはほほえんで、自陣に白の駒を、敵陣に黒の駒を並べた。並べ終わると、彼はポーンをK4に押し出した。

トリンゲルの華奢な漆黒の角が動いて、黒のキング・ポーンをK4に進めた。

「次の一手を考えるのに、一カ月かかるんだったかな?」

マーティンは返事もせずにナイトをKB3に動かした。トリンゲルはすぐにナイトをQB3に動かした。

マーティンはビールをごくりと飲んでから、ビショップをN5に動かした。ユニコーンはもう片方のナイトをB3に繰り出した。マーティンがすぐにキャスリングすると、トリンゲルはナイトでポーンを取った。

「ぼくたちは生き延びられると思うんだ」とマーティンは出し抜けに言った。「ほうっておいてくれたら。時間が来れば、ぼくたちも反省するから」

「神話の生き物は、時間の中に存在するわけじゃない。きみたちの世界は特殊な例だ」

「きみの仲間は、間違いなどけっしてしないのかい?」

「間違いをしても、詩的なんだよ」

マーティンはフンと笑ってポーンをQ4に進めた。それに対して、トリンゲルはすぐさまナイトをQ3に引いて応じた。

「ここで中断にしよう」とマーティンは立ち上がりながら言った。「いらいらしてきたから、対局に響きそうだ」

「それじゃ、行くのか?」

「そうさ」

彼はリュックを取りに行った。

「一カ月経ったらまたここで会えるんだな?」

「そうとも」

「わかった」

ユニコーンが立ち上がって床を踏みならすと、その濃い毛皮に光が踊った。そして突然その光が燃えあがり、音もなく爆発したように、四方八方にまき散らされた。波のような闇がその後に続いた。

気がつくと、マーティンは壁にもたれて震えていた。目を覆っていた手を下げると、そこには彼しかいなかった。それと、騎士、僧正、王、女王、城に、両軍の王の兵士だけ。

彼は去っていった。

三日後、マーティンは小型トラックに発電機、木材、窓、電動工具、ペンキ、仕上げ塗装剤、溶剤、ワックスを積んで帰ってきた。そして埃を取り、掃除機をかけ、腐った板を取り替えた。窓をはめこんだ。古い真鍮をぴかぴかになるまで磨いた。床もワックスがけして磨いた。穴をふさぎ、ガラスを洗った。ゴミはぜんぶ捨てた。

一週間近くかかって、廃屋は元のような見た目のいい酒場になった。それから彼はトラックで出かけ、借りてきた道具をみな返して、北西部行きの切符を買った。

ハイキングして、ゆっくりものを考える場所としては、大きな湿った森林が彼のもうひとつのお気に入りだった。それに、景色をすっかり変えて、ものの見方を一新したかったのだ。次の一手が難しいというわけではなく、ごく当たり前の手ですらある。しかし、どうも引っかかるところがあって……。

これがただのゲームではないことはわかっていた。その前にまず遠くに行って、鬱蒼とした森の中をうとうとしながら歩き、すがすがしい空気を吸いたかったのだ。

くつろいで、巨木の太い根に背中をもたれながら、彼はリュックから携帯チェスセットを取り出し、そばに持ってきた大石の上に置いた。細かな霧雨が降っていたが、今のところは木のおかげで濡れないですむ。彼はトリンゲルがナイトをQ3に引いた局面まで序盤を並べ直した。いちばん簡単なのは、ビショップでナイトを取る手だ。しかし、彼はそう指そうとはしなかった。

盤面を見ているうちに、瞼が垂れてきて、彼は目を閉じてうたた寝をはじめた。ほんの数分のことだったのかもしれない。後になって考えてみてもよくわからない。

何かのせいで彼は目を覚ました。それが何なのかはわからなかった。彼は何度か瞬きして、また目を閉じた。それからあわててまた目をあけた。

うなだれた姿勢で、下向きになっていた視線がとらえたのは、大きな毛むくじゃらの、何も履いていない二本の足だった――今までに見たことがないほど大きな足だ。それが彼の前にじっと立って、右の方を向いている。

ゆっくり、ゆっくりと、彼は視線を上げた。さほど上げる必要はなかった。そいつの背丈は百四十センチほどしかなかったのだ。そいつはこちらではなくチェス盤の方を見ていたので、彼はその機会にそいつをじっくり観察した。

服は着ていないがひどく毛むくじゃらで、体毛は濃い茶色だ。どう見ても牡らしく、額は狭く、目は窪んで体毛に似合っている。肩はがっしりして、手の指は五本、親指は他の指と向かい合わせ。

そいつは突然こっちを向いて彼を見た。何本もある白い歯がきらりと光った。

「白のポーンでポーンを取る」とそいつは低い鼻にかかった声で言った。

「え？　冗談だろ」とマーティン。「ビショップでナイトを取る一手」

「おれが黒を持ってその先を指してやろうか？　こてんぱんにしてやるぜ」

マーティンはもう一度そいつの足をちらりと見た。

「……それとも、白を持って、ポーンを取る手から指してやろうか。それでもこてんぱんだ」

「白を持て」とマーティンは言って、背筋を伸ばした。「どれくらい指せるのか、見せてもらおうじゃないか」彼はリュックに手を伸ばした。「ビール飲むか?」

「ビールって?」

「気晴らしの助けさ。ちょっと待て」

彼らが六本入りのパックを片付ける前に、サスクワッチ(グレンドという名前だと教わった)はマーティンを片付けていた。グレンドはすぐさま激しい中盤戦に突入し、追いつめられたマーティンは次第に受けが難しくなって、終わりが見えた時点で投了したのだ。

「いやあ凄かったな」とマーティンは言ってもたれかかり、目の前にある猿のような顔を眺めた。

「まあ、言わせてもらえば、おれたちビッグフットは相当に指すのさ。チェスが大きな気晴らしで、なにしろおれたちは原始的なものだから、盤とか駒みたいなものはさほどない。たいていは頭の中で指すんだ。おれたちに敵う相手はそういないぜ」

「ユニコーンはどうなんだ?」とマーティンはたずねた。

グレンドはゆっくりとうなずいた。

「いい勝負ができるのはあいつらだけだな。ちょっと上品だが、なかなか奥が深い。ただ、言わせてもらえば、えらく自信過剰だ。悪手を指したときでもな。もちろん、おれたちが朝の国を出てから、見かけたことがない。残念だが。まだビール残ってるか?」

「もうない。でもいいかい、ぼくは一カ月したらまたここに戻ってくる。もしここで落ち合ってもう一度指してくれたら、もっとビールをおごってやるよ」

「マーティン、それで決まりだ。すまなかったな。天狗の鼻をへし折るつもりじゃなかったんだが」

彼はもう一度酒場を掃除して、ビール樽をカウンターの下に設置し、氷漬けにした。グッドウィルの店で買ったスツールや椅子にテーブルも運び込んだ。赤いカーテンも掛けた。そのころにはもう夕方になっていた。彼は盤駒を並べ、軽食をとり、カウンターのうしろで寝袋を敷いて、その晩はそこで寝た。

翌日はあっというまに過ぎていった。トリンゲルがいつなんどき現れるかわからないので、その場を離れるわけにもいかず、食事はそこでとって、チェス・プロブレムを考えていた。暗くなりはじめると、たくさんある石油ランプや蠟燭に火を灯した。

腕時計を見る間隔がしだいに短くなっていった。彼はうろうろと歩きまわるようになった。まさか勘違いをしたはずがない。今日でよかったはずだ。たしかに――

笑い声が聞こえた。

ふりむくと、黒いユニコーンの頭がチェス盤の上で宙に浮かんでいた。見守っているうちに、トリンゲルの身体の残りが現れた。

「こんばんは、マーティン」トリンゲルが盤から目を離してこちらを向いた。「ここも少しはましになったじゃないか。音楽があったら……」

マーティンはカウンターのうしろに行って、持ってきてあったトランジスタ・ラジオの電源を入れた。すると弦楽四重奏の曲が流れた。トリンゲルが顔をしかめた。

「ここの雰囲気にまったく合ってないな」

選局していくと、カントリー・アンド・ウェスタンをやっているところがあった。

「だめだな」とトリンゲル。「やはり放送じゃなくて生演奏でないと」

マーティンは電源を切った。

「飲み物はたっぷりあるのかい?」

マーティンは一ガロン用のジョッキ(いちばんでかいのを探して、掘り出し物を売っている店で見つけたやつ)を取り出し、カウンターに置いた。自分のはもっと小さいジョッキにして、ビールを注いだ。できることならユニコーンを酔っ払わせてやろうと決めていたのだ。

「いやあ! さすがにあの小さな缶ビールよりずっといいな」と、トリンゲルは鼻先をほんの少し突っ込んだだけで言った。「うまい」

ジョッキが空っぽになっていた。マーティンはお代わりを注いでやった。

「テーブルに持ってきてくれるか?」

「もちろん」

「このひと月、おもしろく過ごせたかい?」

「まあね」

「もう次の一手は決まってるのか?」

「そのとおり」

「それじゃさっそく始めよう」

マーティンは着席してポーンを取った。

「ほう。おもしろい手だな」

トリンゲルは盤をにらんで長考してから、蹄を持ち上げた。その割れた先が、駒をつかもうとするときに開いた。

「このナイトでビショップを取ろう。それでと、次の一手を考えるのに、また一カ月いるんだったな」

トリンゲルは身体を横に傾けて、ジョッキを飲み干した。

「考えさせてくれ」とマーティン。「お代わりを入れてやるから」

お代わりもう三杯のあいだ、マーティンは盤をにらんで長考していた。実のところ、作戦を練っていたわけではない。時間稼ぎをしていたのだ。グレンドに対して彼が指したのもナイトでビショップを取る手だったし、トリンゲルはしびれを切らして言った。「どうなんだ?」

「それで?」とトリンゲルはしびれを切らして言った。

マーティンはビールを一口啜った。

「もうちょっとで指せる」と彼は言った。「きみはなかなか酒に強いんだな」

トリンゲルが笑った。

「ユニコーンの角は解毒剤だ。それを持っていると万能薬になる。ほろ酔い状態になるまで待って、それから飲み過ぎた分を角で燃焼させれば、いつまでも同じ状態でいられるのさ」

「なるほど」とマーティン。「うまくできてるものだ」

「……もしきみが飲み過ぎたら、わたしの角をほんの少し触れればいい。そうしたらまたしらふに戻れるぞ」

「いや、結構。大丈夫だから。それじゃ、クイーン側のルークの前にあるこのポーンを二マス進めることにしよう」

「なんと」とトリンゲルが言った。「実におもしろい。ここにはどうしてもピアノがいるな――ポロンポロンと、ファンキーなのが……なんとか手配できないか？」

「ぼくは弾かないんで」

「そりゃ残念だ」

「ピアノ弾きでも雇おうか」

「いや。他の人間に見られるのはごめんだね」

「達者なピアノ弾きだったら、目隠しして演奏できると思うけど」

「結構」

「わかった」

「きみは機転も利くんだな。次のときまでには、きっと何か考えてくるんだろう」

　マーティンはうなずいた。

「こういう店は、床におが屑をまいてたんじゃなかったのか？」

「だと思う」

「それだと感じが出るがな」

「当たり（チェック）」

　トリンゲルは一瞬、どこからチェックをかけられたのかと、あわてて盤面を探した。

「そう。そのとおり、という意味なんだ。当たり（チェック）という言葉は、ときどきそのとおりという意味にもなるのさ」

「なんだ。そうか。それじゃ、とにかく今のうちに……」

トリンゲルはポーンをQ3に進めた。

マーティンは目を見はった。グレンドが指した手ではない。一瞬、彼はその先を自力で指そうかと思った。この時点まで、彼はグレンドのことをコーチにすぎないと考えようとしていた。グレンドとユニコーンを戦わせるなんて、露骨だし品がないと退けていたのだ。それも、P—Q3を見るまでの話。そのとき、彼はサスクワッチに負けた一局のことを思い出した。

「ここで線を引いて、一ヵ月の考慮期間を取ることにするよ」と彼は言った。

「わかった。さよならを言う前に、もう一杯いこうじゃないか。いいだろ?」

「いいとも。もちろん」

二人はしばらく談笑した。トリンゲルは朝の国のこと、原始林や大平原、高く聳える岩山や紫の海のこと、魔法や神話の生き物の話をしてくれた。

マーティンは首を横に振った。

「なぜきみたちがどうしてもここに来たがるのか、それがよくわからないな。故郷と呼べる場所があるのに」

トリンゲルがためいきをついた。

「グリフィンにウマを合わせるってところかな。それが最近のはやりなのさ。じゃ。また来月……」

トリンゲルは立ち上がって去ろうとした。

「もうすっかりコツを呑み込んだぞ。見てくれ!」

ユニコーンの姿が薄れ、ぎこちなく崩れて、白くなり、また薄れたかと思うと、残像のように消え去った。

マーティンはカウンターに行って、ジョッキにもう一杯お代わりした。残すなんてもったいない。朝になったら、ユニコーンがまた来てくれればいいのに。角だけでもいいから。


その日、森の中はどんよりした灰色だった。大石に置いた盤の上に、マーティンは傘をさした。葉から雨粒が落ちてきて、傘に当たってポッンポッンという鈍い音をたてた。盤では、トリンゲルがP―Q3と指したところまでの局面が再現された。グレンドがはたして憶えていてくれるだろうか。日にちの計算を間違えていなければいいが……。

「やあ」と鼻にかかった声が、左手後方のどこかから聞こえた。

ふりかえると、グレンドが巨木のあたりをやってくるところで、大きな根っこを大きな足でまたいだ。

「憶えていたんだな」とグレンド。「よかった！ きっとビールのことも憶えていてくれたんだろうな？」

「ケースごと持ってきた。ここでバーを開けるぞ」

「バーって？」

「つまり、酒を飲みに行く場所さ――雨宿りして――雰囲気はちょっぴり暗くて――それで、大きなカウンターの前にあるスツールとか、小さなテーブルに腰掛けて――おしゃべりしながら――音楽が流れていることもあって――そういうところで酒を飲むんだ」

「ここにもそういうのがぜんぶ必要か？」

「いや、暗がりと酒だけでいい。雨を音楽だと思わなければの話だが。比喩で言っていただけだよ」

「そうか。それにしても、行ってみるには良さそうな場所だな」

「そうとも。雨が盤にかからないように、この傘を持っていてくれたら、できるだけバーに近いものをここでこしらえてやるよ」

「わかった。おい、これって、この前指した一局の一変化みたいに見えるけど」

「そうさ。実戦の進行じゃなくて、もしこういう変化になったらその後どうなっただろう、と思ってね」

「うーん。ちょっと待ってくれよ……」

マーティンはリュックから六本入りを四つ取り出し、最初のを開けた。

「はい、これ」

「どうも」

グレンドはビールを受け取り、座り込んで、傘をマーティンに渡した。

「今度も白番か？」

「そう」

「ポーンをK6へ」

「本当か？」

「ああ」

「最善手はたぶん、このポーンをこれで取る手だろうな」

「そんなところかな。そうしたら、ナイトをこの駒で取る」

「なら、このナイトをK2に引く」

「……そこでこっちはこいつをB3に繰り出す。ビールもう一本もらえるかな？」

一時間十五分後、マーティンは投了した。雨もやんで、彼は傘を折りたたんだ。

「もう一局どうだ？」とグレンドがたずねた。

「いいよ」

午後がのろのろと過ぎていった。プレッシャーもなくなった。今度はただ楽しむだけでいい。マーティンは派手な手順を選び、かなり先まではっきりと見通せた。あの日と同じように……。

「ステイルメイトだな」と、かなりの時間がたってからグレンドが言った。「でもなかなかの一局だった。相当強くなったじゃないか」

「気楽に指せたからさ。もう一局どうだい？」

「もうちょっと後で。バーのことをもっと話してくれ」

彼は言われたとおりにした。終わってから、「ビールを飲んだのはどんな気分だ？」とたずねてみた。

「少しくらくらする。でも大丈夫だ。三局目はのしてやるからな」

その予言どおりになった。

「でも、人間にしちゃ悪くない。まったく悪くない。また来月戻ってくるのか？」

「そうさ」

「よかった。もっとビールを持ってきてくれるか？」

「金がなくならないかぎりはね」

「そうか。だったら、焼き石膏もちょっと持ってきてくれ。そこにきれいな足跡をつけてやるから。そうすれば足型が取れるだろ。売ればいい値段になると聞いてるから」

「憶えておくよ」

マーティンはよろよろと立ち上がって盤駒を片づけた。

「じゃまた」

「チャオ」


マーティンはふたたび埃を払って磨き、自動ピアノを運び込んで、床におが屑をまいた。新しいビヤ樽も入れた。古道具屋で見つけてきた、時代物のポスターの複製や、へたくそな古い絵を壁に掛けた。痰壺をしかるべき場所に置いた。それが終わると、彼はカウンターに腰掛けて、ミネラルウォーターの栓を抜いた。耳をすますと、むせぶようなニューメキシコの風が通り過ぎる音や、窓ガラスに打ちつける砂塵の音が聞こえてくる。もしトリンゲルが人類を絶滅させる方法を見つけたら、全世界はあんな乾ききって嘆きに満ちた音であふれるのではないか。あるいは、こんなことを考えると不安になるが、人類の後継者が、世界を神話的な朝の国みたいなものに変えてしまったら。

彼はしばらくそんな思いに悩まされた。それから立ち上がって、黒がP―Q3と指した局面までを盤に並べ直した。カウンターを片づけようとふりかえったら、先の割れた蹄の跡がおが屑に付いて、こちらに近づいてくるのを見た。

「いらっしゃい、トリンゲル」と彼は言った。「ご注文は何になさいますか?」

いきなり、なんの華々しい花火のような前ぶれもなく、ユニコーンがそこにいた。ユニコーンはカウンターにやってきて、片方の蹄を真鍮のレールの上にのせた。

「いつものをたのむ」

マーティンがビールを注いでいるあいだに、トリンゲルはあたりを見まわした。

「ましになったじゃないか、ちょっとは」

「そう言っていただけるとありがたいね。音楽でもいかが？」

「そうだな」

マーティンはピアノのうしろをいじって、スイッチを探し当てた。バッテリー式の小型コンピュータの電源で、ポンプ機構を制御して、ピアノロールの代わりにメモリを使うようになっている。キーボードがただちに生き返った。

「いいな」とトリンゲル。「次の一手は見つかったか？」

「まあね」

「それじゃさっそく見せてもらおう」

彼はユニコーンのジョッキにもう一杯注ぐと、自分のと一緒にテーブルへ持っていった。

「ポーンをK6に」と駒を動かしながら彼は言った。

「何だって？」

「言ったとおりだよ」

「ちょっと待て。考えさせてくれ」

「どうぞごゆっくり」

長い沈黙があって、もう一杯飲んでから、トリンゲルは「ポーンを取ろう」と言った。

「それじゃこちらはこのナイトをいただく」

しばらくして、「ナイトをK2に」とトリンゲルが言った。

「ナイトをB3に」

ひどく長い沈黙の後、トリンゲルはナイトをB3に動かした。

グレンドに意見を求めるなんてどうでもいい、とマーティンは突然決意した。この手順は、これまでに何度も何度も並べているのだ。彼はナイトをN5に動かした。

「音楽を変えてくれ！」とトリンゲルが厳しい口調で言った。

マーティンは立ち上がって、言われたとおりにした。

「それも気にいらんな。ましなのを探すか、切ってくれ！」

もう三曲ためしてみてから、マーティンは電源を切った。

「ビールのお代わり！」

彼は両方のジョッキに注いだ。

「それでいい」

トリンゲルはビショップをK2に動かした。

ユニコーンがキャスリングするのを防ぐことが、この局面ではいちばん大切だ。そこでマーティンはクイーンをR5に動かした。トリンゲルがかすかに、首を絞められたような音をたてたので、マーティンが見てみると、ユニコーンの鼻から煙がとぐろを巻いていた。

「ビールのお代わりは?」

「たのむ」

お代わりを持って戻ってくると、トリンゲルがビショップでナイトを取ったところだった。次の一手に選択の余地はなさそうだったが、それでも彼は局面をじっくりと調べた。

ようやく、「ビショップでビショップを取る」と彼は言った。

「当然の一手だな」

「ほろ酔い気分はどう?」

トリンゲルは苦笑いした。

「どうだかな」

風がふたたび巻き起こり、うなり声をたてはじめた。建物がぎしぎし音をたてた。

「よし」とトリンゲルはようやく言って、クイーンをQ2に動かした。

マーティンは局面をまじまじと見つめた。これはどうなってる? ここまではうまく運んだが、しかし……。彼はまた風の音に耳をすまし、自分が賭しているもののことを考えた。

「これでおしまい」と彼は言って、椅子にもたれかかった。「続きはまた来月」

トリンゲルはためいきをついた。

「逃げるなよ。もう一杯持ってこい。この一ヵ月のあいだ、わたしがきみの世界をさまよっていたときのことを話してやるから」

「弱点を探して?」

「弱点だらけだ。よくそれで我慢できるな」

「きみが思っているより、その弱点は直すのが難しいんだよ。何か名案を教えてくれないか?」

「ビールをくれ」

東の空が白みはじめるまで二人は語り合い、マーティンはこっそりメモを取っていた。夜が明けていくにつれ、ユニコーンの分析能力に対する彼の評価は高まっていった。

やっと二人が立ち上がったとき、トリンゲルが思わずよろけた。

「大丈夫？」

「解毒を忘れただけさ。ほんのちょっと待ってくれ。そうしたらわたしは消えるから」

「待て！」

「なんだと？」

「ぼくにも使わせてくれ」

「ああ。それじゃ、さあ持って」

トリンゲルが頭を下げ、マーティンは指先で角の先端に触れた。すぐさま、甘美であたたかい感覚が流れ込んだ。彼はうっとりして目を閉じた。頭がすっきりする。前頭洞でふくれあがっていた痛みも消えた。筋肉の疲労もどこかに行った。彼はまた目をあけた。

「恩に――」

トリンゲルは姿を消していた。彼がつかんでいるのは虚空だった。

「――着るよ」

「ラエルはおれの友達なんだ」とグレンドが言った。「グリフィンだ」

「だと思ったよ」

マーティンは嘴と黄金の翼を持った生き物に向かってうなずいた。

「会えて嬉しいよ、ラエル」

「こっちも」と相手が甲高い声で言った。「ビールはあるかい?」

「えっ——ああ——もちろん」

「ビールの話をしてやったんだ」と弁解するようにグレンドが説明した。「こいつにはおれのを分けてやってもいい。端で口出ししたり、そんなことはしないからさ」

「いいとも。かまわないよ。きみの友達だったら」

「ビール!」とラエルが叫んだ。「バー!」

「こいつはあんまり頭がよくないんだ」とグレンドがささやいた。「でもいい奴さ。こいつの機嫌を取ってくれたら感謝するよ」

マーティン最初の六本入りをあけ、グリフィンとサスクワッチに一本ずつビールを渡した。ラエルはすぐに嘴で穴をあけ、一気に飲み干してから、ゲップをして鉤爪を突き出した。

「ビール!」と彼は大声を出した。「もっとビール!」

マーティンはもう一本渡してやった。

「おい、これってまだあの一局目を指してるのか?」とグレンドが盤面を見て言った。「ほほう、こいつはおもしろい局面だ」

グレンドはビールを飲みながら盤面をにらんだ。

「雨降りじゃなくてよかったな」とマーティン。

「いや、そのうちに降るよ。しばらくしたら」

「もっとビール！」とラエルがわめいた。

マーティンは見もせずにもう一本渡した。

「ポーンをN６に」とグレンド。

「冗談だろ」

「いいや。こうしたら、おまえはビショップ・ポーンでポーンを取るだろ？　違うか？」

「まあそうだな」

マーティンは手を伸ばしてそう指した。

「よし。そこでこのナイトをQ５に跳ねる」

マーティンはそのナイトをポーンで取った。

グレンドはルークをK１に動かした。

「チェック」と彼は言った。

「なるほど。たしかにそれが本筋か」とマーティン。

グレンドがくすくす笑った。

「これに勝つのはまたの機会にしておこう」

「そうはいかないぞ」

「もっとビールは？」とラエルが小声で言った。

「いいとも」

もう一本渡そうとして見たら、グリフィンは木の幹にもたれかかっていた。

数分後、マーティンはキングをB１によろけた。

「うん、そう指すだろうと思った」とグレンド。「なあ、いいこと教えてやろうか?」

「何だい?」

「おまえの棋風はユニコーンによく似てるってことさ」

グレンドはルークをR3に移動した。

その後、小雨が降り出して、グレンドにまた負かされてから、マーティンは妙に沈黙が長く続いていたことに気づいた。グリフィンの方をちらりと見たら、ラエルは左の翼に頭をたくしこみ、片足立ちでバランスを取って、木に寄りかかって眠っていたのだ。

「こいつは邪魔しないって言ったとおりだろ」とグレンドが言った。

さらに二局が終わり、ビールもなくなり、影が伸びてきたころには、ラエルももぞもぞしはじめた。

「また来月かな?」

「そうさ」

「焼き石膏を持ってきたか?」

「持ってきた」

「それじゃ、来いよ。ここからずっと離れたところに、いい場所を知ってるんだ。そのあたりの薮は、あまり人間に突かれたくないんでね。さあ一儲けしに行こうじゃないか」

「ビールを買うのに?」と翼の下から頭を突き出してラエルが言った。

「来月だよ」とグレンド。

「乗ってくか?」

「おれたち二人は乗せられないだろ」とグレンド。「それに、おれは今はあまり乗りたくない気分なんでね」

「じゃ、バイバイ」ラエルは甲高い声を出して、空中に飛び上がり、木の枝や幹にぶつかりながら、ようやく頭上の繁みを抜けて消えていった。

「まったくいい奴だよ」とグレンド。「あいつは何でも見て記憶しているんだ。ものの仕組みをなんでも知っている——森の中でも、空中でも——水の中だって。それに気前がいい、何か持ってるときなら」

「ふーん」とマーティン。

「さあ行こう」とグレンド。


「ポーンをN6だって？　本当か？」とトリンゲル。「よし。ビショップ・ポーンでそのポーンを取ってやる」

マーティンがナイトをQ5に動かすと、トリンゲルが目を細めた。

「ともかく、こいつはおもしろい一局だな」とユニコーンが言った。「ポーンでナイトを取る」

マーティンはルークを動かした。

「チェック」

「なるほど、そうか。次の一手はビール三本分になるな。すまんが、最初のを持ってきてくれ」

トリンゲルが飲みながら熟考しているあいだに、マーティンもつらつら考えた。サスクワッチのような実力者を背後に従えてユニコーンをやっつけることに、彼はほとんどうしろめたさを覚えていた。ユニコーンが負けることにはもう疑いの余地がない。彼が黒を持ってグレンドと指したどの変化手順(ヴァリエーション)でも、彼は負かされたのだから。トリンゲルはたしかに強いが、なんといってもサスクワッチはいつも頭の中でチェスばかり指しているような魔法使いなのだ。これはどう見たってフェアじゃない。でも、これは個人の名誉の問題ではないのだ、と彼は自分に何度も言い聞かせた。彼が指しているのは、超自然の力から人類を守るためだ。こいつらは、不可解なマインド・コントロールや、魔法で引き起こしたコンピュータの誤作動によって、第三次世界大戦を勃発させることだってできる。そんな相手に手加減してやる必要はない。

「二本目をたのむ」

マーティンはお代わりを持ってきた。ユニコーンが盤面を眺めているあいだに、彼はユニコーンを眺めた。その姿が美しいのに、彼は初めて気づいた。こんなに美しい生き物は見たことがない。プレッシャーも消えかかっていたので、これまでのように恐怖心に邪魔されずに眺めることができる。ゆっくり眺めて感嘆することができる。人類にどうしても後継者が必要だというのなら、ユニコーンが最良の選択ではなかろうか……。

「三本目だ」

「よしきた」

トリンゲルは飲み干してキングをB1に動かした。

マーティンはすぐ盤に身を乗り出し、ルークをR3に進めた。

トリンゲルは顔を上げ、彼を見つめた。

「なかなかの手だな」

マーティンは身をよじりたくなった。ユニコーンの気高さに打たれたのだ。彼がぜひとも望んでいたのは、自力で正々堂々と戦ってユニコーンを負かすことだった。こんなのは嫌だ。

トリンゲルは盤面に視線を戻し、ほいという手つきでナイトをK4に動かした。

「きみの手番だぞ。それとも、またここで一カ月の考慮時間といくのかね?」

マーティンは小声でうなり、ルークを進めてナイトを取った。

トリンゲルはポーンでルークを取った。グレンドと指した最後の変化手順はこうではなかった。それでも……。

「当然の一手か」

マーティンはルークをKB3に動かした。そのとき、荒れ果てた建物の中、風が頭上で奇妙な叫び声をたてたように思えた。

「チェック」と彼は言った。

かまうものか! と彼は決心した。エンドゲームくらい自分でできる。最後まで指し継いでやろう。

じっと見守っていると、ようやくトリンゲルがキングをN1に逃げた。

彼はビショップをR6に動かした。トリンゲルはクイーンをK2に動かした。叫び声がふたたび起こり、今度はさらに近くに聞こえた。マーティンはビショップでポーンを取った。

ユニコーンは一瞬ふと聞き耳をたてるように頭を上げた。それからまた頭を下げて、キングでビショップを取った。

マーティンがルークをKN3に動かした。

「チェック」

トリンゲルがキングをB1に戻した。

マーティンがルークをKB3に動かした。

「チェック」

トリンゲルがキングをN2に進めた。

マーティンがルークをKN3に戻した。

「チェック」

トリンゲルはキングをB1に戻し、顔を上げて彼を見つめ、にっこりと歯を見せた。

「どうやらドローらしいな」とユニコーンが言った。「もう一局どうだ?」

「いいけど、人類の運命は賭けないぞ」

「忘れろって。それはとうの昔にあきらめることにしたから。ここには住む気になれないと思ってね。わたしは住むところに少しうるさいんだ。このバーは別だが」ドアのすぐむこうでまた叫び声がして、その後に奇妙な声が聞こえたので、トリンゲルがふりむいた。「あれは何だ?」

「さあ」とマーティンは答えて立ち上がった。

ドアが開き、金色のグリフィンが入ってきた。

「マーティン!」とグリフィンが叫んだ。「ビール! ビール!」

「その――トリンゲル、こいつがラエルで、それから、それから――」

さらにグリフィンが三頭入ってきた。それからグレンドと、その同類が三人。

「――それであれがグレンド」とマーティンは弱々しく言った。「他のは知らないんだけど」

みんなはユニコーンを目にして立ちどまった。

「トリンゲル」とサスクワッチの一人が言った。「まだおまえは朝の国にいたんじゃなかったのかな」

「ある意味ではそうさ。マーティン、きみはわたしのかつての同郷人とどうやって知り合いになったんだ?」

「いや——その——グレンドはぼくのチェスのコーチなんだ」

「そうだったのか！　これで呑み込めてきたぞ」

「それはどうかな。とにかく、まずみんなに飲み物を出すから」

マーティンはピアノの電源を入れて、みんなに飲み物の準備をした。

「どうやってこの場所を見つけた?」と彼は準備をしながらグレンドにたずねた。「それに、どうやってここに来られた?」

「実はな……」グレンドは恥ずかしそうな顔をした。「ラエルがおまえを尾けてたんだ」

「ジェット機の後を追いかけて?」

「グリフィンは超自然的に速いんだよ」

「なるほど」

「とにかく、こいつは親戚やおれの仲間にこの酒場の話をした。グリフィンたちがこの酒場を訪れることに決めたのを知って、こいつらが面倒を起こさないように、おれたちも一緒に出かけることにしたんだ。こいつらが運んでくれたのさ」

「なるほど。おもしろい話だ……」

「どうりでおまえはユニコーンみたいな棋風だと思ったよ。あの一局、変化手順ばかりの」

「ああ——そういうことなんだ」

マーティンはその場を離れて、カウンターの端に移動した。

「みなさん、ようこそ」と彼は言った。「ここでちょっとした発表をしたいんだけど。トリンゲル、きみはしばらく前に、生態系や都市部で起こりそうな災害や、その他の緊急事態について、たくさん教えてくれたよね。それに、どんな予防策が考えられるかも」

「そうだったな」とユニコーン。

「以前所属していたチェスクラブの会員で、現在はワシントンにいる友人に、その情報を流しておいたのさ。それに、考えたのはぼく一人じゃないってことも」

「だと嬉しいが」

「それ以降、友人は、ぼくがどんなグループと関わっているのか知らないが、それをシンクタンクにしてはどうだと言ってきている。その努力に対してなにがしかの金を払うからというんだ」

「べつにわたしはこの世界を救おうとしてやってきたわけじゃないのに」とトリンゲル。

「それでも、きみのおかげでとても助かったよ。それにグレンドが言うには、グリフィンは語彙こそちょっと足りないが、生態系について必要なことはほとんどなんでも知っているそうだ」

「それはたぶん本当だろうな」

「やつらは地球の一部を受け継いだわけだから、地球の保護に協力するのは自分たちの利益にもなるのさ。もうここにこれだけの数が集まってるんだから、こっちもわざわざ旅をして出向く手間が省けるというもので、今ここで言わせてもらうが、たとえばここで、ひと月に一度集まって、きみたちの独特な意見を拝聴させていただく、というのはどうだろう。種族がどうやって絶滅するか、きみたちほどよく知っているのはいないはずだから」

「もちろんだとも」とグレンドがジョッキをふりながら言った。「しかし、ぜひ雪男も呼んでやらないとな。もしよかったら、おれが声をかけてやるぜ。あの音は、大きな音楽箱から聞こえてるのか?」

「そうさ」

「気に入ったよ。もしおれたちがそのシンクタンクとやらをしたら、おまえにはこの場所をやりくりできるだけの金が入るのか?」

「町ぐるみ買ってやるよ」

グレンドが早口のしわがれ声でグリフィンに話しかけると、グリフィンたちは甲高い声で返事した。

「シンクタンクは了解だ」とグレンド。「その代わり、こいつらにもっとビールをやってくれ」

マーティンはトリンゲルに向き直った。

「きみが教えてくれたおかげだ。きみはどう思う?」

「ときどき立ち寄るのも、悪くはないかもしれないな」とユニコーン。「世界を救う件はこれでおしまい。きみ、たしかもう一局どうだと言ってたな?」

「もう失うものはなにもないからな」

グレンドがバーテン役を引き継ぎ、トリンゲルとマーティンはテーブルに戻った。

彼は三十一手でユニコーンに勝ち、差し出された角に触れた。

ピアノの鍵盤がひとりでに上下していた。小さなスフィンクスがカウンターのあたりを羽音をたてて飛びまわり、こぼれたビールを啜っていた。

必殺の新戦法

ヴィクター・コントスキー
若島　正訳

VON GOOM'S GAMBIT
by Victor Contoski
1966

フォン・グームのギャンビット戦法は、どんな序盤の定跡書にも載っていない。ルドヴィク・パッハマン著『現代チェス理論』はこの戦法をまったく無視している。パウル・ケレスは、定評ある『チェスの序盤理論』において、いかなる場合にもこの戦法を用いてはならないと二三九頁の脚註で読者に警告し、それ以上の情報を与えないように注意を払っている。マックス・エイベ博士の『チェス大鑑』の索引にはV・G（ギャンビット）という頭文字で載っているが、幸いにも参照すべき頁の数字は出ていない。全二十巻の『チェス大百科事典』（第四版）ではフォン・グームとは狼男や吸血鬼と同様に架空の存在であると述べられている。ただし彼のギャンビット戦法のことは触れられていない。ワシリイ・ニコライエヴィチ・クリロフはその著書『ロシア流序盤戦法』の英語版でフォン・グームのギャンビット戦法を熱心に勧めているが、露語版では一言も触れていない。幸いにもクリロフは当時――そして今も――実際の指し手を知らなかったので、そこまで詳しくアメリカの読者に教えてはいない。もしそうしていたら、冷戦はもとより、アメリカが終わっていただろうし、世界も終わっていたかもしれない。

新発見をした人間の常で、フォン・グームは目立たない男であった。そしてこれもよくあることなのだが、彼の発見もおそらく偶然の産物だったのだろう。彼は有名な女優と政界の名士との間に生まれた私生児だった。幼い頃からこの出生に関する醜聞がつきまとったので、法的に認められる年齢に達するとすぐに彼はフォン・グームと改名した。クリスチャンネームを付けなかったのは非キリスト教徒だと自称していたためだが、この事実は当時には些細なことだと思われたものの、後になってこの奇人について多くのことを解明する手がかりとなるのである。幼い頃の発育はめざましく、十歳の時には身長五フィート四インチ（162センチ）にまでなった。ところがこれだけ身長があれば充分だと思ったのか、成長はそこで止まってしまった。不慮の死のあと死体を測ってみると、身長はやはり五フィート四インチちょうどであったという。成長をやめてからしばらくして、彼はしゃべるのもやめた。働くのもやめたというわけではなかったが、これはもともと働いた経験がなかったからだ。両親の財産で存分に好きなことができたのである。潮時を見て彼は学校を退学し、次の二十年間はSFを読んで過ごし、顔の片側に口髭をはやした。チェスを覚えたのはどうやらこの時期らしい。

一九九七年四月五日、彼は初めて大会に参加した。ミネソタ州選手権大会である。最初のうちは無言のままだったので、選手たちは聾啞者かと思いこんだ。しかし、大会審判長が一回戦の組み合わせを発表しながらうっかり「白番カート・ブラスケット、黒番ヴァン・グーン」と言った時、底知れぬ皮肉に満ちた鋭い声がかすかに聞こえた。

「フォン・グーム」

これが二十年間でフォン・グームがしゃべった最初の時だった。そして死ぬまでに彼はもう一度だけしゃべることになる。

フォン・グームはミネソタ州選手権に勝ったわけではなかった。まずブラスケットには二十九手で負けた。それからジョージ・バーンズには二十三手、K・N・ペダーセンには十九手、フレデリック・G・ギャルヴィンには七手、ジェイムズ・セイファートには三十九手、ミルトン・オッテソン博士には三手、ベイビー・ジョージ・ジャクソン（当時五歳）には百二手でことごとく負けた。その結果、彼は二年間大会から遠ざかった。

再登場したのは一九九九年十二月十二日のグレーターバーミンガム・オープン大会で、ここでも全敗を喫した。それから年が明けるまで、フレズノ・チェス・フェスティバル、東部州連合大会、ピーチ州招待大会、アラスカ州選手権大会と指しまくった。その年の戦績は、対戦相手四十一勝、フォン・グーム零勝。

それでもフォン・グームはくじけなかった。それから二年半にわたって、彼は出場しうるかぎりのあらゆる大会に参加した。費用は問題ではなく、遠路も障害ではなかった。自家用の飛行機を買って操縦を覚えたので、チェスを指すためならいつでも全米のどこへでも出かけることができたのである。二年半が経過した時点で、彼はまだ初勝利を追い求めているところだった。

新しいギャンビット戦法を発見したのはそのときであった。その発見はまったくの偶然だったに違いないが、変化手順を研究した名誉――というより汚名――はフォン・グームに与えられるべきであろう。おぞましい検討の結果、このギャンビット戦法は白番でも黒番でも使えるという確信を彼は抱いた。それを防ぐ策はなにもなかった。人間が研究してはならない手順を盤上で研究しながら、彼は恐ろしい夜を幾晩も過ごしたに違いない。新戦法を発見し、それを使えばどうなるかを知って、頭髪は雪のように白くなった。もっとも、片方だけはやした口髭はさほど遠からぬ末期の日まで汚ない茶色のままだったが。

このギャンビット戦法を用いる最初の機会は、グレーターニューヨーク・オープン大会で訪れた。大会前の予想で優勝候補とされたのは、前年度優勝者でベテランのグランドマスターであるミロスラフ・テルミンスキーだったが、心情的に皆が勝たせてやりたいと思っていたのは学生名人のジョン・ジョージ・ベイツマンで、この男はフットボールではノートルダム大学チームのクォーターバックで全米代表選手でもあり、成績優秀なファイ・ベータ・カッパ会員でかつ原子力委員会の最年少委員でもあった。この頃には、フォン・グームはチェス界ではほとんど道化的存在として有名になっていた。彼の無口さ、つきあいの悪さ、片方だけはやした口髭までも、人々はなんとも思わないようになっていた。フォン・グームが参加カードに署名したとき、髪が白くなったねと話しかける者も数人いたが、たいていの選手は彼を無視した。ところが第一回戦開始から十五分経って、フォン・グームはとうとう初勝利を収めた。対戦相手が心臓発作で死亡したのだ。

二回戦の相手は序盤六手進んだところで激しい吐き気を催したため、これもフォン・グームの勝ちになった。三人目はテーブルから立ち上がって激怒しながら会場を去り、二度と戻ってこなかった。四人目は泣き出し、たのむからこのギャンビット戦法は指さないでくれとフォン・グームにすがりついた。大会審判長はこの哀れな男を会場から連れ出してやらねばならなかった。次の対戦相手は序盤の局面をじっと眺めているばかりで、とうとう没収試合で負けになった。

連戦連勝でフォン・グームは大会の上位グループに名をつらね、次の相手は学生名人のジョン・ジョージ・ベイツマンということになった。血気盛んな攻撃型の選手である。フォン・グームは得意のギャンビット戦法を指した。いや厳密には、黒番だったのでカウンター・ギャンビット戦法と言うべきか。ジョン・ジョージが試みようとした対抗策は型破りだった。彼はいきなり立ち上がり、テーブルのむこうにいるフォン・グームの襟元をつかみ、口にパンチを喰らわせたのである。しかしこの手も効果はなかった。倒れながらも、フォン・グームは次の手を指したのだ。これまでの人生で一日たりとも病気になったことがなかったジョン・ジョージ・ベイツマンは、癲癇の発作を起こしてぶっ倒れてしまった。

かくして、これまで一度もチェスに勝ったことがなかったフォン・グームは、選手権を賭けてベテランのグランドマスターであるミロスラフ・テルミンスキーと戦うことになった。不幸にも、この一局は観戦者のために会場の一角に設置された大盤で並べられた。緊張が高まるなか、両者は着席して対局を開始した。フォン・グームのギャンビット戦法の指し手を目にして、群集はショックと恐怖で息を呑んだ。そして、沈黙が訪れた。長くどこまでも続く沈黙だった。その日の終わりに、レポーターが優勝者をインタビューするために立ち寄ってみると、驚いたことに観戦者も選手たちもみな一様に石と化していた。大虐殺を免れたのはテルミンスキー唯一人だった。この運のいい男は発狂したのである。

似たような事件が相次いで大会で起こり、フォン・グームは不戦勝の連続でアメリカのチャンピオンになった。その資格で、挑戦者決定トーナメント戦への参加招待状がやってきた。そのトーナメント戦の勝者は、世界選手権を賭けて、作家であり人道主義者でノーベル平和賞受賞者でもある現チャンピオンのウラディスラフ・フェオリントシキン博士と戦うことになっていた。国際チェス連盟の役員には、このギャンビット戦法の実戦での使用を禁止すべきだとする意見の持主も数名いたが、フォン・グームは深夜その家々を歴訪してギャンビット戦法を実際に見せた。役員たちはこの地上から姿を消した。かくして、世界チャンピオンへの道は彼の前に大きく開かれたように見えたのである。

しかしながら、トーナメント戦が行なわれるユーゴスラヴィアのポルトロッに彼が到着する前夜、国際チェス連盟はこっそりと秘密会議を開いていた。世界有数の頭脳が集まってフォン・グームのギャンビット戦法を打ち破る対抗策を練っていたのだが、ついにそれは見つかった。翌日の晩、同世代人の中で最も知能に秀れ、世界でもトップクラスのグランドマスターたちは、フォン・グームを森の中に連れ出して射殺した。偉大なる人道主義者のフェオリントシキン博士は死体を見下ろし、「ヴァン・グーンにとっては幸せな死に方だ」と言った。すると底知れぬ皮肉に満ちた鋭い声がかすかに聞こえた。

「フォン・グーム」

グランドマスターたちはもう一度弾丸を撃ちこみ、浅く掘った墓に死体を巧妙に隠した。その場所は今日に至るまで発見されていない。なにしろ彼らは世界有数の頭脳なのであった。

それでは、フォン・グームのギャンビット戦法とはどんな戦法なのだろうか? チェスは論理のゲームである。闇と光が交錯する市松模様六十四マスの盤上を、三十二個の駒が動く。そのとき、駒はひとつのパターンを織りなす。そのパターンのうち、人間の論理的思考力にとって好ましく見えるものもあれば、そうでないものもある。それはすなわち、人間が考えうる範囲内のものと範囲外のものを表わしている。たとえばチェス盤上のある局面をとってみよう。普通はその盤面を見れば、対局者が論理的または半論理的に考えている狙いや、局面を勝ちまたはドローに導こうとする戦略がわかるし、対局者の性格もわかる。キングズ・ギャンビット・アクセプティッド戦法からのパターンを見れば、両対局者は戦術家で、戦いは短手数だが激しいものになりそうだとわかる。しかしクイーンズ・ギャンビット・ディクラインド戦法からのパターンなら、両対局者は小さな得を積み重ねる戦略家で、ある地点の敵駒の効きを弱めたり、ルークをハーフ・オープン・ファイルにもってきたりするような一局になるだろうと予想がつく。それが人間の頭脳にとって好ましいものであれ好ましくないものであれ、そうしたパターンから、その一局と両対局者のことだけではなく、人間一般についても、そしてひいては宇宙の秩序についてさえも、多くのことが学べるのである。

さてここで、誰かが偶然あるいは意図的に、人間の頭脳にとって好ましくないというぐらいでは収まらないような盤上のパターンを発見したと仮定しよう。そのパターンはこの世のものとは思えず、対局者の心理や人間一般ひいては宇宙の秩序についておよそ言語を絶するような事実を語っているとしよう。そしてどんな正常な人間もそのパターンを見て正常のままではいられないと仮定しよう。フォン・グームのギャンビット戦法によって織りなされたパターンは、きっとそのようなものだったはずだ。

この話がここで終わるのならいいのだが、残念ながら延々と終わりそうにないらしい。新発見を帳消しにはできないというのは歴史が示すところである。二ヵ月前、ニュージャージー州のカムデンで、四十三歳の男がチェス盤に並べた局面をにらんだまま石になっているのが発見された。ソルトレークシティでは、ユタ州チャンピオンが突如発狂した。さらに、先週ミネアポリスでは、チェスを並べていた女性が妊娠していたわけでもないのに突然双子を出産したという。

わたしはと言えば、チェスをやめようと思っているところである。

ゴセッジ＝ヴァーデビディアン往復書簡

ウディ・アレン
伊藤典夫訳

THE GOSSAGE-VARDEBEDIAN PAPERS
by Woody Allen
1966

拝啓　ヴァーデビディアン殿

　今日は歯がみするような思いを味わわされた。今朝の来信を整理していたところ、こちらの第二十二手（ナイトをキング4へ）を収めた、九月十六日付の私の手紙が、宛名の些細な誤りのため未開封のまま返送されているのに気づいたからだ——正確にいえば、貴兄の住所と名前の書き落としが原因だが（人間どこまでフロイト的になれるものだろう?）、ほかに切手の貼り忘れも災いしている。私がこのところ株式市場の混迷により、いささか心うつろな状態にあることは秘密ではないし、また前記の九月十六日、積日の螺旋状下降の果てにアマルガメイテッド・アンチマター社が、ニューヨーク証券取引所の表示板から最終的かつ永久に消え、私の証券マンを破滅させたという事実はあれ、これをもって私の粗漏と記念碑的愚行への釈明とするつもりはない。要するに、ドジを踏んだのだ。お詫びする。当方の未着便が見過ごされたのには貴兄の側の事情もあろうが、これは勝負に身が入りすぎたゆえと拝察する。しかし天も知るように、われわれは過失をまぬがれないものだ。それが人生であり、チェスなのだから。

　さて、失策が明るみに出たところで、簡単な修正を行なおう。もし、ご異存がなければ、当方のナイトを貴兄のキング4に移していただきたい。われわれのささやかなゲームは、これで、より正確に進められると思う。今朝着いた手紙の中で貴兄が宣言したチェックメイトは、残念ながら、あらゆる公平な目から見て誤警報であり、今日の発見の光のもとで局面を再検討していただけるなら、チェックメイトに近い状態にあるのはむしろ貴兄であり、貴兄のキングこそ無防備な裸形をさらし、わが獰猛なビショップ二枚の身動きならぬ餌食となっていることはおわかりと思う。なんと皮肉ではないか、このミニチュア戦争の変転！　配達不能郵便課の姿をとった運命の女神は、いま無限の力を明らかにし――見よ！――弱者は強者に一変する。あらためて、私の悔いてあまりある不注意を衷心からお詫びするとともに、貴兄の次なる指し手が一日も早くとどくことを切望する。

第四十五手を同封する。私のナイトが貴兄のクイーンを取った。

ゴセッジ拝

ゴセッジ殿

今朝、第四十五手（貴君のナイトがクイーンを取る?）を収めた手紙が到着、九月のなかば、われわれの文通に生じた空白に関する長文の釈明を拝読した。私が文意を正しく理解したかどうか、ここで考えてみたい。貴君のナイトは、何週間も前に私が盤面から取り去った駒のはずだが、貴君は二十三手まえの手紙の不着を理由に、いまキング4にあると主張している。そのような事故があったとは私は気づかなかったし、貴君の第二十二手ははっきりと記憶にある。たしかルークをクイーンの6に動かすというもので、その後ルークは、哀れにも不発に終わった貴君のギャンビットの中で無惨にも屠られている。

現在キング4は私のルークが占めており、配達不能郵便課の件如何にかかわらず、貴君にルークがない以上、こちらのクイーンを取るのにどの駒が使われたのか、私にはいささか見当がつかない。貴君の駒のほとんどが動きを封じられている今、こちらが解釈するなら、それは貴君のキングを私のビショップ4に進めることだと思う（それが唯一の可能性だ）——勝手に調整させていただいたところで、今日の動きを受けて私の第四十六手を送る。貴君のクイーンを取り、キングをチェックした。さて、これで貴君の手紙の内容もすっきりする。

すでに終わりの見えてきたこの対局も、以後はてきぱきとスムーズに運ぶのではあるまいか。

ヴァーデビディアン拝

ヴァーデビディアン殿

貴兄からの最新の手紙を熟読玩味させていただいた。そのマス目から去って十一日が過ぎる私のクイーンを、まさにそのマス目から取るという奇々怪々な第四十六手がしたためられた書面だ。忍耐強い探求の結果、いまある事実に対する貴兄の混乱と誤解の原因がつかめたように思う。そもそも貴兄のルークがキング4のマスを占めていることこそ、ふたつのそっくりの雪ひらにも相通じる不可能事とはいえまいか。ゲームの第九手を思い起こしていただけるなら、そのルークが盤面から取り去られてすでに久しいことは、たちどころにおわかりいただけるはずだ。そう、貴兄陣営の中央部を突破した、あの捨て駒に始まる大胆不敵な手筋の中で、貴兄は両ルークの討死にという大打撃をこうむっているのだ。存在しないふたつのルークが、いま盤面でなにをしているのか？

貴兄の一考をうながすため、いきさつを概説しよう。第二十二手にいたる過程でくりひろげられた苛烈な攻撃とめまぐるしい駒の奪いあいは、貴兄を軽度の分裂状態におとしいれ、その時点で人格の統合をはかろうと焦るあまり、貴兄は私のいつもの手紙が来ないことを見過ごし、逆に自分の駒を二度動かして、ややアンフェアな優位に立つことになった、というのはいかがかな？　しかし、これはもう済んだことで、しかつめらしく手順をいちいちたどりなおすのは、不可能とはいえないまでもむずかしい。そこで、このゲーム全体を正す最良の方法として、今度は私のほうが二度続けて指すことを提案したい。恨みっこなしに。

では、はじめに、ポーンで貴兄のビショップを取る。するとクイーンが無防備となるので、それもいただく。これで最後の段階になんの支障もなく入ることができると思う。

ゴセッジ拝

追伸。ゲームの締めくくりにあたって貴兄の啓発のために、いま盤面がどのような状勢にあるかを示した図を同封する。ごらんのとおり、貴兄のキングは中央部に無防備のまま孤立している。ご健闘を祈る。

G.

ゴセッジ殿

今日、貴君の手紙を受領。論理の首尾一貫性には欠けるものの、貴君の当惑がいかなるところにあるかは理解できたように思われる。同封された図から明らかなのは、過去六週間、われわれがまったく異なるふたつのチェスをしていたということだ。私自身は貴君との手紙のやりとりに従って、一方、貴君はなんらかの合理的な秩序大系よりも、おのれの願望の世界に従って……。手紙の往復の中で見失ったとされるナイトの指し手は、第二十二手においては不可能とわかった。というのは、そのときナイトはいちばん端の筋にあり、貴君が指示する手を指せば、それは盤の横のコーヒー・テーブルにのってしまうからだ。

手紙の交換の中で見失ったとされる手にかわり、貴君が提案した連続の二手を認めるか否かについては——冗談もいいかげんにしてくれ、おっさん、とお答えしたい。第一手を指す栄誉は与えよう（私のビショップを取っていい）。しかし第二手を許すわけにはいかない、というのは今度はこちらの手番だからで、私は貴君のクイーンをルークで取ることによって応酬する。私にルークがないという貴君の説は、べつになにを意味するわけでもない。盤面を一瞥（いちべつ）すれば、わがルークたちが抜け目なく、しかも活力いっぱいに駆けまわっているのが目に入るからだ。

最後に、貴君の空想する盤面図は、まことに無責任きわまるマルクス兄弟的なチェスへのアプローチであり、それなりに愉快ではあるものの、貴君が理想とする『ニムゾヴィッチのチェス理論』を正しく理解したとは到底いえないと付記しておこう。同書を貴君が昨冬、アルパカのセーターの下に隠して万引きしたことは、現場を見ていたので知っている。今後多少の厳密さをもってゲームをやりとげるためにも、同封した私の図を研究し、それに従って盤面の再編成を行なうことをおすすめする。

ヴァーデビディアン拝

ヴァーデビディアン殿

迷路に踏みこんだゲームを長引かせるのは愚劣なので（ふだん強靭な貴兄の精神が、先日の病気によっていくぶん瓦解と衰微の状態にあり、それがわれわれの知る現実世界とのあいだに軽い乖離を生ぜしめていることは、当方も承知している）、これがカフカ的結末へと否応なく突入していく前に、この機会を利用して目下の事態の紛糾を解きほぐしておきたい。

当方を対等の位置に引き上げる第二手を、貴兄がにべもなく拒絶すると予見していたなら、私は決して第四十六手において、ポーンで貴兄のビショップを取ることを許してはいなかっただろう。貴兄自身の図によれば、実際のところ、これらふたつの駒はあまりにもかけ離れた位置にあり、われわれがニューヨーク州ボクシング委員会ではなく、世界チェス連盟のルールによって拘束されているからには、この指し手は不可能といえる。当方のクイーンを取るという貴兄の意図が建設的であろうことに疑いはないものの、もし貴兄が専制的な決断力を行使し、独裁者を演じて戦術的失策を二枚舌と喧嘩腰で糊塗するようなことがあれば——これは貴兄自身が、数カ月前の論文「サドと非暴力」の中で、世界の指導者たちにあるとして非難したものと同じ性癖だ——招致されるのは破滅だけであると指摘しておこう。

しかし不幸にも、ゲームがここまで無停車で進んできた今、宙ぶらりんのナイトを貴兄がどのマス目に移し替えるべきか、私にはもはや正確な判断はつかない。そこでこの決定は神の意志にゆだねることにし、私は眼を閉じ、駒を盤面に投げて、それが停止したマス目をいさぎよく受け入れる。これはわれわれのささやかな勝負に一種の薬味を添えることにもなると思う。第四十七手——当方のルークが貴兄のナイトを取った。

ゴセッジ拝

ゴセッジ殿

なんと不思議な手紙が舞いこんできたことか！　善意にみち、簡潔で、ある種の準拠集団(レファレンス・グループ)においては伝達効果の名のもとに通用しそうなあらゆる要素を含みながら、しかも全文を通じて、ジャン＝ポール・サルトルが好んで「無」と呼びならわしたところのものに染めあげられている。読む人はただちに深い絶望感に打たれるとともに、極点で消息を絶った探検隊がときに遺(のこ)す日記や、スターリングラードのドイツ兵たちの手紙をあざやかに想起する。感覚が往々にして暗黒の真実に直面したとき、それが崩壊するさまは玄妙とさえいえる。無我夢中であちらへ走りこちらへ走り、妄想に実質を与え、おそるべき実存の来襲に抗して危なっかしい緩衝物(かんしょう)を構築するのだ！

それはともかく、わが友よ、事態の調整をはかろうと一週間近くかけて、貴君の書簡と称する瘡(しょう)気(き)にみちたアリバイ工作を分析した結果、こんなゲームは今を限りに終わらせたほうがよいと私は考えるようになった。貴君のクイーンはもはやない。忘れたまえ。貴君のルークふたつも同様だ。ビショップのかたわれも考えないほうがいい。それは私が取った。もうひとつもゲームの中心からあまりにも離れたところに、役立たずのまま放置されており、これも勘定に入れる必要はない。へたに目をやれば気が滅入るだけだろう。

もはや手中にないのに、なお貴君があきらめようとしない問題のナイトは、考えうる唯一のマス目においた。かくして私は、遠い昔ペルシャ人がこの娯楽を興してのち現われた、もっとも常識外れな異端の行為を認めたことになる。駒は今、私のビショップ7にあり、もし貴君が衰えゆく知力をふりしぼって盤面を評価してくれるなら、その切望される同じ駒が、わが魔手にかからんとする貴君のキングの、唯一の退路を断ち切っていることはおわかりいただけよう。貴君の貪欲な陰謀が逆に私を有利な立場にみちびくとは、なんと皮肉なことか！　ゲームに卑屈に割りこんできたナイトが、貴君の終盤戦を粉砕するのだ！

クイーンをナイト５へ。あと一手でチェックメイトだ。

ヴァーデビディアン拝

ヴァーデビディアン殿

貴兄の陣形は気の遠くなるほど絶望的なもので、それを死守しようとするところから来る絶えざる緊張は、ついに貴兄のデリケートな精神機能を鈍らせ、外的な現象の把握を心なしかやわなものにしてしまったようだ。もはや貴兄は、この対局を速やかに、かつ哀れみ深く終え、恒久的なダメージを受ける前に重圧から逃れる以外、なんの方策も持たぬように見える。

ナイト――そう、ナイト！――をクイーン６へ。チェック。

ゴセッジ拝

ゴセッジ殿

ビショップをクイーン５へ。チェックメイト。

残念ながら、この勝負は貴君にはあまりにも荷がかちすぎたようだ。過日、近くのチェスの名手数名が、私の技法の参観にきて卒倒していたといえば、多少は貴君への慰めにもなろうか。もし貴君が再試合をご所望なら、スクラブルを提案したい。私の比較的新しい趣味で、これはたぶん、そう簡単には引き下がらないつもりだ。

ヴァーデビディアン拝

ヴァーデビディアン殿

ルークをナイト8へ。チェックメイト。

当方のチェックメイトをさらに述べたてて貴兄を苦しめるより、貴兄のいさぎよさを信じる者として（将来いつかなんらかの療法が貴兄に施されたあかつきには、私の正しさが立証されるだろう）、ここは貴兄からのスクラブルの誘いを喜んでお受けしよう。では、スクラブル・セットを出して。チェスでは貴兄が白をさし、先手を取ったので（貴兄の限界を知ってさえいたら多少のハンディキャップを与えたところだが）、今度はこちらから始める。いま当方が引いた七文字は、O、A、E、J、N、R、そしてZ――前途の望みのうすいごたまぜで、いかに疑い深い人間といえども、この引きの公正さは保証してくれるだろう。しかし、さいわい豊かな語彙に加え、特殊な学問領域への嗜好を持ちあわせた私は、教養に乏しい人間の眼にはめちゃくちゃと見えるものからも、語学的秩序を導きだすことができる。私の第一語はZANJEROだ。辞書で引いてみてくれ。さて、これを水平に、Eが中央のマスに来るように置く。得点計算は慎重に。先手で始めた側への二倍得点と、七文字すべてを使ったことへの五十点ボーナスを見落とさないように。スコアはいま一一六対〇。

貴兄の番だ。

ゴセッジ拝

TDF チェス世界チャンピオン戦

ジュリアン・バーンズ
渡辺佐智江訳

TDF : THE WORLD CHESS CHAMPIONSHIP
by Julian Barnes

実に奇妙な演劇形態だ。禁欲的、ミニマリスト的、ポストベケット風。身なりのよい二人の男が、小さなテーブルに置かれた優美なグレーとベージュのセットを前にして、考え込んだ様子で背を丸めている。背が高く、ひょろひょろして、青白い、メガネをかけたほうの男は、背もたれが高めで肘掛けの部分が広い、オックスブラッドレッドのクラブチェアに座っている。その男よりも背が低く、こぢんまりとして、血色のいいほうの男は、モスクワ・バウハウスとでも呼べるようなデザインの、座面と脚にクロームが使われている、背もたれが低い黒い革製の椅子に座っている。二人とも、椅子に対する執着心は並大抵ではない。衣装を変えたり、マチネーのたびにテーブルにつく場所を交換したりはするが、自分の椅子だけは放さない。

ほかに姿が見える登場人物は二人の年配の紳士だけで、舞台の後方右手に座り、本筋を映し出す脇筋のように、年下の者たちを観察している。四人とも無言だが、演劇ファンの耳はセリフでいっぱいだ。姿が見えない三組目の俳優二人は、アッパーサークル奥の高い位置にあるガラス張りのボックスの中にいて、舞台上の登場人物たちの思惑を推測している。目に見える動きは限られている上に反復されるばかりだから、イヤホンを満たす賭けと予測のゲームが主たる関心事となる。たまに二人の主人公がわずかに手を動かし、そのすぐ後になにやら書き留める。それ以外には、四時間ないし六時間のマチネーのあいだ、退場と入場のくり返ししかない。一方の登場人物が、腹を立てたようにいきなり立ち上がったかと思うと、舞台左手に立ち去るのだ。ひょろひょろしたほうはひょろひょろと忍び足で去り、こぢんまりしたほうはこぢんまりと勢いよく去っていく。時には大胆な趣向をこらし、二人同時に舞台からいなくなることもある。だが肉体を離れた声は、耳の中で、熱心に、自信たっぷりに、得意気に、弁解がましく、検討評価し、理論化し、推測することをやめない。

懐疑論者は、チェスのライブなどペンキが乾くのを眺めているようなものだと主張する。過激な懐疑論者はこう応じる――そりゃペンキに失礼だろう。それなのに、三か月間にわたり、サヴォイ・シアターのいちばん安い席は、ロンドンで断トツに高額ないちばん安い席だった。タイムズ主催チェス世界チャンピオン戦を観戦するには、ストールなら二十ポンド、アッパーサークルなら三十五ポンド、ドレスサークルなら五十五ポンドだ。この価格設定は、タイムズが推定四～五百万ポンドの投資の一部を取り戻すためには、必ずしもがめついとか死に物狂いというわけではなかったし、それはまた、国内の関心が高まるのを見越してのことだった。チャンピオン戦の現代史――第一回は一八八六年のシュタイニッツ対ツケルトート戦とされている――で初めて、英国人がタイトル挑戦者として登場したのだ。ナイジェル・ショートはまた、決勝を戦う西側のプレーヤーとしては、一九七二年のボビー・フィッシャー以来だった。フィッシャー以前の西側のプレーヤーとなれば、一九三七年のオランダ人マックス・エイベまでさかのぼらなければならない。フィッシャー以後、続く七回の世界チャンピオン戦のいずれかに参戦するには、Kで始まる名前のロシア人であるしか道はなかった――カルポフ、コルチノイ、カスパロフ。いま、ついに、気合を入れて声援を送るべき地元の青年、しかもまったく予想外の人物がお目見えした。カスパロフがチェス史上最強の棋士としきりに言われている一方、ショートは上位十位以内にも入っていなかった。ショートに課せられた任務の大きさは、カスパロフのセコンドの一人でグルジア人グランドマスター、ズラブ・アズマイパラシヴィリですら彼よりランクが上だという事実で推し量ることができるだろう。

ガルリ・カスパロフがどんなキャラであるかは、よく知られていた、もしくはよく知られているとされていた。ダイナミックで攻撃的で気難しいチャンピオンで、筋トレをしたり、サンドバッグをたたいたり、サッカーをしたり、「クロアチアの島にある隠れ家」で泳いでいるところを、よく写真に撮られたりしていた。新種のロシア人で、「戦争で疲弊したバクー」出身、ゴルバチョフ及びエリツィンの仲良し、という具合にパッケージとしてまとめやすく、おまけに、使い古しではあるが威勢のいいガザ（英国の元サッカー選手ポール・ガスコインの愛称）というニックネームもあった。一方のナイジェル・ショートは、パッケージにしにくい人物だった。多くのチェスプレーヤー同様、二十八年間の人生でやったことといえば、ほとんどがチェスを指すことだったから。一般的に彼について知られているのは、次の二点のみのようだ――十代の頃、〈アージ（衝動）〉（当初は〈ペルヴィック・スラスト（骨盤突っ込み）〉）というロックバンドでプレイしたことがある。七歳年上のギリシャ人演劇セラピストと結婚している。とはいえ、〝チェス人物伝〟というフレーズは、かつてトリュフォーが〝英国映画〟という表現で揶揄したように、名辞の矛盾だ。チェスはチェス以外の人生とはまったく無関係の活動であるのは広く知られたことで、このことから、いまひとつ伝記に深みが欠ける結果となるのだ。

理論上、伝記は私的なことを公的なことに密接につなげ、前者が後者を照らし出す。しかしチェスには、そのようなつながりも還元も当てはまらない。グランドマスターのX氏がフレンチ・ディフェンスを好むのは、幼い時分に母親が父親を捨てたからなのか、おねしょはグリュンフェルド・ディフェンスへとつながるのか、といったことだ。フロイト派なら、チェスをエディプス・コンプレックスと見るかもしれない。なにしろその活動では王（キング）を殺すことが最終目標で、セクシーな女王（クイーン）が支配しているわけだから。だが、盤上の人物と盤外の人物を一致させようとすると、その証拠と同じ数だけ反証が出てくる。

だから、キャシー・フォーブス著『ナイジェル・ショート　王冠を求めて』から容赦なく目ぼしいところを抜き出したら、関連性が疑われるエピソードがお飾りのようにいくつか追加されただけだった――ナイジェルは子どものときアムステルダムの運河に落っこちた、ナイジェルは二十歳のとき故郷マンチェスターで強盗に襲われた、ナイジェルが十三歳のとき両親が別居した、ナイジェルは保守党の国会議員になるという野望をよく口にしていた。記録すべきことが恐ろしいほどに乏しい証として、ある時点でフォーブス女史は、ナイジェルが十代のとき「髪を青く染めると脅かして周囲をはらはらさせた」と記すことに駆り立てられる。結局その脅しは果たされなかったが、青が保守党を象徴する色であることを考えれば、想像力豊かな精神分析的伝記作者にとっては役に立つかもしれない。

こういった瑣末で陳腐な事柄は、拡大再生産された。チェスプレーヤーというのは全体としてカリスマ的でも多様でもないから、報道でショートがいやに盛り上がった様子でさまざまな鋳型にはめ込まれているのを見ると、滑稽だった。街頭の新聞店の缶入りライスプディングとも言うべき雑誌ハロー！では、家庭人ナイジェルが、妻のレアと幼い娘キュベリとともにギリシャの別荘で幸せそうにポーズを取っていた。サン紙ではナイジェルは英国の現代のヒーローに祭り上げられ、「ロックを愛し仲間とビールを飲むのが大好きで……彼はランクを駆け上がったが、チェス以外に情熱を傾けているもの、そう、女性と音楽を忘れなかった」。ショートは撮影のため律儀に不良っぽいポーズを取り、黒いレザーに身を固め、エレクトリックギターを手に膝まで高さがあるチェスの駒のあいだを気取って歩いていた。見出しですか？　「たかがルークンロールだけどおれは好き（IT'S ONLY ROOK AND ROLL BUT I LIKE IT）」（ローリング・ストーンズの曲名のもじり）。害もないおふざけではあるが、同時に深刻なほど説得力がない。ところで、ナイジェルにもニックネームがある。ガルリがガザなら、ナイジェルはノッシャーだ。語源ですか？　Nigel Short の文字を幼稚に並べ換えると、Nosher L. Git となる（nosher は「間食好き」、git は「おバカ」の意）。

　ショートは二十八歳、カスパロフは三十歳だが、試合前の記者会見から判断すれば、年齢差はもっと大きいように思えるはずだ。ショートは少年っぽい体をボトルグリーンのスーツに包み、科学者風のメガネをかけて髪を刈り込み、臆病で青臭くためらいがちな印象で、言語治療を受けたことがある人のようにわずかに絞め上げられた母音で話していた。マネジャー、会計士、グランドマスターのマイケル・スティーンに伴われて壇上に現れた（スティーンは、実際にチェスを指しているとき以外は四六時中チェスのことを考えていると言われたことがある）。スティーンは時折り身を乗り出しては、きわどい質問をかわしていた。無論、チェスプレーヤーがＰＲに長けているべきだとする理由はまったくないが、そうであっても、ショートとカスパロフとの隔たりは著しかった。そもそも、このロシア人はナイジェルよりもはるかに英語が達者だ。記者会見には単独で臨み、しかも大統領ほどにやすやすとこなし、チェスと同等に地政学に通じていて、よく訊かれる質問にも丁寧に答え、総じて、非常に知的で、世馴れていて、成熟した人間という印象を与えた。それとは対照的にショートは、多くのインタビューや出演した番組で、チェスについて話すときには注意深く、よく考え、賢明で的確なのに、チェス以外のことを話す段になると、大人の対応とは言えないような印象を与えた。彼は、偉大な世界王者エマヌエル・ラスカーが『チェス入門』で語っていたことを思い出させた――「実生活では、われわれはそろってダメ人間なのだ」。

試合の話を盛り上げて色を添えるには、カスパロフを悪魔に仕立てるというあまり気乗りのしない企てのようなものが必要だった。フィッシャー対スパスキーの対決以来、どの世界チャンピオン戦でも、マニアとまではいかない人たちがついていくには、善玉と悪玉、やつらかオレたちか、という見方のようなものがなければならなかった。レイキャビクで行なわれたその画期的な試合で、フィッシャーは、ソ連のチェス〝マシン〟が生み落とした名ばかりの人物と戦って西側個人主義の勝利を示すものとされていた。(言語上の注釈――われわれには時に〝計画(プログラム)〟というものはあったかもしれないが、彼らにあったのは常に〝マシン〟である。)カスパロフが現れて、カルポフ相手に五回連続の長丁場の対戦の一回目に臨んだとき、西側では彼を、あっぱれなほどに高慢な若造、モスクワセンターを席捲するユダヤ系アウトサイダーと描写した。そののち、前の仲良しであるブレジネフを退けたゴルバチョフのロシアの象徴、開放と再生の象徴となった。いまやカスパロフは西側の人間の価値観を身につけていたので、「ソ連のマシンから多大な恩恵を受けた最後の人物」と呼び方を変えなければならなくなった。一方、カスパロフが旧ソ連のセコンドたちを集めて強力なチームをつくることができたのは、邪悪にも〝マシン〟が存続しているためだけではなく、彼が君臨していたあいだにため込んだ資金があったからだとされた。そうすることで、ショートを金に困った西側の個人主義者として描くことができたわけだ（もっとも彼はコーチのルボミール・カヴァレクに五か月分の報酬として十二万五千ドル支払っており、勝った場合にはさらに同額をボーナスとして上乗せすることになっていた）。政治的立場も見直された。カスパロフがゴルバチョフ派からエリツィン派に移ったという事実に乗じて、有望な保守党議員候補のショートは、対戦者の政治姿勢を「にせもの」と糾弾した。ショートはまた、試合前にインタビューを受けたとき、心得顔で「KGBとのつながり」について語った。どういうことかと言うと、その一、カスパロフはアゼルバイジャン在住中に地元のあるKGBのお偉いさんと交遊を暖め、その保護を受けた。その二、カスパロフは操作の達人たちから対戦者を動揺させる特殊訓練を受けた。後者の発言についてショートは、「ばかげた話に聞こえるでしょ」と言いつつも、「だけどそのとおりかもね」と、軽率にもタイムズ紙に重ねて吹聴した。

これだけではなかった。ショートの陣営は、自分たちのボスが個人的にカスパロフを嫌っているのは、初めて顔を合わせたときの出来事が要因だと喧伝した。「ナイジェル・ショートがガルリ・カスパロフを忌み嫌い出したのはいつだったか定かではない」と、スペクテーター誌の編集者でショートの親しい友人ドミニク・ローソンが書いている。そう言いながらも彼は、一九九一年にアンダルシアで行なわれたトーナメント中の出来事だとしっかり特定してみせた。その際、ショートがカスパロフを相手にある手を指したところ、世界王者が笑った。さらにこのロシア人は対戦者を「にらみつけ」、ナイジェルによれば、視界に入るところを「わざと……マントヒヒみたいに」行ったり来たりした。ショートは友人に代弁者になってほしかったわけではない。ショートはすでに、この王者を「暴君」と呼び、「子どもの頃ちゃんとしつけを受けなかった」と文句を言い、彼のセコンドたちを「おべっか使いと奴隷」と決めつけ、世界チャンピオン戦の決勝となったら「獣を倒す獣のレベルまで成り下がりたくはないね」とプロボクサーまがいに嘆いてみせたことが記録されている。試合前の記者会見でショートは、カスパロフを「サル」と言い表したことについて訊かれた。記者はそれを「しばらく前の引用」だがと認めて彼に抜け道を用意してやったのに、ショートは小学生のように快活に答えた——「カスパロフをプールサイドで見かけたら、だれだって彼がめちゃくちゃ毛深いってわかりますよ」。クスクスと笑いが起こると、ショートは、「ノルウェーの女子チームは、カスパロフのことを〝絨毯(ラグ)〟って言ってます」と指摘して、自分の「しばらく前の引用」を援護した。

しかし、故意にであったにせよなかったにせよ、このイギリス人の発言は無謀なポーンの突きにも等しく、その攻めは易々と封じられた。カスパロフとKGB？「わたしは」と、王者が穏やかに応じた。「過去にKGB職員に会ったことはあると思いますよ。ソビエト連邦で暮らしたことのないイギリス人青年の非難を真に受けることができる人はいないでしょうね」。カスパロフがサル？恐らくプールサイドにいた女の子たちは、ナイジェルの「青白きイギリス人的美しさ」よりもロシア人の佇まいに惹かれたのだろう。カスパロフは洗練された大使、沈着冷静な王者を演じ、そのことでショートの一連のコメントは、まぬけなだけでなく、歓待の精神に反する無礼と映った。世界王者がそのスキルを披露するため自国を訪れてくれるなら、こちらは王者の体毛について得々と語って迎えたりはしないものだ。

カスパロフが口頭での攻撃を行なったのは試合前一度だけで、ショートがタイトル挑戦権をかけてオランダ人ヤン・ティマンと対戦する直前だった。対戦相手はどちらになると思うか、また、決勝はどのような展開になると思うかと訊かれたチャンピオンは、「相手はショートでしょう。すぐ終わる（ショート）でしょう」と答えた。だが、ナイジェルの愚弄に対するカスパロフのマジな、そして恐るべき応酬は、サヴォイのチェス盤上できっちりと披露された。わたしは試合開始後の数局をよく見ていたが、カスパロフはにらみつけず、ナイジェルの指し手に対してにやにや笑わず、マントヒヒのように行ったり来たりしなかった。彼の振る舞いは非の打ちどころがなかった。そして同時に、冷酷で破壊的なチェスをプレーしたのである。

　全二十四局の対局のうち最初の四局で、ショートは惨敗を喫した。九月のあの最初の火曜日、弱気な愛国心を抱いてストランドへ向かったわたしは、最初の四局は2−2だったら良しとしようと考えていた。いや、それだったら戦慄ものだろう。大きな大会となるとショートが出だしでつまずくことは有名だ。だから（わたしの控えめなプランだと）、ショートはチャンピオンをスローダウンさせ、妨害し、いら立たせ、思うように指させないようにすべき。八日後ショートは、三敗一分けとほとんど最悪のスタートを切っていた。まずい結果は、惨憺たる戦績ばかりか、積み重なったさまざまな原因のせいでもあった。第一局では逆上してあわてふためくうちに時間がなくなり、ドローの申し出を無視したあとに負けた。第二局はパスポーンを作るチャンスを逃したあとにドローとなり、そうしていれば勝つチャンスがあったかもしれないと言う人もいた。第三局は、カスパロフのキングを猛烈にそして派手に攻撃したのに負けた。そして第四局は、事前に用意してあった、長くて見事な序盤作戦を展開したのに負けた。推断すれば、こういうことになるだろう――ショートはおれはおまえを困らせることができるのだと示してみせたが、チャンピオンはそれに対してスマートに応答できるのだと示してみせた。

〈グランドマスターの検討用控室〉は、サヴォイ・シアターから目と鼻の先のシンプソンズ・イン・ザ・ストランドにある。ここは英国の老舗レストランの一つで、ローストビーフが蓋つきの銀の大皿で運ばれてきて、肉を切り分けるウェイターにチップを払えば、筋(すじ)をよけてもらえる。しかしそこはまた、チェス愛好家が集う歴史上有名な場所でもある。二十世紀には、へぼ棋士とプロがシンプソンズ・ディヴァンの二階で顔を合わせ、コーヒーを飲み、チェスを指し、シリングを賭けた。一八五一年には、ここでアンデルセンがキゼリッキーを相手に、「不朽の一局」と呼ばれる捨駒の攻めの名局を指した。この場所はもうないが、〈シンプソンズ・ディヴァン・タヴァーン〉と書かれた曲線状の真鍮の銘板が、現在はグランドマスターとその取り巻きのために供されている階下の喫煙バーの壁に、紋章がついた盾のように掛けられている。その雰囲気は、一部は年配者向けの談話室、一部は汗臭い靴下が走りまわる遊戯室。正式な現実のプレーから離れたこの場所には、対局を追うための基本的な必需品がある——同時進行で駒の動きを伝える二つの表示用の大盤、プレー中の棋士たちの固定ロングショットを映し出すテレビ、開始から一時間のプレーの実況解説を吐き出すもう一台のテレビ、考えうる先の手を並べるために置かれたチェス盤数面、データベース作成のためのパワーポイント、公式ページ用ラップトップ、灰皿、半額で飲めるバー。どなったりまくし立てたり、ブツブツ言ったりペチャクチャやったり、激怒したり嘆き悲しむためのスペースという贅沢なものもある。忙しく検討している部屋いっぱいのグランドマスターたちは、ライオンの子どもたちが猛烈に取っ組み合いをしている野生動物の記録映像を思い起こさせる。唸って小突き合って耳をかじって縄張りを主張しているが、カメラが引いて初めて、雄と雌のライオンが小高い丘の上でぶらりぶらりしていると判明する。

三局目が終わる頃、検討用控室では〝運〟について賛同するつぶやきが広がっていた。ショートが第一局でポーン一個の得があったのに時間切れで負けたのは〝不運〟だった。第二局であのパスポーンのチャンスを逃したのは〝不運〟だった。第三局で、重要な守りのルークが絶好の位置にいてカスパロフに黒のパワフルな攻撃を防がれてしまったのは〝不運〟だった。当たり前だが、カスパロフはこの理由で三局目に勝ったとは思わなかった――「真理はわたしの側にあると常に思っていました」。その一方、ショートはこれを鼻で笑った――「まったくのナンセンス。チェスは科学じゃないよ」。その一方、彼は物事を説明するのに〝運〟に頼るつもりはなかった。「チェスに運は存在するけれど、それがチャンスをものにできなかった理由じゃない。うまく指せなかっただけのこと。運は自分がつくるものだよ」。わたし自身、六十四枡の眩暈がするような喜びと悲しみの経験から、チェスは運とは無縁のゾーンだという結論に必ずたどり着く。たとえば、テニス（眠気を催しているラインジャッジにあたるかもしれないし、すり切れたコートのせいでボールがあらぬ方向にバウンドするかもしれない）とかビリヤード（玉にゴミがついていたら、とんでもない接触が起こるかもしれない）ほど運に左右されない。チェスでは、自分、対戦相手、駒、そして――カスパロフ語では――局面の真理の検討作業があるだけ。わたしはこの問題を、髭面で愛想のよい国際マスターのコリン・クラウチに持ちかけた。クラウチは、最も変わった記録の一つを保持している。九年前にロンドンで行なわれたトーナメントで黒番になった際、勝利に向かって着々と進みながら、記録された一局の中では最多（全部で四十三回）の連続チェックを指した。運は存在し、それには二種類あるとクラウチは主張する。一つ目は、相手がなにかを見落とす、あるいはこちらの有利になるように自分の駒の配置を台無しにする場合（もっともこれは、運が作用しているというよりは実力の違いと言えるかもしれない）。二つ目は、局面がとてつもなく複雑になっていき、どちらのプレーヤーもきちんと理解できない、あるいはアドバンテージが見えないが、それでも双方プレーしなければならない場合。このことは、フレッド・ウェイツキン著『モータル・ゲームス』の中のカスパロフの次の言葉でかなり裏付けられる――「チェスは論理的なゲームだと思われており、確かに論理はありますが、最高レベルになると、論理は隠されていることがよくあります。ほとんど計算が不可能な局面では、自分の想像力と感覚で進み、指を頼りにプレーしているのです」。まさしく、〈分析の及ばない国〉にいる場合には、無言で作用する運にしたがっているのではなく、想像力、感覚、指の優位を見いだしているのではないだろうか。恐らくチェスプレーヤーは、最終段階になると、起こるすべてのことに対して完全な責任を負うのを拒みたくなることがあるのかもしれない。

とはいえ、最初の三局で〝運〟がチェス愛好者にどう定義されどれほど寛大に解釈されようと、第四局終了後は、運で説明をつけようとするような御門違いはいなかった。第四局が行なわれる日の午後の検討用控室は、これまででいちばん騒がしく、グランドマスター風の活気と予測で満ちあふれていた。ショートは二度目の白番で、勝ちにいかねばならず、事前に準備した長くかかる序盤をくり出した。黒番で穏やかな指し手を選び、二点リードにあぐらをかいて、ショートが暴れてくるのを待ちかまえていればよかったはずのカスパロフは、なんと過激なポイズンド・ポーン・ヴァリエーションで応じたのだった。この定跡では、黒が白のクイーン側のナイトの縦列にいるポーンを取らせてもらうが、不利な点は、自分のクイーンが端に追いやられ、戦いの中心に戻るまでにしばらくかかってしまうことだ。理論上は、白が黒のクイーンを無力化し、盤上で追いまわすと同時に自分の駒を攻撃の陣形に仕立てていく。チェスというゲームは、へぼプレーヤーのレベルでも、形と動き、駒の働きと駒の損得をめぐる議論だ。上の層ともなると、プレーのリズムをたった一度乱されただけで、ひどいダメージとなることがある。ショートがやっていたこと、それは——攻撃のスピードを上げるため、ポーンを一つ手放す。

するとそれにも増して予想外のことが起きた。ショートが、腹をすかせたカスパロフのクイーンのために、二つ目のポーンを差し出したのだ。集まったグランドマスターたちは首をかしげた——まさかカスパロフはこのポーンまで受け取りはしないだろう？　一つ目ほどの有名な毒饅頭ではないかもしれないが、そこそこ有毒にはちがいない。だがその午後、黒のクイーンの胃は強靱で、二つ目のポーンをむさぼり食った。するとショートは、そのクイーンを盤の動きのない側のさみしい檻にまた戻した。今回は、前にも増して封じられているように見えた。カスパロフはポーン二個の得があったが、ショートがもしこの局面で有利だと思っていなかったら、二十手目で簡単な千日手のドローにすることができた。

モニターがショートの次の手をRａｅ1と表示し、暗黙のドローを拒んだとわかったとき、控室に拍手と歓声が起こった。「勝ちにいくつもりだ、ドローを拒否した！」。のみならず、「Nｃ4のあと、カスパロフはサクらなくちゃならなくなる」。果して彼はそうした。クイーンが縛り上げられ、クモの巣にかけられたアオバエのように持ち去られるのを食い止めるため、ルークを捨ててナイトを取った。ショートが攻めつづける一方、カスパロフは、一部には守備の再調整、一部には静かな反撃のつもりで、自分の陣形を軽くほぐしただけのようだった。二人は、カスパロフがポーンを取ることによって必然的に駒交換となるところまで来た。チャンピオンが27…ｄｘｃ4を順当に指したところで、部屋の面々はショートがビショップで黒のポーンを奪い返すものと予想した。そうしなかったとき、じんわりと汗ばむような、恐ろしい静寂が訪れた。「ほら、ナイジェルがまた考え込んでいる。すごくヤバいしるしだ。予定していたルートを進もうとしている男には見えない」。ナイジェルは思案しつづけた。「ボディーランゲージは思わしくない」。のちにわかったことだが、このイギリス人は長い必然的な駒交換の結果を見誤り、いまは劣った手を指さざるをえなくなっていた。

それ以後、部屋の面々は、カスパロフが猛烈に勝ちを証明するさまを眺めていた。ショートは、崩れゆく局面にある力の劣る棋士ならよく知っていること、つまり、相手の塹壕にたどり着く前に自分が機関銃で粉々にされるだろうとわかっていながら、西部戦線の攻撃よろしく敵のキングめがけて駒を前方に進める羽目に陥った。「いまの手に関してなんとコメントしましょうか」。そう訊いたのは、アメリカ人国内マスターでその日の公式ページの編集担当だったエリック・シラー。グランドマスター用のメインテーブルのラップトップの前で手を止め、助言を待った。「愚手」と一人の専門家が答えた。「完全な愚手」と二人目が付け加えた。同郷人に失望させられているらしいときにいっそう募る苦々しさを伴った、陰鬱な空気が流れていた。「愚手、それとも完全な愚手?」。シラーが雰囲気を明るくしようと訊いた。「やむをえない愚手だよ」と三つ目の意見が返ってきた。「愚手、完全な愚手、それともやむをえない愚手?」。しかしだれも答えようとすらせず、三十九手目、タイムコントロール直前にショートは降伏した。当然のことながら、この口頭でのやり取りは公式ページの活字版には載せられなかったが、そこでの意見は別に暗号化されているわけではなく、27…dxc4に対するショートの返答は「はっきり言ってばかげている」と片づけられ、アメリカ人グランドマスターのパトリック・ウルフ（十四手目でショートの勝ちを、二十手目でカスパロフの勝ちを宣言した）は、三十四手目のあとで、ショートの局面をずばり「おだぶつだ」と告げた。

チェスの話をしているのを立ち聞きすれば、それがこのゲームに混在せざるをえない暴力と知性を再現し、裏付けていることがわかる。ほかのグランドマスターの素朴な案に即座に反論し、表示用の大盤で駒をはじきながら使われる言葉の半分には、路上のケンカのような響きがある。ただ駒を攻めるんじゃない、ぶん殴るんだ。駒をぶっちぎってぶった切って食いちぎることができるってときに、単に駒を取るだけじゃだめなんだ。ポーンはただ前進するんじゃなくて、突撃隊員みたいに盤をドカドカ踏みつけていきたがってるんだ。相手を時間攻めにするってのはハタ坊にしてやるってことで、サクリファイスするってことは、都市を略奪するように駒をぶん捕ることなんだ。とまあ、こんな具合。そして暴力的な動詞には犠牲者が必要だから、あなたの相手の木片は、「この野郎とこの野郎をぶったたきたい」というように、生物に擬人化される。

攻撃には侮辱がつきものだ。だから、受動的だったり進取の精神に欠けるように思われる対戦相手の戦略は、菜食主義者扱いされてはねつけられる。（もちろんヒトラーは菜食主義者だったが、それは置いておこう。）タイトルマッチの前にナイジェル・ショートは、以前カスパロフ相手にプレーした型破りな手筋のいくつかを再使用するか否かについてこう考えを述べている――「カスパロフはそういう序盤を打ち壊すことができるだろうし、そうなればぼくはヤラレる。ぼくは本物の男にふさわしい序盤を指さなくちゃならない。女々しいのはナシ」。本物の男はヤラセない。ヤルのである。次のもショート流の対戦前の考えで、ドミニク・ローソン著『インナー・ゲーム』からの抜粋だ。「思いッきり突っ込んでやる」「とことんヤリまくってやる」「奥までズコズコぶっ込んでやる」「犯して交尾してやる」。ローソンはまた、バルセロナでのトーナメントで、ショートが"TDF"という頭字語を使うのを初めて耳にしたときのことをおぼえている。彼はそれを複雑な術策のための略語だろうと思った。初めはチェスに関する自分の無知をさらしたくなくてためらっていたが、ショートとアメリカ人グランドマスターのヤッサー・セイラワンが数回にわたってその表現を使うのを聞いたあと、とうとうがまんできなくなって尋ねた。「はめる（Trap）。いたぶる（Dominate）。ヤる（Fuck）」と、二人のグランドマスターは声を合わせて返した。

こういったものに混じって、ほかにも理論と熱意を表現するための語句がある。指し手は、自然もしくは不自然、ポジショナルもしくは反ポジショナル、直観的もしくは反直観的、テーマ的もしくは機能不全など。指し手の目的が対戦相手を威嚇するのではなく抑えることである場合、それは予防と言われる。そして二人の棋士はなにを捜し求めているのか？　局面の真理、またときには、局面の絶対的真理。二人はなにかを懸命に証明しようとしている。外野はそれを信じてはいないかもしれないが。このため、一局一局は法廷審理となり、世界チャンピオン戦は最後の審判の日となる。また、哲学シンポジウムのアナロジーを使うならば、「棋士たちはナイドルフのBc4ヴァリエーションをめぐって討議を続けております」という具合。かくして高尚なる大志は低劣なる野蛮さと結合し、棋士たちが創り出すその中間の語彙は存在しないようだ。

戦略的な言葉の暴力は、盤から離れたところにもはびこっている。チェス愛好家のあいだでわたしが最もよく耳にした二つの罵倒の言葉は、「裏切り者」と「ボケ」だった。そういった侮蔑の言葉が、ロンドンでの対戦に先立って巻き起こった、組織をめぐる世界規模の論争の最中に広く使用された。数十年にわたり、世界チャンピオン戦は国際チェス連盟（FIDE）によって運営されてきたのだが、その凝り固まった官僚支配と高い報酬を求める爆発しやすいエゴとのあいだで、頻繁に衝突が起きるようになった。ＦＩＤＥとトッププレーヤーたちとの関係は、フロレンシオ・カンポマネス会長のもとで一気に悪化した。わたしがあるイギリス人グランドマスターにカンポマネスをどう思うか訊いたところ、魅力的で、とても好感の持てる人物だが、一つだけ問題なのは、彼はスポーツ連盟ではなく、巨額の軍事費を持つ小さなマルクス主義国家を運営すべきだったことだと答えた。

ナイジェル・ショートがカスパロフの挑戦者となった候補者大会は、いつもどおりＦＩＤＥの主催で行なわれた。カンポマネスは、決勝戦をショートの故郷であるマンチェスターで催すとまで決めたが、二人の対戦者たちは試合を乗っ取り、ライバル組織であるプロチェス協会（ＰＣＡ）を自ら立ち上げた。ＰＣＡは、職員の数と無駄な管理業務を減らしても大きな選手権大会を問題なく運営できると（必要に迫られたこともあり）示してみせ、観客にやさしいルール改正を行ない（それで、どの対局も指し掛けなしで終えた）、いつも以上に自分たちが金を稼ぎ、当然裏切り者と非難された。カスパロフは長年ＦＩＤＥと争ってきたし、ショートは軽く見られたくなかった。「ＦＩＤＥは、ぼくがいつもニコニコしてあまり害がないように見えるから、かわいいウサちゃんだくらいに思ってたんだよ」と、このイギリス人はのちに振り返った。「でもぼくは鋭い歯を持ったウサギで、連中は噛まれたってわけ」

長期的な改革への熱意プラス自分の商売を最高入札者に売る個人の権利という筋のとおった主張なのか、それとも短期の私利私欲なのか？　疑いなくその両方だ。ＰＣＡの設立は大いに前宣伝になったが、それはまた、プレーヤーの最終調整の妨げとなった。このレベルでは初挑戦となるショートは、そういうかたちで集中力をそがれる悪影響をより強く受け、また、対戦相手よりも激しく攻撃された。あるマンチェスターの高官は、自分の街で試合が行なわれなくなったことを恨んでナイジェルを「金の亡者」と呼び、英国チェス連盟は、ショートはこのゲームの評判を落としたと言明し、新聞発表では、自国の最も有名な棋士を妙に哀れっぽい口調で「あなたはチェスの英雄、生きた伝説になれたかもしれないのだ、このようなことをせずに」と叱責した。一方、カンポマネスはカスパロフのタイトルを剝奪して報復し、二人のELOレイティング（公式に算定した力量）を無効とし、同じ目的で同時期に開催するFIDE世界チャンピオン戦を立ち上げた。チェス界はボクシング界のように亀裂を生じ、その年の暮れには、三人の世界チャンピオンが存在することになった――PCAのタイトル保持者、FIDEのタイトル保持者、加えてボビー・フィッシャー。フィッシャーは、だれにも破られたことがないしFIDEに不法にタイトルを剝奪されたのだから、自分はまだ第一人者（ニューメロ・ウーノ）だと長年主張しつづけていた。

にわか仕立てであるために、ショート、カスパロフ、カスパロフの弁護士だけで構成された――これを書いている時点でもそれは変わらない――団体PCAは、レイモンド・キーンが幾度となくくり返している言葉を借りれば、「チェスを現代世界に導入するために」結成された。それはつまり、協会がめずらしく公に語ったところによると、「ファンを最大限楽しませ、スポンサーには存分に金額に見合うようにする」ことであり、また、「より焦点を絞ったマーケティングをする」ことだった。ナイジェル・ショートは一回目の記者会見で、「過去にテニスやゴルフがそうなったように、このスポーツをプロ化し商業化する」必要性を語った。もっともなように聞こえるが、協会の宣言にはある程度の欺瞞があり、薄気味悪い官僚語もある。試しにこれを読んでみてほしい――

「PCAは、世界チャンピオンが共同設立者となり、また、同協会が運営する競技会を通じて将来のタイトルを授与する権限をそのチャンピオンによって与えられた、史上初の理事会である。そのためPCAは、これまでに存在したどの認定能力を保持する団体も持ちえなかった組織としての権限を有している」。遊び場の言葉ではこうなる——いちばんでっかいトチの実持ってんのはオレ様だ、取れるもんなら取ってみろ、ベロベロバ～。

　プロ化し商業化する……テニスやゴルフのように。これは一つにはテレビということであり、このメディアの反応は熱かった。チャンネル4は（共同後援者として）対局のある日は三回、BBCは一回放映した。テレビに映し出されたクローズアップは、二人のプレーヤーの顔つきと身振りのちがいを余すところなく伝えた。カスパロフはシュワシュワ沸き立っているように体を丸め、顔をしかめ、ゆがめ、眉をひそめ、唇をすぼめ、頭をかき、鼻を引っ張り、あごをなで、時折りメロドラマチックに思い悩む犬のように、組んだ前足の上方でガクッと頭を垂れる。ショートはもっと平然と構え、無表情で、上着からハンガーをはずし忘れたかのように、肘を曲げたままじっとしていた。だが、こういった各人に備わった特徴、そして、手を指す際の画一的な様子（駒を後ろからつまむ、持ち上げる、駒にしたがって行く、といった腕の動きに関して解説する余地はあまりない）は、スポーツ映像の神殿では大したものではない。専門家たちは、ボディーランゲージを子ども向け人類学のレベルで精一杯解釈してみせ（「ナイジェルが両方の指関節をあごに押しつけました——しっかり集中しています」）、終始アクション重視のコメントをするという勇敢な試みをせざるをえなくなった。「わたしたちは二人の人間が公衆の面前で考えているところを実際に見ているわけです！」と、適切にもキーン（心熱）という名の解説者が熱心に言った。「テレビ画面で思考が具現化！」。カメラは、チェスというゲームの力の場をパワフルに伝える映像を一つとらえた。二人の棋士が盤上に身を乗り出し、盤の横列二列分だけを隔ててマオリ族よろしく鼻をこすり合わせそうに、というより、頭突きしそうになっている俯瞰での眺めだ。それでも結局、テレビに絶えず映し出されるチェスの映像は、基本的に、椅子に座った二人の棋士が木片を押している映像なのだ。

あるいは、楽をしようというわけでもなかろうが、押しもしないこともしょっちゅうだ。チャンネル4は各対局を開始から一時間生放送したのだが、そのたびに存在と無という疑似哲学的問題へと迷い込んでいった。最初の数分間、決まって棋士たちはなじみの序盤定跡を並べ、そのうち一方が定跡から外れて研究手順をくり出す。新手を出されたほうの棋士はそこで眠気を誘うほどに長々と熟考する態勢に入り、一方革新者は立ち去ってお茶を淹れる。かかる生放送中の「思考の具現化」がクライマックスに達したのは、序盤の展開において第五局にそっくりな、第九局の最中だった。二、三分のうちに最初の十一手が指されたあと、カスパロフが変化した。ショートが考えた。考えつづけた。CMタイム。そして考えた。しつこく考えた。二度目のCMタイム。やはり考えた。とうとう、テレビの生放送の時間を四十五分使った末、ショートはキャスリングした。テニスやゴルフ？　冗談きついんですけど。

チェスが盛り上がりそうもないもう一つの理由（無知なカウチポテト及びパッパラパ～のサッカーファンのサポートは財政上の重要な要素）は、このゲームをプレーする者たちのカリスマ性にむらがあるためだ。もしもすべてのプレーヤーが、ガルリ・カスパロフのように知的で、能弁で、語学が達者であれば、このゲームは専用の小切手帳を発行できるだろう。だが実のところ、ポーン突きの大多数というのはオタク傾向にあるのだ。アノラック、ビニール袋、干からびたサンドイッチ、ワクワク感を内へ向ける、などが彼らの特徴の一部。テレビはその種を相手に人選にベストを尽くした。チャンネル4のお抱えグランドマスターのうちの二人は、肩までの髪とカラフルなシャツがこの情況においては断然ボヘミアーンなダニエル・キング、そして、弁舌さわやかで銀行家っぽい人物レイモンド・キーン（たっぷりランチを詰め込んだ腹と肩の上に載った南極大陸を彷彿とさせる頭のために「ペンギン」というあだ名をつけられている）。しかし三人目は、はるかにキテいる――あるいは、もしあなたが視聴率低迷に悩むテレビプロデューサーならキテいない――人物、ジョン・スピールマンだった。

スピールマンは強豪で、一九八八年の候補者大会ではショートを破り、現在はこのイギリス人のセコンドの一人をつとめていた。スピールマンのまごつくほどに測りがたい棋風は、ショートのわかりやすいほどに攻撃的な棋風よりもカスパロフを困らせた可能性があると見る人たちもいる。だが、わたしがこの説を控室のバーでグランドマスターのジェイムズ・プラスケットにおずおずと持ち出してみたところ、彼はわたしがたったいまおまぬけな序盤を指した（たとえば、1．h4）とでもいうようにわたしを見て、「ガザはだれだって負かしちゃうでしょ」と答えた。わたしから自分にわずかばかりの賛辞を言い添えさせていただくならば、わたしは一度チャリティ同時対局でスピールマンと対戦したことがあるのだが、彼はわたしの攻めの気迫と事前に研究した革新的な手になかなかうまく対処したようだった。彼が同時にあと三十九人の敵を相手にしていたことを考えれば。（白状するとこういう状況だ――あなたは盤の前でぞっとするほどただひとり、グランドマスターが目の前に現れた瞬間には指す体勢になっていなければならないと知りつつ、ブルブル震えて座っている。恥辱的なほどにコケる可能性が少なく、彼がほかの三十九の盤をまわっているあいだにじっくり考える時間がある開始時点では問題ないが、対局が進むにつれ、ほかのプレーヤーたちが落伍し、局面が複雑になり、拷問者がいよいよ頻繁にヒュンヒュンやって来るようになる。そういう瞬間にはあなたは、盤の向こうから常時高度のプレッシャーをかけられるのがどんなものか、ほんのわずかながら実感する。また別の屈辱は、局面をちらと見てバンと指してとっとと去っていくせっかちな人物が、別にあなたを相手にしているわけではなく、盤を相手にしているのだと思い知らされることだ。あなたは彼の思考時間の四十分の一だというだけでなく、彼のコーチが彼の眠気を払うためにセットした練習用の局面に等しいものに過ぎない。）

　だがスピールマンは、盤上で手腕をふるい、愛情を込めて尊敬されてはいても、六十四枡のアガシとなることはない。一度タイムズ紙で名前をスペシメン（変人）と誤植されたことがあるのだが、それはあだ名となっていまも通っている上に適切だ。背が高く、ぎくしゃくしてシャイで伏目がち、分厚いレンズのメガネに円形の低木の植え込みのような櫛要らず髪のスペシメンは、チェスプレーヤーの究極の科学者版。ぼうぼうの髭もあった頃につけられたもう一つのあだ名は、スピールウルフだった。チェス・オリンピアード終了後、ダンスフロアにいる彼の姿を記録しためずらしいテレビ映像が残っている。ほとんど文字通り、緊張をぐるぐる解いているようだ——ここ数日間自らに課したあらゆる苦行に対する、狂乱してまとまりに欠けた旋回する反応のようなもの。短刀を手に二輪戦車に乗ったボアディケアでも、ダンスフロアのこのグランドマスターほどまわりのスペースをあけることはなかったはずだ。彼は三か月間にわたってテレビにちょくちょく出演したが、その後スポンサー契約を結びたいと申し入れた衣料品チェーンはまずないだろう。簡潔に言えば、彼はスポーツのマーケティング担当者の最悪の悪夢なのだ。もちろん、こういったエキセントリックな振る舞いゆえに、彼が貢献しているスポーツはいっそう華々しくマジな栄光に包まれてしかるべきなのだろうが、スペシメンという不安を誘う生身の存在は、普及に努めるべく邁進せんとする人の夢に象徴的な障壁のように立ちはだかっている。

　第五局が始まり、ショートがすでに三ポイント差をつけられていたとき、ブックメーカーのウィリアム・ヒルは、カスパロフに賭ける金を断っていた。地元のチアリーダーたちは、スタートが悪くてもそれを果敢に乗り越えた例を求めてくまなく記録を調べた（世界チャンピオン戦で、シュタイニッツは1－4、偉大なるフィッシャーは0－2、スミスロフも½－3½と出遅れていたではないか？）。しかし第九局までにはショートは五ポイント差をつけられており、一巻の終わりだった。ただし、残酷な統計ではわからなかったことがある。内容としては躍動的でスリリングで、試合のほぼ最後の瞬間までそれが続いたのだ。双方の棋士は鋭くオープンな局面を好み、それによってなによりも、アマチュアの観戦者ははるかにはっきりとなにが起きているかを見ることができた。プロの観戦者がみなそれをよしとしたわけではない。アメリカ人グランドマスターのラリー・エヴァンスは、第六局の最中にサヴォイ・シアターの実況放送席にいたのだが、彼が懐疑的に頭を横に振って首を鳴らす音がイヤホンから聞こえるようだった。「キングピン誌のハック・アタックの局面みたいですね。世界チャンピオン戦の対局には見えません。喫茶店でやる対局のようです」。そうかもしれない。だが、一つ確かなことがあった――ひと昔前のソビエト派に見られたさもしい封じ込めるような局面は皆無だったのだ。ソビエト派の流儀では、相手にスペースを与えないことが主たる目標で、八十手目くらいでポーンを交換することを目指し、百七十手で巧みにビショップをナイトと交換し、最後には退屈な終盤の二百三十五手目あたりで対戦者がいささか平静さを失い、局面は理屈の上ではわずかに有利、というところに持ち込む。そういったことはいっさい行なわれず、ここで展開されたのは、華やかで襲いかかるような攻撃と、キートン流の目がまわるような脱出だった。

路上の取っ組み合いのようなドローとなった第八局は、ナイジェル・ショートが対戦一週目の終わりにコーチを解雇していたというニュースでさらに盛り上がった。ルボミール・カヴァレクは第三局終了後に報酬を受け取って解雇され、アメリカに戻っていた。ポーン突きの開始まで事あるごとに「ルボッシュ」を人前でほめていたことを考えると、驚きはいっそう大きかった。彼はナイジェルの秘密兵器だと言われていた。百万局もの無敵のデータベースを保持し、「ロシア人を負かすのが好きなチェコ人」で（一九六八年にプラハを去り、その四年後にレイキャヴィクでフィッシャーの非公式のセコンドとして再び姿を現した）、ショートがタイトル獲得に向けて動き出した当初からコーチをつとめ、師匠、指導者、父親代わり、操縦者とさまざまに呼ばれた。及ぼした影響の大きさは、キャシー・フォーブスが暴露した次のような微妙な事実から推し量られるだろう――カヴァレクは「また、自分の預かりものの肉体面の機能調節にも配慮した。ショートが対局前にギターを弾いて緊張をほぐしたあと、小用をすますよう念を押すのだ」。

のちに判明したことだが、カヴァレクがクビになったのは、アイデアが枯渇し、無料（タダ）のホテル暮らしをエンジョイしすぎ、ショートによれば「気が滅入る影響しか与えないやつ」になったからだった。ショートの陣営はこの出来事をたいしたことはないと見せようとし、ドミニク・ローソンもついに「本人の望みどおりのチーム」になったとしたが、同記者はその後ショートの怒りと落胆を記事にしてこう明かしている――「明日ぼくはカスパロフを殺さなくちゃならない。だけど今日は父親を殺す……彼はぼくの師匠だった。この一年間、妻のレアに会うのと同じほど彼に会った。いや、レアと過ごす以上に彼と過ごした……残忍だとは思わないか？　親殺しだよ」。この嘆きの言葉を聞いているうち、ローソンは「『オイディプス王』のエキストラのような気分になりはじめた」という。親殺しに打ってつけのタイミングではないのはまちがいないが、カヴァレクが、そして賞賛の的だった彼のデータベースが去っていったタイミングはまずかったようだ。敵は気が楽になり、地元サポーターは意気消沈する。第一、これからはいったいだれがナイジェルに、対局前におしっこするのを忘れないように言ってやるのだろうか。

十月最初の土曜日までには試合は半分まで終わっていたが、ショートはまだ一局も勝ちがなく、五ポイントの差をつけられていた。試合は死に体同然で、ブックメーカーたちは、来年中にネス湖の恐竜の存在が証明されるのと同じくらい彼の勝利はありえないものと踏んだ。ショートの野望は立て直しを迫られた。ともかく今回は一勝を挙げることを目指し、次の機会にもっと上手くやるという長期目標を立ててカスパロフ相手に「指すことを学んで」いた。「獣を倒すために獣のレベルまで成り下がる」必要があるかもしれないという憂慮からはほど遠い。だが試合の興奮度という点では、死に体どころか、ショートは開始以来ベストの週を終えたところだった。第十局は、白番でこれまでで最もパワフルな攻勢を築いたが、続いて、公式ページで報告されたように「即勝ちになるごくあたりまえの順が四つもあった」のに、機を逸してドローとなった。第十一局でカスパロフは、逃した勝利で引き起こされたと考えられる予想どおりの意気消沈した状態を巧みに利用した。序盤を二年前にショートを打ち砕いたスコッチに切り換え、自分の狙いが正確にわかっているというようにそれをくり出した。ほどなくショートのポーンの陣形はダブルポーンが二列できて破滅したように見えたが、ショートは抜け目なく守り、ゲームはいつの間にか白の手から離れてまたドローとなった。（マッチが明らかにした脇筋の一つとしては、ショートがダブルポーンを平気で受け入れるということがあった。通常これはアマチュアには気になって仕方がないのに対して、一流棋士はそれをオープン・ファイルを作る便利なものとみなす。）第十二局は序盤から終盤まで鋭い展開となり、下手なプレーヤーから見ればショートにとってまずいと思える局面ができた。ショートはポーン三つの代わりにビショップ一つの駒得だったが、クイーン側の自分の三つのポーンはカスパロフの二つのポーンに封鎖されているのに対し、チャンピオンにはキング側に四つの連結したパスポーンがあり、スペース・インベーダーのように大挙して盤上を押し寄せてくるかに見えた。それでも、わたしのすぐそばにいた国際マスターのクラウチは、ドローと判定した――へぼ連中は、たった一つのビショップの力、あるいは機動性のあるキングが防御上役に立つことを侮ってはならない。ショートはその週、三つ目のハーフポイントを得た。

その午後、控室は、グランドマスター、取巻き、記者、酒飲み、妻子、裏切り者にボケが集まってあわただしかった。レア・ショートとキュベリがいた。チェス中毒の俳優スティーヴン・フライがふらりとやって来て、ショートの窮状について文学版研究手順を放った（『アントニーとクレオパトラ』第二幕第三場、占い師がアントニーに告げるところ――「どんな競り合いであろうとあなた様が彼と勝負なさるなら／あなた様の敗北は必定、そして彼は持って生まれたその運で／困難をものともせずにあなた様を打ち負かすのです」）。雰囲気はなごやかであるべきだったが、いら立っているのがはっきりわかった。いつものようにグランドマスターのテーブルを囲む人々は、よくしゃべり、自説を固持し、大方はショートびいきだった。しかしまた彼らは、自分たちが決して成しえない、世界タイトルへの挑戦という光景を観ていた。そして、チェスが並はずれて競争心を煽るゲームであることを考えれば、自分の代わりにそこにいる人物、すなわちナイジェル・ショートに向かって、いっそうじりじりした気分が募るのかもしれない。だから、愛国心（もしくは勝ち目のないほうへの応援、もしくはホストに対する礼儀正しい態度）は、「けッ、なにやってんだ？」となる場合がある。ショートが遠い斜め方向からのビショップの攻めをナイトで防いだとき、ありえないという大声がテーブルから上がったが、実際にはそこから手堅い防御が始まった。マッチの初めから終わりまで、テレビでだろうがサヴォイのヘッドホンからだろうが控室でだろうが、専門家たちは二人の棋士が指す次の手の予測を誤ってばかりいた。「なにが起きているのかわたしにはわかりません」とか、「感想戦を聞くまで、われわれにはわかりません」と言う覚悟があったのはほんの数人だけだった。だが、データベースにあたり、考えうる先の手順をパッと出してはパッと引っ込め、実際にプレーするストレスにはさらされず、酒を取りにバーを往復し、競合といっても二軒先の最高度の競合から離れた安全な場所で盛り上がっているグランドマスター集団は、起きていることを過度に確信していることがよくあった。「こうくるだろ」と、トニー・マイルズ（英国人初のグランドマスター）がポーンを二つこき使ってぴしゃりと言った。「応急処置だけどね」。結局、ナイジェル・ショートの次の手は応急処置ではなかった。時折りわたしは、著述家のクライヴ・ジェイムズが言ったことを思い出した。彼がオブザーバー紙の付録の雑誌用の写真数枚にキャプションをつけたときの話だ。気がきく原稿整理係が、ウィットを強調し、冗漫な箇所を削除してキャプションを手直ししてくださった。「いいかい」とジェイムズは情け容赦なく係に説明して、テキストを元に戻させた。「わたしがそういうふうに書いたら、わたしはきみになっちゃうんだよ」

マイルズは、ショートのプレーに一貫して厳しい一人だった――「彼は力が及ばない。とは言ってもほとんどの人はそうだろうけどね、カスパロフ相手には」。これは事実だ。カスパロフはショートをたたきのめしていた。一方、ショートはかつてマイルズをたたきのめしていた。そしてマイルズ（カスパロフに仕えているらしい「裏切り者」）はドミニク・ローソンをたたきのめすだろうし、ローソン（ある国際マスターが小声で言ったところによると「ボケ」）はまちがいなくわたしをたたきのめすだろう。第十二局の後半でわたしがしかめつらしたへぼプレーヤー仲間一人とショートの局面についてあれこれ考えていたとき、レイモンド・キーンが通りかかった。わたしが「これ、どう思います?」と、白の防御を封じ、かつ鋭いカウンター攻撃のチャンスにつながると思えるルークの前進を示して尋ねた。着想においてまるでショートばりではないかとわたしが少しばかり自負している手だった。「最悪だね」とペンギンは論評し、よたよたと去っていった。この一発には、まあ、およそ一か月ほど責めさいなまれたが、その苦しみは第十八局の最中に高笑いとなった。スピールマンとともにチャンネル4で解説していたキーンが、あるルークの手を提案した。ショートのセコンドであるスピールマンは、もっともなことに外交的慎重さを保ちつつ、こもった音で鼻を鳴らした――「ま、ナイジェルがそんな手を打ったら、わたし即座に椅子から転げ落ちるでしょうけど」。

第十三局では過激な展開が予想された。カスパロフは13を自分のラッキーナンバーとしている。十三日生まれで、グランドマスターのレイティングを達成したのが十三日で、第十三代世界チャンピオンなのだ。みんなが囁き合った――ガルリは今日、白駒でガツンといくだろう、ドローが三つ続いた週を忘れて試合の後半を爆発で始めたいはずだ、ナイジェルは勝機ゼロだ、黒番六局のうち四局負けた、おまけにカスパロフは白番ではこの二年間負けなしだ。しかし爆発は起こらなかった。カスパロフはげんなり、ショートは冷めた様子で、二人は、手堅く退屈な玄人っぽいドローに持っていった。これに失望した人もいたが、喜んだ人もいた。「これでいよいよ世界チャンピオン戦のチェスだよ」と、ある国際マスターは言った。

棋士たちがどちらも比較的おとなしいのには、それなりの外的な理由があった。第十二局と十三局のあいだに、エリツィンに対してクーデターが企てられたのだ。カスパロフは、最高会議ビルが戦車部隊に砲撃されるのを座って見ていなければならなかった。「正直言って、チェスの本よりCNNを長く見ていましたよ」。ショートの心配はもっとせこかった。カスパロフがロシアにおける民主主義の未来に思いを致していたときに、このイギリス人のほうは、サンデー・タイムズ紙の記事について誹謗文書を専門とする弁護士に相談を持ちかけていた。記事は、ショートが「崩壊寸前」、彼の陣営の「分裂は深刻」、カヴァレクが去ったあとドミニク・ローソンが「影響を及ぼしすぎ」ていると書き立てた。名誉棄損と言えないまでもはなはだしく侮辱的なのは、これまでゴリアテと対決するダビデにたとえられていたショートが、いまではエディ・"イーグル（鷲）"・エドワーズに似ているとされたことだった。エドワーズは英国人スキージャンパーで、冬季オリンピックを含むさまざまな大きな大会でほがらかに最下位――たいていは大差でビリ――で終わり、ひょうきんな国民的マスコットとなった人物だ。

ショートの態度は矛盾していた。世界チャンピオンの品性、政治姿勢、容姿をあっけらかんとさんざんけなしておきながら、自分が少しばかり手荒く罵倒されるとすっかり過敏になり法令好きになったわけだから。もっと的確に言えば、彼はこのゲームを「プロ化し商業化し」、それをテニスやゴルフと同格にして売り出すことによって払わされる犠牲を少しわかりかけていたということだ。スポーツをマーケティングするには、金を払う人々に受け入れられるようにそれを変える必要がある。マーケティングとは、そのスポーツにあまり興味がない人々がもっと近づきやすいようにすることだから、つまり、スポーツ自体またはそれを説明するプロセス、あるいはその両方を大まかなものにするということだ。マーケティングとは、普段そのスポーツについて書く人たちが理解しているほどは理解していない人々に書いてもらうようにするということだ。マーケティングとは、内在する愛国心に訴えるということだ――ライダーカップ中にコリー・ペイビンが〈砂漠の嵐〉キャップをかぶるのがその証拠。マーケティングとは、そのスポーツの機微、人間性の機微に背くということだ――英雄と悪漢というイメージをつくり、黒いレザーに身を固め、カメラの前でぶらぶらしてみせるということだ。マーケティングとは、過分な賞賛が行き過ぎた非難につながるということだ――オーストラリアでは、トール・ポピー・シンドローム（名や財を成した人を非難する傾向）として知られている。マーケティングとは、多額の金を稼ぐことでもあり、マーケティングとは、まちがいなくそして最終的に、とてつもなく運がよくなければ葬り去られるということだ。なにはさておき、ナイジェル・ショートとエディ・"イーグル"・エドワーズを比較するのはとんでもないまちがい。オリンピックのアナロジーを使えば、ショートはカスパロフと顔を合わせたとき、すでに銀メダルを保証されていたのだから。だが、一度自分のやるスポーツを「プロ化し商業化」すれば、正確無比に書き記してもらうことなど期待できない。ショートとカスパロフが、シンプソンズ・イン・ザ・ストランドで試合開始に向け相手に一歩先んじようとしたとき、どんなことが待ち受けているか早い段階で警告が発せられた。イギリス人のほうが、娘のキュベリを膝に乗せて座らせた。なんの害もないありきたりの身振りだと思えるかもしれない。だがそれは、オランダ人グランドマスターのハンス・リーに、「サダム・フセインめいている」と公然と愚弄された。ショートはこのときだけは、「ぼくがクウェートに侵攻してからずいぶん経ちますよ」と軽く受け流した。サダムと鷲のエディの両方に比べられるとはちょっとばかりしんどいだろうと考える人がいるかもしれないが、それがマーケティングというものなのだ。

第十四局と十五局のあいだに、わたしは国際マスターのウィリアム・ハーツトンから所見を聞こうとランチに誘った。この国ではチェスをやるのはもっぱら素人で、英国人グランドマスターなどという概念が雪男ほども推測の域を出ないものだった時代に、彼とわたしは同じ学校に通っていた。学校には、昼食時に雨が降ると運動場から退却して夢中になれることが二つあった。競争心のない連中は切手クラブに、競争心の旺盛な連中はチェスクラブに加わった。（わたしは切手クラブ。）以来、わたしはハーツトンの進歩を遠くから見ていた。イギリスのトッププレーヤーの一人、インディペンデント紙のチェス担当の記者、BBC常駐のチェス賢人。最後に会ったとき、彼はわたしがチャリティ同時対局で、十四歳の子どもにこてんぱんに打ち負かされるよう手配してくれた（スピールマンに打ち負かされるよりもはるかに激しく萎える）。

ハーツトンはナイジェル・ショート相手に2―1という見事な対戦成績をおさめているが、勝利したのは、二回ともナイジェルが髭を剃るようになる前のことだったと認めている。産業心理学者である彼は、成り行きを普通より広い視野でおもしろがって見る傾向があり、そのため、「ボケ」のレッテルではなく「裏切り者」のレッテルを貼られる。たとえば、ショートは奇跡的に復活する見込みはないから、いまは次回に備えてカスパロフ相手に「指すことを学んで」いるのだとする、ショートについての新たな公式見解に対して懐疑的だ。ハーツトンの意見では、次回というのはない。「ショートにまたレイティングをつけるなら、彼は九番目で、その上に年下のプレーヤーが五人」

これは、プロチェス協会が次の試合でもまだ存在していると想定しての話だ。ハーツトンは、チェスのマーケティングの可能性について、わたしが予想していたほど否定的ではなかったが……テニスやゴルフとはいかないのでは? 無理な話じゃないよ、と彼は答えた。棋士たちをゴルファーと同じだけプロモートするのは可能だと考えており、一九八七年にセビーリャで行なわれたカルポフ対カスパロフの最後の対局では、千八百万人という驚異的な数のスペイン人がテレビの生放送で観戦したことを指摘する。ほかのグランドマスターたちがFIDEを棄ててプロチェス協会と運命をともにする可能性はどれくらいあるかとわたしが尋ねると、そこはかとなく皮肉を込めて、「チェスプレーヤーの心は己の財布と直結しているんだよ」と答えた。無論、これはチェスプレーヤーに限ったことではないし、事実、彼らの場合、心―経済リンクはいっそう理解できる。トッププレーヤーならどんなときも暮らしてこれたが、ほかの職業を見たとき、所得のグラフが能力のグラフに反して急降下するのは、(恐らく詩作を除いて)ほとんどない。国内三十位くらいの国際マスター、コリン・クラウチは、マン島で行なわれるトーナメント戦でプレーするために、ショート対カスパロフの試合観戦から九日間抜けた。優勝賞金はわずか六百ポンドで、出だしは快調だったものの、クラウチは必要経費を払っただけで戻ってきた。小規模なトーナメント戦、少額の賞金、地元限定の名声――強いプレーヤーであってもこれが現実だ。二年ほど前、スペインで開催されたグランドマスターのトーナメント戦の最中に、ハーツトンが次のような試算を行なった。提供される賞金全額をグランドマスター全員（それに加えて金をかき集めている力のある国際マスターも数人いた）に配分したとしたら、平均的な取り分は一時間あたり二ポンドないし三ポンドと出た。ちなみに、昨年ブッカー賞授賞式会場の外でデモを行なった、きのこ採りをする北イングランドの女性たちに企業から支払われる時給は、三ポンド七十四ペンスとのことだった。

金を求めプロチェス協会の政治工作にからんだことで、ショートは初のタイトル挑戦において深刻なほど集中力が散漫になったとハーツトンは考えている。のみならず、ショートがある段階でカスパロフを破れないと悟り、可能なかぎり最高の稼ぎを得ることにエネルギーを注ぎ込んだと（キャシー・フォーブス同様）信じている。ハーツトンの見方によると、この根本的な自己不信はまた、イギリス人のプレーにまで滲み出した。「ショートは、カスパロフなど恐くないと自分に示してみせようとしているんじゃないかな――でも恐れているんだ」。ハーツトンは、彼が呼ぶところのショートの「正統的で正確な棋風」を評価しており、カルポフ戦のとき、序盤作戦の選び方にさまざまな変化をつけてこのロシア人に長時間考えさせてダメージを与えたその戦略を賞賛した。これは、番勝負をうまく運ぶ上での原則だ。ハーツトンが続ける。「チェス世界チャンピオン戦の歴史を見れば、優れたプレーヤーを破るには、不利な状況でそのプレーヤーに本人の強みを思うままに発揮させせればいいということがわかる」。一九六〇年にボトヴィニクがターリを相手にこれをやったのが有名だ。わたしがハーツトンに、ショートがカスパロフに対して強弱相半ばする点はなにかと尋ねると、「せっかち」と答えた。

タイミングよく、第十五局でこのテーマに注釈が付けられた。このときショートは八回目の黒番で、クイーンズ・ギャンビット・ディクライインド戦法という、手堅い伝統的なディフェンスをプレーした。彼はこれを熟知しており、すべての予選マッチで使ったが、このときまでカスパロフ相手には使っていなかった。序盤の指し手を見ていた国際マスターのマルカム・ペインは、「ナイジェル・ショートは堅実で思慮深いところを見せ、ガルリ・カスパロフを初めから絞め上げないようにしている」とほめた。BBCスタジオのハーツトンの解説者仲間でショートの機甲師団戦術の批評家仲間でもあるデイヴィッド・ノーウッドは、彼が「ふつうのチェス」と見なしたものに感激した。総合司会者がほとんどなにも起こっていないようですがとつぶやいたとき、ノーウッドは、「ふつうのチェスは、枡半分をめぐって戦うことなんです」と辛抱強く説明した。ハーツトンが同意した――ゲームの行方は中央の白の二つのポーンが強いか弱いかにかかっているが、局面の真理は即座にはもたらされない。果して彼の言うとおりになった。カスパロフは動きまわりつつ探りを入れ、ショートは調節しつつ固めた。カスパロフには、そのうちキング側またはクイーン側を攻撃する選択があった。黒番の仕事は、じっとして、堤防を立ち上げ、どちらの方向から波が押し寄せるか待つことだった。ショートはこれを見事にやっているようだった。開ききったスペースはなく、先の数局のようにやむなく駒交換に至ることもなかった。すると興味深いことに、対局は「ふつうのチェス」がときどき見せるような展開となった。つまり、駒得がなく、双方に枡半分程度の優位しかない閉じた静止気味の局面が、スリリングで襲いかかるような攻撃に転じるのだ。中央の白のポーンが強いか弱いかというハーツトンの疑問に対する答えが明かされた――強かった、なかんずくそれらはカスパロフのものだったから。世界王者は情け容赦ない十手でショート陣をこじ開けて入り込み、その場所をずたずたに引き裂いた。ショートは性急に絞め殺す旅には出ず、カスパロフはこぞという瞬間を長い間じっと待った。だが彼は自滅的な「せっかち」な気配は微塵も見せなかった。それどころか、あっぱれな忍耐力を、続いて計算し尽くした攻撃性を披露したのだった。

第十五局に対して行なわれた検討は、驚くべきことではないが、上記の記述が簡明すぎて筋書きどおりすぎることを示していた。カスパロフはショートの玄関のドアをこじ開けたかもしれないが、家の住人は自分で掛け金をはずしたのだ。そういう瞬間——自分でわかったつもりの対局に対局後の検討がソースにとろみをつけるつなぎのように作用するとき——は、チェスの魅力の一部だ。昔のウィンブルドンの決勝戦やライダーカップの試合のビデオを観ているときには、分析し直しているわけではなく、起きたことを思い出し、当時沸き上がった感情に再び浸っているにすぎない。だがチェスというゲームは、それが終わったあとも生命を保ちつづけ、検証されて変化し育ちつづける。たとえば第六局では、ショートは自ら「カスパロフの守りを粉砕する最も暴力的な方法」と呼ぶ策を選び、二十六手目でビショップをサクリファイスしたのだが、一般的には彼がQh7と指さなかったために「勝利を逸した」と考えられた。しかし対局の検討は続けられ、棋士たちが背を丸めて第十五局にかかるまでには、カスパロフがドローに持ち込めるような、Qh7に対する受けの手が発見されていた。一方、プレー中はこの考えうる受けがだれにも見えなかったので、ある意味それは存在しなかった。高いところで足場を失う危険にさらされている感覚を与えるチェスの特徴の一つ、それは——客観性と主観性のあいだの緊張、そして、冷やかに突き止めることができ最終的に証明することができる〝局面の真理〟と、時間が刻々と過ぎるなかでフットライトに照らされ対戦者ににらみつけられながら、五つ六つの異なる半面だけの真理を頭の中で駆けめぐらせてじっとりした手でプレーする現実のあいだの緊張だ。

やがて、局面についての究極の真理が、部外者の検討と今後誕生する世界チャンピオンたちの助けによって、数か月後あるいは数年後に明らかになるかもしれない。直後の感想戦は、このプロセスを開始するように見えながら、実際には盤上の格闘の続きとして働くため、心理的にはより重圧がかかる。通常は、対局が終わると、棋士たちは最後の局面とそこに至った鍵となる指し手について語り合う。サディスティックなもしくはマゾヒスティックな動機からだけではなく、明らかに必要だから行なうものでもある。（カスパロフはカルポフを忌み嫌い軽蔑していたが、彼との対局後はこれをやった。「わたしは世界ナンバー2とチェスを語り合っているんです。彼とレストランへは行かないが、ほかのだれと対局について話せます？　スパスキー？・」）そのような検討はテレビとプレスのために続けられ、ショートが得意とするところだ――率直に、打ち沈み、愛想よく、自己批判的に、局面の真理についてまだいら立ちながら。それとは対照的に、凄腕の戦略家で心理的ダメージを与えることに熟達したカスパロフは、直後に行なう感想戦を試合の一部として扱っているらしかった。慈愛に満ち、そっけなく、いらいらせず、カスパロフは、不安げな生徒ナイジェルに対し、思慮深い指導教官を演じた。そうだな一方ではこうやってこうやってこうやる手があった、でもそれだとわたしはああやってたぶんああやってそれからああやる、Rb8ならNc5、もちろんナイジェルのあの手は大ポカだったから局面は互角だと思う、わたしのほうがチャンスがあるかもしれない。しばしばカスパロフの検討は、実践譜に対するショートの（そしてほかの全員の）評価を巧妙に貶めているようだった。「ナイジェルの問題は躊躇してしまうことでした」と、第四局でショートが完敗したあと、カスパロフは威厳をたたえて言い放った。「彼は大きな心理的問題を抱えており、それにどう対処するか興味があります」。第十五局終了後には、ショートがクイーンズ・ギャンビット・ディクラインド戦法を使ったのは「あまりよい選択ではありませんでした」とコメントした。それはチャンピオンが知り抜いている局面につながっていったからだ。「さほどむずかしくはありませんでした」とカスパロフは要約した。「恐らくこのマッチの中で最もクリーンな対局だったでしょう」。クリーンとは、抹殺(クリーン・キル)という意味でのクリーンだが。

カスパロフが六ポイントリードし、タイトル防衛にはあと三回引き分ければいいだけとなっていた第十六局を観戦しようと控室に到着したとき、わたしは騒がしい部屋にいる年長者の一人、ネイサン・ディヴィンスキー教授に遭遇した。カナダチェス連盟の会長で（そのほかにもさまざまな偉業があり、カナダの首相キム・キャンベルと結婚していたことがあるのもその一つ）、温厚だが舌鋒鋭い。わたしは、マッチはその週に決着がつくのではないかと観測を述べた。

「決着がついてから一か月半経ってますよね」と彼が応じた。

勝負が決まったあとに、お遊びで何局か指導対局をするなんていうアイデアはどうでしょう。「初めから指導対局でしたよ」。大西洋の向こう側のオブザーバーとして、来る日も来る日もグランドマスター用のテーブルについていたディヴィンスキーは、試合に〝ナイジェルはこうだナイジェルはああだ〟的アプローチをする地元のアナリストたちの偏狭な仲間意識丸出しの態度に失望させられたと告白した。このゲームの歴史上最強の棋士が戦うところを観られる、めったにない特権的な機会だというのに――「ニジンスキーが踊ったとき、観客はバレリーナがだれかなんて気にかけなかったでしょ」。彼は第十五局でのナイトの動き（21．Nf4）を引き合いに出した。カスパロフはそれを鍵となる瞬間だったとしたが、円卓の面々は気に留めなかった。この英国の島国根性の証として、ディヴィンスキーは、その日のタイムズ紙の朝刊に掲載されていた記事を見せた。イギリス人がアメリカ人とともにノーベル賞を共同受賞した。新聞はイギリス人の写真を掲載し、経伝えなかった。

歴を記し、彼の研究用のアレチネズミにまでインタビューしたが、アメリカ人については名前すら

この非難は痛い（もっとも、英国の島国根性は、たとえばフランスの排外主義やアメリカの孤立主義よりも強いものではないかもしれない――それぞれの国に固有の抽象名詞が冠せられる）。わたしとしては、地元の挑戦がこの最終段階まで達したというきわめてまれな状況にあることと、誇大宣伝の悪影響を盾に抗弁するしかない。その後、また別の説明も出てくる。もしもあなたがショートを相手に指したことがあるだろう一流棋士ならば、タイトルに挑み、カスパロフの責めさいなむような戦略に対して正しく反応しようとするショートの立場にある自分を想像するのはさほどむずかしくはないだろう。自分がチャンピオンの頭の中に入り込むのはそれよりもっとむずかしい、いや、恐らく不可能だろう。円卓の面々と集まった解説者たちは、ガザのアイデアにしょっちゅう裏をかかれ、彼のチェスの頭脳に畏怖の念をおぼえた。その午後、サヴォイ・シアターの解説者チームから出た二つの意見は、違いが際立っていた。一つ目は、（このときまさに彼がやったように）「でっかいことを考えておいてあたりまえの手を指すというナイジェルの習慣」への言及。二つ目は、カスパロフに対する正直でムカつく不平――「気が滅入りますね、われわれが十五分かかってもわからないことが瞬時にわかるんだから」。

しかし第十六局は、だれもが仰天したことに、ナイジェルはこうだナイジェルはああだ隊にとって喝采の瞬間となった。このときばかりは、バレリーナはニジンスキーよりも高くジャンプした。さらに驚きなのは、跳躍のときの状況だった。ショートは白番で、カスパロフのいつものシシリアンに対して彼としては最も攻撃性に欠ける対局の一つをプレーしたのだ。（のちに、挑戦者は風邪

を引いており、そろそろとしか取り組む気になれなかったことが明らかになった。）十八手か二十手目のあと、控室はそれを互角で退屈とみなした。わたしがコリン・クラウチと囲んでいた盤の脇をスピールマンが通りかかり、駒を数個バシッと動かして、その局面が瀕死状態だと断言した。これまででいちばん退屈な対局なので、気分を変えようと、わたしはサヴォイへ行った。腰を落ち着けたとき、ショートはクイーンの交換を申し出ているところで、ヘッドホンがうめいていた――「え～、ナイジェル、まるで勝つ気のない手じゃないですかァ」。

解説席では、飽き飽きした、シーズン終盤のおどけた雰囲気が支配していた。キャシー・フォーブスはショートの居心地悪そうな体の構えが気になり出し、対局前におしっこをすますようだれも言ってやらなかったためだろうかと思案していた。わたしたちはみな、双方のクイーンが盤上を去って、粘りつくようなドロー状態に達するのを待っていた。のちにショートは、そうならなかった理由として、二つのいささか異なる説明をした。記者会見で、「ぼくは恥ずかしすぎてドローを申し出られなかったんです。彼もすごく恥ずかしかったんだと思います」と言った。そののち、「ぼくはおっくうがってドローを申し出ず、彼もそうだったんです」と言った。マッチはほぼ決着がついていたし、いまや二人の棋士たちはこのスポーツを普及させようというビジネスパートナーという間柄だったから、恥というのはもっともらしい動機ではあった。それに、ライバルのクイーンたちが心中で合意して見合っていたとき、真の意図はおなじみの以心伝心で伝えられていたのだろう。ほら、きみがドローを申し出ろ。いや、きみが申し出てくれ。どうぞお先に、クロード。いや、どうぞお先に、セシル。ぼくは責めを負わないよ。きみは六ポイント差つけられてるんだから、なにかするとしたらきみ次第じゃないか。あるときなどカスパロフは、密かに攻撃を仕掛けるのではなく、ビショップをａ８に意味もなく退却させたりして、互角の形勢を維持するためだけにプレーしているように見えた。解説者チームは、Ｂａ８を次のように解釈した――「『おれはドローなんか申し出ないんだよ、このイギリス野郎』――いまの指し手はそう言ってますねえ」。

リナレスでの大会責任者は、少なくともタイム・コントロールの四十手までは競技者にプレーさせ、観客の機嫌を損ねるような、すぐに終わってしまうドローにならないよう配慮している。そうすることで、ぐっしょり濡れた葉っぱを山のように重ねて完全に消したと思っている焚き火のように、一見ドローと思われる局面が息を吹き返すという効果がある。突如、煙が細く渦巻いて立ち昇ったかと思うと、パチパチと警告する音が鳴る。これが第十六局で起きたことだ。ショートがクイーンの交換を取り消してクイーン側のナイトをいじり、一方カスパロフは盤の中央にクイーンをどっかと置いた。クイーン側のみならず、キング側そして中央でも動き出した。ほんの数手で、大きな炎がカスパロフ陣を唸りを上げて疾走し、焼き払った。チャンピオンは握手し、盤上での局後検討をいっさい断り、そっと立ち去った。一年半ぶりの敗北。ショートは、ディーバにふさわしい喝采にオペラっぽくないふわりと中途半端に握ったこぶしで応え（不思議なことに、あるいはいかにもイギリス人らしいことに、グレンダ・ジャクソンが国会議員に選出されたときの挨拶に酷似）、姿を消した。ここは劇場だから観客は二度目のカーテンコールを求めたが、チェスはまだそこまで演劇的ではない。

その後の勝利の記者会見では、ショートは控えめで思慮深く、結果をきちんと見据えた。あなたの最強の指し手はどれでしたか？「中盤は結構うまくいったと思います」。（この「結構（quite）」は死語となりつつあるイギリス英語。）前回の対局で負けたことに「かなり動揺」したと認め、それで「思い切ったことはいっさいしたくありませんでした」。七年間のギャップののち「カスパロフを破るのはどんなことか忘れ」かけていたと認め、自分の棋風を「シシリアンに対してベジタリアンのように」プレーしがちなカルポフの棋風とやんわり対比してみせた。勝利に対する本能的な反応は遅れて現れた。のちにドミニク・ローソンが、その夜の夕食の席でのナイジェルのいじらしい振る舞いをこう説明した——「ほとんど一口食べるごとにテーブルから飛び上がって、サッカー選手がゴールを決めたあとでするように、胸の前でこぶしをつくっていましたよ。『ヤッタ！ ヤッタ！』って」。

通常業務にかかる短い妨害が入ったのち、カスパロフは続く四局を取り立てて面倒をかけられることもなくドローにし、最終スコア12½—7½で勝利をおさめた。どの対局が気に入っているかと訊かれたカスパロフは、「わかりませんね、残念なことにどの対局でもまちがいを犯しましたから」と答えた。これは謙遜とも尊大さとも取れるだろうが、それはまた、次の対戦者として現れるだろう人物に対する早期攻撃でもあった。だがこれ以上にその発言は、最上のチェスには、勝利を得るための奮闘だけではなく、それ以外のなにか、つまり、創造性、美、力の完璧な融合を生み出す、理想的な調和の取れた状態を得るための奮闘があることを想起させる。だから、たとえ言葉の上でだけでも、ある時点で神がチェスプレーヤーと同等になっても驚くにはあたらない。「わたしは最善手を探しています。わたしはカルポフ相手にプレーしているのではなく、神を相手にプレーしているのです」と、一九九〇年の世界タイトル戦の最中にカスパロフは語った。ナイジェル・ショートの場合は、カルポフとのマッチで第八局目に勝ったあと、それにも増して傲慢だった——「ぼくは神のごとくプレーした」。

しかしながら、このイギリス人にとって、全能の神は競合相手というだけでなく、(未来の保守党議員にふさわしく)交渉相手でもある。キャシー・フォーブスが明らかにしたところによると、ショートが重要な対局に備えてする準備の一つは、「無神論者だけど教会へ行く」ことだ。妙な習慣だが、リナレスで行なわれたカルポフ戦の最中に本人がした説明はそれに輪をかけて妙だった――「まずぼくは、『神よ、どうかこの対局に勝たせてください』って言ってみたんだけど、それじゃ頼みすぎだろと思ったわけ。そこで考え直して、『神よ、どうかこのクソ野郎をぶっつぶす力をお授けください』って頼んだんだよね」。それに続くティマンとの試合の最中には、いっそう念入りに無神論者的祈りを捧げた。自分は不信心者だと彼は認めたが、「ぼくは便宜主義者でもあるからね」。このことで彼に目くじらを立てるべきではないだろう。神の存在に関するパスカル流の考えを粗っぽく解釈したというだけのことだから。第十六局で唯一にして鮮やかな勝利をおさめたのち、まともな質問(「でももしf5 b6 cxd4 Nd8 Bc2となったら、パペチュアル・チェックでドローにできないのか?」など)を浴びせられているさなか、わたしはショートに、決勝戦のあいだ教会通いは続けたのかと尋ねた。彼はチェスに関係ない質問に答える前によくやるように、締め上げられたような声を出してためらってから、「いいえ」と答えた。でも初めの頃の対局中は通ってらっしゃいましたよね? ショートは、記者団に紛れ込んだどこかのバカが熱意に燃えた一瞬に自分を全能の神に対する裏切り者と呼んだというように、少々困惑したかに見えた。「そうすべきだったかもしれませんね」と彼は丁寧に付け加えた。

そうすべきだったかもしれない。スポーツで負けると、〝だったなら〟の洪水となり、そこでは神は(いつものように)巧みに逃げを打つ。ショートが序盤であと数秒節約して、かつ/あるいは、カスパロフのドローの申し出を受け入れていたなら。データベースまで失うことになった、コーチとのいら立たしい騒動がなかったなら。目隠しされたへぼプレーヤーでもものにしたかもしれない第十局をキメていたなら。黒番でも妥当なパーセンテージにスコアを保っていたなら。第十六局に勝ったときのように、たびたび風邪気味だったなら。これらをすべて煎じ詰めると、核心的な残酷きわまりない〝だったなら〟になる——対戦相手が、世界一実力があり、闘争心が強く、狡猾な、肉食性の棋士でなかったなら。ナイジェル・ショートにとっては寒い秋、サヴォイ・シアターで彼の身に起こったことは、本人の言葉にまかせるのがいちばんだろう——はめられて（trapped）、いたぶられて（dominated）、ヤラレまくり（fucked）。

一九九三年十二月

ショートの実戦は、この敗北からまだ立ち直っていない。次の世界チャンピオン戦のトーナメントでは、ガータ・カムスキーに5½—1½で大敗した。その後、グランドマスターのダニエル・キングが、アウディA6の見開き広告に現れた——「どちらも考えずには動かない」。だが、ただのチェスのグランドマスターが「数分かかって次の手を考えるのに対し、アウディA6はそれに〇・〇〇六秒しかかからない」。

マスター・ヤコブソン

ティム・クラッベ

原 啓介訳

MASTER JACOBSON
by Tim Krabbé

市電の中で、ヤコブソンは「底なし沼」の新しい着想を得た。次の停留所で降りて、別の市電ですぐに家に帰り、このアイデアがうまく行くかどうかチェス盤で確かめたかった。しかし、それは問題外だ。三十人の子供を無駄に待たせることはできない。

車中での残りの時間、そして学校にむかって歩きながらも、ヤコブソンはこのアイデアの効果を見極めようとしたが、頭の中だけでは無理だった。「底なし沼」は複雑過ぎる。おそらく、学校についてから対局が始まる前に、チェス盤に駒を並べて確認する時間があるだろう。参加者の誰かが見ていたら、何をしているのか説明することになるかも知れない。「これはまだきちんとできてはいないが、アイデアはこうなんだ。十九手でチェックメイト。メイト自体は簡単だけど、黒は抵抗する。ポーンを合駒にして、これも、そしてこれも。ナイトも、このナイトも。今度はルーク、そしてもう一つ、そしてクイーン、さらにビショップも。捨て駒が九つ、全部同じマス目で。そしてようやく、白はメイトできる。どう？　綺麗だろう？　市電の中と、ここまで歩いてくる途中にね……」いや、むしろ「ここまで歩いてくる間にね」のほうがいい。市電の中では、携帯用チェスセットを見ることもできる。本当に理解してもらいたいのは、このようなアイデアは周りにチェス盤がないときでも、全く同じ様にひらめくのだということだ。

ここに来たのは三十年ぶりだったが、暗い花崗岩のエントランスホールに立ち、その匂いをかいだとき、三十年の時の流れは消えうせた。ヴィルヘルムス会館。気のせいか教科書の詰まった鞄の重さが腕に感じられたくらいだった。

ホールの中は声が反響する水泳プールのようだった。生徒たちがでたらめに走りまわり、顔に猫か鼠のペイントをした者もいて、相手がどこに向かって走っているのかも見ずに互いにぶつかりあっている。

誰も彼の出迎えをするように言いつけられていないらしい。柱に手で描かれたポスターが貼ってあるのに気づいた。

祝典!!
ヴィルヘルムス記念日の十月二十八日
午後三時、カフェテリアにて
グランドマスター、ダニエル・ヤコブソンとチェス対決
参加希望者は以下に記名のこと
みんなでチェスしよう!!

その下に十一人の名前が書かれていた。

ヤコブソンは柱の横に立って待った。何も起こらなかった。エントランスホールの時計は三時三分前を示している。三時まであと一分。三時ちょうどに対局開始だったはずだ。もしそのときまでに誰も現れなかったら、家に帰ろう。問答無用だ。

猫だか鼠だかのペイントをした一人の少年が、彼のところに駆け寄ってきた。

「グランドマスターのヤコブソンさんですか？」

「そうだが？」

「ヨスはピンポンの部屋を片付けているところです。すぐに来ます」

ヨスとはヨス・ウェブスターのことである。ヤコブソンを招いた昔の同級生だ。ウェブスターは非凡なやつだった。丸々太ったお調子者で、コーラ瓶の底みたいな眼鏡をかけていて、しゃべり方があまりに気取っているものだから、そのせいで教室から追い出されたことがあった。同時に彼はオランダで最高の卓球選手の一人でもあった。当時、彼はすでにオランダ代表チームのメンバーで、ヤコブソンはそのあと何年も彼の試合結果を新聞で見続けたものだ。ウェブスターは――もちろん、ペルツは別にして――ヴィルヘルムスが輩出した最も有名なスポーツ選手だ。そのような人間が変人ぶりを発揮するのと卓球以外のことで忙しくしているのは奇妙なことに思えるが、今や彼は古典の教師であり、この母校で副校長をしている。

学校に謝礼金の予算はなかった。無料で同時対局をすることはヤコブソンのプロとしての原則に反したが、彼は招待を受けることにした。誰しも原則を曲げねばならないことがある。彼はこのヴィルヘルムス校でチェスプレイヤーになったのだし、チェスへの愛と知識を新しい世代に伝えるのは当然の責務だろう。

その観点からすれば、参加者十一人はがっかりだが。

「ペルッって凄いですよね?」と顔を塗った少年が言った。

ヤコブソンはうなずいた。

「世界チャンピオンになる?」

「さあね」

「でも、ほんとのところは? どう思います?」

「そういう推測はあまり……」とヤコブソンは言いかけたが、この数週間、彼とチェスの話をしたがる人間にいつも決まって返す答の公正さに、突然、苛立ちを感じた。

彼はうなずいた。「そう、ペルッはナイシュタットを負かす。彼は世界チャンピオンになるぞ」

「ほんと? すごいや! 世界チャンピオンだ! あの最後の対局、すごかったですよね? ブリスベン爆弾だ!」

「君は同時対局に参加するのかい?」とヤコブソンは尋ねた。

「まさか」と少年はわざとらしく慌ててみせ、笑いながら答えた。「チェスは僕には難し過ぎるから」

突然、赤い顎ひげの小男がヤコブソンの前に立ち、彼の両頬にキスをした。

「ダーンチェ・ヤコブソンか? なんてこった、こんなに醜くなっちまって」

カフェテリアではにぎやかに音楽が流れていた。チェスの同時対局が開かれる様子は全くない。

彼が「底無し沼」を並べてみるつもりだったチェス盤の一つすらない。きちんと長方形に並べられたテーブル、その上に準備されたチェス盤と駒、彼の到着を待っている参加者と観客を期待していたのだが。

ヤコブソンが生徒だったころ、ヴィルヘルムスは他校よりも自由な校風で評判だった。とはいえ、今目の前に広がっている風景はショックだった。十四歳にもなっていないだろう少女が床で煙草を踏み消し、その床にはプラスティックのカップ、破片、大量の紙切れ、煙草の吸殻が散らかり、床に落ちた横断幕がコーラの水たまりにひたっている。いっぱいになった二つのゴミ箱の最も注目すべきことは、その中に何かが放り込まれることもあったようだ、ということか。これが彼等のグランドマスターの迎え方か。すぐに踵を返して、出て行くべきだった。ここは聖地だった——ペルッがここでチェスを指していた。あそこの、庭が見える窓辺で、ヤコブソンはペルッとの忘れえぬ対局に勝ったのだった。

今、その同じ場所には、化粧用の小瓶で埋めつくされたテーブルがあって、少女がもう一人の女の子の顔にペイントをしていた。掲示によれば、「君もヴィルヘル・マウスになろう　料金一ギルダー」。

どうやら、鼠だったらしい。

それにしてもチェスプレイヤーはどこにいるんだ?

突然、音楽がやんで抗議のわめき声の中、ウェブスターがやって来てヤコブソンの隣りに立ち、こう叫んだ。「みんな、ちょっと静かにしてくれないか!　グランドマスターのヤコブソンさんが到着したから、すぐにチェスを始めるよ。テーブルを並べるのを手伝ってくれ。誰かチェス盤と駒を取りに行ってくれないか？」

聴衆は口笛を吹いたり「音楽かけろ！」と叫ぶばかりで、誰も前に出てこない。ウェブスターも期待はしていなかったようだ。「ここのチェスクラブは数年前に死んだんだよ」と、彼はヤコブソンに弁解するように笑った。「まだ言ってなかったっけ？」

ウェブスターは自分でテーブルを移動し始めた。ただ一人、ひ弱そうな少年がテーブルを長方形に並べるのを手伝っていた。鼠のペイントも彼の真剣な表情を隠しきれていない。ヤコブソンはもう少しで手を貸しそうになった。しかし、限度というものがある。

ウェブスターがカフェテリアを出て行くと、その鼠の顔の子供もついて行った。しばらくして、二人がチェス盤と駒を持って来て、対局の用意を始めた。

ようやく、ヤコブソンは昔の学校の匂いをまざまざと感じることができた。そのチェス盤と駒はまさに、自分たちが生徒だったころに使っていたものだった。その中には、あの歴史的対局でペルツがポカを指した、あの黒のクイーンがあるかも知れない。十二歳と十八歳の対決、見逃すな！そしてヤピー・ペルツは普通の十二歳ではなかった。実際、ヤコブソンは自分が主将の学校代表チームで、すでにペルツを二番手として対局させていた。その少年は実際、学校チャンピオンになるチャンスがあった。二人の対局はそれを決める一局だったのだ。あの頃、ヴィルヘルムスではチェスが本当に何かしらの意味を持っていた。ヤコブソンは家で名札を作った。一つは「ペルツ　1C」、もう一つは「ヤコブソン　6β」。対局テーブルに置くためのものだ。少なくとも二十人の観客があつまり、教師も数人が見に来た。ヤコブソンはドローを取れば十分だった。しかし、三度学校チャンピオンに輝き、すでにナショナルチーム代表選抜大会でクラブを代表して対局している者にとって、いかに疑問の余地のない才能の持ち主とはいえ十二歳を相手にドローを狙って戦うなど問題外だった。

ヤコブソンは今でもその対局でのヤピー・ペルッの姿を目に浮かべることができる——ほとんど吹き飛ばせそうな小さな子供で、一手毎に万年筆のキャップを外しては戻している。父親が経営するペットショップの少しかび臭い匂いがした。

「ドロー狙い」が常に問題外であることを認識していたのは、彼とペルッの二人だけだっただろう。黒番なのに、ペルッは序盤早々に自らきわどい局面を目指し、実戦的な力強い指しまわしで優勢になった。

クイーンを取られるのをペルッが見落としたのはその時だった。ヤコブソンは思わず安堵の溜息をもらすところだったが、すぐに彼も、観客の間に広がっていた見方に同調した。この小僧は良く戦ったが、やはり結果は落ちつくところに落ちついたのだ、と。ペルッは直ちに投了し、涙ぐんで、去っていった。ヤコブソンは四期連続の学校チャンピオンになった。彼は学校新聞に「ヤープ・ペルッ——未来のチェス・マスター？」という見出しの対局記事を書き、早指し（プリッツ）でのリマッチを提案した。ペルッは、宿題のほうが大事だから、と拒否した。

そしてそれが、ヤコブソンがペルッに勝った唯一の対局になった。とはいえ、彼はペルッに負けたこともない。子供のころペルッと数局を戦ったが、すべてドローだった。その後、ペルッは彼をはるか後ろに引き離してしまい、雪辱戦をするには遠くなり過ぎた。そこには神話的な何かがあった——父親を倒せるほど強くなった息子は、その時、永遠に父親と袂を分かつ。

ヤコブソン対ペルッのスコアは永遠に1—0のままなのだ。

結局、十二人の生徒と三人の教師が二十四のチェス盤の前に座ることになった。静粛が得られたふりをして、ウェブスターが歓迎の言葉を述べた。

「かのヤープ・ペルッを生んだこの学校の祝典で、チェスの同時対局をしないわけにはいかないでしょう。そこでアムステルダム・トリビューン紙の有名なチェス欄コラムニスト、私の同級生の中で最も偉大なチェスプレイヤーを招待することにしました。グランドマスター、ダニエル・ヤコブソンです！」

参加者の拍手を受けたあと、ヤコブソンは簡単に同時対局のルールを説明して、対局を始めた。ウェブスター自身も加わった。

ほんの数手後には、ヴィルヘルムス校がもはやかつての水準にないことは明白になった。ペルッの精神、またはヤコブソンの精神は、ここに息づいてはいなかった。音楽がなくても、騒がしい雰囲気は耐え難かった。弱い相手たちとの同時対局は、まったく経験だけの問題に過ぎないが、騒がしさで明らかになった敬意の欠如がヤコブソンの心を乱した。ポケットの中に忍ばせておいた自著『私のチェス盤は生きている』は、しまっておくことに決めた。一番健闘した参加者にプレゼントするつもりだったのだ。

しかし、この同時対局が半時間ですべて終わってしまったら、自分にとって特に寂しいものになるだろう、とヤコブソンは感じ始めた。そこで、わざと下手に指すことにならない程度に、相手があまりに容易にポカを指しうる局面を避けるよう努めた。

おそらくは、そのことに注意し過ぎたせいだろう、ヤコブソン自身がポカを指してしまった。一人の教師相手に、駒をただで取られる位置においてしまったのだ。手順の前後による、いわゆる「指が指した」手で、まさに強い棋士だからこそ、犯してしまう類のポカである。しかし、指し手は戻らない。その教師はごまかされなかった。他の対局を全部勝って終えたあと、ヤコブソンは投了した。

わずか五分後に一番最初にメイトされてみんなにからかわれたウェブスターは突然いなくなり、またすぐに戻って来た。ウェブスターは、ヤコブソン、勝った教師、チェス盤の準備を手伝ってくれた鼠ペイントの子供の三人だけを前に、ヤコブソンのスコアは14―1の驚くべきものだったと宣言し、彼にウィスキーのボトルを手渡した。

「さあ、次はピンポンで勝負だ」

気がつくとヤコブソンはジムにいて、ラケットを手に持って卓球台の前に立っていた。その周りを囲むベンチには百人ほどの生徒が、比較的行儀良く座って待っていた。

「こちらは私の元同級生、チェスのグランドマスター、ヤコブソンさんだ」と、ウェブスターが叫んだ。「彼は同時対局で全勝したところだ」激しい喝采と口笛で迎えられ、思わずヤコブソンは先程の教師がいないか見回してしまった。

「だから、一つ痛い目にあわせてやろう。どうだ?」

「いいぞ!」と群集の雄叫び。

「五試合、十一点勝負だ!」とウェブスターが叫んだ。

あの頃には、ウェブスターが五ギルダーを賭けて、19―0のハンデキャップから卓球するのをていた誰かというわけだ！

時々観たものだ。事実、彼は常に勝った。そしてそれが中国人に21—3で負けたと新聞記事になっていた誰かというわけだ！

ウェブスターがポケットからミニサイズのラケットを取り出し、サーブした。思わずヤコブソンは二、三球を打ち返し、すぐに11—1で負けた。あんな小さなラケットを使っているのに、全く何の違いもないようだった。続くゲームでウェブスターは野球のバットを使い、次はバドミントンのラケット、その次には銅鑼のラケットで戦った。彼はすべてに勝った。銅鑼のときには、ヤコブソンは真面目な顔を保つのに苦労したが、ウェブスターは厳しく断固たる態度で闘った。彼がまだここまでやれることに、ヤコブソンは驚いた。

「さて、次は」ウェブスターが言った。「これだ」彼はチェス盤を構えた——観衆は大歓声をあげた。

「かんべんしてくれ」とヤコブソンは笑って言った。これは本当に自分の尊厳を傷つける。ペルッがこんなことに付き合うだろうか？　少なくとも二人の子供が写真を撮っていた。そんな写真がチェス雑誌に載ることにでもなったらどうする。

ウェブスターは笑って、チェス盤の隅を持ってサーブを出した。

彼は私に勝たせようとしている、とヤコブソンが思ったのは10—8で先行しているのに気づいたときだった。そのすぐ後、彼は12—10で負けた。

「チェックメイト！」とウェブスターが叫んだ。

ヤコブソンはすでに正面入口のところにいた。二度とヴィルヘルムスには足を踏み入れまい。そのとき、一人の少年が近づいて来た。

「ヤコブソンさん。お願いがあるのですが」

その少年は口ごもり、もじもじとして、何を言いたいのか良く分からなかった。

「僕と通信対局をしてもらえないでしょうか?」

「駄目だ」とヤコブソンは答えた。

少年の目にショックをうけた失望が浮かび、すでに諦めの色が混じっているのを見て、ヤコブソンはそっけない反応をしたことを悪く思った。「あまり時間がないんだよ。人によく頼まれるしね。私はプロなんだ。もしそのたびに対応していたら……」

「わかりました」と少年は言った。「あの……父が言っていたのですが……」

ヤコブソンはようやく気づいた。この子はチェス盤の準備を手伝ってくれた鼠の子だ。ここに立って、彼の心のままを映している表情は、〝グランドマスター〟ヤコブソンを前にした畏怖に打たれ、緊張に引きつっている。

「君は同時対局に参加していたね、そうだろう?」

「そうです。貴方が勝ちました」

「どのゲームが君だった?」

「キングズ・インディアンです。貴方がナイトをd5に置いて、あとはほとんど何もできなくなってしまいました」

ヤコブソンはそのゲームを覚えていた。唯一、チェスの体をなしている対局だった。少年は、序盤からしばらく、ペルツの良く知られた対局をなぞっていた。ピースをきちんと展開し、目立つミスはなかったものの、そのあと戦うことなく自らずるずると負けてしまった。少年は投げてもおかしくない局面で投了したが、そのタイミングは彼の力からすれば驚くほど早かった。

「毎回、住所を書いた封筒と切手を同封するようにします。これなら貴方に負担は何もありません」

負担は何もありません、か！　ヤコブソンはその考えにいらだった。何の負担もかからなければそれで十分だと考えている、いつも変わらぬアマチュアの天真爛漫さよ！

「いいだろう」とヤコブソンは答えて、自分でも驚いた。

「本当ですか？」少年は信じられないというような、喜びに満ちた表情を浮かべた。

「それなら白番で指していいですか？　すぐに最初の手を送りますね。どうもありがとうございます！」


市電の停留所で、ヤコブソンはウィスキーを卓球場に忘れてきたことに気づいた。午後を無駄にすごしてしまった。一体、どうして通信戦に応じてしまったんだろう。一瞬あの子が十二歳のヤピー・ペルツの生まれ変わりに見えたからか？　明らかにあの子の才能のせいではない。しかしすぐに、「底無し沼」のためのアイデアを思い出して、いらだちは消えてしまった。早く家に帰って、うまく行くかどうかチェス盤の上で調べたかった。そのまま何時間でも望むだけ、そうやって過すのだ。

そのアイデアはうまく行かなかったが、驚きはしなかった。何度かの中断もありつつ、ヤコブソンはすでに「底無し沼」に一年の月日を費やしていた。美しいチェス・プロブレムのアイデアは瞬間に訪れる。望む駒の配置はチェス盤を前にすれば十五分ほどで作れる。しかし、そのアイデアを正確に実現するには、何ヶ月でもかかりうるのだ。チェスの駒は手強い敵だった。特に「底無し沼」では、耕運機の馬鹿力と淑女用腕時計の精密さの組み合わせが必要だ。

しかし事態は差し迫っている。世界プロブレム創作選手権への投稿期限まであと五ヶ月だったのだ。もし「底無し沼」が間に合えば、そしてもし長手数の部で優勝すればヤコブソンは――もちろんそれほど真剣にはとらえていないものの――世界チャンピオンになるのだ。

ヴィルヘルムス校を訪れてから数日後、ヤコブソンは「IMヤコブソン」宛ての手紙を受け取った。プペイン・デヨン、十二歳、初手はe2―e4。通信対局のことなどすっかり忘れていた。最初に思いついたのはドローを提案することだったが、それは子供っぽいことだと思い、仕事がたてこんでいるので対局を考え直した、と返事しようとした。

ペルツ以上に、ヤコブソンはプロだった。彼のチェスの専門知識を得ようとするものは誰であれ、その対価を払わなければならない。記事、講義、分析、資料の貸出し、同時対局、すべてに値段がついている。一時は、通信対局の値段を一手あたり十五ギルダーと決めたこともあった。

ところで、プペインは約束を守っていた。住所を書いた返信用封筒が同封されていて、手作りの棋譜用紙に直筆で、白には「P．デヨン」、黒には「IM D．ヤコブソン」とある。第一手はe2―e4と書かれ、さらに二つの絵が同封されていた。一枚はオリジナルでもう一枚はコピー、そこにはe2―e4が指されたチェス盤の向こうに座ったプレイヤーが描かれ、その頭のところに吹き出しがついている。「IMヤコブソン曰く、私の次の手は……だ」

十二歳の子供にしてはまるで才がないわけでない。

お前はこんな子供をがっかりさせるのか？　ただ一人、チェス盤の準備を手伝ってくれた、あの小さな少年を？　ペルツの棋譜を一局は並べたことがある子を？　本物のマスターと通信対局をすることで決定的な刺激を与えられるだろう、チェスへの愛の持ち主を？

それに、このIMヤコブソンだ。本当の称号を使うことで、プペインはヤコブソンの痛い所を突き、しかもチェス界に無知ではないことを示していた。一般大衆は、三手先まで読めて、二十人以上の子供と同時対局できれば誰でもグランドマスターだと思っている。ヤコブソンはかろうじて国際マスターの称号を得ることができたが、新聞の編集者も同時対局の主催者も一般市民も、おしなべてグランドマスターと呼ぶため、その一人一人の間違いを正すのをやめてしまっていた。いずれにせよ、彼をグランドマスターと呼ぶものは皆、彼の本当の称号であるIMよりもずっと低いものを思い浮かべているのだ。「グランドマスター」はありふれた用語になってしまっていて、「天才」のような、一般的な畏敬を表す言葉になっているのだ。人々はそれが公式の称号だとは思ってもいない。

この小さな少年だけが、ヴィルヘルムスにおけるチェスの弱々しく輝く最後の灯なのだ。

ヤコブソンはシシリアンを選んだ。1．e2―e4への応手の中では、弱い相手をさっさと負かすのに一番良い定跡だ。さすがにプペインの描いた吹き出しの中に「c7―c5」と書き込むことはできず、ヤコブソンは葉書に応手を書いた。プペインの絵と手作りの棋譜用紙はゴミ箱にすてた。

彼はその日の内に応手を送って、またその通信対局のことは忘れてしまった。

「ブリスベン爆弾」という呼び名は、駒の動かし方すら知らない大衆もペルッの成功を喜べるように考えられた、下品なスポーツ新聞の見出しだったのかも知れない——が、確かに的を射ていた。チェスプレイヤーたちもブリスベン爆弾について話していたし、ヤコブソン自身はその呼び名を記事で使わないにしても、ペルッのあの奇跡的な妙手のことを考えるたびにその言葉が頭に浮かんだ。

ヤコブソンがヴィルヘルムス校で同時対局をした少し前、オーストラリアのブリスベンで、ヤープ・ペルッは四十二歳でフェオクチストフとのマッチに勝ち、世界チャンピオンのナイシュタットへの挑戦者になるという人生最大の成功を達成した。これは全く予想外のことで、いささか不相応な勝利でもあったが、チェス界にいまだ続く騒動になった理由のほとんどは、ペルッがやってのけたその勝ち方にあった。

ペルッは同点のスコアでの最後の対局に黒番で勝ったのだが、その勝利は序盤早々での大胆なポーンの捨て駒によるものだった。8．…d5！、まさに白が妨げようとしていた手である。これは世紀の新手だった。この五十年間、同じ局面は何度も現れていたが、クラブプレイヤーから世界チャンピオンにいたるまで誰も、d5が可能だとは思っていなかった。それはあたかもペルッがパラシュートなしで飛行機から飛び降りて見せたようなものだった。

この手の直後、フェオクチストフは確実にドローになる必然手順を選ぶこともできたが、そうはしなかった。白番だった彼はおそらく、ペルッにはドローでも立派過ぎると考えたのだろう。代わりに、彼はポーン得を活かそうとして、それが間違いの元になった。ペルッは徹底的にそのポーンをいじめ、フェオクチストフを麻痺させ、辱めたあげく、彼の人生で最も美しく、最も重要な対局に勝ったのである。

その対局からおよそ一ヶ月が過ぎても、白にとってドローの筋よりも良い方針は誰にも見出せなかった。これは謎だった。もし黒が、白のごく自然なたった八手の後、このような大胆な方法で少なくとも互角の盤面が得られるとすれば、チェスというゲームそのものが何か間違っていることになる。

ヤコブソン自身もペルッのポーン捨ての解析に何時間も費したが、退ける手は見つけられなかった。これは世界中のチェスプレイヤーも同じだった。まだ誰も何も見つけていない――少なくとも、誰も何も発表しなかった。

ヤコブソンは、実際のところ誰がブリスベン爆弾を発見したのか考えていた。想像力と大胆さは全くペルッのスタイルではない。むしろふさわしいのは、オランダに移住してきたロシア人でペルッのセコンドとして何年も働いているファインマンだ。ファインマン自身はトーナメントで勝ったことはないが、鮮やかで、風変わりな発想で有名だった。彼はその役割にいかにもうってつけに見えた。漫画のマッド・サイエンティストのように。

ペルッは正しい行ないをしたまでだ――ファインマンがペルッ自身には欠けていたものを加えたのだ。つまり、芸術的要素を。

ペルッがスキポル空港で開いた帰国の記者会見では、誰も特別な情報を持って帰れなかった。ヤコブソンはいつにも増して、ペルッの地味で目立たない雰囲気に心を打たれた。ペルッはファインマンと、その他のセコンドのロイトとリンドグレン、ビジネスマネージャーのクイントン・デョンと並んで長いテーブルに座っていた。関係者でなければこの中で場違いな人は誰かと聞かれたら、一人残らずためらいなくペルッを指差しただろう。他のチェスプレイヤーたちはそれらしく見えたが、ペルッは小さな町の町長のようだった。ペルッはこの規模の会見を経験したことはなかったものの、神経質な様子や興奮した気配もまるで見せていなかった。部屋いっぱいのレポーター、カメラマン、テレビカメラを前に、彼はプチブルジョワらしい際だった謙遜の態度で、知り合いたちに堅苦しく、短くうなずき続けていた。彼はヤコブソンにもうなずいたが、そこには二人の1―0を気にかけてか、特別なよそよそしさがあった。

自分を美化できない性格のペルッは、ひっきりなしに少し驚いたように眉をあげながら、フェオクチストフに対する勝利を幸運や偶然の言葉で説明した。チェスのマッチで測られるのは、どちらが優れたプレイヤーかではなくて、どちらが多く得点したかに過ぎない。ブリスベンでは、フェオクチストフの指しぶりが自分より劣っていたわけではなかった、等々。

様々な表現の仕方で、ペルッは世界チャンピオンになる見込みを尋ねられた。そして同じくらい色々な表現でペルッは、そうだったらいいと思う、ナイシュタットは記録上は確かに強いが、起こりうる結果を示す傾向に過ぎない、と答えた。ナイシュタットはサイコロの目の四つを持っていて、こちらは残りの二つかも知れないが、自分の目が出ることもありうる、と。

一般記者だけが質問するなか、チェス関係の記者が沈黙を守っていたのは興味深かった。彼等のほとんどはペルッの個人的な知り合いだった。もちろん、その誰もがブリスベン爆弾の内幕を知りたがっていた。とは言え、グランドマスターに序盤戦略の秘密を尋ねても無駄だし、さらに公衆の面前では問題外だ。

しかし突然、チェス関係者ではない若い記者が、誰もが舌の先まで出かかっていた質問を口にした。

「ペルツさん、あのブリスベン爆弾は実のところはったりだったのでは?」

それはまるで女王陛下にブラジャーのサイズを訊いたようなものだった。気まずい沈黙のあと、その場にいた全員が一斉に吹き出した。ペルツも一緒に。彼がファインマンのほうに身を傾けていたのは、どうやらその質問を翻訳していたようだ。ファインマンも笑い出した。質問した本人も笑いの輪に加わり、真っ赤な顔をしていた。質問に答えられる静けさが戻るまでに、少なくとも一分はかかった。

ペルツは答えた。「チェスでは、はったりは不可能です。すべての情報が目の前にあるのですからね。可能性がないのにあるふりはできません」

ペルツはまともなことしか言わない男だが、これは馬鹿げた答えだった。もちろん、チェスでもはったりはある。敵が情報を正しく用いないことに賭けることができるからだ。つまり、ない可能性があるかのように、敵に信じさせることができる。そして、そんなはったりがペルツの性格に全くあわないことを知りながらヤコブソンは、ブリスベン爆弾はまさにそれだったのではないか、とますます強く信じるようになった。つまり純粋なはったりである。

ヴィルヘルムス校の上を漂っていたチェスの精霊は、チェスを愛し、才能を吹きこまれるべき一人の少年がいることを知っていたが、その精霊はポカを指したのだ。まるで意味をなさないポカ。ペットショップのヤピー・ペルツがグランドマスターとなり、世界チャンピオンまで後一歩のとこころにいる――そしてこの自分、作家夫婦の息子は小さな手帳を持ってここに座り、ヤピーが話すことを聞いている。チェスプレイヤーなのは私、ヤコブソンのほうだったのに。あの瞬間はいまだ彼とともにあり、二人の少年が対局をしている姿を見ることができた。チェスプレイヤーでありたいと願い、それがどんなものであれ、自分こそがチェスプレイヤーであるという確信が爆発した瞬間を。しかしすぐにペルツの存在が、あまりに近いその存在が、自分に才能がないことを明白にしてしまった。あきらめざるをえなかった――才能がなかったのだ。書くべき本があり、維持すべき資料があり、研究すべき終盤があり、作るべきプロブレムがある。真のチェスプレイヤーはチェスを愛するものなのだ――一方でペルツは、経済学者のペルツ博士であり、広く学校で使われている教科書シリーズの著者であり、若くして結婚し、妻と四人の不細工な娘と郊外に暮らしている。通勤の定期券と弁当箱でできている男。ペルツに「底無し沼」はない。

ペルツがヤコブソンの十倍もうまくチェスを指せようが、ヤコブソンはペルツの千倍もチェスプレイヤーなのだ。

チェス・プロブレムを作ることは、対局よりもはるかに中毒性が高かった。「底無し沼」という名前をつけた後で、ヤコブソンはその二重の意味に気づいた。このチェス盤上の怪物が、彼の時間のすべてを飲み込んでいく。時間が彼の頭に流れ込み、大量に蒸発していった。しかしそれが何だ。これが本当のチェスなのだ。白対黒ではなく、白と黒の素材対芸術家のチェスだ。そしてペルツのような輩には、何をしているかさっぱり分からないかも知れないが、芸術家が追い求め、そして時に創造した美は、ペルツの対局がすべて滅びても生き抜く、真実を内包しているのである。

今ではヤコブソンはほとんど対局をしなかった。ナルダスだけが時々、資料の中からコラム用の原稿を取りに来て、早指しをする程度だった。彼はいつも軽食の類を持って来ていたが、「底無し沼」を見ることは断った。

早指しをしているとき、ヤコブソンは自分の駒を見ていると哀しみさえ感じた。ある偉大なマスターの言葉によれば、チェスの駒は生きていて、欲望もあれば感情もあるそうだ。ナイシュタット対フェオクチストフの対局や、「底無し沼」ではまさに真実だろう。しかし、ナルダスとの対局の盤上では、チェスの駒たちは老いた獣のように疲れ切って見えた。

時にヤコブソンは思った。私は自分が強くないとわかる程度には強い指し手なのだ、と。私はチェスをこんなにも愛した者のなかで最悪のチェスプレイヤーだ。

時々、ナルダスはチェスサロンのようなものを午後に開いた。そこではペルツがチェス関係者たち(そのほとんどは記者だった)に、最近の対局を説明するのだった。ペルツの見解は活字にしてもよい、ということが暗黙の了解になっていた。つまり、これが自分の対局についての意見を広めるペルツのやり方だった。彼は決して自分ではチェスについて書かなかった。

ナルダス、ヤコブソン、ときおりファインマン、クイントン・デヨン、そして国内にいればロイトとリンドグレン、その他の選ばれた内輪の人間の小さなグループに囲まれて、ペルツは彼のとまり木のような椅子に、彼らしい元気良さと上品さをまとって座り、その姿は現実世界から見捨てられた者のように見えた。クイントンの提案を扱うことで、ペルツがその印象を強めていた。クイントンはどこにもいる素人チェスプレイヤーに過ぎなかったが、ペルツはマスターやグランドマスターの意見に耳を傾けるのと同じ真剣さで相手をしていた。そのクイントンの様子も場違いだった。恰幅のいい大きな身体や、葉巻を吸う様子、大抵は三つ揃いの背広姿からは、元バレエダンサーだという名残りは微塵も感じられなかった。クイントンはタレント事務所を所有していて、チェスがまとう神秘的な雰囲気に惹かれ、タレントとしてのペルッに注目していた。おそらくペルッは、彼をチェスプレイヤーではない仲間だと思い、味方になってくれるのを期待しているようだったが、ヤコブソンは、こんな人間をこの集まりに含めるなんて馬鹿げたことだと思っていた。

話題がブリスベンの対局のことになり、最後の対局、つまり「爆弾」の話になると、誰もが息を詰めた。瞬きすることもなくペルッはその手の先まで並べ、十七手のところでこう言った。「ここから始めても、みんな構わないかな?」

「ペルッさん、爆弾は実際、はったりだったのですか?」とナルダスが訊いた。

ペルッはすばやく微笑んで言った。「ビショップe2はここではうまく行かない。黒がf2で駒を取るからね」

このような午後をすごしたあと家に歩いて帰る道すがら、ヤコブソンはあの小男の思考の速度と明晰さのことを考えて、頭がくらくらした。ペルッの洞察はどれも理解を超えるものではなかったが、ある盤面から発散して広がる局面の中から、彼が一つのプランや一つの手を易々と抽出するその自明さが、想像を絶した。ペルッは手を読まない。単に知っているのだ。チェスは彼の母語なのだ。

しかし、ペルッは世界チャンピオンにはなれないだろう。チェスの歴史に照らしてみれば、ペルッは不相応な世界チャンピオン挑戦権を得た、遅咲きの棋士として興味深いだけだ。ナイシュタットはペルッにはあまりに強敵過ぎる。

その集まりで一度、ヤコブソンとペルッが同じ学校に通っていたことが話題になり、ヤコブソンがかつての対局と1—0のスコアについて話したことがあった。ヤコブソンはペルッの顔にかすかないらだちが一瞬浮かんだのを見て、二度と決着のつくことがないあの古いスコアのことを話すのは、無作法だったと気づいた。

ただちに懲罰が下された。ヤコブソンが驚いたことに、ペルッは即座にすらすらとあの昔の対局を再現したのだ。ヤコブソンにはそれが初めて見る棋譜のように思えた。ペルッが駒を動かすにつれ、マスターとグランドマスターたちに見守られながら、ヤコブソンは自分の指し手のおかしなところ、馬鹿げた手、恐ろしいほどの才能の無さにショックを受けた。特に十二歳のペルッの、水晶のように明晰で効率的な指し手の前では。

ナルダスがその対局を公表してもいいかと尋ねると、ペルッはヤコブソンをちらっと見た後、首を振って言った。「これは二人だけのゲームにしておこう、そうだろう、ダーン？」

ヤコブソンは数日が経ってからようやく、ペルッがその対局をすぐに再現できたことの意味に気づき、棋士ペルッへの畏怖にうたれた。彼ほどの能力を持つグランドマスターなら何千という対局を暗記しているだろうが、三十年前の学校チャンピオン戦の対局まで覚えているものはほとんどいないだろう。彼はあの対局を何度も並べなおしたに違いない——世界チャンピオンまで後一歩のところにいるのに、いまだに、学校チャンピオンを逃したことに耐えられないのだ。

ああ、よろこんで永遠に十八歳のままでいよう——ペルッがずっと十二歳の、あのように決まった上下関係は乗り越えられないのだと知って、泣いている小さな子供の姿のままでいてくれるのならば。

プペインが次の手を送ってくるたびに、ヤコブソンは通信対局をしていることを思い出した。職業が「ポーン」だという人物からの住所変更の手紙には、ポーンをd2からd4へ動かす手が宣言されていた。おもちゃ屋のショウウィンドウの水彩画が入っていて、よくよく見ると、その絵の中には次の盤面を示すチェス盤が描き込まれていた。ポラロイドの連続写真のときもあり、それはプペインが公園の巨大チェス盤でポーンを引きずっている姿だった。留守中に配達された小包を郵便局で受け取ると、中には本物のナイトの駒が入っていて、その頭が土台にはめこまれていた。数分かかってようやく見つけた紙切れには、「私はd4からb5につっこんで行くぞ」とあった。

間違いなくプペインは感受性に富んだいい子だった。こういう意外な贈り物でヤコブソンが喜んでくれると思っているのだ。しかし、彼はその贈り物にいらいらしていた。対局することには同意したが、子供の魂を覗き込むことは頼まれなかった。

十二月のはじめ、聖ニコラウスの日の前、ヤコブソンはb5からa3への矢印が描かれたマジパンのチェス盤を受け取った。「これでマジパン的気分になれますように」とプペインは書いていた。

ヤコブソンはすぐにそのチェス盤を食べてしまった。

対局自体もヤコブソンをいらだたせた。数手のあと、すでに彼はこう思い始めた――ああ、自分はなんてどじな奴だ――シシリアンを選ぶべきではなかったのだ。代わりに、可能な限り早く定跡から離れるべきだった。しかし、もう遅い。通信戦は通常の対局とは性質が違う。プペインは最もきわどく鋭い定跡を選んで、本を参照することができるのだ。このときには古新聞でも十分だった。

つまりプペインはブリスベン爆弾へと局面を導いていた。そして今や、マジパンの手のあと、ヤコブソンは選択を迫られていた。フェオクチストフに対してペルッがそうしたように、あえて8…d5を指すのか、どうか。

まったく注目すべき状況だ。

プペインが偶然に、世界で最も議論されている手をたどっているという可能性は問題外だった。実際、プペインは敗者の手をたどっているのだ。しかし、もしヤコブソンが今「爆弾」を指したら、フェオクチストフが指さなかったドローの手順をプペインが選んできたとき、どう対応すれば良いのか？　答は単純だ。この変化はグランドマスター同士の対局ならばドローだろう。しかし、ヤコブソンの技術を持ってすれば、そして子供相手にならば、何の問題もなく互角のエンドゲームを正確に勝ち切ることができる。

彼は自分を笑わざるを得なかった。なんという棋士なんだ、私は。しぶしぶ始めた対局に勝つことを悩んでいるなんて！　もしプペインがドローの手順を選んだら、実際にドローにしても良いかもしれない。ヤコブソン自身がその変化を書いた、アムステルダム・トリビューン紙のコラムのコピーを送って、ドローの申し出をすればいいのだ。それでもまだ対局を続けたいというのなら、少年は相当に失礼なやつだということになる。

いずれにせよ、はったりが指せるものなら指してみろと子供に言われて引き下がるわけにはいかない。彼は「爆弾」を指した。ペルッの生まれ変わりの面影を見た少年を相手に、自分がペルッの立場になるのも一興だ。

今やヤコブソンは、プペインの次の手を心待ちにしていた。しかし、一週間が過ぎても、次の手は届かなかった。十日が過ぎても、返事はなかった。次の手は絶対手なのに。新手が出るとしても後になってからなのに。

プペインはもう次の手を楽しみにしていないのだろうか。ヤコブソンは今でも、通信対局を承諾したときの、鼠のペイントの中の喜びの表情を思い出せた。突然彼は、プペインが制限日数を越えているのではないか、と思いついた。カレンダーで確認してみた。ヴィルヘルムスでの同時対局は十月二十八日。今日が十二月十五日ということは、序盤の七手に一ヶ月半も使っている！どの手も新聞に出ていた手だ。

やれやれ。

彼自身は常に翌日には応手を返信していた。つまりプペインがこの日数の全部を費したのだ。何故だ？　プペインが住所を郵便局の私書箱にしていることと何か関係があるのか？　ヤコブソンの手を受け取るのに長い時間がかかる理由があるのか？

それとも、ヤコブソンはアマチュア相手の通信対局に応じたマスターの誰もが気に病む、あの罠に陥ったのか？　その考えは最初から頭にあった。しばしば、アマチュアが協力者、それも強い協力者を用意することがある。知らないうちに、チェスクラブのメンバー全員と対局させられてしまっていることもあるのだ。その時点で、本当はあまり対局する気のないマスター対、盤面を解析することと以外にはすることのないアマチュア実力者多数になる。ヤコブソンはそんな対局に初めて負けるマスターではない。彼以前に世界チャンピオンたちが破れ去っている。

プペインは彼をヴィルヘルムス・チェスクラブと対局させているのか？　いや、ウェブスターはあの学校にはもうチェスクラブはないと言っていた。一般のチェスクラブか？　知り合いの強豪からアドバイスを受けているのだろうか？　手紙で相談しているのかも知れない。だからこんなに日数がかかっているのか？　では、ブリスベン爆弾はどう関係しているのか――あれを退ける手を知っている棋士とつながっているのか？　そのためにフェオクチストフの手をなぞっているのか？　しかし、理由がどうあれ、本当のマスターと通信対局を許された十二歳の少年が、あの対局に強い興味を示していることは絶対に間違いない。

ヤコブソンは葉書にこう記した。「デョン対ヤコブソン：0―1（時間切れ）」

彼は消印の押されていない切手を返信用封筒から鋏で切り取り、まだ持っていたプペインからの絵と手紙を捨て、葉書を投函した。

そしてその対局のことは忘れてしまった。

ペルッツは「今年のスポーツマン」候補だった。「今年のスポーツマン」番組のお祭騒ぎの中に、ペルッツのような退屈な男が出てきたときの気まずい雰囲気の想像を楽しみながら、ヤコブソンはテレビのスイッチを入れた。しかし、ペルッツは出ていなかった。彼は「個人的な事情」で出演できなかったとのことだ。ペルッツはやはりそんな男である。司会者はペルッツが報告することになっていたという特ダネを公開した。ナイシュタット対ペルッツの世界チャンピオンマッチ開催候補地にアムステルダムが選ばれた、と。

同じ升目で九つの守りの捨て駒をすることは、これまで誰も成し遂げたことのない難事だった。

もし町が大騒ぎになって、ワインボトルを手にして宴会に繰り出す人だらけになったとしても、どうでもいい。「底無し沼」ができたときにはいつも、余詰もあった。そして、ヤコブソンがその余詰を消すと、今度は詰まなくなってしまうか、十九手ではなく三手で詰んでしまう。それは完璧な推理小説を書こうとしているときに、第二章をエチオピアでの灌漑事業の説明に費してしまったことに突然気づくようなものだった。それを取り消すと、小説の中の女性が全員ロドリゴという名前になってしまい、彼女たち全員に名前をつけなおしたら、今度は死んだはずの被害者があちこちのページで生きていることになってしまうのだ。

ヤコブソンは気も狂わんばかりだった。そしてついに彼は、「底無し沼」が美しかろうが、感心してもらえようが気にならなくなった。今や「底なし沼」をつくろうとする彼と、つくられまいとする「底なし沼」の対決なのだ。

スペインのトーナメントでペルッは四位だった。フェオクチストフより二ポイント下回り、十七歳のラトヴィア人カッネルソンよりも、自分のセコンドのロイトよりも下だった。興味深いことに、黒番なのにシシリアンを指さなかった。まだあくまで「爆弾」を指すのか、という疑問を避けるかのように。

ヤコブソンはある種のいらだちを感じながら、ペルッの対局を観戦した。しばしば、プレイヤーは自分の個性と正反対のスタイルを持つものだ。例えば、退屈な者が荒々しく指し、荒々しい者が退屈に指す。ペルッは退屈な人間で、退屈に指した。彼の対局はいつも公園か浜辺に向かい、決してアゾレス諸島に緊急着陸したりしない。ブリスベン爆弾のような全く自分に似合わぬもので、人生最大の成功を達成したという皮肉に、彼は気づいているだろうか。

一時的にそれ以上何も考えられなくなったからだろうか——歯医者の治療台に座っているとき、ヤコブソンは突然、「底無し沼」がどう構成されるかを知った。まだ莫大な作業が残ってはいるが、ここからは自動的に行くだろうことも分かった。それはまさに、「底無し沼」が十九手のチェックメイトを生成する機械であり、彼こそがある時点でその「底無し沼」を生成する機械であるかのようだった。

ある晩、ナイトの配置を変えたとき——そこにそれはあった。「底無し沼」があった。そこに存在し、生き、機能していた。喉に込み上げてくるものを感じながら、ヤコブソンは何枚目か分からない、そしてこれが最後になる盤面図に、日付のスタンプを押した。いつの日か、チェスの研究者がヤコブソンが残した資料の中にこの図を見つけるかも知れない。その彼のために図の下にこう書いた。「十九手でメイト：『底無し沼』ダニエル・ヤコブソン作」、そして時間、日付、年。ヤコブソンはテーブルから立ち上がり、窓の側まで歩くと、一人きりのときに大きな声を出したくはなかったが、こう口にした。「『底無し沼』は完成せり」

もはや彼は「底無し沼」の作者ではなく、それを最初に目撃する人間だった。ポーン、ポーン、ポーン、ナイト、ナイト、ルーク、ルーク、クイーン、ビショップ、……チェックメイト！　何度も何度も——この花火の点火を、精密時計の正確さを。

翌朝、「底無し沼」を見ることをようやく承諾したナルダスに会いに行く市電の車中、ヤコブソンは突然、恐怖に襲われた――もし、黒が十一手目にルークをe4に動かす代わりにe3としたらどうなる?

彼は気分が悪くなった。

ナルダスは助けにならなかった。ルークe3のあと、まったく単純に、詰みはなかったのだ。また一から始めなければならない。

「ま、いいじゃないか。ブリッツを一局どうだい」とナルダスは言った。

ヤコブソンが勝ちを宣言してから約二ヶ月が経った頃、プペイン・デョンから手紙が来た。

親愛なるヤコブソン様

あたりまえの手にこんなに長い考慮時間を使って貴方を待たせたことを謝罪しなければなりません。しかし僕は時々、病院に通わなければならず、そんなときは返事を書くことができないのです。実を言うと、僕は一ヶ月入院していました。そうでなければ、貴方にすぐに返事を書きたかったのです。僕は対局を続けることを心から望んでいます。もしそうして下さるのなら、次の手をここに送っておきます――9．c4xd5。

この対局が続けられることを心から願っています。

プペイン・デョン

この手紙は今までのとは全く違っていた。人間味のないコンピュータのプリントアウトで、返信用封筒も切手も同封されていない。自分はどう書いたのだったか？　〝時間切れ〟だ――ヤコブソンはこの地が割れて自分を飲み込んで欲しいと思った。プペインは、病院で鼻に管を入れられ、頭に大きな白い包帯を巻かれた姿で、ＩＭヤコブソンはもう対局しないと告げられたのだ。あんなに対局を楽しんでいたのに。それが唯一の楽しみだったのに。

ヤコブソンはすぐに返事を書いた。わびた上で、プペインがもう病院に行かなくてすむように願っていると書き、次の手を返した。

今度は二日でプペインの手が返ってきた。そしてその後、対局は普通のペースで続いた。まさにフェオクチストフがブリスベンで指したように、プペインはドローの変化を拒否した。つまり白を敗北に導いた道を辿り続けたのだ。ということは、プペインは新手を用意しているはずだ。そう思っているだけかもしれないが。ブリスベンから四ヶ月が経った今でも、「爆弾」を退ける手は発表されていなかった。しかし、何かあるに違いない――「いまだに8…d5を指すのはしろうとだ」とフランスの雑誌は書いていた。誰もあえてその手を指そうとはしなかった。

あの時間切れを境に変化があった。宛名はマスター・ヤコブソンではなく、ミスター・ヤコブソンになった。郵便局の私書箱番号は、普通の住所になった。もう贈り物や、返信用封筒が同封されることはなかった。毎回、ヤコブソンは同じコンピュータのプリントアウトを受け取り、そこには下線で新しい指し手を示した棋譜が書かれているだけだった。

ヤコブソンはプペインの無邪気な気持ちを殺してしまったのだ。

ナイシュタット対ペルツのマッチはアムステルダムで開かれることになった。記者会見で、ペルツが短いスピーチをした。ヤコブソンは二言三言聴いただけだが、チェス協会の第三秘書が演説するのとほとんど変わりなかった。ナイシュタットをこてんぱんにやっつけるぞ、というような言葉のかけらもなく、ただのチェスの宣伝だった。これでヤコブソンにははっきりとわかった。ヤピー・ペルツが世界チャンピオンにならなければいいと自分が願っているのは嫉妬心からではない。チェスの威厳はペットショップの息子にはふさわしくないのだ。

プペインは十二手目で、ビショップe3と指した。フェオクチストフがキャスリングをしていたところだ。これが待ちわびたプペイン自身による手だった。「爆弾」を退ける試みだ。まだ封筒を手にしたまま、ヤコブソンはがっかりしていた。ビショップe3はヘボ手だ。彼自身もおそらく誰もと同じく、初めて見たとき一瞬その手を考えたことを覚えていた。しかしこれでは、黒が単にe3で駒を交換してしまい、白は陣形に醜い弱点を作るだけだった。

そして今、これだ。騙されていなかったことが明白になって、逆に騙されたような気分になった。実際、彼は子供相手に時間を無駄遣いしていたのだ。少年の感動的な自信過剰よ。僕は騙されないぞ、馬鹿なフェオクチストフ、とプペインは思ったのだろう。どうして単にビショップe3としないんだろう、と。

ヤコブソンは彼の応手を葉書に書いた——ポーンでビショップを取る。しかしそのとき何かが、気をつけろ、と彼にささやいた。プペインとの対局で初めて、彼はチェス盤に駒を並べた。もしブリスベン爆弾に何かが隠されているとしたら、とてもうまく隠されているはずだ。同時対局でのプペインの態度として覚えているのは、彼はビショップe3のような無駄に陣形を崩す間違いは慎重に避けていた、ということだった。もしうっかりすると、プペイン・デョン（十二歳）対ＩＭヤコブソンの棋譜が出版され、"しろうと"マスターがあえてブリスベン爆弾を指し、かつ、センセーショナルな反撃の手を見つけた子供に完敗した、と世界中に知れ渡ることになる。

そして突然、見えた。もし黒がビショップを取ったら、白は取り返さないのだ。そのタイミングに割り込んでチェックをかけ、ナイトを取るツヴィッシェンツークの手。すると、躍動していた黒の駒が皆、突然十歳も老け込み、単なる一ポーン損になってしまう。

なんと単純な。

まさにその手が、彼の家の盤面にあった。世界中が探し求めている手がここにある。もしフェオクチストフがこの手を読んでいたら、ペルツは世界チャンピオンマッチにさよならのキスをすることになっていたかも知れない。もしこれが一般に広まったら、ブリスベン爆弾は想像力の勝利としてではなく、単なるピストルのおもちゃの脅しとして、歴史に消えることになる。

彼はビショップを取った。他に良い手がないのだ。

二日間ヤコブソンは、プペインが駒を取り返してくれることを願い続けた。そうなら、ビショップe3はただのまぐれ当たりだ。その時には、ヤコブソンがその手をツヴィッシェンツークとともに世界に明かし、彼が、ブリスベン爆弾を退けた人間になる。

プペインは取り返さなかった。ツヴィッシェンツークを放ったのだ。

一体どうして、この奇跡の妙手が十二歳の少年との対局に現れてしまったのか？　ヤコブソン自身にもわかった手がどうして、たいして強くない子供に見つけられてしまったのか。

プペイン・デョン対ＩＭヤコブソンの通信対局は、なんの見返りもない黒の一ポーン損になった。

世界プロブレム創作トーナメントの締切期日までに、ヤコブソンは「底無し沼」を修正できなかった。

もちろん、これは敗北ではあった。しかし、それ以上に彼はプペインとの対局に引き込まれていた。この対局は何かがとても奇妙だった。ヤコブソンは徹底的に局面を理解し、深遠な罠を次々にしかけたが、プペインはどの罠にも陥ることなく、優勢を保持し続けていた。よかろう、これは通信チェスなのだ。通常の棋力の差は、ここでは問題にならない。時間をかけて、努力と勤勉で洞察力のなさをカバーできるからだ。しかし、プペインは以前よりも多くの時間を対局に注ぎこめるのだろうか？

ヤコブソンはある古典的なチェスの物語を思い出した。その話は自分で初めて買ったチェス本の中の一冊で知ったのだが、自著に引用したこともある。こんな話だ。

三人のチェスマスターが船旅をしていた。二人の若いマスターと、一人の年配のマスターだ。年上の方はどのブリッツ対局にも負けて、若い二人の笑い者になっていた。しかし彼は、それは短い制限時間のせいだ、と弁明した。自分の洞察力は若い二人に勝っており、十分な時間さえあれば、そのことがはっきりするだろう、と。そして、彼は賭けを申し出た。彼等二人と同時対局をして、一ポイント以上とってみせよう。一局は白番、一局は黒番で、しかも目隠しをして。

若者二人は大笑いした。同時対局だって？　目隠しチェスだって？　全くばかばかしい。そして賭けは受け入れられた。若いマスター二人は協力しあわないように別々の船室に別れ、ボーイが指し手を伝えることになった。

もちろん、年寄のマスターは若者二人を互いに戦わせたのだ。どちらが勝っても、あるいはドローになっても、彼はぴったり一ポイントを得られる。

ヤコブソンは常々、この話はいまひとつだと思っていた。どうして若いマスターたちは別々の船室で対局しなければならないのか。単に、この話の落ちのために、二人が他方の盤面を見てはならないからに過ぎないではないか。しかも、その対局の後すぐに、二人はお互いと戦っていたことに気づくはずだ。そうしたら、その年寄はこのごまかしから一体、何が得られたと言うのだ？

目隠しチェスでは意味をなさない話だ。しかし、通信対局はまさにこの話のためにあるような設定ではないか。船室はそれぞれの家、ボーイは郵便屋、そして真ん中に座って笑っている年寄のマスターが、プペイン。

見知らぬ対局相手は一体誰なのか？　ある疑惑が、あまりに気違いじみた疑惑なので口にするのもはばかる疑惑が、ヤコブソンをとらえた。

十九手目をポストに投函して、ヤコブソンは空気のにおいをかいだ。もう春だ。彼は上機嫌だった。たった今、決定的なところで優勢を広げる手を逃した謎の対局相手に、応手を送ったところだ。謎の敵が犯した初めてのミスだった。

ヤコブソンは散歩に出かけることにした。動物園の入口で、見覚えがある少女を不意に見かけた。すぐそのうしろに、父親のヤープ・ペルッと少女がもう一人いるのに気づいた。長女のビアンカとその妹だった。ビアンカはもはやどう見てもそう醜いとは言えなかった。相変わらず、不恰好な感じではあったが。年は十七くらいのはずだ。

ペルッもヤコブソンに気づいた。

「こんにちは、ダーン」

「やあ、こんにちは、ヤープ」

二人は握手をして、また沈黙した。彼等はお互い一緒にいてくつろげたことがなかった。あの1―0のせいだ。

ヤコブソンは娘たちとも握手をして、そのまま別れようとしたが、ペルッも春の陽気に心を動かされている様子だった。「暇かい？　動物園に入ろうと思っていたんだよ、一緒にどうかな」とペルッが言った。

二三度、ヤコブソンは人々がペルッのほうを振り返るのを見た。一度はサインを頼まれ、ペルッは歩き続ける娘たちに謝るような身振りをして、慌ててサインをしていた。

売店で、ヤコブソンはペルッの許しを得てから、娘たちにアイスクリームを買ってあげた。ヤコブソンたちも自分たちの分を買った。突然、少女たちが甲高い声で笑い始めた。すぐその理由が分かった。象が勃起していたのだ。象の巨大な一物から粘液が垂れている。父親とその娘たちの前でこの光景を見て、ヤコブソンは大いに気まずい思いをしたので、ペルッも娘たちを先へとせかすだろうと思った。しかし、ペルッもそこに立って、娘たちと一緒に笑っていた。彼は以前よりもくつろいで、親しみやすい人間に見えた。成功が彼を変えたのだろうか。

ペルッはヴィルヘルムスの思い出話をした。二人が学校で一緒だったのは一年だけのことなので、共通に知る先生はほとんどいなかった。不意にヤコブソンは警戒心とともに理解した。ペルッは心の中に秘めていたことを口にしようとしている。少なくとも二十年が経った今、明かす準備をし、話そうとしているのだ。

二人はちょうど餌を与えられているアシカのところに来た。アシカたちは強烈な尾の力で泳ぎ、ペルッは水しぶきをかぶりながら笑っていた。ヤコブソンはこのタイミングを捉えた。このことでアシカは否応なしにチェスの歴史の中の役割を果たすことになった。

「なあ、ヤープ。今まであまり話をしなかったよな」

「うん。確かに」

「僕らは特にね。時々、あえてお互いを見るのを避けていたように思うんだ。そんな必要はないのに」

「そう、もちろんない」ペルッはうなずき、気まずそうにしていた。ペルッにとってもこれは難しい会話なのだ、とヤコブソンは思った。

「それはあの1―0のせいだろう。あの時、僕が勝った対局だ。あれがまだしこりになっているんだ」

ペルッの顔から微笑みが消えた。そして、ゆっくりとうなずいた。「そうだね。ひょっとしたら、そのことをどうにかする時が来たのかも知れない」

「僕のお気に入りの空想を聞いてくれないか?」と、ヤコブソンはかつてなかった親密な雰囲気に後押しされて言った。「ナイシュタットとのあの最後の対局だよ。同点のスコアで、君の勝勢のまま休憩の中断になるんだが、奴には厄介なおっかけルークがある。あれだよ、ルークでチェックをかけ続けるやつ。ステイルメイトになってしまうから、その厄介なルークを取れないんだ。僕はそれから抜け出す方法の研究をしている。そして君が僕に電話をかけてくるのさ。君は勝つ。僕が君にそのルークを取る方法を教えるから」

「そのおっかけルークは、実際の対局じゃそうそう起こらないよ」とペルッは言った。「でも、もしそんなことになったら、必ず助けてもらうことにしよう」

ヤコブソンたちは水辺に座り、動かないフラミンゴの群れと向かいあった。ペルッはビアンカに、彼が書いた経済学の教科書と石頭の教師が出てくる逸話を話していたが、ヤコブソンは半分も聞いていなかった。

彼の目の前では、ビショップがe3で踊っていて、妙手を示す小さな感嘆符がその周りを取り囲んでいた。

「あのさ、フェオクチストフとの最後の対局なんだが」と、ヤコブソンはペルッの話の終わりを捉えて言った。彼はチェス界全員の目が自分に注がれているように感じて、思わず強く唾を飲み込んだ。他の誰も当のペルッ本人とこんなに気楽に、ブリスベン爆弾の話ができる者はいないだろう。

「ああ、あれね」とペルッは笑って言った。

「12.Be3としたらどうする」

ヤコブソンはペルッの目に神経質な光が輝いたのを見た。しかし、ペルッはすぐに平静を取り戻した。ヤコブソンは息を止めた。彼は何かに触れたのだ。

「ねえ、パパ、まだ行かないの……」とビアンカが言った。

「単にe3で取り返す」とペルッが答えた。

しばらくの間、ヤコブソンはどう言えばいいのか分からなかった。ペルッの答は馬鹿げていた。

むしろ侮辱だ。e3のビショップを「単に取り返す」レベルの話なら、ビショップe3自体がヘボ手だということになる。

「クイーンa4でチェック」とヤコブソンは言った。心臓が大きく弾んでいた。

ペルツはまだ真面目な顔を保とうとしていたが、無理だった。不器用な笑みが彼の顔中に広がっていた。

「ねえったら」とビアンカが言った。「だったらおしっこに行きたい」

「お手洗いに、だろう、ダーリン。すぐ行ってきなさい」

「ポーン、ジーの十七、十八」とビアンカは言うと、立ち上がって、妹と一緒に歩いて行ってしまった。

ペルツはまっすぐにヤコブソンを見た。「分かったよ」と言って、うなずいた。「いい手だ。どこで見つけたんだ?」


「見たんだ」

「どういう意味だい? 見た、とは」

通信対局している十二歳の少年がそう指したんだ、という言葉が舌の先まで出かかった。

「我ら卑しきものも、時には何かを見るものさ」

「最近はチェス・プロブレムにしか興味がないのかと思ってたよ」

「たまにはね」

「その手を発表するつもりなのか?」

「その手を指すつもりなのか？」

ペルッは肩をすくめた。彼はすでに自分を取り戻していた。「もう誰もd5を指さないよ。いずれその手は通信対局か何かで現れるだろうと思うね」

二人は黙り込んで、静かなフラミンゴを見ていた。少女たちが戻ってきて、父親がまたチェスの話をしたらすぐ退屈そうな顔をしようと待ち構えていた。

ペルッは教師の話を続けたが、さっきと同じようにくつろいでその話をしようとしていて、ぎこちなさが感じられた。

ビショップe3が何かに触れたのだ。

その帰り道、ある考えが押し寄せてきてヤコブソンは息をのんだ。つまり、ペルッも「ブリスベン爆弾」を退けるあの手を知っていたのだ。それ自体は驚くべきことではない。彼が自分の秘密にしておくのはもっともだ。しかし今、十二歳の少年と世界チャンピオン挑戦者の二人だけ、ヤコブソンの知る限り、12．Be3の秘密を知っているのはこの二人だけなのである。

彼等は通じあっているのか？　プペインはペルッからビショップe3を教えてもらったのか？

そしてヤコブソンは、目にはしていたがこれまで思い至っていなかったことに、ようやく気づいた。プペインの名前はプペイン・デヨン。クイントンの名前はクイントン・デヨン。二人ともデヨンだ。二人ともBe3に近い。そして気づいてみれば、二人は良く似ていた。

プペインはペルッのマネージャーの息子だったのだ。

ヤコブソンの背中を冷たいものが走った。**いずれその手は通信対局か何かで現れるだろうと思う**

ね……ひょっとしたら、あの1―0をどうにかする時が来たのかも知れない……。

謎の対局相手はペルッだ。そして彼は相手がヤコブソンだと知っている。だからヤコブソンを動物園に誘い、そのことを知らせ、彼も知っているのかどうか確かめたのだ。

彼は同点を得るためにプペインを使った――１―０とともには生きていけないから。

家に帰り、ヤコブソンは確認した。クイントン・デヨンの会社は見覚えのある番号の私書箱を使っていた。プペインが時間切れになる前に封筒に書いていた番号だ。

きっとこういう筋書きに違いない。まずプペインは自分から通信対局を始めた。おそらく、ある時、ペルッがその対局のことを知るに至り、ヤコブソンとのスコアを同点にする機会に気づいたのだ。ペルッに教えを乞うた。または、クイントンが何か口添えしたのかも知れない。いずれにせよ、時間切れのあたりに長く応手が途絶えたのは、これと関係しているに違いない。プペインが自分の対局を取り上げられることに反抗したのだろう。しかし、プペインの入院という口実を持ち出すのに、どうしてペルッは二ヶ月もかかったのか。

ヤコブソンはチェス雑誌のバックナンバーを確認した。スペインでのトーナメントのすぐ後、ペルッはアフリカへ遠征に行っている。彼が戻ってきたのは二月二十二日だ。

ヤコブソンが対局続行を願うプペインの手紙を受け取ったのは二月遅くだった。

もちろん、このような方法で同点を得ようとするのは、ペルッ側のいんちきだ。しかし、ヤコブソンの怒りはすぐにおさまった。これは実際、素晴らしいではないか。人生最大の敵はペルッだとヤコブソンが思っていただけではなかった。ペルッもまたヤコブソンを、少なくとも一度は倒さねばならない父とみなしていたのだ。

数週間続けてヤコブソンは壊滅の淵にいたが、彼は闘った。この1—0を保つことが、二人の内の自分こそ、真のチェスプレイヤーであることを意味するのだ、という気持ちに支えられて。彼は盤面のもっとも深い深みに至るまで解析し、ノートが分析で埋めつくされた。ここまで徹底的に一局のチェスを理解したと感じたことは、いまだかつてなかった。そして深刻な状態にあった病人が少しずつ癒されていくように、彼の盤面も改善されていった。ペルッですら犯す小さなミスをすべてつかまえ、夏が過ぎ去る頃、彼は反撃のチャンスをつかんだ。もはや負けるとは限らない。ドローが手の届くところにあった。時々、いんちきをしているのは、むしろ自分のほうではないかと感じた。ペルッには家族があり、迫りくるナイシュタタットとのマッチがあるが、自分は生活のすべてをこの一局に捧げることができたからだ。

「底無し沼」のことは忘れていた。今では、あんなにも長い時間を無駄に費してしまったという事実に肩をすくめる程度だった。芸術家対その素材の高邁な格闘は言い訳に過ぎず、挫折したチェスプレイヤーによる自分自身の流刑だったのだ。発見の旅の代わりに、ごみ拾いをしていた。真実のチェスとは単純な、一対一の、どう結果が転ぶか分からない、殴り合いなのだ。

そして、この重大な闘いが彼の人生の隠喩だとしたら？　序盤は遠い過去であり、そこを抜けると敗勢になっていた。しかし彼は背中を丸めて耐えしのぎ、闘い続けた。そして今再び、すべてが可能になった。

ヤコブソンは、まだ自分にもトーナメントプレイヤーとしての未来があるのではないか、などと考え違いはしない。しかし、通信チェスならどうだろう？　通常の意味での強さはここでは何の意味もない。努力対洞察力。彼が努力を代表してもよいではないか。努力は愛から湧き出る——そこが努力の美しいところだ。通信チェスでは、チェスへの愛が強さの一部なのだ。

ヤコブソンは通信チェス協会に、世界チャンピオン戦に参加するための適切な手続きについて問い合わせる手紙を書いた。

時々ヤコブソンは、自分は狂っているのではないかと思った。相手はペルッなんかじゃない。十二歳の子供相手の対局に全身全霊を打ち込んでいる。

九月の上旬、プペインは二週間の休暇を通知してきた。その二週間、ペルッはセコンドと一緒にチュニジアで短期トレーニングキャンプをしていた。

ナイシュタットはアムステルダムに到着した際のインタビューで、ペルッは興味深い対局相手だと思うが、次の挑戦者がセミヨン・カツネルソンであっても驚かないだろう、と宣言した。マッチが始まる一週間前、ペルッの不正確な着手をまた一つとがめ、ヤコブソンが勝つ可能性すら見えてきた。ここからどうなっていくのだろうと彼は思った。ペルッはすでにマッチの影響を受けていて、もしヤコブソンがそのことを考慮に入れて指していけば勝てるかも知れなかった。ひょっとしたら、ペルッはこの対局をセコンドに任せるかも知れない。そうなってしまったら不当だ。この対局は純粋なペルッ対ヤコブソンでなくてはならない。

しかし、勝利は重要でない。フェアな条件でペルッと戦い、そして二人の1—0のスコアを保つことができれば十分だった。ヤコブソンは合図を送ろうと決心した。ドローを申し出るのだ。ある意味、ドローは勝利よりも名誉である。もし神ならぬ自分が単純にペルッに勝ってしまっては、ペルッが真面目に対局していなかったという印象を与えてしまう。

ナイシュタット対ペルッの世界チャンピオンマッチの開会式が、アムステルダム音楽劇場で催された。ヤコブソンは正装で参加したごく数名のうちの一人だった。彼は注目されているのがわかっていた。もしこの場所で自分自身のための儀式を計画していなかったら、こんな格好はしてこなかっただろう。

十六人が白い衣装、もう十六人が黒い衣装を着たダンサーによるバレエの舞台があり、式典のために作曲されたチェスの歌をコーラス隊が披露した。ヤコブソンはずっと、最前列のナイシュタットの右隣りに立つペルッを見つめていた。ヤコブソンにポカでクイーンを取られたヤピー・ペルッが、とうとうここまでのぼりつめた。そして今、チェスの洞察力として機能するちょっとした回路がたまたまペルッの頭の中にあった、という偶然を祝うために総理大臣とロシア大使と女王陛下が集まっている。この三人のうちの誰も、その同じ頭脳が学校チャンピオン戦で吹き飛ばされた対局に激しい執念を抱いているとは想像もできないだろう。

ヤコブソンは、彼自身とペルッとの最後の決定的対局が刻々と過ぎ去って行く、その感傷を楽しんでいた。まるでダンサーや歌手が他の誰のためでもなく、ペルッと自分のために演じてくれているように思えた。最高の瞬間のなんと素晴らしい演出だろう！　そしてペルッは二人の間のスコアが永遠に1―0となることを認め、同時に、チェスの神がヤピー・ペルッを選ぶという間違いを犯したことを自ら受け入れるのだ。

ペルッはくじ引きに勝ち、第一局を白番で指すことを選んだ。

打ちひもで区切られた場所で、高位の人々、チェス関係者、その他の特別招待客のレセプションがあった。ヤコブソンはロープのこちら側で、女王陛下がナイシュタットとその側近たちに紹介されるのを見ていた。そのすぐ後、女王はペルッとその妻と子供たちを含む人だかりの中に立っていた。一度、女王が大笑いをした。おそらくあの娘たちの一人が、チェスは単に退屈なだけだと思うなどと言ったのだろう。

ヤコブソンがペルッの注意をひくことができたのは、女王陛下が去ったすぐ後だけだった。ロープで隔てられ、二人は互いの顔を見つめながら立っていた。ヤコブソンはペルッの手を握った。ペルッは少し驚いたような顔をして、その手を上下に振った。

「ドローを申し出る」とヤコブソンは言った。

「ドロー？　何のことだい？」

「対局を続ける意味があるとは思えない」ヤコブソンは、盤面は自分の方が有利なのだと口にしないよう、自分を抑えなければならなかった。

「一体、何の話をしてるんだ？」

「我々の対局のことさ」

ペルッはぼんやりした目で彼を見つめた。「我々の？　何の対局？」

「通信対局だ。君がプペインだってことは分かってる。ビショップe3の前から気づいてたよ。でも、その時はまさか信じられなかった。君は二月にプペインになったんだ」しかし、ペルッが彼を見る様子のせいで、段々と言葉が出なくなってきた。

「どこのプペインだ?」

「プペイン・デヨンだ」

ペルッは後ずさりした。彼は頭を振り、恐れるかのようにヤコブソンを見た。しばらく沈黙が続いた。

「こちらは次にクイーンc6と指せる。そうすると有利だ。しかし、僕はドローを提案したい」

「何か勘違いしているんじゃないかな」と言って、ペルッはたじろぎながら、他に何か言いたそうにしたが、結局、背を向けて去っていった。

ヤコブソンは彼の歩いて行く先を見ながら、ロープのそばに立っていた。二三度、ペルッはヤコブソンがまだそこにいるか確認するかのように振り返ったが、彼を見ると目をそらせてしまった。


クイントン・デヨンの事務所に電話すると、留守番電話だった。ヤコブソンは十回、二十回と電話をかけた。しかし、いつも感情のない声が応答するだけだった。彼のチェス盤には、51…Qc6のあと、そこにはもはやチェスのルールがなくなったかのように、駒が立ちつくしていた。ヤコブソンは家の中にいるのが耐えられなくなり、外に飛び出し、道を行ったり来たりしたあと、ある考えに思いあたり、電話をするために家に走って帰った。

ウェブスターは、ペルッが世界チャンピオンになりそうかと尋ねた。

「生徒について訊きたいことがあるんだ」とヤコブソンは言った。

「内容によるね。君には関係ない、ってこともある」

「プペイン・デヨンだ。チェスをする子。同時対局に参加してた」

彼がそう話す間にも、ウェブスターはだんだんおとなしくなっていった。

「プペイン・デヨン？」

「そうだ」

「君はどれくらいあの子と親しい？」

「特には親しくない」

「それでも気をしっかり持ってくれよ。あの子は死んだ」

「死んだ？　そんな馬鹿な」

「葬式に行ったよ」とウェブスターは言った。「本当にやりきれなかった」

プペインはおよそ一年前の十二月八日に死んでいた。聖ニコラウスの日のすぐ後、あの「時間切れ」の前の最後の手になった、マジパンのチェス盤のすぐ後。時間切れ——その言葉が両親をどんなにか打ちのめしただろう。返信用封筒と絵が来なくなったのは、プペインが死んだからだった。他の誰かがその対局を継いだ。しかしそれはペルッではない。

ヤコブソンはふたたびクイントン・デヨンに電話して、今度はメッセージを残した。

数分後、電話がかかってきた。

壁は絵でおおわれていたが、ヤコブソンには大きな額縁に入ったプペインの写真しか目に入らなかった。少年は笑いながら、公園の巨大チェス盤で大きなポーンを抱えていた。

「あの子が死ぬ二週間前」とクイントンが口を開いた。「そのとき、君に送るポラロイド写真も一緒に撮ったんだ」対局を続けていたのはクイントンだった。そして彼はそのことを謝った。「私は度を越してしまった。でもそうすることで、ちょっとでもあの子が生き続けているような気持ちになれたんだな。だからあんなことをしてしまった」

プペインは白血病だった——二十歳まで生きることはないだろうと自分でも良く知っていた。彼はヤコブソンと通信対局できて天にものぼる気持ちでいたが、その頃から彼の病状は急激に悪化した。最後の数週間、彼は病院を出たり入ったりしていた。

プペインが死んでしばらくしてから、ペルッと一緒にスペインやアフリカに旅行して帰ってくると、クイントンは、プペインのために対局を続けたら、と思うようになった。彼はペルッがファインマンと対局を検討をしているときに一度、ビショップe3を目にしていた。クイントンはペルツからアドバイスを受けたことはない。ビショップのアイデアを失敬したことを気づかれたくなかったし、なにより、プペインのためにも自分自身の力だけで対局したかった。

「でも時にはあの子のことをほとんど忘れられたよ」とクイントンは言った。「盤面を解析するために毎日、まる一日を費やしていたんだ。仕事も放り出してた。本当に素晴らしい対局だった。そう思わないかい?」

ヤコブソンはうなずいた。

「時々ヤープが、一日中携帯チェス盤に頭をつっこんでどうかしたんじゃないのか、と訊いたものさ。自分の時間をチェスに費やすマネージャーなんて使えない、とね。君たちが私のことを馬鹿げた素人だと思っていることは良く分かっていたよ。でも、十分に戦えることを君に示せた。君みたいなマスターを相手にだよ！」

「君はたしかになかなかのプレイヤーだ」とヤコブソンは言った。

「普通の対局なら、絶対にこんなことはできない。でも通信戦なら違ってくる。もちろん、私はビショップe3のおかげで最初は有利だった。勝つチャンスがかなりあると思っていたが、今はドローだろうと思っている。ドローを提案したい」

何を言ってるんだろう、とヤコブソンは思った。ドローだと思っているのならやはり素人だ。どんなに劣勢か分かっていないとは。

しかし、これはドロー提案を拒否するのが不適切かも知れない特別な場合だ、とヤコブソンは感じた。仕方ない。彼はクイントンの手を握った。ドローだ。

クイントンは喉からおかしな音をさせて部屋を出ると、五分間ほど帰って来なかった。

「私は君を利用してしまった」とクイントンは言った。「なんといっても、君はプロなんだから。アマチュアと通信戦をするときには、料金を設定していると思う。いくらになる？」

ヤコブソンは素早く計算した。自分が本当にあの対局に注ぎこんだものに支払ってもらうとすれば、一手あたり軽く百ギルダーにはなるところだ。

あの対局は五十一手まで続いていたが、早過ぎるドローのせいで数手分損をした。五十一かける十五……いや思い切って千五百ギルダー請求したらどうだろう？

ヤコブソンはもう一度、腕の中にポーンを抱きかかえたプペインの写真を見た。船のボーイ役に使われていると思っていた少年の写真。プペインなんて、十二歳で死ぬ子がつけている名前じゃない。

「二千ギルダーで足りるだろうか?」とクイントンが尋ねた。
ヤコブソンは首を振った。「いや、いらないよ、本当に」
「ありがとう」とクイントンは言った。「お気遣いありがとう」

二人は朝まで対局を分析した。ヤコブソンは自分の一局の駒が、この奇妙な元バレエダンサーの手に握られているのを見て、おかしな気持ちだった。しかしクイントンは、ずっと自分が優勢だということを示そうとばかり考えている迷惑なアマチュアではなかった。彼はチェスマスターにふさわしい尊敬をもって接してくれた。ヤコブソンの判断に敬意を表して従った。ヤコブソンが発見していた妙手順を見せると、クイントンは「美しいなあ!」と声をあげた。もちろん、彼が所詮アマチュアであり、初心者であり、ヘボであることを、盤上ではいつまでも隠せはしない。しかしそのことはなおさら、彼がいかに手強い敵だったか、どれだけプペインのことを思っていたか、賞賛の気持ちを湧かせるだけだった。

ヘボにしては、クイントンは最高の指しぶりだった。

ヤコブソンは報道室の喧騒から逃げ出して、ペルツとナイシュタットが世界チャンピオンマッチの第一局を闘っている舞台を見つめながら、薄暗いホールに座っていた。

ナイシュタットにとってはほぼ百回目だったが、ペルツは、実際初めてこの演壇に座っているにせよ、地味でぱっとしない、いつものペルツだった。チェスの才能という奇妙なものを注ぎ込まれた器であることに、どう対処すればよいのか分からない、といった風情。チェスを指すことが、まさに彼にできることだと発見しただけで、それは金貨のつまった壺を裏庭で見つけたのと同じことだ。

ひょっとしたら、ヤピー・ペルッは本当に世界チャンピオンになるかも知れない。

ヤコブソンの思考はクイントンとの対局へとさまよっていった。ドロー提案を受け入れるなんてどうかしていた。ヤコブソンはまたあの盤面を思い浮かべた。クイーンc6のあと、黒は事実上勝ちだ。二千ギルダーを断ったことにも腹が立つ。余計な気遣いだった――クイントンは精神分析医にだってそれくらい払っているに違いない。

まだあの金が取れるか試してみるべきだろう。なんといっても、私はプロなのだから。

去年の冬、マイアミで

ジェイムズ・カプラン
若島 正訳

IN MIAMI, LAST WINTER
by James Kaplan

私が初めてハリー・アーバニックを見たとき、彼は二十五セントで真剣を指していた。両腕をひろげて立ち、テーブルに置かれた盤の端に手をかけ、頭をピクピクと前後に動かしている姿はまるで獲物に襲いかかろうとする蛇のようだった。彼は当時十六歳。私は少し歳下だった。その出会いは私が初めて参加した大会の休憩時間のことで、場所はマンハッタンにあるヘンリー・ハドソン・ホテル三階のダンスホール。ハリーの方はその大会が初参加でもなんでもなかった。その若さですでに実力はマスター並だった。しかし、チェス好きには自信家が多いので、だからといって客が逃げることもなかったのだ。ハリーは左手の脇に二十五セント硬貨をうずたかく積んでいた。私は一回戦に勝ったところで、相手は髪が薄く、無精髭をはやした、嫌な感じのレフコヴィッツという若い男だった。私は安堵感と嬉しさのあまり、それを話す相手もいないので急いでロビーの軽食堂に行き、ツナサンドとチョコレートセーキを食べながら、自分はひょっとしたら天才かもしれないなと考えた。食事はこのうえもなくうまかった。勘定を払い、チップをはずんで、二回戦の開始を待つために三階に戻った。そして会場に入ったときハリーを見たのだ。

彼は痩身で表情が厳しく、頬骨が突き出て目は細かった。チェス選手にしては美男子の部類だった。テーブルのまわりには人垣ができていて、その注目の的がハリーだった。ハリーの相手は、太って顎鬚をたくわえた中年男。私はテーブルの横の少し離れたところに立ち、見とれて観戦した。誰の目にも、この太った男が敗勢なのは明らかだった。ハリーの指し手はまるで駒を盤に叩きつけるようだったが、太った男は椅子の背によりかかって立ち、目をしかめて、気にしないそぶりをしていた。中年男が一人でしゃべり、ハリーは押し黙っていた。

「もう勝ったと思ってやがるんだろ」と太った男が言った。「どっこい、このおれさまはまだ死んじゃいねえぞ」

バシッ。

「なるほど、なるほど、なるほどな。若いの、なかなかやるじゃないか。こんな強いのにかかっちゃ、おれみたいな年寄はかたなしだ。この手はどうかな？」

バシッ。

「痛え。アイタッタッタ。きついなあ。きつすぎる。きつすぎるじゃないか。困った困った。このハリー・アーバニックという奴は若いくせに強いわ。いや参った。だが、まだ死んだわけじゃないからな。チェック」

バシッ。

「最善手か。受けと同時に攻めにもなってるな。この一手か。悲しい話じゃないか、この一手とは。ええい、もう――」

バシッ。

「それで終わりか、なるほど。きさまにやられるのは癪にさわるからな、おれが自分でやるわい」太った男はキングを倒し、バギーパンツから硬貨を取り出した。「ほら取っとけよ、このガキ」男は背を向けて足早に会場を去っていった。

「どんな奴でもカモはカモ」とハリーが言った。「次は?」

私は一瞬どうしようかと思ったが、別の男が先に名乗りをあげていた。

私にチェスを教えてくれたのは、同じ通りに住んでいた友達のアーティである。アーティはゲーム事ならなんでもこいというタイプの少年だった。彼はなんでも私に勝てるという自信をいつも持っていたし、また実際そのとおりだったが、これには深い意味がある。ゲームに強い奴は弱い奴を相手にほしいものだ——つまり私はアーティの絶好のカモだったのである。彼は小さくて円い金属製のチェス台を持っていた。あの小さな駒の鋭い感触を私は今でもはっきりと憶えている。それに、愚かで致命的な悪手を指してしまったと突然気づいたときのあの気分、手品みたいな不思議な手にしてやられて、いくらくやしがっても負けは負けだったときのことも。私たちはいつも彼の家でテレビを見ながらチェスを指した——アーティは全力を注ぐ必要すらなかったのだ。

しばらくしてわかったのだが、アーティの知識はたいしたものではなかった。彼が教えてくれたチェスは、フィッシャーの本に書いてあるのとは違っていたのである。アーティはキャスリングをまったく知らなかったし、アンパサンでポーンを取るのも初耳だった。それに、初手に端のポーンを突く癖は単なる愚手でしかなかった。まず盤の中央を制圧しないといけないのだ。それが序盤のほぼすべてだ、とフィッシャーは書いていた。

私はフィッシャーの本を熟読し、読み終わるとまた別の本を図書館から借りた。今度の本ははるかに複雑だった。紙は変色して活字も小さく、昔に指された棋譜がたくさん載っていたが、どの棋士も奇妙な名前ばかりだった。ボゴリュボフ、アリョーヒン、フィリドール、タルタコワ、ズノスコ＝ボロフスキー。私はそうした名前を呪文でも唱えるように心の中で繰り返した。

シッパー先生が顧問をしているチェス部は毎日午後三時に集まっていた。シッパー先生は三角法を教えていたが、もともと人気のない科目だったし、担当した生徒の誰からも嫌われていた。教室の机は床にとりつけられていたので、対戦者は向かいあうために机の上に座らなくてはならなかった。高くて汚ない窓からは学校の駐車場が見えた。教室はチョークの粉やニスや鉄の匂いがして、チェス部員がいるときは、そこに体臭が混じった。

初めてその教室に入ったとき、そこにいた六人の男子生徒にはどこか奇妙なところがあることに気づいた。それが何だったか、今でもうまく言えないが、その男子生徒たちが女の子とは無縁だということはそのときでもすぐにわかった——べつに私は女の子にもてたというわけでもないが、彼らが一見してそうであるように、女の子と無縁でずっと暮らせるかどうかは自信がなかった。彼らが醜男だとか汚ならしいとかそういう意味じゃない。彼らにとってチェスがただの放課後の遊び以上のものだったということなのだ。皆はまるで時代遅れの服装をしていたが、私が感じたのは貧しさではなく、単なる関心のなさだった。私が教室に入っていっても誰も顔を上げなかった。シッパー先生がこちらにやってきて話しかけ、私を勝者の一人と対戦させた。私は神経を尖らせ、真剣になって全力を傾け、その生徒を負かした。

それで入部させてもらった。

毎日午後三時になると、窓の外の駐車場から次第に車が減っていく。シッパー先生の教室の外の廊下を生徒の群れがどやどやと通りすぎ、そして小人数のグループが通りすぎる。ときには女子生徒が、胸に教科書を抱え、軽やかな足音を響かせて通りすがりにこちらをのぞきこむ。さぞかし我々は不思議な人間に見えたことだろう。誰もいなくなるまでじっと座っていると、駐車場も廊下も静まりかえり、聞こえるのは戸口にある時計の分刻みの大きな音と、寒くなってくるとカチッとつくラジエーターの音だけ。日が経つにつれて午後は短くなり、学校の時計が今まで見たこともないような時間になるまでチェスを指した。暗闇の中を帰宅することもしばしばだった。

私は部内で最強だった。他の連中もチェスに対して真剣だったが、ただ攻めるだけの攻めや、ハメ手や対称形を意味もなく好むという弱みがあった――「ナイトとビショップを繰り出せ」「中央を支配せよ」というチェスの単純にして根本的な論理がわかっていなかったのだ。彼らは何度も何度も同じ序盤定跡ばかり指したが、私はといえば相変らず図書館からニムゾヴィッチの『我が戦術』といったような本を借り出していた。私は今ではレベルが一段上だった。しかしまだ天才の域に達していないし、ただよく本を読んでそれが通用しているというだけの話だ。苦手なのはエンドゲームで、盤上の駒がわずかになる終盤こそ、チェスが純粋芸術に近づく領域であり、チェス・プロブレム作家並の読みの力と間合の取り方が必要となり、駒が少なくなるにつれて変化は多岐になり、名人級の頭脳のみが卓越しうるのだ。私とそこまで競える部員は誰もいなかった。

十二月のある日の午後、シッパー先生は、クリスマス休暇に某地区のＹＭＣＡでジュニアの州大会が開催されることを告げた。誰か参加したい人は？

そのときのみんなの沈黙を今でも憶えている。私は申し訳ないような気分だった。

すでに書いたが、ボゴリュボフ、アリョーヒン、フィリドール、タルタコワ、ズノスコ＝ボロフスキー。それにシュタイニッツ、アンデルセン、エイベ、カパブランカ、モーフィー、ニムゾヴィッチ、ターリ、ボトヴィニク、フィッシャー、マーシャル、ラスカー、ピルスベリー、ペトロシアン。他にもまだ大勢いる。彼らの名前には奇妙な響き、天才の響きがあった。偉大なる棋士のほとんど全員が狂人だった。人間嫌い、奇癖、夭折。彼らは名局を創った。名手は記録され、棋書の中で永遠に残る。一八七四年、於バーデン＝バーデン、シュタイニッツ対某アマチュア戦、二十三手目P―N7!!　一九〇三年、於パリ、ラスカー対某アマチュア戦、十五手目NxQチェック!!　絶妙手を表わす感嘆符は驚愕の印だ。哀れな某アマは、シュタイニッツに対して二十二手目を指したか、ラスカーに対して十四手目を指した直後で、おそらくは、保養地のホテルで手の上に顎を乗せ窓の外に目をやったところか、夕暮れ時のむせかえるカフェでうとうとしかけたところ、まさしくそのとき――バシーン!!――耳もとでシンバルが鳴ったように、十五手目あるいは二十三手目の歴史的名手が指されたのだ。某アマは、未来永劫にわたって、絶妙の手順で負かされ続ける運命となる――NxQチェック!!　P―N7!!

自分はそのシュタイニッツやラスカーになるんだ、と大会を前にして私は思った。相手は某アマだ。

棋書を何度も読み返すうちに、大会当日の土曜がやってきた。小雪の降る日で、車に乗るため外に出ると、乾いてひんやりとした空気が心地よく、私の頭も冴えわたっていた。父がYMCAまで送ってくれた。車から下りたとき、父にさよならと言ったかどうかも定かではない。ロビーは少年たちであふれんばかりだった。

二階の大会会場に入ると、そこにはつなぎ合わせたテーブルが二列平行に部屋の端から端まで陣取り、その両横に折りたたみ椅子が並べられていた。テーブルの表面は褐色で、断熱板らしい。盤は緑とクリーム色の油布。駒は大きくて重いプラ駒で、ひどい使い古しだ。ルークは城壁のてっぺんが欠けてまるくなっていた。白の駒には、ビショップの僧帽のくぼんだ部分とか、キングやクイーンの王冠の縁とか、ナイトの眼やたてがみに汚れがついていた。それぞれの盤の横には特別に印刷した記録用紙と対局時計が置いてあった。これまで対局時計を見たことはあっても、使ったことはなかった。掲示板で見ると、第一回戦の対戦相手はクロールという名前だった。クロールとはどんな奴だろうか？　東欧からやってきたばかりの陰気な奴か？　それとも神経過敏で、喘息気味で、太っていて、ハンカチを握りしめる、眼鏡の天才少年か？　実際に顔を合わせてみると、クロールは小柄で愛想がよく、どこにでもいそうな金髪の少年だった。しかしさりげなく鋭い手を指してくる奴かもしれない。そう思うと緊張はおさまらなかった。私たちは握手して、時計のネジを巻いた。ぐっと唾を呑みこみながら、私はキングのポーンを二マス進め、時計を押し、自分の記録用紙に一手目P―K4と書きこんだ。心臓の鼓動が止まりそうな数分間、クロールは考え、左端のポーンを二マス進めた。なんのことはない。アーティと同じ指し方だ。

愛想がよくどこにでもいそうな連中はやがて消えていった。当日は三回戦、そして日曜にはもう二回戦行なわれる予定だった。最初の二局は楽勝だったが、自惚れすぎて危く三回戦を落としそうになった。序盤で大ポカを指してクイーンを取られ、大苦戦になったものの、とうとう終盤で相手がその上をいく大ポカをやってくれた。私はほくそえみ、今思い出しても驚くほど乙にすまして、勝って当然の一局を取り戻した。まだ当時は怖がることを知らなかったのだ。

夕方に父が車で迎えにきたときに、なぜかツキが逃げるといけないと思って私は一言もしゃべらなかった。道が凍てついて滑りやすく徐行運転になったあの帰り道のことを今でも思い出す。すっかり有頂天で、今日のことをしゃべりたくてたまらなかったくせに、何も言わずに余計な動きは一切しなかった。大会で優勝するには、このままの状態を保ってぐっすり眠りさえすればいいのだと思った。当然ながら、何時間も寝つかれなかった。それから怖い夢を見て、朝は寝すごしてしまった。道の具合は相変らず悪く、ようやくYMCAに戻ったときにはすでに相手は指しており、私の対局時計が動いていて、二十分経過していた。私は初手を指し、コートを脱ぐ間も惜しんで時計を押した。相手はすぐさま指して、こちらが着席する前にまた私の対局時計を進ませた。彼は激しく攻めてきたが弱かった。わざとではなく自然にそうなったにせよ、私は遅刻を気にしないそぶりをした。そして相手がいらだっているのを見て、その態度をとり続けた。椅子に深くもたれ、相手の手番のときには天井を見つめた。この作戦は効果覿面だった。私はわずかな隙を見つけて粉砕してやった。

この盤外作戦は巧妙な新手だと思ったものだ。しかしその数週間後、ヘンリー・ハドソン・ホテルのダンスホールで、爪を嚙んでいる相手を尻目に、悠々と椅子にもたれて雑誌を読んでいるハリー・アーバニックに出喰わすことになろうとは。

この辺で、十五歳の頃の交友関係について手短かに述べておきたい。私には友達はいなかった。

学校のチェス部では、当たり前のことだが、つまらない冗談を言いあったりする友達づきあいはあったし、私もその中に加わってはいたものの、茶色の靴を履き、フランネルのシャツで、それも首のところまできっちりボタンをとめているようなあの連中を、自分の友達だとは思いたくもなかった。アーティとの友情は、チェスで痛い目にあわせたその日からたちまち冷えていった。学校の廊下で会えばお互いに会釈はしても、それ以上のことはなかった。女の子に関して言えば、彼らはまったく別の人種だった。クラスにも可愛い子は何人かいたけれど、女の子の前に出るとただうろたえてしまうばかりなので、近づかないようにした。性的な空想に耽ったこともあるし、何度かポルノ雑誌をこっそり家に持ち帰ったことすらあるが、それは生活の中で最大の関心事ではなかった。YMCAでの大会の後、私はあるチェス雑誌の購読を始めた。同じ光沢紙を使った雑誌でも、こちらの方が《プレイボーイ》よりはるかに刺激的だった。その雑誌には毎号、選手たちの経歴や、グランドマスターの最近の棋譜の解説が載り、裏には開催予定の大会リストが出ていた。ヘンリー・ハドソン・ホテルで行なわれる新年オープン大会の広告を見たとき、参加するかどうか考え直す必要などなかった。

ヘンリー・ハドソン・ホテルの三階の空気は、新しい塗料と煙草の匂いで充満していた。その匂いを嗅いで、私は心底感激した——ああこれだ、これこそ本物の大会だ。ホールには、ありとあらゆる体格と姿形の参加選手たちがひしめきあっていた。彼ら全員には共通点が二つあり、みな男ばかりで、学校のチェス部員たちにどことなく似ていた。しかし同じ範疇に入るにせよここではその範囲が広く、まさに変人の大博覧会という趣きだった。選手の多くは多少の年齢の違いこそあれまだ若かったが、歯並びが悪かったり、姿勢が悪かったり、皮膚病だったり、目つきが変だったり、服装がおかしかったり、そのうちのいくつかだったりした。彼らは群れをなして動きまわり、煙草を吸ってはしゃべり、第一回戦の組み合わせ表が貼り出されている掲示板の前に来てしゃべってい
た。

「うわあ、マテラと当たらないでよかったなあ」

「ハウイーはアーバニックとだぜ！　ハウイーはアーバニックとだぜ！　ハウイーはどこだ？　おい ハウイー、見たか？」

「おまえ誰と当たった？　誰と当たったんだ？」

「フィッシュマンだって？　フィッシュマンなんてカモさ！　イチコロだ！」

「ヘボさ！」

「カモだ！」

汚ないレンズの、ゴムバンドで留めた黒縁の眼鏡をかけた男が、ぼんやりしている私に気づいた。

「おまえ誰だい？」と彼は言った。

「ポール・スタインだけど」

「違うよ、馬鹿、組み合わせ表のどこだってたずねてんの。おまえどこだい？」私は懸命になって探した。「あったぜ」と彼が言った。「ポール・スタイン、これだろ？　一四二五点か。えらく強いじゃないか。どこで一四二五点になったんだ？　ニュー・ジャージーか？　ジャージーだったら問題外だぜ。今までこんな大会に出たことあんのか？　ないって？　まあ頑張れよな、きついから。この大会はそう悪くはないんだ。ほら、おまえの相手はレフコヴィッツとかいう奴だ。むこうが白

番。一三九八点か。三〇点上なんだから、おまえが勝って当たり前だよ。レフコヴィッツなんて聞いたことねえな。おまえどれくらい指すんだ？　本当に一四二五点なんか？」

「まあかなり指すよ」

「まあかなりだって？　ここじゃ誰でもかなり指すんだぜ。おまえはCクラスか。たいしたこともないけど、そう悪くもないわな。おれなんかDクラスだから。初めて出た大会で、一回戦にマスターと当たってよ！　すっかりビビッちまったぜ」

「マテラは何クラスだい？」

「マテラだって！　おい、アーサー、こいつマテラが何クラスか教えてくれってよ！」

アーサーは長身の黒人で、革のコートを着て、今にも鼻からずり落ちそうな眼鏡をかけていた。

「マテラはチェスを指す機械だよ」と彼は私に言った。

「あいつはまだマスターだぜ」と最初の男が言った。「優勝はたぶんあいつか、それともアーバニックだろうな。マテラは何クラスだい、か。まったく！」軽蔑したような口調だった。

連中はどうしてこうなのだろう？　最初からあきらめているならどうして大会に参加したのだろう？　僕はあきらめなんかしないぞ、マテラだろうがアーバニックだろうが誰だろうが。

会場に入ってみると、そこには見慣れた断熱板のテーブルがずらりと並んでいた。テーブルの上には、これも見慣れた緑とクリーム色のチェス盤と、重くて使い古しのプラ駒が置いてあった。

私はレフコヴィッツと第四十八ボードで対戦することになっていた。会場の奥が壇になっていて、そこに小さいテーブルが四脚あり、これが第一ボードから第四ボードだった。強い選手がその壇上で指すのだろうと私は直感した。いずれは自分もそこで指すのだ。

第一回戦は二時ちょうどに開始の予定だった。数分前に第四十八ボードに着席して、対局時計のネジを巻き、どちらも十二時に合わせ、「黒」のところに自分の名前を書き、「白」のところにレフコヴィッツと書いた。記録用紙には二人の名前の間に小さく「対」と書いてあった。レフコヴィッツ対スタイン。スタイン対某アマか。

「スタイン君かな?」見上げると、無精髭をはやし、髪の生え際が後退しかけの若い男がそこにいた。その名前の呼び方にはなんとはなしに敵意が感じられた。私たちは握手をして(彼の手は汗ばんでいて、嫌だなと思った)、対局を始めた。広い会場は静まりかえり、聞こえるのは六十台かそこらの時計の音だけだった。長いテーブルを見わたして、あちこちの進行状況を眺めてみた。考えている者、駒を動かしている者、指し手を書きこんでいる者、時計を押している者、会場のどこか、前の方で、誰かが「チェック」と言った。まだ開始早々三分しか経過していないのに! みなはざわめいてそちらを振り向いた。気がつくと私の時計が動いていた。レフコヴィッツは初手にナイトを繰り出していたのだ。

彼は巧妙に攻めてきた——しばらくすると私たちは難解な局面に巻きこまれた——そして私は、この大会はYMCAのときとは違うぞと思った。こっそりと忍び寄り、陽動作戦で敵のビショップを罠にはめてやると、レフコヴィッツはまるで自分がポカを指したような仕草をした。恩着せがましくも、うんざりしたと言わんばかりに両手を挙げてみせたのだ。数手進んで、手洗いから戻ってくると、敵のキングは倒されていた。相手の記録用紙には「投了」と書いてあった。

すでに書いたように、私は足どりも軽く下のロビーに行き、そして軽食堂から戻ってきた。張りつめた静寂の中で対局時計の音だけが響きわたったあの第一回戦も終了し、会場は緊張がとけて騒々しかった。うろうろ歩き廻ったり、雑談したり、暇つぶしに棋譜を並べ直して好手を発見したりする者もいる（「おれはあそこじゃ勝ってたんだぜ、本当に勝ってたんだ、そこでおれがどう指したと思う？」「まさかビショップで取ったんじゃないだろうな？」「信じられるかい？　おれもまったく馬鹿だよ。あんなポーンを食うなんて！」「ポーンを突き出してりゃまだ指せたんじゃないか？」「まだ指せただって！　おれの勝ちだったんだぜ！　ポーンを進めたら、相手はいったいどうするんだ？　もうひとつ進めたら、相手はどうする？　それでナイトをここへもってきたら、相手はどうする？　あと五手で詰みなんだぞ！」）。他の人間はオープン戦を指していた。チェス選手は空きの時間に何をするかというと、またチェスを指すのである。

そのとき、駒を激しく叩きつける音が聞こえてきたので、のぞきにいってみると、ハリー・アーバニックがカモを料理しているところだったというわけだ。

二回戦の開始は五時から。私が指すのは——信じられないくらい幸運なことに——第四ボード、つまり壇上で、相手はマルチネスという名前の一八〇九点Aクラスの選手だった。来るものが来た。強豪に当ててきたのだ。どれくらい指すか見てやろうというのだ。そうでなければどうして壇上に上げたりするだろうか？

「スタインさんですか？　ラウル・マルチネスと申します」いつもなら座ったままなのに、このときばかりはそうはいかず、私は立って握手をした。相手は礼儀正しく、優しそうな顔の、黒い口髭をはやした銀髪の男だった。服装は古い型のスーツに、きっちりとアイロンをあてた白いワイシャツ、そして地味な柄のネクタイ。かすかにオーデコロンの匂いもする。私たちは着席した。ゆっくりと、上品な手つきで、彼はキング・ポーンを二マス進め、それからゆっくりと、静かに、対局時計を押した。

こういう紳士を相手にするよりも、レフコヴィッツのような奴を負かす方が楽しいものだ。マルチネス氏に敬意を表して、私は古くからある堂々とした防御陣のルイ・ロペス定跡を選んだ。これまでになかったほど落ちついて慎重に指し、はるかに先まで読み、しばらくして優勢になった。それからポーン得となり、一手一手に注意を要する長い終盤を戦った（まるで地雷原の中を進んでいるような気分だった）。そしてついに四十二手目で、得をしているポーンがクイーンに成るのを防ぎきれなくなり、マルチネスは投了した。

「おめでとうございます」と言って彼は立ちあがり握手を求めた。彼のほほえみには悪意はなかった。

私は一時間ほどロビーで時間をつぶした。派手な赤い絨毯、軽食堂、売店、それになぜかいかがわしく見えるヘルスクラブ（「オリンピックプール」「サウナ」「マッサージ」）を眺めてから、息を止め、エレベーターでまた三階に戻り、そこでやっと息を吐き出して、たちこめる煙草の煙とさめたコーヒーの香りを深く吸いこんだ。

成績表を見ると、マテラは二勝。アーバニックは二勝。私も二勝。そして今度は誰と指すのかと思って組み合わせ表を見たとき、あわてた。名前が載っていない！　大会運営委員はどこにいるのだろう。このひどい手違いを誰かに言わなければ。ひょっとしたら最初の二回戦は夢だったのかと一瞬思いさえした。もう一度よく見ると、自分の名前が現われた。「第十二ボード、アーバニック対スタイン」と組み合わせ表には書かれていた。

どうしても勝つんだという心がまえで臨もう。それしかない。もし相手が指すときに駒を叩きつけたりしたら大会審判長に訴えてやろう。静かに指すのは規則なのだ。盤外作戦で勝とうたってそうはいくものか。私は駒を並べ、記録用紙の記入をすませ、そして待った。こちらが黒番だった。試合開始の時刻が過ぎたので、アーバニックの時計を入れた。五分、そして十分が過ぎた。もしかすると時間で勝てるかもしれない。私は緑とクリーム色のマス目を虚ろに見つめていた。

「スタイン君だな」

顔を上げたとき、最初に見たのは彼の眼だった。ごくわずかに緑がかった黄色で、瞳は小さい。恐ろしい眼だ。私はうなずいて「ああ」と言った。

「よし」と彼は言った。そして着席もせずにすばやくポーンを進め、時計を押し、背を向けて会場を出ていった。

私は応手を指し、時計を押し、指し手を書きこみ、また待った。五分後に彼は、手にした発泡スチロール製のカップから飲み物をすすりながら戻ってきた。そして盤面を眺め、唇を噛みしめ、小さくうなずいてから別のポーンを繰り出した。

「歳いくつ?」と彼は言った。

私は正直に答えた。

「なんとなあ。たいしたもんだ、ここまで全勝とは」

誰かが彼に黙るよう注意した。

「あいつはカモだよ」とハリーは誰にも聞こえるようにささやいた。「カモってのは静かに負けたいもんだから、静粛にしろっていつもうるさいんだ。釣られる魚ほどおとなしいってことさ」

好感を抱いて私はほほえんだ。気がつくと、自分の時計が動いていた。

ハリーは五分と会場にとどまりはせず、着席すらしなかった。椅子の背に手をかけてこちらを見下ろしながら、あの眼で盤上をにらみまわし、それから一手指してまた出ていく。これは効果的な作戦だった。思わずぎくりとするような彼の姿に慣れる余裕を与えてくれないのだ。彼が戻ってくるたびに私はかすかなショックを受けた。それに、当の本人がいないために、その指し手には人間のものとは思えぬ歴然たる妖気が漂っていた。席を離れるのはこちらを軽蔑している証拠だった。しかし終盤になり、双方にとって難解な局面を迎えると、彼は一時間以上もじっとしていた――つまりじっと立っていた。形勢はまったくの互角。どちらか一方に傾くのは、大悪手が出るときだけ。アーバニックは、目をみはる手こそないにせよ、完璧に指しているように見え、私が悪手を指すのを待ちかまえていた。私は我ながら最高の出来で、どこかでつまずかないようにと祈る気持ちだった。相手の出方をうかがい、危険は冒さず、全神経を集中した。局面がどうやら膠着状態になったとき、私たちはようやく一息ついた。

「おめでとう。うまくドローにされちまったな」とアーバニックが言った。

「いやあ、きみこそ」と少し気を悪くして私は答えた。

「いやいや。十五手目に馬鹿やらなきゃおれの勝ちさ」彼はたちまち駒を並べ直してその局面を再現した。「こう指してりゃ駒交換で得してたんだ」

彼はその手順を並べてみせた。まったくそのとおりで、彼の簡単な勝ちだったのだ。対局中あの局面で気づいたら、いったいどんな気持ちになっただろうか。

「それじゃどうしてこう指さなかったの?」
「ボケてたんだよ。あんなチャンスを逃すなんて。きみも運がいい奴だ。おれはそうしょっちゅう見落としなんかしないんだから。これでハリー・アーバニックと引き分けたって吹聴してまわれるぜ。きみのレーティングはいくらだ? きっと一〇〇点は上がるな。それじゃまたな、棋力向上をお祈りするよ」彼は皮肉たっぷりに笑って会場を去っていった。

もう少しで手痛い目にあわされるところだったと知って、それから何時間も腹の虫がおさまらなかった。ハリーと指して自分の実力の程を知り、その事実がどうにも不愉快だったのだ。

残りの対局では成績は可もなく不可もなしだった。アーバニックと指した後でまだ頭に血がのぼっていて、第四回戦では大失敗をやらかした。そして土曜の夜、八十数手という途方もなく長い一戦に勝ち、対局終了は日曜の朝方早くだった。五時間後に目を覚ますことができず、日曜の第一局目は棄権した。会場に戻ると自分が情けなくて、少しでもいいから名誉を挽回しようと決意し、最後の一局をCクラスの選手と指して勝った。あまりの猛攻に我ながら驚いたくらいだった。この短手数局を終えた後で、私はハリーが悠々と椅子にもたれ、いらだつ相手を尻目に雑誌を読んでいる姿に出喰わした。この対戦相手はそれでもAクラスだった。アーバニックは私と指したときは座る必要すら感じなかったのだ。

ハリーはその一戦に勝ち、大会で二位に入賞した。優勝はマテラ。私も小さなトロフィーをもらった。それはCクラスの最優秀選手賞だった。

チェスがこれ以上勉学の妨げになってはいけないと両親は思っていたが、今では私はほぼ二週間おきに大会に出場し、ベッドの脇のテーブルには棋書がうずたかく積まれていた。栞代わりの紙切れをあちこちにはさんだ『現代チェス序盤戦法』を小脇に抱えていつも持ち歩いた。シッパー先生のチェス部は退部してしまった。何度か大会に出た後、自他共に認める有名人として二度ほど顔を出したことはあったが、こちらも他の部員たちもすぐに気まずくなった。はぐれ者たちから仲間外れにされたわけだ。いいように解釈すれば、一人抜きん出た存在になったということだ。学校では変人として知られるようになった。変人だと思われるのも悪い気はせず、その評判を変えようとはしなかった。服の配色が変だろうが、爪が汚なかろうが、それを改める理由など特になかった。じろじろ見られたりひそひそ噂されても気づかないふりをした。私のことを書いた新聞記事が掲示板に貼り出されたときにも、名前がいっそう広まることはなく、たいていの生徒は私を無視しようとしっかり心に決めたらしかった。数学教師はよく私を廊下で呼びとめて立ち話をしたが、生徒たちは私から遠ざかった。私は一人きりになった——列車でニューヨークへ行くのも一人、地下鉄に乗るのも一人、ヘンリー・ハドソン・ホテルの三階でエレベーターの扉が開くときも一人、そして着席して戦うときも一人。両親は心配していた。しかし一方で両親は私を自慢の種にも思っているらしく、そのせいか、〝無駄話〟をしに部屋にやってきて、チェスだけが人生じゃないと説得しようとしても、どこか本気ではないように見えた。

だが、私は両親の説得をかわす手を身につけていた。にらみつけたり、押し黙ったり、おどしたりすればいいのだ。結局のところ、私には技と力があった。わずか十六歳にして、満員の大会会場に入っていくだけでざわめきが起こったものだ。チェスこそが世界であり、その世界を思いのままにできるのはこの上ない快感だった。夜汽車の中で外の闇を見つめながら、顎を掌の上に乗せ、人指し指と中指を耳に突き立て、そのポーズを窓に映して試してみたりもした。あるいは浴室の鏡とにらめっこしながら、額を低くして、上目使いににらむ表情も訓練した。

チェスを指していないあいだは、家と会場とを往復する時間になった——無秩序かつ散慢な無用の世界をやっとの思いでくぐり抜けてたどり着くところこそ、論理的かつ中心的な真の世界だった。


ハリー・アーバニックがどこからやってきてどこをさまよったかは誰も知らない。チェス雑誌に記事が載っても、経歴に触れた部分はごくわずかで、それも毎回同じ内容の繰り返しだった。情報量は乏しいが興味をそそるその話によれば、彼は鉄のカーテンの裏側で生まれ、カナダ及びアメリカの両国籍者であった。つまり、十代の若さで謎の過去と二つの旅券を持つ男だったのである。明らかに彼は一つの場所に長くとどまることはなかった。噂では、両親をどこかに置き去りにして、兄と自分の生活費をギャンブルで稼いでいるとのことだった。彼は金のためにチェスだけではなくチェッカー、ポーカー、ゴルフ、それにブリッジもやった。金のためなら何にでも手を出し、何をやっても勝った。少し知恵遅れらしいハリーの兄はどこでも付き添っていた。二人の生活はまるでジプシーだったが、おそらく金に不自由はしなかったのだろう。それはともかく、ハリーの行動が不規則なおかげで私はさほど縄張りを荒らされずにすみ、都名人戦で優勝して、レーティングも彼とほぼ同格になった。

私は実戦にうちこみ、研究にも没頭した。強豪となった私にたいていの相手は恐れをなした。互角の局面なら高飛車に出ればほぼ誰からでも勝ちかドローをもぎとることができた。おそらくハリーは二十歳になるまで棋書を手にとったことがなかっただろう——にもかかわらず、めったに棋譜をとらないくせに自分の指した手を完璧に記憶していたのと同様、知られている序盤戦法や変化手順は全部頭の中に入っていた。彼のスーツケースの中には棋書を入れる余裕などなかった。それに多忙でチェスを研究する暇もなかった。彼は徹夜のポーカーで負かし甲斐がある百戦錬磨の実業家たちから数千ドル巻きあげた。その金で航空運賃を払って、ハリーと兄はフロリダで行なわれるゴルフ大会に行き、カリブ海で今度はブリッジをしてカモたちから甘い汁を吸っていた。彼は一年のうち何カ月か、マンハッタンでチェスを指したのは、叔母がクイーンズに住んでいたからだと思う。

ハリーは垂れた瞼の下からあの眼で盤面を見るだけで、すぐさま本能的に最善手を選び出せた。それは見ていて不気味なほどだった。両親、それに学校の生徒や先生たちにとっては、私は凄い奴だった。だが実を言えば、実力がそのまま出る苛酷な大会競技において、仲々の好成績をあげるというだけの話なのだ。ハリー・アーバニックこそが天才だった。

高校三年生の春、ある出来事が起こった。当時私は二〇〇〇点に達したばかりで、マスターへの道を歩んでいた。十六歳半ばの頃だ。家の棚には大きなトロフィーがずらりと並んでいた。私は有数の激戦地区であるニューヨークのチェス界で若手実力者として知られていた。当然のことながら、私の名前は将来の有望株として挙げられた。私は痩せていた。髭を剃るのも、週に三度ぐらいならましなのだろうが、一度ですませた。愛用の対局時計を持っていて、大会の時にはそれを持参した。ネクタイも、ルークの柄とナイトの柄のものをそれぞれ一本ずつ持っていた。私をなんとか変えようとした両親ももうすっかりあきらめていた。屋根裏部屋はいわばアパートと化し、何人たりとも侵すことのできない聖域となった。ベッドのそばには、近代で最も華麗な棋風であり相手に恐れられた棋士アリョーヒンの大型ポスターが貼ってある。堅い襟のワイシャツを着て、顎を掌の上に乗せ、中指と人指し指を耳に突き立てたアリョーヒン、色白の瞼の下から眼光鋭くにらんでいるアリョーヒンだ。私は登校するのも週に三日ほどになっていた。教師たちとの口頭あるいは無言の了解で、誰も文句を言わなかった。別格だったのだ。

ヘンリー・ハドソン・ホテルで行なわれる招待選手だけを集めた春の大会に備えて、シシリアン戦法のドラゴン・ヴァリエーションを集中的に研究した——その大会は、ニューヨーク中の強豪マスターが全員参加する、それまでの棋歴では一番大きな勝負だった。第一回戦の相手は、大会初優勝を飾ったのが今から六十年前、当時はまだハイソックスを履いた少年だったという、元神童アーヴィング・ワインフェルド。私たちは壇の中央で対戦した。指し手は同時に大盤で並べられ、大きくて平たい磁石駒を大会審判長が自ら動かした。ワインフェルドは太った老人で、頭も禿げていた。めったに英語を話さず、呼吸は喘息気味で、人に媚びるようにいつもニコニコしていた。マスターではあるが、とうに盛りは過ぎている。どう見ても勝つ気があるとは思えない。いわばいい手を産み出すオンボロ機械にすぎない。それに比べてこちらは野心を全身にみなぎらせた人間だ。しかし、どうしたことか、集中力がときどき薄れがちになった。

白番のワインフェルドの指し手は冷静かつ正確だった。私はシシリアン戦法を指すつもりだったことも忘れ、気がつくと、棋書に載っていない奇妙な変化手順の真っ只中にいた。その変化は二つの定跡の合いの子で、いつもなら、漫画に出てくる猫と犬との合いの子みたいにユーモラスな動物に見えただろうが、それが今夜に限って、本物の獣に見えたのだ——私は理性を失い、震えあがった。会場を見渡すと、テーブルがきっちりと並べられ、そこで選手たちが背中を丸めて考えこんでいる。突然、すべてが不可解に思えた。いったいチェスとは何だろう? 馬鹿、時計の針が動いてるぞ、とそのとき自分を叱りつけたことを今でも憶えている。ワインフェルドはゼーゼー息をしていた。この老人が人生を献げたチェスとはいったい何だったんだろう? 大会を終わってアパートの小さな部屋に戻る彼の姿を思い浮かべると、どうしようもなく悲しくなった。朝に絹の靴下を履くワインフェルド。こんなに醜く老いぼれて……。はっと我に返って盤面を見つめたが、どう指していいのかさっぱりわからなかった。対局時計の音だけが異様にはっきりと聞こえる。座席でももぞもぞ動き、手を伸ばして足首を掻いた。背中に微風を感じて振り返ると、通りに面した窓が一つ開いていていて、カーテンが風に揺れていた。外は春なのだ。ふたたび局面を見つめたら、盤上は奇妙にまぶしくギラギラと輝いていた。指す手としては、安全な受けの手と、はっきり読み切れない攻めの手があった。こんなに長考したのもワインフェルドのせいだと思うと怒りがこみあげた。私は攻めを選び、激しい駒音をたててナイトを叩きつけた。

なぜかひどく怖くなったのはそのときだった。大会審判長が私の指し手どおりに大盤でナイトを動かすと、立って見物していた選手が二人小声でささやきあった。確かなことはわからないが、どうやら大悪手を指してしまったらしい。ワインフェルドは身動きして座り直し、少し背筋を伸ばした。そして何度も咳払いをした。「この手は気がつかなかったな」と、彼は私に向かってというよりは一人言のようにつぶやいた。「ひょっとしたらこの手でやられたかな」私は何度も何度も盤面をにらみ、どこに見落としがあるのか探した。もしかすると絶妙の手順を偶然指したのかもしれない。そう思った瞬間、私は見落としに気づき、ワインフェルドが言った。「いや違う。違うぞ。そうじゃない。この手がある」それまで盤の隅に隠れてまったく人目につかなかったビショップが盤を大きく横切った。それが決め手だった。そのビショップが見えていなかったのだ。審判長がワインフェルドの指し手を示すと、大盤で観戦していた選手たちはうなずいた。初めて私の存在に気づいたように、ワインフェルドはこちらを見てにっこり笑った。それはグロテスクな少年のほほえみだった。彼が笑い続けていることは知っていたものの、私は顔を上げまいとした。返し技の一手を考えているような様子で盤をじっと見つめても、手がないことはわかっていた。「手はないと思いますがね」とワインフェルドは優しい声で言った。

「手がないなあ」という観戦者たちのささやきが聞こえた。

「ばかばかしい」歯を食いしばって私は言った。「ばかばかしいよ、こんなゲームなんて！」今度は大声になった。

私は立ち上がって壇上から歩み去り、会場を出た。エレベーターのボタンを押して、すぐに来なかったので非常階段を一気に駆け下りた。ロビーを走り抜け、ガラスのドアを出ると、夜の空気が冷たかった。車が警笛を鳴らした。

そこが世界だった。

私はまったくチェスを指さなくなり、それが一週間、二週間と続き、一カ月になった。チェス雑誌すら読まず、届いても茶色の封筒に入れたままで部屋の隅に積んだ。最初のうちは毎日が空虚に思えた——まるで家具を全部運び出した後の、風通しがよくてだだっぴろい部屋みたいだった。しかしそれからは、学校の図書館で辞書や百科事典を読んで時を過ごすようになった。チェスに没頭して失ったものが多かったと悟り、音楽に凝りだした。いつも屋根裏部屋に閉じこもりっきりだった。

高校四年の新学期に、十七歳の誕生日祝いで、父がステレオとレコードを買いに連れていってくれた。帰りに車の中で、父は咳払いしてから、セックスの事で何か知りたいことはないかとたずねた。ありがたいけど必要なことは知ってるつもりだよと私は答えた。

そして大学に行った。

都会暮らしをしてみると、目覚めたときにギクリとさせられる不快感がたまらなかった――ブロードウェイを突走る車の音、ゴミ収集車の音、それに悪臭を放つ空気が否応なしに入りこんでくる。借り物のシーツは毎朝皺だらけになった。

教室には全国各地から秀才が集まっていた。いつも自分は別格だと思っていた私のまわりは、今やありとあらゆる才人や異才でいっぱいだった。便所の落書ですら驚くほど洗練されているように見えた。便所はいつも満員で騒々しく、プライバシーなどどこにもない。同級生たちは下品で女好きばかりだった。連中は水をかけあったり、食べ物を投げあったり、夜中に廊下を走って大笑いしたりした。私はブロードウェイを散歩しながら足どりに合わせて「こんなに素敵な夜なんて」とよく口ずさんだものだ。

そんな散歩の途中、ときおりブロードウェイの数百番台の番地あたりで、チェス会館という場所を通りすぎることがあった。そこは中華料理店の二階を借りきっていた。店の前の歩道には派手な二つ折の看板が立っていて、入場を呼びかけている。私がいなくてもチェスの世界は動いているのだ――この二階のチェス会館でも、あのヘンリー・ハドソン・ホテルでも。これまでに破った対戦相手たちの顔が脳裏をよぎった。今でも彼らに勝てるだろうか？　チェス会館を通りすぎるとき、よほど二階へ上がって誰かを痛い目にあわせてやろうかと思ったことが何度かあるが、そのたびに思いとどまった。

そしてある晩、中華料理店の前の看板にこんな貼り紙がしてあるのを見つけた。「金曜の夜、マスターのハリー・アーバニックが公開五十面指し。参加費十ドル。多数御来場を！」

翌日の午後、用事があるようなふりをしてダウンタウンへ戻ったのは、実を言うと、昼間でもまだその看板が出ているか確認するためだった。看板はやっぱりあった。私は何を望んでいるのか？ハリーに勝てるとでも思っているのか？　いや、もしかすると多面指しなら勝てるかもしれない。なにしろむこうは五十局分を考えなければならないが、こちらは一局だけでいいのだから。でも、いったい自分はこんなところで何をしているのだろう？　私は年齢と知恵を加え、一段一段と強くなっていく自分の未来の姿を想像した……それでどうなるというんだ？　三十歳でマスターになるとでもいうのか？　もう今では自分が天才じゃないことぐらいはわかっている。ワインフェルドとの一戦をなぜ中途で放棄したのか考えてみた。大会を途中で棄権してそれから一年半あまりチェスから遠ざかったというのは——ちょっとした奇行じゃないか？　天才の証拠じゃないか？

私は向きを変えてチェス会館の方へ戻っていった。

そこは広い部屋で、照明は明るく、煙草の煙が充満していた。日光を遮ってカーテンが引かれている。入口にはガラスのケースがあり、そのうしろでレジのそばに男が立っていた。ケースの中や上には、ポテトチップス、キャンディ、煙草、チェス図柄入りTシャツ、チェス用具、それにチェス雑誌などが並べられていた。男は煙草を吸いながら銃専門誌を読んでいた。まだアーバニックの公開対局の空きがあるかたずねてみると、あるとの返事で、参加費を払った。十ドル札を出すと、代わりに大きな青色のチケットをくれたので、それを大切にポケットにしまった。

「今指せますか?」と気のないふりを装ってたずねてみた。

「あんたどれくらい指すの? 初心者? 中級? それとも上級?」

「そうですね、中級ぐらいかな」

「おい、スティーヴ」と席主が呼ぶと、私の右側に、厚い瞼で垂れた口髭をはやし、ひどく退屈そうな顔をした若い男が現われた。

「指したいの?」とその若い男がたずねた。

「ええ」

「時計いる?」と席主。

「そうですね」貸してくれた対局時計はどこにでもある小さなチェスクロックだったが、私は怖くなった。あの対ワインフェルド戦で対局時計のボタンを押したがためにせっかくの一局が粉微塵に吹っ飛んで以来、一年半ほど使ったことがなかったのだ。

「料金はあとでいいよ」と席主が言った。

着席してから、私が時計のネジを巻いた。

「三十分でいいですか?」とスティーヴにたずねた。

「いくらでも」

私たちは駒を並べて——古くて大きいプラ駒だった——対局を開始した。

相手はこちらの時計が動いているあいだはチェス雑誌を読んでいたが、盤外作戦としてはよくお目にかかる手で感心はしなかった。私は気をとられることなく、序盤のうちは相手に追随して安心させてやろうと思い有名定跡を選んだ。しばらくして私に問題の一手が出た。それは一見しても少し考えてみても愚手に映る手だった。彼は唇をすぼめて雑誌を脇に置いた。

結局勝つには勝ったが不満足な内容だった。

「もう一局どうですか」と私は言った。

「お望みとあらばね」

これにはかちんときた。今度は最初から全力を出して粉砕してやった。

金曜が来るまで他のことは頭になかった。ブロードウェイを下っていく途中デリカテッセンに立ち寄って一クォート入りのオレンジジュースを買い、その場で飲みほした。そしてシャドーボクシングをしながら通りを駆け抜けた。

チェス会館は満員で騒々しく、期待に震えていた。暗がりから入ると蛍光灯の光はいっそうまぶしいほど白く、たちこめる煙草の煙が目にしみる。テーブルには盤が五十面用意されており、私は自分の名前が書いてあるカードが置かれた盤に着席した。まるでこれから在学証明書用の写真を撮ってもらう子供みたいでばつが悪かった。観戦者は会場の片側に張られたロープのうしろに立ち、こちらを見つめたり指さしたりしている。他の選手たちを見渡してみた。知っている人間は誰もいなかったが、近くの席にいる男や学生たちはすっかり見慣れた連中のように思えた。突然、私はふたたび別格の人間に戻った。長い長い歳月のように思えたここ一年余りで初めて、本来の姿に返ったのだ。そのとき右手の方で拍手がして、ハリー・アーバニックとそのすぐ後に付き添った彼の兄が会場に入ってきた。

ハリーは以前よりも太り、下品な顔つきになっていた。フー・マンチューみたいな口髭をはやしていたのだ。淡青色のシャツから太鼓腹が突き出している。対戦相手を見廻して品定めしている、その眼だけは以前と変わらなかった。

「替玉はいないだろうな」と言って彼は私の方をじろりと見た。みな爆笑したが私は背筋が寒くなった。彼はうしろを向くと、大盤が置いてある奥へと歩いていった。そこで彼が簡単な解説を加えながら並べてみせたのは、グランドマスターを血祭りにあげた一戦だった。磁石駒を動かしながら「ビシッ」とか「バシッ」と声を出すのを聞いていると、チェスのマスターというよりまるでプロボクサーみたいだった。

「何か質問は?」相手陣が粉々に崩壊した投了図を示して彼は言った。そして両手をこすりあわせた。「ないかな? よし、それじゃ始めるか」

多面指しとは次のような手筈になっている。五十局ともアーバニックが白番。おまけに、眼鏡をかけた女の子とスクラブルというゲームもやる。私たちは矩形に並べられたテーブルの外側に着席し、ハリーは一手数秒で指しながら反時計回りに盤から盤へと内側を歩きまわる。私たちはアーバニックが戻ってくるまでに次の一手を指せばいい。これと、五十局ではなく一局だけ指せばいいという事実が、私たちにとって有利なはずの条件。彼にとって有利な条件は、彼がハリーだということ。

ポーンをピシリと叩きつけて、彼は五十面指しを始めた。部屋の左奥からスタートして次から次へと順に移っていくのだが、私はおよそ真ん中あたりにいた。初手は簡単で、キング・ポーンかクイーン・ポーンを二マス進める二通りだけ。ハリーはまるで早送りの映画みたいに動き、バシン、

バシン、バシンと駒をすばやく進めながら、次第に私の方に近づいてきた。そして私の盤上の白いポーンをすばやく進め、去っていった。

時間はたっぷりある。暇をもて余しそうな気分だ。むこう側の列で右肩を上げ下げしているハリーの背中が見える。私はクイーン側のビショップのポーンを二マス進めることにした――シシリアン戦法、黒番としては積極的な作戦だ。ゆっくり座り直して待った。まるで列車みたいに、ハリーはまたやってきた。私の停車駅では、彼は別の駒を叩きつけるように繰り出した。しばらくすると私たちはみな難解な局面に巻きこまれた。少し周辺を廻ってのぞいてみると、幾人かはすでに敗勢だった。私を含めて、かなり善戦しているところもある。しかしハリーが何を考えているかは誰にもわからない。互角の形勢に甘んじられず、もうすぐハリーは攻撃を仕掛けてくるのではないか。その時になって、反撃したり、それよりもう少し強ければ反撃せずにハリーの攻撃を静かに受けとめてこっそりと背後に廻れるような、実力と神経の持ち主がいるだろうか。誰でもハリーの挑発にはつい直接に反発してやろうという気になってしまうものなのだ。ほとんどの人間には最初から勝機はない。出発してから次第に加速する列車によって、ついには背後から轢き殺されてしまうのだ。そして一見巧妙な指しまわしを見せた連中も、すぐにその知恵の浅はかさを思い知らされることになる。私はじっと我慢していた。相手の攻めに比べてこちらの攻めは速度が優るとも劣らなかった。自分の方がわずかに優勢ではないかと思えた。そうなのだ。ここで次の一手をどう指すか、五手先のあの局面でどう指すかを、腹の底で感じとっていたのだ。

ハリーが今では一手に十五秒ほどかけているのも数局あった。両手をテーブルの端にかけ、足を軽く踏み鳴らし、首を左右に振り、盤面をにらんで駒をつかみピシリと打ちつけて次の盤へと移っていく。彼の去った跡には困惑が残り、彼の進路には恐怖があった。私が左手の方を見渡すと、二十人の選手が同じように顎を手の上に乗せていて、情容赦のないアーバニックがこちらにやってくる途中だった。左隣に座っている男は、守備陣をナイトとビショップですっかり破られ、ためいきをついていた。「そらトラックがやってきたぞ」とその男が言った。そして同情してもらいたそうにこちらを見たが、私は返事しなかった。せっかく好調に運んでいるのに、どうして他人の試合を気にかける必要があるだろうか。こちらの中央はしっかりしているし、攻め筋もある。おそらくハリーは完璧な最善手ではなく単なる次善手しか指せないだろう。そこでどうする？　私はぜひ取ってもらいたいナイトの捨駒を発見した。

しかし、いまいましいことに、彼はその捨駒を取らなかった――そして局面は急激に変化した。実に驚くべき指しまわしだった。対局開始から六時間が経過して、すでに四十人が負けている。世話人たちはむっつりした顔つきで、まるで戦場で戦利品を漁るように、歩きまわって終了したところの駒を集めていた。そしてハリーは今では盤から盤へと走りまわり、激しい勢いで駒を叩きつけていたが、その指し手は意表を衝いて鋭く、正確無比だった。

私とハリーとの一局は、単純化して盤上数駒しか残っていないのに、当然ながら状況はいっそう複雑化していた。駒が沢山あるうちは緩手を指しても取り返せるが、駒がわずかしかない盤上では一手一手が響くのだ。互いにルークとポーンだけの終盤になって、私はわずかながら勝機があると思っていた。もしかしてもしかすると、ポーンが捕まらずに最上段まで到達できるかもしれない、と。

時刻は午前二時。もう対局開始から七時間経過している。煙草の煙と照明、それに疲労のせいで、目はほとんどふさぎかかっていた。まだ残っているのは私を含めて五人。疲労の極致に達して、明るい光の中ですべてが幻覚のように思えた。あまりに長時間座ったままなので体の感覚もなくなっていた。テーブルに両肘をつき、両手を額にあててまぶしさを避けながら、懸命に考えた。アーバニックが戻ってくる前に、二通りの変化のどちらかを選ばねばならない。問題は間合の取り方で、それが以前からの弱点だった。ここから十手先、十五手先を読む必要がある。もしこうしてああすれば、あるいはああしてこうすれば、ポーンが最上段に達してクイーンに成れるが、その前に相手は——？

私の頭はどうしても働かなくなった。頭脳の限界に達してしまったのだ。アーバニックは背中を向け、むこう側の盤で少考している。もうすぐやってくるだろうから、何か指さないと。彼が頭を上げる。私はポーンを押し進めた。

ハリーが振り向いた。そしてこちらへやってきた。彼はテーブルの端をつかんで数分間首を振りながら、どの手を指すか考えていた、何度か手を出そうとしては引っこめる。そして一人言。その後に沈黙が流れた。私は盤面を見つめていたが、自分の上に注がれた視線を感じて顔を上げた。そこに彼の眼があった。

彼は盤上から眼を離し、眉をしかめ額に皺を寄せてこちらをにらんでいた。

「どうしました？」

彼は相変らず私をにらみ、仕方なく私もにらみ返した。

「どうしました？」と私は繰り返した。

「ちょっと待ってくれ」と彼は言った。「ちょっと待ってくれよ、君の名前はグリーンだったかな、それともグリーンフェルドか?」

「いいえ」私はくたびれて言った。「スタインですよ。ポール・スタインです」

「ポール・スタイン、ポール・スタインと……そうか、ポール・スタインか! そうだ! 以前にたしかどの大会にも出ていただろ。どうも見憶えがあると思ってたんだ。どうだ、元気か」

「疲れたね」私はほほえんで言った。

「ああ、今夜はみな疲れただろうな」彼は空席を見まわした。「なあ君、せっかくの宵を台無しにするようで悪いけどな、もう絶望の局面だぜ。言っとくが、あと九手で詰みだ」彼は一手指して眉をつりあげ、そして去っていった。

　私は盤面を見つめ、手数を声に出しながら数えてみた。睾丸が縮みあがる思いだった。

　何度も何度も局面を見直した。もしかすると彼の言葉は嘘かもしれない。暗示にかけようたってそうはいくものか。とどめを刺される直前になって驚くような大逆転が起こることもよくあるのだから。しかし事実はそうではなかった。逆転されたのは私の方で、いつの間に逆転されたのかさえわからなかった。まるで手品を見るように、箱をあければ中身は空っぽだったのだ。ずっと優勢を信じていたのに、幻だったのだろうか。

　しかし敗北は認めたくない。私は意味もなくポーンを進めた。ハリーは今度はすぐに戻ってきた。また一人片付けたところで笑みを浮かべている。彼は盤面を一瞥して肩をすくめた。今度は私の顔を見ようともしなかった。もうとっくに私のことなど忘れていたのだ。

「馬鹿な」と吐き捨てて彼は一手指し、また去っていった。

残った最後の一局のまわりに観戦者が群がっていた。なぜか私はその場を去る気にはなれなかった――長時間いすぎて、夜がまだ終わっていないような気分だ。頭の中ではまだ駒が動いている。なにかが物足りない、いいのだ。記録用紙を拾い上げて人垣のところに行き、肩越しにのぞくと、そこには見慣れた光景があった。立っているハリー、そして座席で頭をかかえる対戦者。最後の一人は痩せた若い男で、肩はゴッゴッし、広い額には太い血管が脈打っている。どうやら彼の手番で、どうやら次の一手が大変難しい様子だった。テーブルのまわりに群がった観戦者はああでもないこうでもないと互いにささやきあっていた。突然ハリーが振り向いた。

「おい！」彼は叫んだ。「場内整理でもしなくちゃならんのか」周囲をにらみまわしてから首を振り、彼はまた勝負に戻った。相手はそのままの姿勢で座っていたが、顔は紅潮し、血管はさらに激しく脈打っていた。男は手を伸ばし、今にも壊れそうな物を扱う手つきでそっとポーンを進めた。間髪を入れずに、ハリーがナイトを激しく叩きつけ、「チェック！」と吠えた。相手は指した手を引っこめるようにポーンを摑んだが、その手は静止して盤に落ちた。男がキングを倒し、まわりを取り囲んだ観戦者から一斉に拍手が起こった。ハリーは手をさしのべて若い男と握手し、あちこちから差し出される手を握り返した。みんなから背中を叩かれ、ハリーは満面笑みを浮かべていた。ハリーの兄は壁にもたれ、腕組みをしたまま無表情に見守っていた。

私は人垣の外に立ち、どうしたものかと考えていた。ハリーを祝福する大勢のうちの一人にはなりたくない。私は別格なのだ。彼の方から何か声をかけてもらいたかった。ハリーはもう沢山だという仕草をして群集から離れた。そして兄のいる場所へ向かって歩いていった。今だと思って私は近寄った。

肩を軽く叩いて「やあ」と声をかけた。

「ええ?」ハリーが言った。

「熱戦だったね」と私は言った。それはハリーのことでもあり自分のことでもあった。つまり我々の一戦だ。

「ああ、そうだな」彼は私のことを思い出したらしい。「どうだ具合は」

「まあまあね。元気にやってる。でも疲れたよ。まったく。君もほんとに疲れただろう」

ハリーはぼんやりと私を見つめ、それから彼の兄を見つめたが、兄は肩をすくめた。「いや、おれは大丈夫だ」とハリーは言った。「こんな所に長居は無用だな」と彼が言うと、兄はまた肩をすくめた。

「最近どうしてる?」ハリーは私にたずねた。「この辺に住んでるのか」

「実は、大学に行ってるんだ」

「大学か!」ハリーはうなずいた。「そりゃいい、そりゃめでたいな。おれの兄貴を紹介しようか。こいつが兄貴でカール。カール、こちらは、ええと――」ハリーはすばやく指を三度鳴らした。

「ポール――」

「そう、ポールだ。なあポール、いま暇か?　家へ帰るのか?　外へ出てコーヒーでも飲まないか。コーヒーでも飲まないとな」

「いいよ」

「結構」と彼は言った。「カール、ナマ持ってるか?」

いったい何のことかと私はカールを見た。しかしカールは黙ったままで、返事を待たずにハリーは出口へ急ぎ、カールと私はその後に続いた。

朝の三時頃で、ブロードウェイは静まりかえっていた。私たちは南に向かって歩き、大学からは離れていった。先頭に立つハリーはついてくるなとでも言いたげな早足だった。

ハリーが選んだのはギリシャ人が経営する店で、金色をあしらった鏡が張られ、半袖を着たカウンターの男たちは色黒で毛深かった。カールと私は並んで座り、テーブルの向かい側にハリーが座った。給仕が来て、両手を尻にあて、御注文はという表情で顎を突き出した。

「コーヒー三つ」とハリーは言ってから私の方を見た。「コーヒーでいいだろう?」

「じゃミルクをもらえませんか」私は給仕に言った。

「デーニッシュ」とカールが言った。

「デーニッシュ一つ追加だ」とハリーは給仕に声をかけ、それから彼の兄と私をかわるがわる見つめた。眉をつりあげ、なるほどなるほどと言わんばかりになにやらうなずきながら、指でテーブルをトントン鳴らしている。また私が誰だか忘れたのだろうか。

「つまり、ええと、何番勝ったの。今夜は」私はたずねた。

「どうだったかな、カール。何局だった? 五十か? そうだ、五十局だ。そのうち四十七勝。ドローが三局で、負けなし」

「凄いね」

「ああ、実際、ぜんぶ勝つわけにはいかないしな――具合が悪いだろ」彼は言った。「おい給仕! こっちのコーヒーはまだか!」ハリーは首を振った。「ギリシャ人の馬鹿野郎め。繁華街の方へ行っときゃよかった」

給仕はコーヒーをカールと私の前に置き、ミルクとデーニッシュをハリーの前に置いた。「おい、こんなもの注文したか」と言ってハリーは正しい位置に直した。

「まさか、わざとドローにしたっていうのかい」と私は言った。

「そうさ。べつにかまわんだろ。ゲッ、小便みてえなコーヒーだな」

カールはコーヒーをすすりながらまっすぐ前を見つめていた。

「ナマはいくらある？」とハリーが言うと、カールはまっすぐ前を見たまま上着のポケットに手を突っこんで厚い札束を取り出し、ハリーに渡した。

「八百六十ドル」とカールが言った。

ハリーは札束を数え、大半をポケットに入れて残りをカールに渡し、カールはそれを元にしまった。

「なるほど。君はチェスをやめたのか」とハリーは私に言った。「それで大学に行った。賢明だな。何年かしたら結婚する、そうだろ？ いい仕事に就いて、おそらく子供もできる。違うか？」

私は苦笑いした。「いや、実は、どうしようか迷ってるんだ。つまり、また選手になってみようかと時々思ったりしてね」

「選手だって？ 何の選手だ？ チェスか？」

私はうなずいた。

「なあ君、悪いこと言わないからやめといたほうが身のためだぜ。君にはないんだよ。おれの言ってることわかるだろ。それに、もしあったとしても、それだけでは充分じゃない。今夜の君との一局は、おれの筋書どおりに運んだなんて知らなかっただろ。おれには最初から君の指し手は読めてたんだ」

私は気でも狂ったのか？　あの一局ではずっと優勢を意識していたし、形勢の変化もわかっていた。それにハリーも全力投球していたはずなのに。そのとき、私はハリーの指し手を思い出した――そう言えば、鋭い手ではなく平凡な手を指したのが何手かあったのだ。心の中で、何かが傾いて崩れ落ちた。

「まあ、そう落ちこむなよ」とハリーは言った。「カール、切符は持ってるだろうな」

カールは上着を軽く叩いてみせた。

「結構」アーバニックが言った。「結構、結構」ハリーは掌を拳固で叩いた。「マイアミか。去年の冬マイアミで何があったか、君には絶対信じられないだろうな」彼は私に言った。

私は無理に笑おうとした。これは本当の話だろうか？　私はヘボなのか？　今までも、これからもそうなのか？　今の気分は、チェスを覚える前によく感じたような気分、アーティと指して負けたときの気分、団体戦にいちばん格下の選手として選ばれたときのような気分だった。世の中は動いているのに、私はいつまでもとり残されていく。去年の冬マイアミで何があったんだろう？　女性に関係があるのだろうか？

「いったい何時かな」とハリーが言った。「大変だ、そろそろ切り上げないと」彼は残ったコーヒーを飲みほして紙幣を二枚取り出した。「チェスなんて忘れろよ」と彼は言った。「大学の友達とでも指すんだな。きっと稼げるぜ」彼は私に目配せしてみせた。「なあ兄貴、どうする？　そろそろ出るか？」彼は席から出て立ち上がり、紙幣をテーブルに置いた。

私は立って二人を見送った。

「じゃあまたな！」ハリー・アーバニックは兄を押し出しながら戸口で叫んだ。

「ああ」と私は答えたが、その声は突然情けない声のように響き、私は子供みたいについ手を振っていた。

プロブレム

ロード・ダンセイニ

CHESS PROBLEM
by Lord Dunsany
1926

ロード・ダンセイニ作

《タイムズ文芸付録》1926 年

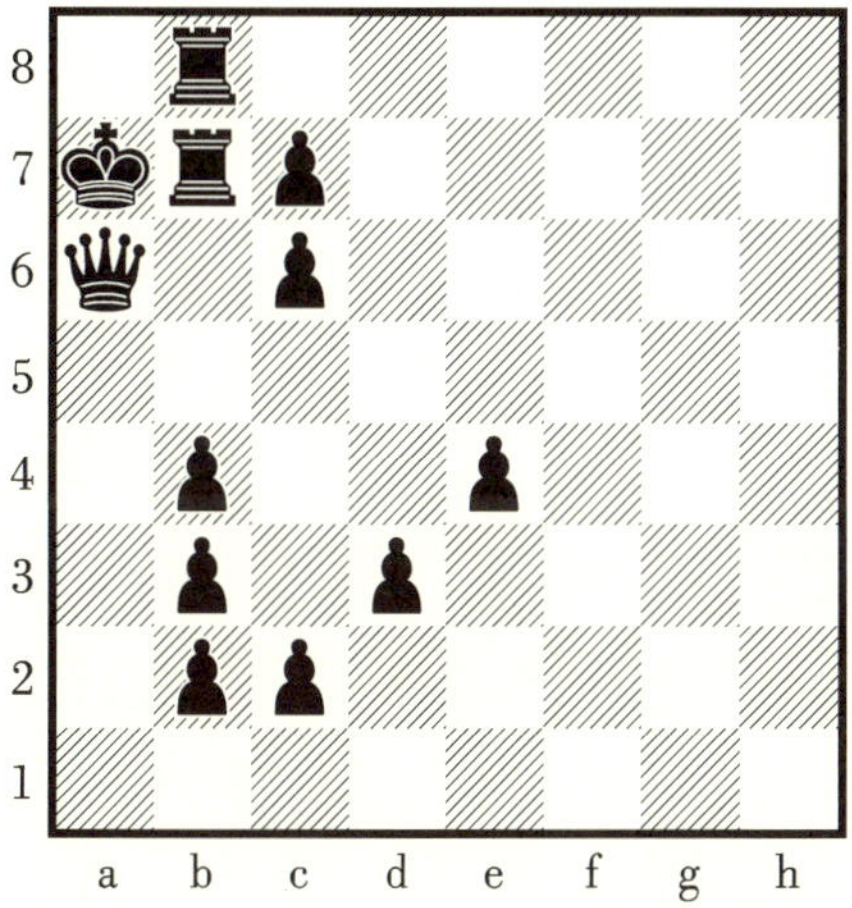

盤上に白の駒を配置して、その局面から
1手で黒のキングをメイトにせよ。

【ヒント】

どんなふうに白の駒を配置してもいいのだから、答えは山ほどありそうだが、実は正解は一つしかない。

問題文には書かれていないが、ここで暗黙の前提になっているのは、正解図が**実戦で起こりうる局面であること**という条件である。その条件だけで、答えが唯一解に定まるところがこの問題のおもしろさだ。

黒のポーンの配置を見ると、白の配置しうる駒が何枚であるかがわかる。まずその推論が第一段階。

最後に、ちょっとした落とし穴があるので、できたと思っても安心しないように。（編者）

編者あとがき

若島　正

古今東西を問わず、チェスを題材にした小説は数多い。チェス小説の王様(キング)と呼べそうなものを二つ挙げるとすれば、ウラジーミル・ナボコフの『ディフェンス』とシュテファン・ツヴァイクの『チェスの話』だろうか。その他にも、サミュエル・ベケットの『マーフィー』、トーマス・グラヴィニチの『ドローへの愛』、パトリック・セリーの『名人と蠍』を思い出す人もいるだろう。エンターテインメントに目を転じれば、古典的なものではS・S・ヴァン＝ダインの『僧正殺人事件』、エラリー・クイーンの『盤面の敵』（ただしこれはシオドア・スタージョンが代作）、エドガー・ライス・バローズの『火星のチェス人間』が挙げられるし、さらに最近のものだとアルトゥーロ・ペレス・レベルテの『フランドルの呪画』、キャサリン・ネヴィルの『エイト』、ダン・シモンズの『殺戮のチェスゲーム』がある。考えてみれば、『鏡の国のアリス』だって、ハリポタだってチェスが出てくるから、それをチェス小説と呼ぶ人がいたっておかしくない。

さらに未訳作品に話を広げれば、『ハスラー』の著者ウォルター・テヴィスによる *The Queen's Gambit*、ジョン・ブラナーの *The Squares of the City*、バリー・マルツバーグの *Tactics of Conquest*、ローナン・ベネットの *Zugzwang* とまだまだ出てくるし、英米以外でも、わたしが英訳版を読んだものとしては、フェルナンド・アラバールの *Tower Struck by Lightning*、ロベルト・レールの *The Chess Machine* がある。それでは我が国ではどうかというと、竹本健治の『定本ゲーム殺人事件』に収録されている「チェス殺人事件」、北村薫の『盤上の敵』、瀬名秀明の「メンツェルのチェスプレイヤー」、そして先日出たばかりの小川洋子の『猫を抱いて象と泳ぐ』といったふうに、日本勢もいい勝負をしている。

チェスをこのうえなく愛するアンソロジストとしては、海外の短篇チェス小説のアンソロジーを編むことはかねてからの夢であった。その夢がかなえられたのが本書『モーフィー時計の午前零時』であり、チェスの底知れぬ魅力をたたえた世界に対抗できるような、楽しいチェス小説をずらりと並べたつもりである。ジャンルもなんでもありで、SF、ミステリ、幻想、ユーモア、普通小説と取り揃えてみた。さらには、ノンフィクションやチェス・プロブレムまで、ちょっとしたおまけのつもりで入れてある。お楽しみいただければ幸いである。

なお、本書に収録した作品のほとんどは、チェスの知識を必要としないので、チェスに疎い方でもどうぞご安心を。しかし、チェスに取り憑かれた人々を描く作品群を読んでいるうちに、自分もこの魅力的な世界に足を踏み入れてみたいと思うようになる読者もきっといるだろう。それは当然ながら、編者の読み筋のうちに入っている。その意味で、本書がチェスへの誘いの役割を果たせたら、編者としてはこれにまさる喜びはない。

こうしたチェス小説アンソロジーは、すでにいくつかの先例があり、大いに参考にした。とりわけ次の三冊を挙げておく。

Irving Chernev, *The Chess Companion*, London: Faber and Faber, 1970.（チェス小説のみならず、実戦の名局や珍局、さらにプロブレムもたっぷりで、文句なしに楽しめる名著。）

Fred Saberhagen, ed., *Pawn to Infinity*, New York: Ace Books, 1982.（主にSF作家によるチェス小説選。）

Burt Hochberg, ed., *The 64-Square Looking Glass: The Great Game of Chess in World Literature*, New York: Times Books, 1993.（副題が示すように、世界文学から集めたアンソロジーで、長篇小説から

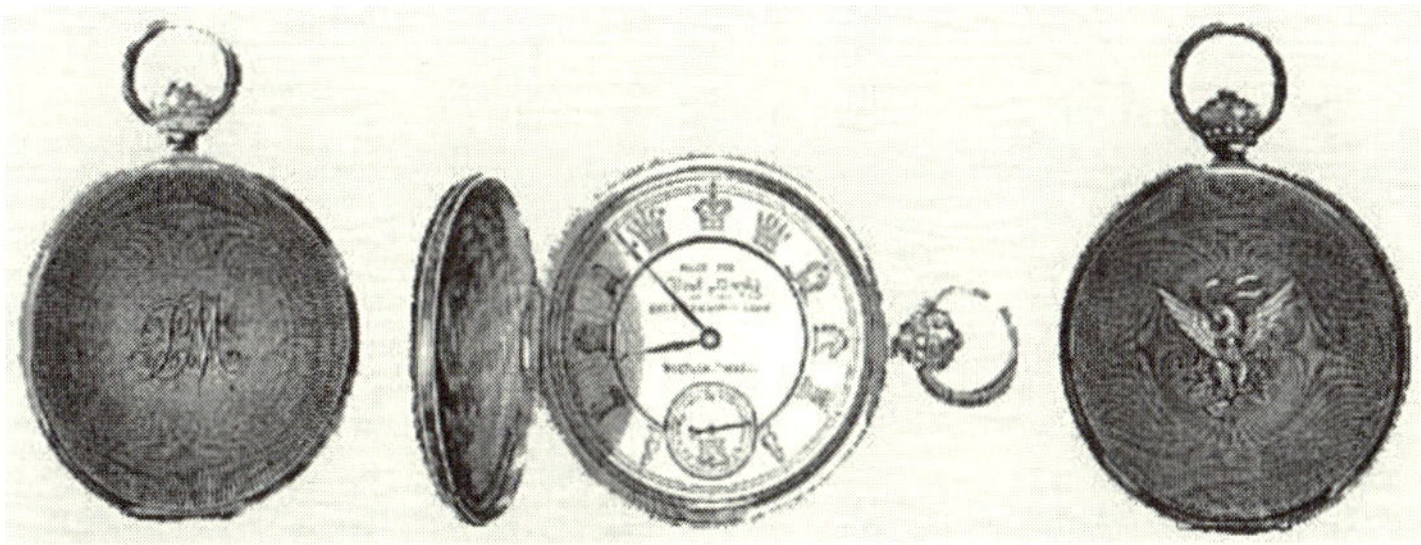

の抜粋もいくつか入っている。）

以下、ここに収録した各短篇について、書誌データ、簡単な解説、そして作品中に出てくるチェス用語やチェス関係人名についての小事典を付す。書誌データについては、原題、初出、収録短篇集、既訳の順に並べた。なお、既訳作品については、それぞれの訳者によって、本書収録に際して改訳されたことをお断りしておく。チェス関係人名小事典は、本書に登場する順に並べてある。カッコの中に入れたのは、生年と没年、そして国籍である。国籍にはすべて現在の国名を用いたので、ソヴィエト時代の選手でもロシアとした。

http://blog.chess.com/batgirl/morphys-trophies

モーフィーに贈られた金時計の表面

●フリッツ・ライバー「モーフィー時計の午前零時」"Midnight by the Morphy Watch"
《イフ》誌一九七四年八月号／*Heroes & Horrors*（一九七八年）に収録／《将棋ジャーナル》誌一九八六年十〜十一月号　若島正訳

SF、ファンタジー、怪奇幻想と芸域の幅広いライバーには、チェスを題材にした短篇がいくつかある。既訳のものでは『バケツ一杯の空気』（サンリオSF文庫）収録の「六十四こまの気違い屋敷」、さらに未訳で残っているものに"The Dreams of Albert Moreland"などがある。本篇「モーフィー時計の午前零時」は、そのようなライバーのチェス好きが如実に発揮された好篇であり、ライバーが晩年に愛したサンフランシスコの街頭風景がみごとに描かれているのもまたいい。

なお、モーフィーがヨーロッパから凱旋帰国した際に金時計を贈られたという話は実話である。現在この金時計は、全米時計蒐集家協会の博物館に飾られているそうだ。ただ、同じときにモーフィーが寄贈された金銀製のチェスセットは、行方不明になっているという。このチェスセットを題材にして、将来誰かがまた別のチェス小説を書くのだろうか。

ブレイヤーズ・ギャンビット　キングズ・ギャンビットの一変化で、1.e4 e5 2.f4 exf4 3.Qf3 と進む序盤定跡。

ルイ・ロペス　1.e4 e5 2.Nf3 Nc6 3.Bb5 と進む序盤定跡。

シシリアン　1.e4 c5 と進む序盤定跡。

ポール・モーフィー（一八三七〜八四、アメリカ）チェスの神童として頭角を現し、ヨーロッパに遠征した一八五八年には、非公式に「世界チャンピオン」と称えられた。帰国後は最強を自認するあまり、チェス界から姿を消した。

ジュール・アルヌス・ド・リヴィエール（一八三〇〜一九〇五、フランス）モーフィーがパリに二度やってきたときの対戦相手として知られる。

マックス・エイベ（一九〇一〜八一、オランダ）一九三五年にアリョーヒンを破って世界チャンピオンとなる。その二年後、アリョーヒンの再挑戦を受けて失冠。

エヴゲーニー・ズノスコ＝ボロフスキー（一八八四〜一九五四、ロシア）プレーヤーよりもむしろチェスの著作家として有名だった。

ダニエル・ノーテボーム（一九一〇〜三二、オランダ）若くして亡くなったためにチェス経歴は短かったが、ある定跡に「ノーテボーム・ヴァリエーション」と名を残している。

フョードル・ドゥス＝ホティミルスキー（一八七六―一九六五、ウクライナ）キエフのチャンピオンに四度なった。

アレクサンドル・アリョーヒン（一八九二〜一九四六、ロシア）一九二七年にカパブランカを破って世界チャンピオンとなる。一九三〇年代にはほとんど並ぶ者のいないプレーヤーだった。想像力豊かで華麗な攻めの棋風として知られ、「盤上の詩人」と称される。

ホセ・ラウル・カパブランカ（一八八八〜一九四二、キューバ）一九二一年にラスカーを破って世界チャンピオンとなる。絶頂期にはほとんど負けることがなく、六十三局という連続不敗記録を持つ。形勢判断に明るく、シンプルな局面を好んだ。

ミハイル・ボトヴィニク（一九一一〜九五、ロシア）一九四八年に世界チャンピオンの座に就く。ソ連でのチェス教育にも尽力し、カルポフ、カスパロフ、クラムニクといった後の世界チャンピオンたちを育てた。また人工知能研究で、コンピュータ・チェスの開発にも貢献している。

ヴィルヘルム・シュタイニッツ（一八三六〜一九〇〇、オーストリア→アメリカ）一八八六年、ツケルトートとのマッチに勝利を収め、初代世界チャンピオンの座に就く。それまでの向こう見ずな攻撃的チェスから脱して、まず理想的な陣形を築く、いわゆる「ポジショナル・プレー」のアイデアを初めて実践した。

エマヌエル・ラスカー（一八六八〜一九四一、ドイツ）数学者、哲学者でもある。一八九四年にシュタイニッツを破ってから、二十七年間もの長きにわたって世界チャンピオンの座を維持した。盤上の強さのみならず、盤外作戦にも長け、世界選手権のマッチではチャンピオンに有利になる条件を付けた。

アレグザンダー・マクドネル（一七九八～一八三五、アイルランド）一八三四年に、ラ・ブルドネと全八十五局になる六度のマッチ（番勝負）を戦った。これはチェス史において最初の重要なマッチとして知られる［左に掲載］。

ルイ・ド・ラ・ブルドネ（一七九五～一八四〇、フランス）十九世紀前半でおそらく最強のプレーヤーだった。

ロバート・フィッシャー（一九四三～二〇〇八、アメリカ）通称ボビー・フィッシャー。一九五七年、十四歳で史上最年少のアメリカ・チャンピオンとなる。一九七二年、二大大国米ソの威信を賭けた対決としても注目を集めた、アイスランドのレイキャヴィクで行われたマッチ［次頁］でスパスキーを破り、世界チャンピオンとなる。しかし、続くカルポフとのタイトル防衛戦では、条件面で折り合わず、王座

マクドネル対ラ・ブルドネ戦
（1834年、ロンドン）マッチ第62局

1.e4 c5 2.Nf3 Nc6 3.d4 cxd4 4.Nxd4 e5 5.Nxc6 bxc6 6.Bc4 Nf6 7.Bg5 Be7 8.Qe2 d5 9.Bxf6 Bxf6 10.Bb3 0-0 11.0-0 a5 12.exd5 cxd5 13.Rd1 d4 14.c4 Qb6 15.Bc2 Bb7 16.Nd2 Rae8 17.Ne4 Bd8 18.c5 Qc6 19.f3 Be7 20.Rac1 f5 21.Qc4＋ Kh8 22.Ba4 Qh6 23.Bxe8 fxe4 24.c6 exf3 25.Rc2 Qe3＋ 26.Kh1 Bc8 27.Bd7 f2 28.Rf1 d3 29.Rc3 Bxd7 30.cxd7 e4 31.Qc8 Bd8 32.Qc4 Qe1 33.Rc1 d2 34.Qc5 Rg8 35.Rd1 e3 36.Qc3 Qxd1 37.Rxd1 e2 0-1

（37...e2まで）

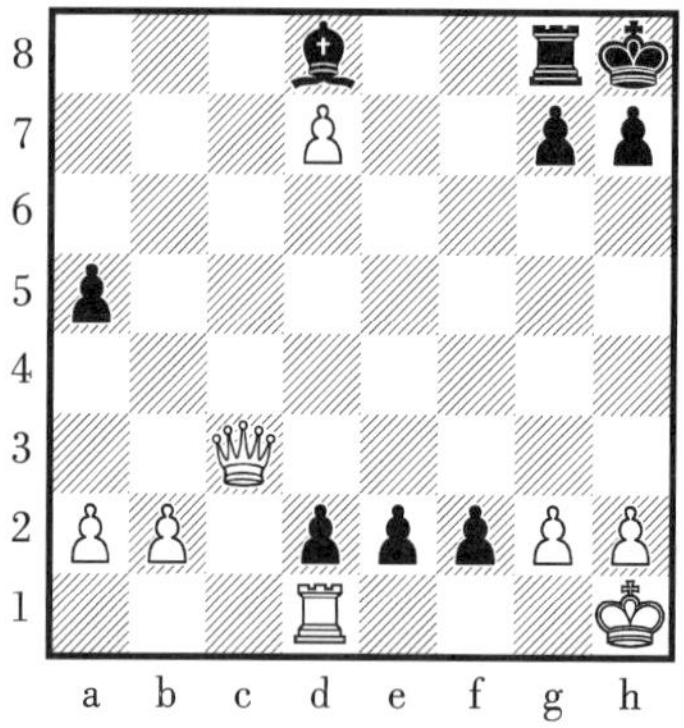

とにかくご覧いただきたいのは、この驚くべき投了図である。黒のポーン3枚の進軍に対して、白のクイーンとルークがなんと無力であることか！

を放棄して、それ以来チェス界から姿を消した。二〇〇四年、成田空港からフィリピンに向けて出発しようとしたところを、入国管理法違反の容疑で収容される。その後、アイスランドに出国し、そこで死去した。

ボリス・スパスキー（一九三七〜、ロシア→フランス）一九六九年、ペトロシアンを破って世界チャンピオンになる。一九九二年には、隠遁生活からふたたび姿を現したフィッシャーとモンテネグロでマッチを戦った。

ヨハンネス・ツケルトート（一八四二〜八八、ドイツ）一八七〇年代から八〇年代にかけて、シュタイニッツに次ぐ選手だった［**一八七〇年のシュタイニッツとのマッチを次頁に**］。

エフィム・ボゴリュボフ（一八八九〜一九五二、ウクライナ→ドイツ）一九二九年、一九三四年に世界選手権でアリョーヒンに挑戦し、二度とも大差で敗れた［**一九二二年のアリョーヒンとの一戦を次頁に**］。

フィッシャー対スパスキー戦
（1972年、レイキャヴィク）世界選手権第6局

1.c4 e6 2.Nf3 d5 3.d4 Nf6 4.Nc3 Be7 5.Bg5 0-0 6.e3 h6 7.Bh4 b6 8.cxd5 Nxd5 9.Bxe7 Qxe7 10.Nxd5 exd5 11.Rc1 Be6 12.Qa4 c5 13.Qa3 Rc8 14.Bb5 a6 15.dxc5 bxc5 16.0-0 Ra7 17.Be2 Nd7 18.Nd4 Qf8 19.Nxe6 fxe6 20.e4 d4 21.f4 Qe7 22.e5 Rb8 23.Bc4 Kh8 24.Qh3 Nf8 25.b3 a5 26.f5 exf5 27.Rxf5 Nh7 28.Rcf1 Qd8 29.Qg3 Re7 30.h4 Rbb7 31.e6 Rbc7 32.Qe5 Qe8 33.a4 Qd8 34.R1f2 Qe8 35.R2f3 Qd8

(35 . . . Qd8 まで)

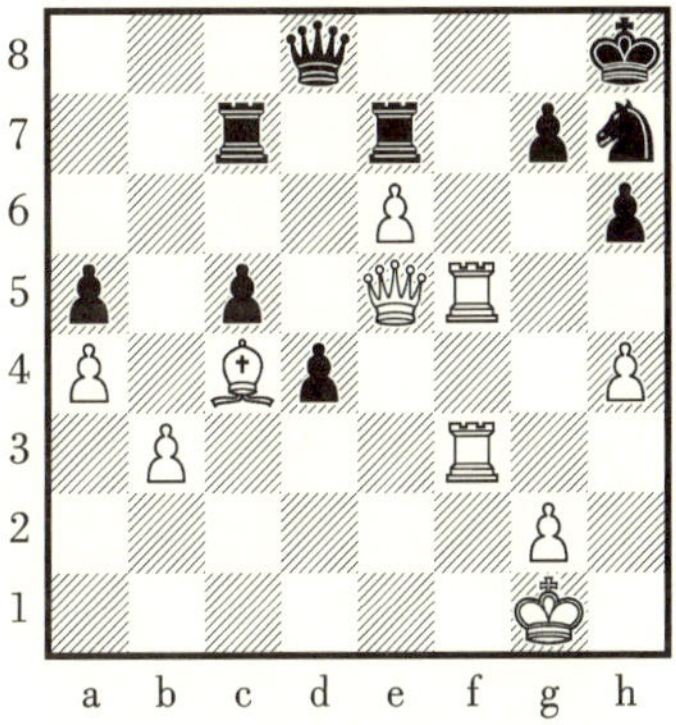

クイーン・サイドからキング・サイドへと攻撃を転じて、水が流れるような動きで優勢を築きあげた白番のフィッシャーは、ここからあざやかな手順で決めに出る。
36.Bd3! Qe8 37.Qe4!（放置すれば 38.Rf8＋ Nxf8 39.Rxf8＋ Qxf8 40.Qh7# でチェックメイト）37 . . . Nf6 38.Rxf6! gxf6 39.Rxf6 Kg8 40.Bc4 Kh8 41.Qf4 1-0

シュタイニッツ対ツケルトート戦
(1870年、ロンドン)マッチ第5局

1.e4 e5 2.Nc3 Nc6 3.f4 exf4 4.d4 Qh4+ 5.Ke2 d5 6.exd5 Bg4+ 7.Nf3 0-0-0 8.dxc6 Bc5 9.cxb7+ Kb8 10.Nb5 Nf6

(10 . . . Nf6 まで)

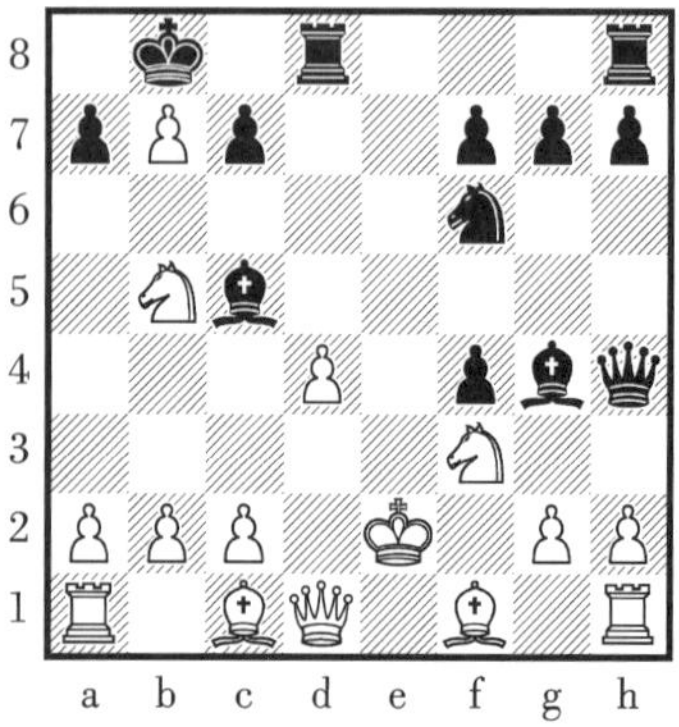

ここから、白番シュタイニッツのキングが戦場のまっただなかに漂いだす、いわゆる「キング・ウォーク」が始まる。

11.Kd3 Qh5 12.Kc3 Bxd4+ 13.Nbxd4 Qc5+ 14.Kb3 Qb6+ 15.Bb5 Bxf3 16.Qxf3 Rxd4 17.Qc6 Qa5 18.c3 Rd6 19.Qc4 g5 20.Kc2 1-0

ボゴリュボフ対アリョーヒン戦
(1922年、ヘースティングス)

1.d4 f5 2.c4 Nf6 3.g3 e6 4.Bg2 Bb4+ 5.Bd2 Bxd2+ 6.Nxd2 Nc6 7.Ngf3 0-0 8.0-0 d6 9.Qb3 Kh8 10.Qc3 e5 11.e3 a5 12.b3 Qe8 13.a3 Qh5 14.h4 Ng4 15.Ng5 Bd7 16.f3 Nf6 17.f4 e4 18.Rfd1 h6 19.Nh3 d5 20.Nf1 Ne7 21.a4 Nc6 22.Rd2 Nb4 23.Bh1 Qe8 24.Rg2 dxc4 25.bxc4 Bxa4 26.Nf2 Bd7 27.Nd2 b5 28.Nd1 Nd3 29.Rxa5 b4! 30.Rxa8 bxc3 31.Rxe8

(31.Rxe8 まで)

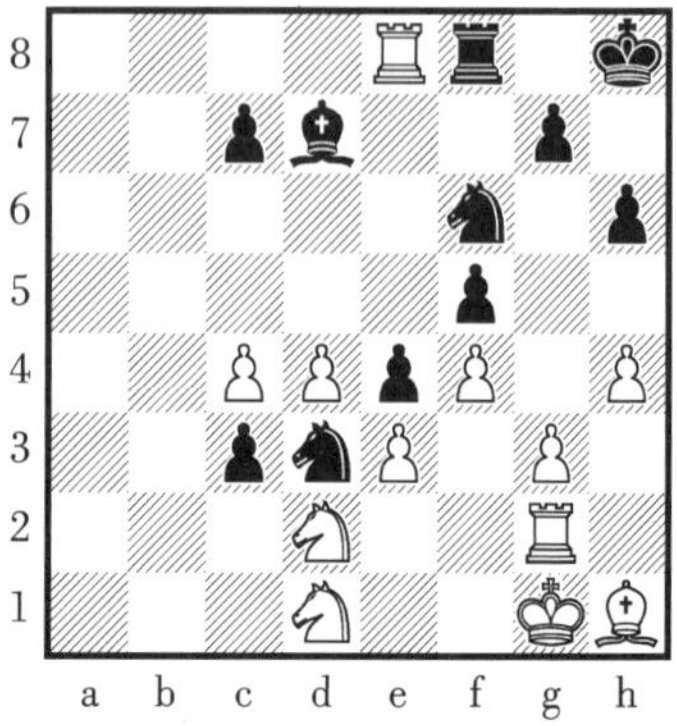

この一局のハイライト・シーン。今31.Rxe8と白が黒のクイーンを取ったところで、当然31 . . . Rxe8と取り返す一手に見えるが、アリョーヒンは違う手を指した。実は29 . . . b4!としたときからの読み筋であったことが後になるとわかるが、なんとあざやかなコンビネーションだろうかと舌を巻くしかない。

31 . . . c2!! 32.Rxf8+ Kh7 33.Nf2 c1=Q+ 34.Nf1 Ne1 35.Rh2 Qxc4 36.Rb8 Bb5 37.Rxb5 Qxb5 38.g4 Nf3+ 39.Bxf3 exf3 40.gxf5 Qe2 41.d5 Kg8 42.h5 Kh743.e4 Nxe4 44.Nxe4 Qxe4 45.d6 cxd6 46.f6 gxf6 47.Rd2 Qe2 48.Rxe2 fxe2 49.Kf2 exf1=Q+ 50.Kxf1 Kg7 51.Ke2 Kf7 52.Ke3 Ke6 53.Ke4 d5+ 0-1

まさしく芸術的な一局で、チェス著作家のアーヴィング・チェルネフが「史上最高の名局」と呼んでいるのも肯ける。

アーロン・ニムゾヴィッチ（一八八六〜一九三五、ラトヴィア→デンマーク）一九二〇年代から三〇年代にかけて、世界のトップクラスの一人。彼の著作『我が戦術』（一九二五年）はチェスの技術書として最も影響力があった一冊で、今日でも必読書であることに変わりはない。本文にあるとおり煙草が大嫌いで、ある対戦相手がテーブルに葉巻を置いていたのを見て、審判に訴えたという逸話がある。

●ジャック・リッチー「みんなで抗議を！」"To the Barricades!"《アルフレッド・ヒッチコック・ミステリ・マガジン》誌一九七五年四月号／単行本未収録／本邦初訳
すっかり本邦で再評価が定着したジャック・リッチーの、相変わらず独特の風味を持った短篇。

実は、このアンソロジーを編むにあたって、「そういえば昔、たしか《アルフレッド・ヒッチコック・ミステリ・マガジン》でリッチーの短篇に、チェスが出てくるのがあったなあ……」と思い出した。その不確かな記憶をたよりに掘り出してきたのがこの作品である。バックナンバーの調査は、尊敬する小鷹信光さんの書斎でさせていただいた。ここでお礼申し上げたい。

●ヘンリイ・スレッサー「毒を盛られたポーン」"The Poisoned Pawn"《アルフレッド・ヒッチコック・ミステリ・マガジン》誌一九七四年六月号／単行本未収録／《ハヤカワ・ミステリマガジン》誌一九八三年一月号　島田三蔵訳、『スペシャリストと犯罪　アメリカ探偵作家クラブ傑作選8』（ハヤカワミステリ文庫、一九八四年）収録　秋津知子訳
ツイストのきいた短篇を書かせれば職人芸を発揮するスレッサーの、いかにも芸達者なところを見せる作品。探し求めていた相手がペトロシアンを想わせる棋風だというのがニクい細部で、チェス愛好家ならご存じのとおり、ペトロシアンは他人に真似のできない独特のスタイルを持った棋士なのである。

「毒を盛られたポーン」という題にもニヤリとさせられる。これはシシリアン・ディフェンスの一変化とし

て有名な、「ポイズンド・ポーン・ヴァリエーション」にひっかけたタイトルなのだ（後でジュリアン・バーンズの世界チャンピオン戦観戦記に出てくる、ショート対カスパロフの一戦を参照されたし）。

ツークツワンク　一手指すとかえって不利になるような局面。

ツヴィッシェンツーク　一見すると絶対の手を指す前に、相手の応手を強制するような手をまず指すこと。

チグラン・ペトロシアン（一九二九〜八四、アルメニア）一九六三年にボトヴィニクを破って世界チャンピオンになる。受けに重点を置いた独特の負けにくい棋風で、駒を元の位置に引く手を得意とした。

●フレドリック・ブラウン「シャム猫」"The Cat from Siam"

《ポピュラー・ディテクティヴ》誌一九四九年九月号／*Homicide Sanitarium*（一九八四年）に収録／本邦初訳

多作家であったブラウンがミステリ系のパルプ雑誌に書き散らした短篇をほぼすべて集めた選集が、一九八四年から限定本全十九巻で出ている。この「シャム猫」はそこから拾ったもの。チェス小説と呼べる要素は少ないが、なぜかチェス小説のアンソロジーにはよく採られている。

パルプ雑誌に載った作品だからといって、軽視することなかれ。結末にはあっと驚くこと請け合いの真相が用意されている。やはりブラウンはアイデアを豊富に持っていたのだなあと感心。

ちなみに、ブラウンはチェスを趣味の一つにしていた。チェスがらみの長篇には『殺人プロット』がある。一読をおすすめ。

●ジーン・ウルフ「素晴らしき真鍮自動チェス機械」"The Marvelous Brass Chessplaying Automaton"

テリー・カー編オリジナル・アンソロジー *Universe 7*（一九七七年）／*Plan[e]t Engineering*（一九八三年）に収録／本邦初訳

国書刊行会〈未来の文学〉シリーズで出た『ケルベロス第五の首』以来、一筋縄ではいかない作家としてすっかり新しい読者層をつかんだ感のあるウルフの短篇。当然ながら、これも難解とまではいかないものの、一癖も二癖もある作品に仕上がっている。

題材となっているのは、チェスを指す自動機械として有名になった通称「トルコ人」で、奇しくも、今回序文を頂戴した小川洋子さんの新作『猫を抱いて象と泳ぐ』にも重要な小道具として登場している。

なお、本作品が収録されている短篇集の奇妙なタイトル *Plan[e]t Engineering* とは、プラント・エンジニアリングならぬプラネット・エンジニアリング、すなわちSF作家とは惑星製造業者であるという、ウルフ流の言葉遊び。

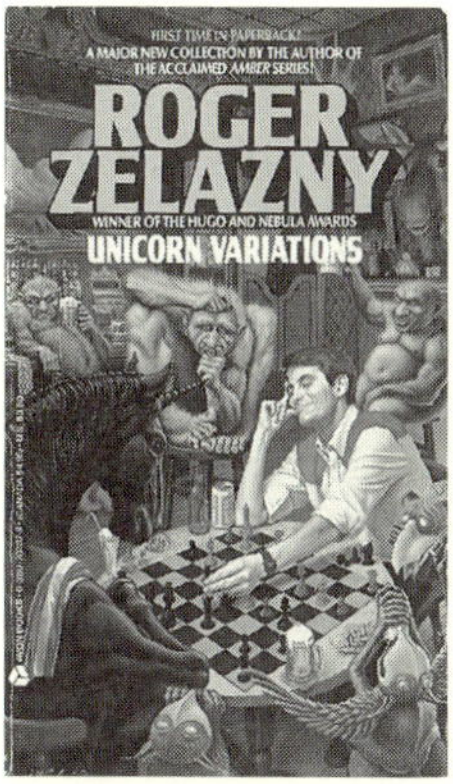

Unicorn Variations (Avon Books, 1983) のカバー

●ロジャー・ゼラズニイ「ユニコーン・ヴァリエーション」"Unicorn Variation"
《アイザック・アシモフズ・サイエンス・フィクション・マガジン》誌一九八一年四月号／*Unicorn Variations*（一九八三年）に収録／《SFマガジン》一九八三年九月号　風見潤訳／新訳／一九八二年ヒューゴー賞（ノヴェレット部門）・一九八四年星雲賞（海外短篇部門）受賞

作者のゼラズニイが語るところによれば、この作品が生まれたきっかけはこうである。あるときゼラズニイは、一角獣が出てくる短篇を書かないかとアンソロジストのガードナー・ドゾアにたのまれた。その後、さらに別のアンソロジストから、酒場を舞台にした短篇を書かないかとたのまれた。

ハルプリン対ピルスベリー戦
（1900年、ミュンヘン）

1.e4 e5 2.Nf3 Nc6 3.Bb5 Nf6 4.0–0 Nxe4 5.d4 Nd6 6.dxe5 Nxb5 7.a4 d6 8.e6 fxe6 9.axb5 Ne7 10.Nc3 Ng6 11.Ng5 Be7 12.Qh5 Bxg5 13.Bxg5 Qd7 14.b6 cxb6 15.Nd5 exd5 16.Rfe1＋ Kf8 17.Ra3 Ne5 18.Rxe5 dxe5 19.Rf3＋ Kg8 20.Bh6 Qe7 21.Bxg7 Kxg7 22.Rg3＋ Kf8 23.Rf3＋ Kg7 24.Rg3＋ Kf8 ½–½

その話をジョージ・R・R・マーティンにしたら、マーティンはフレッド・セイバーハーゲンがチェス小説のアンソロジー（前出の*Pawn to Infinity* を指す）を編んでいるところだということを思い出し、「一角獣とチェスが出てくる、酒場を舞台にした小説を書いたら、その三冊に同時に売れるんじゃないか」と冗談を言ったらしい。ちなみに、マーティンはチェス好きであり、チェスの大会運営係を務めたこともあるという（彼は"Unsound Variations"という中篇チェス小説も書いていて、河出書房新社より刊行予定のマーティン作品集に入るそうだ）。「ユニコーン・ヴァリエーション」の主人公がマーティンという名前になっているのは、そうした事情からである。「ユニコーン・ヴァリエーション」というタイトルにもご注目を。シシリアン・ディフェンスの有名な一変化に、ドラゴン・ヴァリエーションというのがある。黒の陣形を竜に見立てたところから付けられた名前だそうだが、竜があるんだったら一角獣があってもいいんじゃないの、というのが「ユニコーン・ヴァリエーション」の由来だろう。

さらにゼラズニイが語るところでは、この作品でマーティンがトリンゲルと指す一局は、一九〇〇年にミュンヘンで行われたハルプリンとピルスベリーの一局を下敷きにしている。

ピルスベリーは当時のトップクラスの一人で、アメリカのプレーヤーだった。そのミュンヘンでの大会で、ピルスベリーは上位にいて、格下のハルプリンと対戦することになっていた。そこでピルスベリーと優勝を争っていたヨーロッパの選手たちが一計を案じ、ピルスベリーがよく使っていたルイ・ロペスへの対抗策（ベルリン・ディフェンス）を打ち破る、あまり知られていない指し方を伝授した。それが右上に掲げる棋譜の6.dxe5である。ピルスベリーは相手の思わぬ手に苦戦しながら、綱渡りで最後には辛うじてドローに逃げた。この棋譜を盤に並べて追いながら、「ユニコーン・ヴァリエーション」をお読みいただきたい。

●ヴィクター・コントスキー「必殺の新戦法」"Von Goom's Gambit"《チェス・レヴュー》誌一九六六年四月号／単行本未収録／「ヴァン・グームの手」『海外ＳＦショート・ショート秀作選１』（集英社文庫コバルトシリーズ、一九八三年）収録　風見潤訳、《将棋ジャーナル》誌一九八七年二月号　若島正訳

作者のヴィクター・コントスキーは、カンザス大学で英文学の教授をしていた人。詩人であり、小説家であり、批評家でもあった。チェスとジョークが大好きだったという。なにやら他人とは思えない。コントスキー（彼はポーランド系の移民である）という名前までなぜかジョークに見えてくる……。

キングズ・ギャンビット・アクセプティッド　1.e4 e5 2.f4 exf4 と進む序盤定跡。

クイーンズ・ギャンビット・ディクラインド　1.d4 d5 2.c4 e6 と進む序盤定跡。

ハーフ・オープン・ファイル　片方のポーンが存在しない縦列（ファイル）のこと。

ルドヴィク（→ルヂェク）・パッハマン（一九二四〜二〇〇三、チェコ→ドイツ）『現代チェス理論』などの数多い著作で主に知られている。最近、『チェス戦略大全』の第一巻が評言社から翻訳出版された。

パウル・ケレス（一九一六〜七五、エストニア）二十世紀中頃のトップ・プレーヤーの一人として活躍したが、何度も世界選手権の挑戦者になりそこねた。エストニアの国民的英雄で、切手にもなっている。

●ウディ・アレン「ゴセッジ＝ヴァーデビディアン往復書簡」"The Gossage-Vardebedian Papers"《ニューヨーカー》誌一九六六年一月号／*Getting Even*（一九七一年）に収録／『これでおあいこ』（ＣＢＳ・ソニー出版、一九八一年）収録　伊藤典夫訳

サミュエル・ベケットは、長篇小説『マーフィー』の中に、とんでもないチェスの棋譜とそのとんでもない解説を載せた。それを短篇でやってみせたのがこのウディ・アレンの作品であり、その意味で、ウディ・アレンはベケットの正統的な後継者である……というのはもちろん冗談です。

●ジュリアン・バーンズ「TDF　チェス世界チャンピオン戦」"TDF: The World Chess Championship"《グランタ》誌第四十七号（一九九四年）に"Trap. Dominate. Fuck."という題で初出／エッセイ集 *Letters from London*（一九九五年）に収録／本邦初訳

チェス小説アンソロジーと銘打っている本書に、一篇だけノンフィクションを混ぜてみた。禁手かもしれないが、ご了解を願っておく。

現代イギリス文学を代表する作家として、しばしば並び称されるジュリアン・バーンズとマーティン・エイミスが、どちらもチェス好きというのは奇妙な偶然かもしれない。マーティン・エイミスは、未訳長篇 *Money*（一九八四年）のハードカヴァー版の裏表紙に、チェス盤を前にポーズを取っている著者近影を使ったほどだ。そしてこのジュリアン・バーンズには、本作品の他にも、「アーサー・ケストラーとチェスを指して」"Playing Chess with Arthur Koestler"というエッセイがある。

ここでちょっと裏話を。翻訳家の渡辺佐智江さんと初めて会ったのはもう今から十年ほど前になるが、そのときにどういうわけか、このカスパロフ対ショートの世界選手権の話題で盛り上がった。ロンドンでマッチが行われていたとき、渡辺さんはちょうどロンドンに住んでいて、テレビ中継を観たことがあるというのだ。カスパロフはカッコいい、ショートはダサい、というのがわたしたちの共通した意見だった。そういう思い出があるので、バーンズのこのエッセイを本書に収録しようと決めたとき、カスパロフ様を褒め称え、ショートをこきおろす絶好の機会だと、渡辺さんに翻訳をお願いして引き受けていただいたという次第である。ショートのファンの皆様、どうぞお許しを。

フレンチ・ディフェンス　1.e4 e6 と進む序盤定跡。
グリュンフェルド・ディフェンス　1.d4 Nf6 2.c4 g6 3.Nc3 d5 と進む序盤定跡。
パスポーン　進路に相手のポーンがいないようなポーン。
ポイズンド・ポーン・ヴァリエーション　シシリアン・ディフェンスにおけるナイドルフの一変化。次頁のショート対カスパロフ戦（第四局）を参照。
ナイドルフ　シシリアン・ディフェンスの一変化。
チェス・オリンピアード　二年に一度開催される、世界規模の国別団体戦。公式の第一回大会は一九二七年にロンドンで開催された。二〇〇八年にはドイツのドレスデンで第三十八回大会が行われ、オープン部門では百四十六チームが参加して、アルメニア・チームが優勝を飾った。
ハック・アタック　英国で出ているユーモアたっぷりのチェス雑誌《キングピン》に設けられている常設欄。
スコッチ　1.e4 e5 2.Nf3 Nc6 3.d4 と進む序盤定跡。
ダブルポーン　ある縦列に同じ色のポーンが二個できてしまうこと。
オープン・ファイル　双方のポーンが存在しない縦列（ファイル）を指す。
タイム・コントロール　決まった手数をある制限時間内に指さなければいけない決まり。
パペチュアル・チェック　連続チェックの千日手のこと。この場合はドローになる。
ナイジェル・ショート（一九六五〜、イギリス）一九九三年、世界選手権でカスパロフに挑戦し破れた。イギリス生まれのプレーヤーとしては二十世紀で最強と言われる。つい最近の大会で、持っていた携帯電話が対局中に鳴り、規定で負けになるというチョンボをやらかした。

アナトリイ・カルポフ（一九五一〜、ロシア）一九七五年から八五年まで、十年間にわたって世界チャンピオンの座を守り続けた。カスパロフの挑戦を受けた一九八四年のマッチでは、カルポフの五勝三敗四十ドローというとんでもない長期戦の結果、決着がつかず、翌年の再マッチでは三勝五敗十六ドローで王座を明け渡した。

ヴィクトル・コルチノイ（一九三一〜、ロシア→スイス）一九七八年と一九八一年の二度にわたって世界選手権の挑戦者になり、いずれも接戦の末カルポフに敗れた。今なお最古参の現役選手として活躍している。

ガルリ・カスパロフ（一九六三〜、ロシア）一九八五年にカルポフを破って世界チャンピオンになり、二〇〇〇年にウラジーミル・クラムニクに敗れるまで王座を守り続けた。史上最強のチェス・プレーヤーと謳われることもある。二〇〇五年に現役引退を発表してからは、政治の世界に転向し、反プーチン派

ショート対カスパロフ戦

（1993年、ロンドン）世界選手権第4局

1.e4 c5 2.Nf3 d6 3.d4 cxd4 4.Nxd4 Nf6 5.Nc3 a6 6.Bg5 e6 7.f4 Qb6 8.Qd2

(8.Qd2 まで)

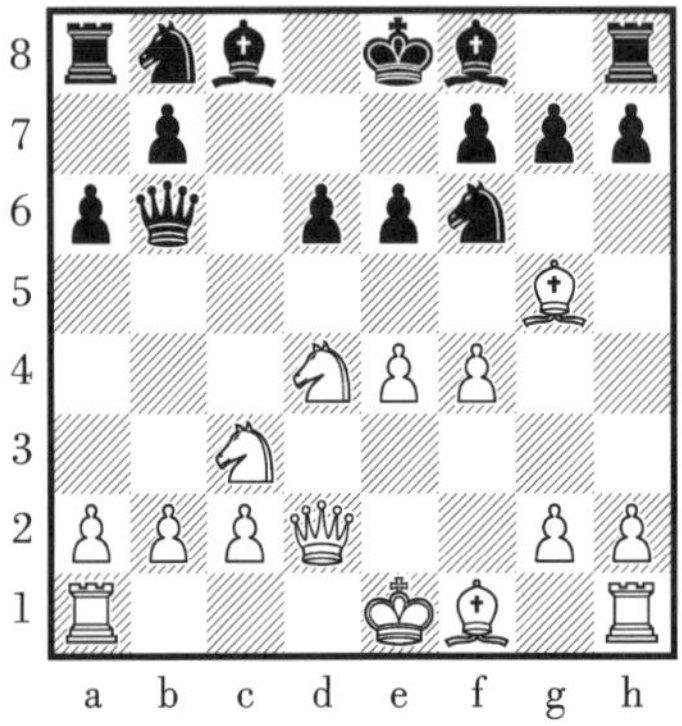

一見すると、b2のポーンがただで取れるように見える。実は、このポーンがいわゆる「毒入りのポーン」である。このポーンをわざと取らせる代わりに、黒のクイーンを封じ込め、そのあいだに中央で優位を築こうというのが白の狙いだ。しかし、カスパロフはその毒饅頭を食った。

8…Qxb2 9.Nb3 Qa3 10.Bxf6 gxf6 11.Be2 Nc6 12.0-0 Bd7 13.Kh1 h5 14.Nd1 Rc8 15.Ne3 Qb4 16.c3 Qxe4 17.Bd3 Qa4 18.Nc4 Rc7 19.Nb6 Qa3 20.Rae1 Ne7 21.Nc4 Rxc4 22.Bxc4 h4 23.Bd3 f5 24.Be2 Bg7 25.c4 h3 26.g3 d5 27.Bf3 dxc4 28.Re3 c3 29.Rxc3 Bxc3 30.Qxc3 0-0 31.Rg1 Rc8 32.Qf6 Bc6 33.Bxc6 Rxc6 34.g4 Ng6 35.gxf5 exf5 36.Qxf5 Qxa2 37.Qxh3 Qc2 38.f5 Rc3 39.Qg4 Rxb3 40.fxg6 Qc6+ 0-1

の旗頭としてロシア大統領選にも立候補した。

ズラブ・アズマイパラシヴィリ（一九六〇〜、グルジア）現在、国際チェス連盟（FIDE）の副会長を務めている。

キャシー・フォーブス（一九六八〜、イギリス）英国女性チャンピオンに三度なった。チェス・ジャーナリストとしては、ポルガー三姉妹やナイジェル・ショートの伝記を書いたことで有名。

マイケル・スティーン（一九五三〜、イギリス）一九七四年に英国チャンピオンの座をプレーオフで逃す。一九八二年に、まだ二十九歳の若さでチェス界から引退した。

ルボミール・カヴァレク（一九四三〜、チェコ→アメリカ）一九七三年と七八年に全米チャンピオン。長らく《ワシントン・ポスト》紙でチェス欄を担当した。

ヤン・ティイマン（一九五一〜、オランダ）一九八〇年代にはトップ・プレーヤーの一人だった。

アンデルセン対キゼリツキー戦
（1851年、ロンドン）「不朽の一局」

1.e4 e5 2.f4 exf4 3.Bc4 Qh4＋ 4.Kf1 b5 5.Bxb5 Nf6 6.Nf3 Qh6 7.d3 Nh5 8.Nh4 Qg5 9.Nf5 c6 10.g4 Nf6 11.Rg1 cxb5 12.h4 Qg6 13.h5 Qg5 14.Qf3 Ng8 15.Bxf4 Qf6 16.Nc3 Bc5 17.Nd5 Qxb2

（17 ... Qxb2 まで）

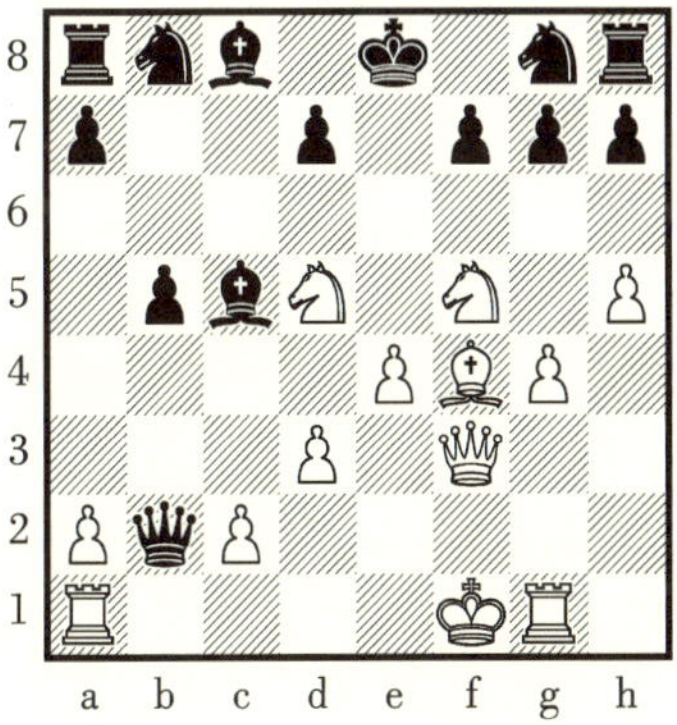

ここから、ルークを2枚取らせ、さらにはクイーンをただで捨てるという、アンデルセンの派手な猛攻が開始される。

18.Bd6! Bxg1 19. e5! Qxa1＋ 20. Ke2 Na6 21.Nxg7＋ Kd8 22.Qf6＋! Nxf6 23.Be7# 1-0

アドルフ・アンデルセン（一八一八〜七九、ドイツ）一八五〇年代から六〇年代にかけて、シュタイニッツとのマッチで敗れるまで、世界最強と考えられていた。チェス史に残る名局を二局残している。

リオネル・キゼリツキー（一八〇六〜五三、エストニア→フランス）アンデルセンの「不朽の一局」【前頁】の敗者として主に知られている。

コリン・クラウチ（一九五六〜、イギリス）チェスの著作家として知られる。

フレッド・ウェイツキン（一九四三〜、アメリカ）チェスの神童である息子を描いたノンフィクション『ボビー・フィッシャーを探して』（一九八八年）は映画にもなった。この神童ジョッシュ・ウェイツキン君は、現在ではチェスをやめて太極拳に転向し、そちらのチャンピオンになっているそうだ。

パトリック・ウルフ（一九六八〜、アメリカ）一九九二年と九五年に全米チャンピオンになった。

ヤッサー・セイラワン（一九六〇〜、シリア→アメリカ）全米チャンピオンに四度なった。チェスの解説者としても著名。

フロレンシオ・カンポマネス（一九二七〜、フィリピン）一九八二年から九五年まで、世界チェス連盟の会長を務めた。

レイモンド・キーン（一九四八〜、イギリス）チェスのジャーナリスト、オーガナイザー。一九九三年のカスパロフ対ショートのマッチを運営した。

ダニエル・キング（一九六三〜、イギリス）一九九三年のカスパロフ対ショート戦のテレビ中継では、解説者のなかで最も視聴者（とりわけ女性）に好評を博し、それ以降しばしばテレビに出演するようになった。

ジョン・スピールマン（一九五六〜、イギリス）英国チャンピオンに三度なったことがある。

ジェイムズ・プラスケット（一九六〇〜、イギリス）一九九〇年に英国チャンピオンになる。

ワシリイ・スミスロフ（一九二一〜、ロシア）一九五七年、ボトヴィニクを破って世界チャンピオンになったが、翌年の再戦で敗れてわずか一年で王座から退いた。

ラリー・エヴァンス（一九三二〜、アメリカ）全米チャンピオンに五度なった。《タイム》誌やABC放送でチェス関係のイヴェントの解説者を務めた。

トニー・マイルズ（一九五五〜二〇〇一、イギリス）一九八二年に英国チャンピオンになる。

ハンス・リー（一九四四〜、オランダ）チェス・ジャーナリストとして知られ、いくつかの有名チェス雑誌で常連寄稿者になっている。

ウィリアム・ハーツトン（一九四七〜、イギリス）一九七三年と七五年に英国チャンピオンになる。BBC放送でのチェス解説者として知られる。

ミハイル・ターリ（一九三六〜九二、ラトヴィア）一九六一年にボトヴィニクを破って世界チャンピオンになる。奇抜な攻めの手順を編み出すことで知られ、「リガの魔術師」と謳われた。

マルカム・ペイン（一九六〇〜、イギリス）《デイリー・テレグラフ》紙のチェス欄担当者。

デイヴィッド・ノーウッド（一九六八〜、イギリス）チェスの著作家としても知られている。

ネイサン・ディヴィンスキー（一九二五〜、カナダ）ブリティッシュ・コロンビア大学数学教授。『バッツフォード版チェス百科事典』の著者。

ガータ・カムスキー（一九七四〜、ロシア→アメリカ）一九九六年に世界選手権の決勝でカルポフに敗れてから、学業のためにしばらくチェス界から遠ざかり、二〇〇四年に復帰。現在、二〇〇九年の世界選手権でチャンピオンのヴィスワナタン・アナンド（インド）に挑戦する権利を賭けて、カムスキー対ヴェセリン・トパロフ（ブルガリア）のマッチが行われる予定になっている。

●ティム・クラッベ「マスター・ヤコブソン」“Meester Jacobson”
De Matador（一九九一年）に収録／本邦初訳（ただし、テキストには英訳版“Master Jacobson”を使用

した）

本書に収録した作家たちのなかで、おそらく最もチェスへの入れ込み方が尋常ではないのが、このオランダの作家ティム・クラッベ（クラベ、クラベーなど、本邦ではさまざまな表記あり）だろう。すでに『失踪』（一九八四年）『洞窟』（一九九七年）といった長篇小説が翻訳紹介されているが、チェス愛好家にとって、クラッベはこの上なく楽しいサイトChess Curiosities (http://www.xs4all.nl/~timkr/chess/chess.html) で知られ、とりわけその中のチェス日記は珍しい実戦譜やプロブレムなどを取り上げて、読者を飽きさせることがない。

ここで紹介する「マスター・ヤコブソン」には、「底なし沼」と呼ばれるプロブレムの話が出てくる。プロブレムとは、チェスの盤と駒を使い、ある条件の下で指定された目的を達成するような解を求めるパズルである。クラッベのチェス日記によれば、このプロブレムは実際に発表されたある作品をもとにしている。

P. Drumare & R. Le Pontois
Thèmes-64 1962

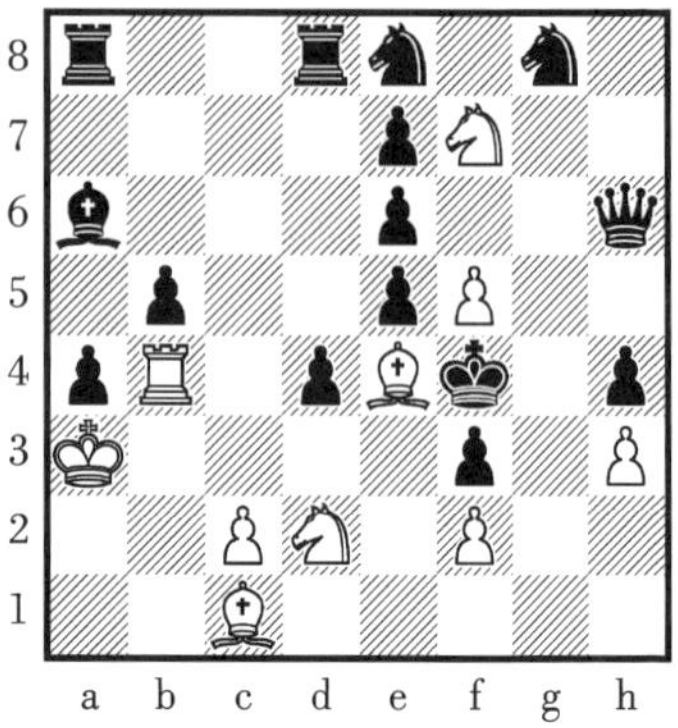

Mate in 19

1.Bd3 e4 2.Bxe4 e5 3.Bd3 e4 4.Bxe4 e5 5.Bd3 e4 6.Bxe4 Ngf6 7.Bd3 Ne4 8. Bxe4 Nf6 9.Bd3 Ne4 10.Bxe4 Re8 11. Bd3 Re4 12.Bxe4 Re8 13.Bd3 Re4 14. Bxe4 Qc6 15.Bd3 Qe4 16.Bxe4 Bb7 17. Bd3 Be4 18.Bxe4 d3 19.Bxd3# mate

白の初手1.Bd3は、放置すると2.Nc4#のチェックメイトを狙っている。そこで黒はe4の地点に何か駒を移動して、ビショップのf5への利きを遮る必要があり、その原理でポーン3枚、ナイト2枚、ビショップ、ルーク2枚、クイーンの合計9枚をe4の同一地点に捨てることになる。これは記録である。ただし、歴史に残る傑作かというとそうではなく、むしろ珍作の部類に属する。

それが右の図。

キングズ・インディアン　1.d4 Nf6 2.c4 g6 と進む序盤定跡。

ブリッツ　早指しチェスのこと。一般には持ち時間がわずか五分というような時間制限で行われる。

●ジェイムズ・カプラン「去年の冬、マイアミで」"In Miami, Last Winter"《エスクァイア》誌一九七七年十二月号／単行本未収録／《将棋ジャーナル》誌一九八六年六〜八月号　若島正訳

我が国ではこれまでまったく紹介されていないジェイムズ・カプランは、七〇年代中頃に雑誌《ニューヨーカー》に勤め、そこで短篇小説などを発表した作家である。これまでに長篇小説が三冊あるが、近年ではジェリー・ルイスやジョン・マッケンローのタレント本を手がけるなど、小説家というよりはジャーナリストとしての活動が主になり、彼の小説が好きだったわたしとしてはいささか残念だ。

後に述べるように、この「去年の冬、マイアミで」は本書に収録した作品のなかで最も思い入れのある作品である。この翻訳を《将棋ジャーナル》という雑誌に出したとき、何人かの読者からお問い合わせをいただいた。「去年の冬マイアミで、いったい何があったのか?」という質問だった。これにはすっかり意表を突かれた。まさかそういう質問が来るとは思いもしなかったのだ。そこでわたしなりの答えを書いた返事を同誌に載せたが、本書の読者から同じ質問が来るかもしれないので、先回りしてここでお答えしておく（これはべつにネタばらしではなく、単に解釈の問題なのでご心配なく）。去年の冬マイアミで何があったのか、それはわからない。これが答えだし、わたしの解釈ではその読み方しかない。つまり、語り手にとっては、ハリー・アーバニックは雲の上の人間であり、彼のチェスの実力を本当に理解することはできない。それと同じように、去年の冬マイアミで何があったのか、それはまったく語り手の想像を超える別世界の出来事で

あり、わからないのである。

フランソワ＝アンドレ・フィリドール（一七二六〜九五、フランス）十八世紀後半において世界最強と考えられていた。作曲家でもあり、オペラを書いている。

サヴィエリ・タルタコワ（一八八七〜一九五六、ポーランド→フランス）一九二〇年代から三〇年代にかけて、トップクラスの一人であり、またさまざまな著作でチェス・ジャーナリズムにも貢献した。

フランク・マーシャル（一八七七〜一九四四、アメリカ）一九〇九年から三六年まで、アメリカ・チャンピオン。彼の名前が冠せられた、ルイ・ロペスの一定跡マーシャル・アタックは、今もなお一流プレーヤーたちが追求する変化の一つであり続けている。

●ロード・ダンセイニ「プロブレム」

《タイムズ文芸付録》紙一九二六年十二月二十三日号

おまけとして、ダンセイニ作のプロブレムを収録させてもらった。

わたしの評価によれば、小説家のなかでいちばんプロブレム創作の能力が認められるのはこのダンセイニである。おなじみジョーキンズものの一作に、未訳のままで残っている「ジョーキンズの問題」"Jorkens' Problem"という小品がある。ツケルトートの実戦から取材したという体裁を取って、ある局面の謎（「黒の最終手は何だったか?」）を解こうとする話で、本書に収録するつもりだったが、わたしの目にはどうもそのプロブレムが不完全としか見えず、それだったらいっそのこと、ダンセイニ作のプロブレムを載っけてしまおうと考えた。

ダンセイニが《タイムズ文芸付録》紙によく載せていたプロブレムは、主に「レトロ・アナリシス」（あるいは単に「レトロ」）と呼ばれるジャンルの問題である。つまり、その局面に至るまでの、過去の手順が

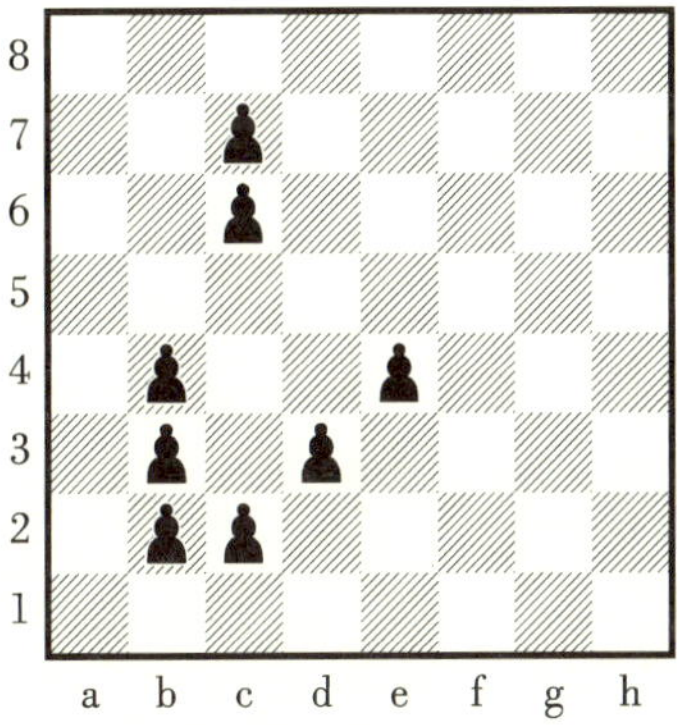

問題になるわけだ。ふつうプロブレムでは、ある局面が与えられて、そこから先の手順を考えることになるが、「レトロ」ではその点でまったく性格が異なる。「レトロ」を考える際に、必要なのはただ一つ、着手および局面の合法性である。その着手がいい手かどうかはまったく問題にならない。その着手が合法的かどうか、言い換えればルール上可能かどうかだけが問われる。

さて、ダンセイニのこの問題を解くのに、まずとっかかりは、この局面に至るまでに黒が白の駒を何枚取ったかという点である。どうしてそんなことがわかるのか。手がかりは、黒のポーン群の配置にある。今、わかりやすいように、問題図で黒のポーンだけを盤面に残してみよう［上図］。

黒のポーン群は、ゲームの開始時点では七段目に横一列に並んでいた。それが、駒を取ったときに隣の縦列に移動して、最後はこの形になったわけだ。それでは、この形になるのに、駒取りが少なくとも何回起こる必要があるか？

それを数えるには、ポーンを元の位置までバックさせてやればいい。今仮に、ｂ４のポーンがｂ７から直進してきたとしよう。その場合、ｃ６のポーンはｄ７から一回駒を取ってそこに来たことになる。

次にｂ３のポーンがａ７から来たとすると、少なくとも一回駒を取る必要がある。

これで残りはｂ２、ｃ２、ｄ３、ｅ４のポーンの四枚。これをｅ７、ｆ７、ｇ７、ｈ７に戻すわけだ。わかりやすいように、ｅ４のポーンがｅ７から直進してきたとすると、結局はｂ２、ｃ２、ｄ３の三枚をｆ７、ｇ７、ｈ７に戻せばいいことになる。そのために必要な駒取りは十二枚である（理由は各自で考えてください）。

以上を合計すると、少なくとも十四枚の駒取りが起こっていることになる。実際には、白の駒はもともと十六枚しかなく、そのうちキングは取れないので、黒のポーンによる駒取りはちょうど十四回起こったことが結論として導ける（どうして十五回ではないのか、その理由を考えてみること）。

もちろん、黒はポーン以外の駒で白の駒を取ったかもしれないが、可能な局面を考えるときには、必要条件だけを考慮すればいい。つまり、現在の盤上には、白の残る二枚、キングと何か一枚が置けるわけだ。さて、それではその何か一枚とは？

ふつうに考えると、その駒はいちばん強力なクイーンにしておくのが、黒のキングを詰ませるのにいいだろう。そこで、左図のように白のキングとクイーンを置いてみる。

この局面から、1.Qxa6＃でチェックメイトにできる。ようやく答えがみつかった……と安心してはいけない。実は、この図は罠であり、失敗図なのだ。それはなぜか。

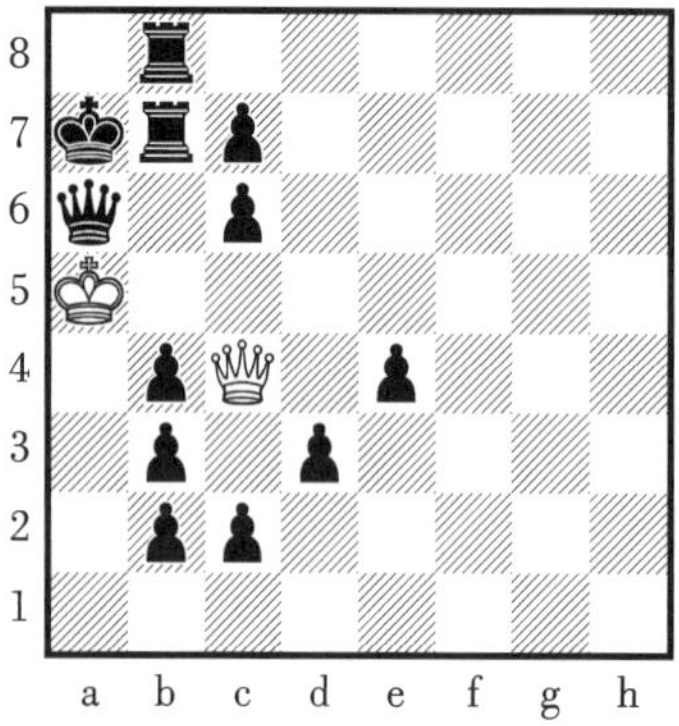

失敗図

失敗図をよく見てほしい。この局面に至る黒の最終手は0…Qa6＋のチェックであったはずだが、それでは、そのクイーンはどこから来たのだろう？ 可能性はb5かb6しかないが、それだと黒の手番なのに白のキングにチェックがかかっている形になり、その直前に白がチェックを放置した（あるいは自らチェックにかかりにいった）ことになって、ルール違反。すなわち、この失敗図は合法的な局面ではないのである。これは、白のクイーンの配置をc4ではなくb5にしても同じことが言える。

以上の推論から、白は残る一枚としてクイーンではなく、意外なことに、ルークを盤上に置くのが正解になる。それが次頁の図。

この局面から、白は1.Rxa6＃としてチェックメイトにできる。

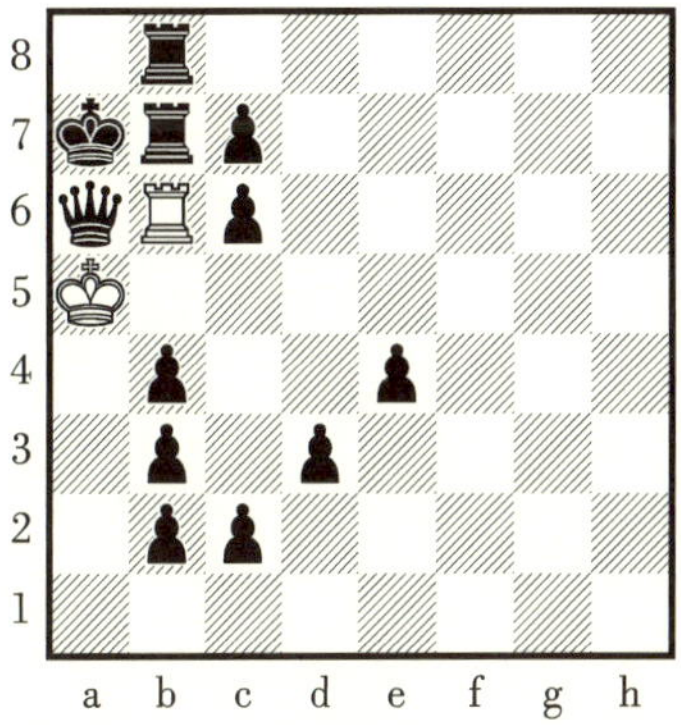

正解図

また、この局面に至る黒の最終手としては、黒のクイーンがc4から a6に来たという可能性が残されているので、この局面は合法的である。これが唯一の解だった。

白がクイーンを残したいところなのに、それだと失敗するのがこの作品のミソであり、作者ダンセイニのセンスの良さが発揮されている。

*

最後に、このチェス小説アンソロジーが生まれたいきさつについて書いておきたい。すでにお気づきになられただろうが、このアンソロジーに収録した短篇のうち、「モーフィー時計の午前零時」「必殺の新戦法」「去年の冬、マイアミで」の三篇はわたしが以前《将棋ジャーナル》というアマチュア将棋連盟の機関誌に翻訳掲載したものである。

その当時、わたしは詰将棋創作をしばらく離れて、将棋を指していたこともあって、アマチュア将棋連盟と多少のつきあいがあった。《将棋ジャーナル》では全国の支部めぐりという連載企画があり、福井支部を訪問するからというので、どういうわけかわたしが呼ばれて、アマチュア将棋連盟の関則可さんと一緒に福井まで出かけていった。

わたしが将棋を指すことにいちばん熱中したのは、大学生のときである。大学の授業に出るのはそっちのけで、明けても暮れても、将棋部のボックスでひたすら将棋を指していた。その頃、わたしと同じ学年に、関西大学の田中保という男がいた。その男がとんでもなく強くて、わたしは公式戦で六局か七局指してたったの一番しか勝てなかった。まわりからは、「田中保は若島の天敵だ」と言われたりしたこともあったけれど、なんのことはない、田中保がわたしよりはるかに強いという事実があるだけだ。自分よりはるかに強い男を天敵とは呼ばない。その田中保は、アマチュアの最高位である全国アマチュア名人にまで登りつめた。そして大学を卒業してからは、故郷の福井に帰って、家業の婚礼家具屋を継いでいた。ということで、福井なら田中保、田中保なら若島、という連想ゲームのような論理で、わたしにお呼びがかかったわけだ。

一九八五年の冬のことである。雪のつもった福井で久しぶりに再会した田中保は、地元では師範のような役割をしていた。久しぶりだからというので、わたしは田中保と将棋を指して、当然のように負けた。

その夜、わたしは関さんと一緒に田中保に蟹料理をご馳走になり、さらにはカラオケに行って、飲んで歌った。すっかり酔いがまわったわたしは、関さんに、翻訳したいチェス小説があるんです、という話をグラス片手にした。やはり元アマチュア名人である関さんは、チェスのファンでもあり、かつてフィッシャーと多面指しで対局したこともあるという経験もお持ちだった。そういう関さんならこの話に乗ってくれるかもしれないと思ったのである。すると関さんは、わかった、じゃ版権を取りましょう、ぜひやってくださいとおっしゃった。それは嘘ではなかった。福井訪問の後で、本当に関さんはタトル・モリ・エージェンシーに足を運んで、わたしがリクエストした「去年の冬、マイアミで」の版権を取ってくれたのである。その行動力には敬服するしかない。そんなわけで本書は、あのときの雪の福井で生まれたと言っていいだろう。

このアンソロジーを準備している最中に、田中保は大腸癌で亡くなった。ただただ呆然とするのみである。思えば、田中保はわたしにとって、「去年の冬、マイアミで」のハリー・アーバニックのような存在だった、と言えばわかってもらえるだろうか。自分にとってまさしく雲の上の存在だった男、田中保と、今でも将棋道場で師範をされている関則可さんに、心から本書を捧げたい。

最後に、帯の文章を頂戴した羽生善治名人と、すばらしい序文を書いていただいた小川洋子さんに、厚くお礼申しあげたい。盤上にキングとクイーンが出揃ったようで、このささやかなアンソロジーもすっかり華やかなものになった。

ヴィクター・コントスキー　Victor Contoski（1937〜）
カンザス大学で英文学を教えるかたわら、詩人・小説家・ポーランド語翻訳家として活動。詩集に *Astronomers, Madonnas, and Prophesies*（72）*Midwestern Buildings: A Collection of Poems*（97）など。

ウディ・アレン　Woody Allen（1935〜）
ニューヨーク生まれ。アメリカを代表する映画監督・コメディアン。代表作に『アニー・ホール』『ハンナとその姉妹』。60年代より〈ニューヨーカー〉を中心にユーモア小説を発表、短篇集に『これでおあいこ』（71）『羽根むしられて』（75）など。

ジュリアン・バーンズ　Julian Barnes（1946〜）
イングランド・レスター生まれ。『オックスフォード英語辞典』の編纂執筆に携わった後、執筆活動を開始。代表作に『フロベールの鸚鵡』（84）『10 1/2章で書かれた世界の歴史』（89）『イングランド・イングランド』（98）など。

ティム・クラッベ　Tim Krabbé（1943〜）
アムステルダム生まれ。オランダの小説家、チェス・ジャーナリスト。長篇に『失踪』（84）『洞窟』（97）など。『失踪』はオランダで映画化、ハリウッドでもリメイクされた。チェス関連の著作に *Chess Curiosities*（85）など。

ジェイムズ・カプラン　James Kaplan（1951〜）
ニューヨーク生まれ。70年代より〈ニューヨーカー〉に勤め、のちに同誌に短篇を多数発表。長篇に *Two Guys from Verona: A Novel of Suburbia*（99）、共作にジェリー・ルイスの自伝 *Dean & Me*（*A Love Story*）（05）など。

ロード・ダンセイニ　Lord Dunsany（1878〜1957）
ロンドン生まれ。アイルランドの男爵、十八代ダンセイニ城城主。戯曲家としてケルト復興運動に参加。多くのファンタジー・幻想小説を執筆。代表作に『ペガーナの神々』（05）『エルフランドの王女』（24）など。

●収録作家紹介

小川洋子（おがわ　ようこ）
1962年岡山県生まれ。早稲田大学文学部文芸科卒業。91年『妊娠カレンダー』で第104回芥川賞を受賞。04年『博士が愛した数式』が第55回読売文学賞、第1回本屋大賞を受賞。最新作はチェスプレイヤーが主人公の『猫を抱いて象と泳ぐ』。

フリッツ・ライバー　Fritz Leiber（1910〜92）
シカゴ生まれ。SF、ファンタジー、ホラーの各分野で活躍するアメリカ幻想文学界の巨人。代表作に〈ファファード＆グレイ・マウザー〉シリーズ（68〜70）、短篇集に『バケツ一杯の空気』（64）『跳躍者の時空』（日本オリジナル編集、近刊）など。

ジャック・リッチー　Jack Ritchie（1922〜83）
ミルウォーキー生まれ。生涯に350篇以上の作品を残した短篇のスペシャリスト。ツイストとユーモアに満ちたクライム・ストーリーで人気を博した。短篇集に『クライム・マシン』『10ドルだって大金だ』（共に日本オリジナル編集）がある。

ヘンリイ・スレッサー　Henry Slesar（1927〜2002）
ブルックリン生まれ。コピーライターを経て広告会社を経営しつつ創作活動を開始、軽妙洒脱な短篇を多数発表。〈ヒッチコック劇場〉の脚本家としても活躍。短篇集に『快盗ルビイ・マーチンスン』（60）『うまい犯罪、しゃれた殺人』（60）など。

フレドリック・ブラウン　Fredric Brown（1906〜72）
シンシナティ生まれ。SFショートショートの第一人者。奇抜なアイデアとユーモアを駆使したミステリ・SFを多数執筆した。長篇に『発狂した宇宙』（49）『火星人ゴーホーム』（55）短篇集に『未来世界から来た男』（61）など。

ジーン・ウルフ　Gene Wolfe（1931〜）
ニューヨーク生まれ。華麗な文体、構築され尽くした物語構成で70年代より最重要SF作家として知られる。代表作に〈新しい太陽の書〉シリーズ（80〜83）、『ケルベロス第五の首』（72）『デス博士の島その他の物語』（80）など。

ロジャー・ゼラズニイ　Roger Zelazny（1938〜95）
オハイオ生まれ。SFと神話の融合をスタイリッシュに描く作風で60年代アメリカン・ニューウェーヴSFを代表する一人。代表作に『わが名はコンラッド』（65）『光の王』（67）〈真世界〉シリーズ（70〜77）『伝道の書に捧げる薔薇』（71）など。

●編者略歴
若島正（わかしま　ただし）
1952年京都府生まれ。京都大学大学院文学研究科教授。著書に『乱視読者の英米短篇講義』（研究社）『盤上のパラダイス』（河出書房新社）、訳書にナボコフ『ロリータ』（新潮社）、スタージョン『海を失った男』（晶文社、編訳）など。詰将棋、チェス・プロブレム作家としても知られ、97年日本人初の「プロブレム解答国際マスター（IM）」（国際チェス連盟）の称号を獲得。

モーフィー時計（どけい）の午前零時（ごぜんれいじ）
チェス小説アンソロジー

2009年2月24日初版第1刷発行

著者　ジーン・ウルフ、フリッツ・ライバー他
編者　若島正
発行者　佐藤今朝夫
発行所　株式会社国書刊行会
〒174-0056　東京都板橋区志村1-13-15
電話03-5970-7421　ファックス03-5970-7427
http://www.kokusho.co.jp
印刷所　明和印刷株式会社
製本所　株式会社ブックアート

ISBN 978-4-336-05097-7

国書刊行会SF

未来の文学

第Ⅱ期

SFに何ができるか――
永遠に新しい、不滅の傑作群

Gene Wolfe / The Island of Doctor Death and Other Stories

デス博士の島その他の物語

ジーン・ウルフ　浅倉久志・伊藤典夫・柳下毅一郎訳

〈もっとも重要なＳＦ作家〉ジーン・ウルフ、本邦初の中短篇集。「デス博士の島その他の物語」を中心とした〈島３部作〉、「アメリカの七夜」「眼閃の奇蹟」など華麗な技巧と語りを凝縮した全５篇＋ウルフによるまえがきを収録。ISBN978-4-336-04736-6

Alfred Bester / Golem100

ゴーレム100

アルフレッド・ベスター　渡辺佐智江訳

ベスター、最強にして最狂の伝説的長篇。巨大都市で召喚された新種の悪魔ゴーレムをめぐる、魂と人類の生存をかけた死闘が今始まる――軽妙な語り口と発狂したタイポグラフィ遊戯の洪水が渾然一体となったベスターズ・ベスト！　ISBN978-4-336-04737-3

アンソロジー〈未来の文学〉

The Egg of the Glak and Other Stories

グラックの卵

浅倉久志編訳

奇想・ユーモアＳＦを溺愛する浅倉久志がセレクトした傑作選の決定版。伝説の究極的ナンセンスＳＦ、ボンド「見よ、かの巨鳥を！」、スラデックの傑作中篇他、ジェイコブズ、カットナー、テン、スタントンなどの抱腹絶倒作が勢揃い！　ISBN4-336-04738-3

The Ballad of Beta-2 and Other Stories

ベータ2のバラッド

若島正編

ＳＦに革命をもたらした〈ニュー・ウェーヴＳＦ〉の知られざる中篇作を若島正選で集成。ディレイニーの幻の表題作、エリスン「プリティ・マギー・マネーアイズ」他、ロバーツ、ベイリー、カウパーの野蛮かつ洗練された傑作全６篇。ISBN4-336-04739-1

Christopher Priest / A Collection of Short Stories

限りなき夏

クリストファー・プリースト　古沢嘉通編訳

『奇術師』『魔法』で現代文学ジャンルにおいても確固たる地位を築いたプリースト、本邦初のベスト・コレクション。「ドリーム・アーキペラゴ」シリーズを中心にデビュー作、代表作を全８篇集成。書き下ろし序文を特別収録。ISBN978-4-336-04740-3

Samuel R. Delany / Dhalgren

ダールグレン

サミュエル・R・ディレイニー　大久保譲訳

「20世紀ＳＦの金字塔」「ＳＦ界の『重力の虹』」と賞される伝説的・神話的作品がついに登場！　異形の集団が跋扈する迷宮都市ベローナを彷徨し続ける孤独な芸術家キッド――性と暴力の魅惑を華麗に謳い上げた最高傑作。ISBN978-4-336-04741-0 / 04742-7